동시

野초지

동주 열국지

【완역 결정본】 東周 列國志

바람은 쓸쓸하고 역수易水는 차구나

솔

●일러두기

1 본문의 옮긴이 주는 둥근 괄호로 묶었으며, 한시와 관련된 주는 시 하단에 달았다.
　편집자 주는 원저자 풍몽룡의 오류를 바로잡은 것으로 ─로 표시하였다.

2 관련 고사, 관직, 등장 인물, 기물, 주요 역사 사실 등은 본문에 ˙로 표시하였고,
　부록에서 자세히 설명하였다.

3 인명의 경우 춘추 전국 시대 당시의 표기법을 따랐다.
　예) 기부믔父 → 기보믔父, 임부林父 → 임보林父, 관지부管至父 → 관지보管至父

4 '주周 왕실과 주요 제후국 계보도'는 독자의 편의를 위해 각 권마다
　해당 시대 부분만을 수록하였다.

5 '등장 인물'은 각 권에서 등장하는 주요 인물을 다루었으며, 가나다순으로 정리하였다.

6 '연보'의 굵은 글자는 그 당시의 중요한 사건을 말한다.

차례

진시황秦始皇

형가荊軻

한비자韓非子

순자荀子

진秦나라의 판도

진秦 시황제 약력도

B.C. 259	탄생	●
B.C. 247	즉위	●
B.C. 238	노애嫪毐의 난	●
B.C. 235	여불위呂不韋, 자결	●
B.C. 233	한비韓非, 옥사獄死	●
B.C. 230	● 한韓 멸망
B.C. 228	● 조趙 멸망
B.C. 227	형가荊軻, 진시황 암살 기도 실패	●
B.C. 225	● 위魏 멸망
B.C. 223	● 초楚 멸망
B.C. 222	● 연燕 멸망
B.C. 221	시황제라 칭하다	● 제齊 멸망
B.C. 220	● 제1회 순행(서북쪽)
B.C. 219	봉선封禪 의식	● 제2회 순행(동쪽)
B.C. 218	● 제3회 순행(동쪽)
B.C. 215	● 제4회 순행(동북쪽)
B.C. 214	만리장성 수축	●
B.C. 213	분서령焚書令	●
B.C. 212	아방궁阿房宮 축조 · 갱유坑儒	●
B.C. 210	사망(50세)	● 제5회 순행(동남쪽)

병부兵符를 훔쳐 조趙를 구한 신릉군

여불위呂不韋*는 왕손王孫 이인異人과 함께 진秦나라 함양성咸陽城에 당도하는 즉시 동궁으로 사람을 보내어 세자 안국군安國君에게 미리 알렸다.

세자 안국군이 화양華陽부인에게 말한다.

"이인이 왔다오! 부인은 속히 나와 함께 중당中堂에 나가서 좌정하고 이인이 들어오기를 기다립시다!"

세자 부부는 너무나 기뻐서 어쩔 줄을 몰라 했다.

한편 여불위가 왕손 이인에게 말한다.

"화양부인은 바로 초楚나라 출신입니다. 전하께선 이미 화양부인의 아들이 되었으니, 그냥 가서 뵈올 것이 아니라 초나라 옷으로 갈아입고 가십시오. 이 참에 전하께서 평소 얼마나 화양부인을 그리워했던가를 보여야 합니다."

이에 왕손 이인은 초나라 옷으로 바꿔 입고 동궁으로 들어갔다. 그는 먼저 세자 안국군 앞에 나아가서 공손히 절한 다음 화양부인에게 극진히 절했다.

왕손 이인이 감히 일어나지 못하고 흐느껴 울면서 귀국 인사를 아뢴다.

"불초 소자는 오랫동안 부모님 슬하를 떠나 있어 그간 효도를 다하지 못했습니다. 아버지와 어머니께서는 소자의 불효한 죄를 용서하소서."

화양부인은 이인이 머리에 남관南冠을 쓰고, 발에 표석豹舃(바닥이 겹으로 된 표범 가죽 신)을 신고, 몸에 단포短袍를 입고, 허리에 혁대革帶를 두른 것을 보고 묻는다.

"아자兒子는 그간 조趙나라 한단성邯鄲城에 있었는데 어떻게 초나라 복장을 하고 왔는고?"

이인이 머리를 조아리며 품한다.

"불효막심한 소자는 자나깨나 인자하신 어머님만 생각하면서 세월을 보냈습니다. 그래서 특별히 초나라 옷을 만들어 입고 늘 어머님을 향한 그리운 심정을 위로하며 살아왔습니다."

화양부인이 몹시 기뻐하며 감탄한다.

"나는 원래가 초나라 사람이라! 아자가 이렇듯 나를 생각해줄 줄은 몰랐구나!"

세자 안국군이 곁에서 말한다.

"이 기쁜 날을 기념하기 위해 내 마땅히 아자의 이름을 새로 지어주리라. 아자는 오늘부터 이인이란 이름을 버리고 자초子楚라 하여라."

이인은 일어나 다시 세자 안국군에게 절하고 자초라는 이름을 받았다. 이리하여 왕손 이인은 왕손 자초가 되었다.

세자 안국군이 자초에게 묻는다.

"그래, 어떻게 그 무서운 조나라를 벗어나 이렇듯 무사히 돌아왔느냐?"

이에 자초는 그간 조왕趙王이 몇 번이나 자기를 죽이려고 했던 일과 여불위가 자기 재산을 다 털어 뇌물로 써준 일까지 과거지사를 상세히 아뢰었다.

세자 안국군이 즉시 여불위를 불러들이고 치하한다.

"선생이 없었다면 나는 이 어질고 효성스런 아들을 잃을 뻔했소. 그러니 우선 선생에게 동궁 소관所管인 봉전俸田 200경頃과 제택第宅 한 채와 황금 50일鎰을 드리오. 장차 부왕께서 개선해 돌아오시면 말씀을 잘 드려서 선생에게 벼슬을 내리도록 하겠소."

이에 여불위는 사은謝恩하고 동궁에서 물러나갔다. 그리고 자초는 그냥 화양부인의 궁중에서 머물게 되었다.

다시 조趙나라로 이야기를 옮겨야겠다.

그날 밤, 대취하여 곯아떨어졌던 공손건公孫乾은 이튿날 아침에야 깨어났다.

좌우 사람들이 와서 고한다.

"왕손 이인 일가가 어디로 갔는지 보이지 않습니다."

공손건은 즉시 여불위의 집으로 사람을 보내어 알아보고 오게 했다.

얼마 후에 심부름 갔던 자가 돌아와서 고한다.

"여불위 일가도 어디로 갔는지 없더이다."

그제야 공손건이 놀라면서 말한다.

"여불위는 나에게 사흘 안으로 떠난다고 했는데 어찌 한밤중에 사라졌단 말이냐! 그러나저러나 이러고 있을 때가 아니다. 속히 채비를 하여라. 내 친히 남문南門으로 가봐야겠다."

공손건은 남문을 맡은 조나라 장군에게 가서 지난밤 일을 물었다.

그 장군이 대답한다.

"어젯밤에 여불위 일가는 성 밖으로 나갔습니다. 나는 그저 지난날 대부가 한 부탁을 따른 것뿐이외다."

공손건이 황급히 묻는다.

"그들 일행 중에 진나라 왕손 이인이 끼여 있지 않습디까?"

"여씨呂氏 부자와 종놈들 10여 명이 함께 나갔을 뿐 왕손 이인은 보이지 않았습니다."

공손건이 발을 구르며 탄식한다.

"그 종놈들 속에 틀림없이 진나라 왕손 이인이 끼여 있었을 것이오. 허어! 내가 그 장사꾼 놈의 계책에 속았구나!"

이날 공손건은 조효성왕趙孝成王에게 이 사실을 상표上表했다. 그 표문表文에 하였으되,

신臣 건乾이 감시하는 직책을 다하지 못하여 진나라 볼모 왕손 이인이 달아났습니다.

궁으로 표문을 보내고 나서 공손건은 허리에 찬 칼을 뽑아 들고 길이 탄식하다가 목을 찌르고 자결했다.

염옹髥翁이 시로써 이 일을 탄식한 것이 있다.

감시하는 사람은 아침저녁으로 만전을 기해야 하거늘
그저 술과 음식과 돈만 탐했도다.
술에서 깨어났을 때엔 이미 왕손 이인이 달아나고 없었으니

후회하고 죽은들 무슨 소용 있으리오.

監守晨昏要萬全

只貪酒食與金錢

醉鄕回後王孫去

一劍須知悔九泉

진소양왕秦昭襄王은 왕손 이인을 진나라로 먼저 떠나보낸 후
더욱 맹렬히 조나라를 공격했다. 이에 다급해진 조효성왕은 다시
위魏나라로 사람을 보내어 속히 구원해달라고 청했다.

위나라 장수 신원연新垣衍이 위안리왕魏安釐王에게 아뢴다.

"진나라 군사가 조나라를 급히 공격하는 데엔 이유가 있습니
다. 지난날에 진소양왕은 제나라 제민왕齊湣王과 천하를 다투면
서 서로 제왕帝王의 칭호를 쓰자고 제의했습니다. 그러나 제민왕
이 응하지 않았기 때문에 진소양왕도 처음엔 제왕이라 칭하다가
결국 그만두었습니다. 그후 제민왕은 죽고 제나라는 나날이 쇠약
해가는 중입니다. 따라서 진나라만 홀로 강대국이 되었습니다.
그런데도 진소양왕은 아직 제왕으로 행세하지 못하고 있습니다.
그가 끊임없이 싸움을 벌이는 이유는 바로 제왕이 되고 싶어서입
니다. 그러니 조나라가 위기를 모면하려면 사신을 보내어 진소양
왕을 제왕으로 추대하는 길밖에 없습니다. 그러면 진소양왕은 흡
족하여 군사를 거두고 돌아갈 것입니다. 다시 말씀드려서 허명虛
名을 붙여주고 불행을 면하는 길밖에 없습니다."

사실 위안리왕은 조나라를 도와줄 생각이 별로 없었다. 그래서
장수 신원연의 계책을 따르기로 했다.

이에 위나라 장수 신원연은 조나라 사신과 함께 조나라 한단성

으로 가서 진소양왕을 제왕으로 추대하라고 진언했다.

조효성왕은 모든 신하와 함께 위나라의 제안을 상의했다. 그러나 신하들의 의견은 자못 분분했다. 평원군平原君도 어찌해야 좋을지 결정을 짓지 못해 자기 부중府中으로 돌아가서 고민만 했다.

이때 제나라 출신으로 노중련魯仲連이란 사람이 있었다. 노중련은 열두 살 때 당시 가장 유명한 변사辯士 전파田巴와 논전論戰해서 굴복시킨 일이 있었다. 이에 제나라 사람들은 노중련을 천리구千里駒라고 불렀다. 이 말을 듣고 논전에서 패배한 전파는 다음과 같이 소감을 말했다.

"노중련은 나는[飛] 토끼다! 곧 그는 천리를 달리는 망아지 이상으로 출중한 인물이다."

그후 노중련은 장성했으나 벼슬 살기를 좋아하지 않았다. 오로지 여러 나라를 주유周遊하면서 불쌍한 사람들을 위해 어려운 문제를 해결해주는 것으로 기쁨을 삼았다.

이때 마침 노중련은 조나라에 왔다가 진나라 군사가 한단성을 포위하는 바람에 떠나지 못하고 성안에 머무르고 있었다.

노중련은 위나라 사신이 조나라에 와서 진소양왕을 제왕으로 추대하자고 제안했다는 소문을 듣고서,

"원 세상에 이런 변이 있을 수 있나!"

하고 분개했다.

이에 노중련이 평원군을 방문하여 묻는다.

"어느 나라 사신이 와서 진왕에게 제왕의 칭호를 주자고 한다던데 사실인가요?"

평원군이 대답한다.

"이 몸은 화살에 상한 새나 다름없습니다. 내 무슨 말을 하리이

까? 위나라 사신 신원연이 우리 나라에 와서 그런 제안을 했소."

노중련이 책망하듯 말한다.

"대군께선 어진 공자公子로 천하에 이름 높은 분이오. 그러한 대군께서 위나라 사신에게 모든 일을 내맡길 작정이시오? 그 위나라 사신이란 신원연은 지금 어디에 있습니까? 그 사람을 좀 만나게 해주시오. 내가 그 사람을 톡톡히 책망해서 돌려보내겠소."

평원군은 위나라 사신 신원연에게 가서 노중련과 한번 만나주기를 청했다. 신원연은 변설辯舌로 이름 높은 노중련의 명성을 익히 들어서 잘 아는 터라 처음엔 거절했으나 평원군의 권유에 못 이겨 만나기로 허락했다. 그래서 평원군은 노중련을 데리고 신원연이 머무는 공관公館으로 갔다.

신원연이 노중련을 만나본즉, 정신은 가을철 맑은 물〔秋水〕 같고 기상이 어찌나 맑은지 그 표표飄飄한 풍채가 마치 신선神仙 같았다.

신원연이 자기도 모르는 사이에 일어나서 노중련에게 허리를 굽히며 묻는다.

"내 선생의 옥玉 같은 용모를 본즉 결코 평원군에게 구걸할 분은 아닌 듯한데, 어째서 진나라 군사에게 포위당한 이 한단성을 떠나지 않고 이렇듯 오래 머물러 계시오?"

"나는 평원군에게 청이 있어서가 아니라 실은 장군께 청이 있어서 이곳에 머물러 있소이다."

"내게 무슨 청이 있소이까?"

"청컨대 위나라는 조나라를 돕고 진나라에 제왕의 칭호를 주지 마오!"

"조나라를 도우라니 어떻게 도우란 말씀입니까?"

"내 장차 위나라와 연燕나라로 하여금 조나라를 돕게 하겠소. 제齊나라와 초楚나라는 이미 조나라를 돕기로 작정하고 있소."

신원연이 껄껄 웃으며 묻는다.

"나는 연나라에 관해서는 모르겠소. 그러나 바로 위나라 사람인 나도 못하고 있는 일을 선생이 어떻게 하겠다는 거요?"

노중련이 표연히 대답한다.

"그건 위나라가 진왕秦王이 제왕의 칭호를 쓰게 되면 얼마나 큰 해독害毒이 미치는지를 모르기 때문이오. 만일 그 해독을 알면 위나라는 조나라를 돕지 않을 수 없을 것이오."

신원연이 묻는다.

"진왕이 제왕의 칭호를 쓰게 되면 우리에게 어떤 해독이 있다는 건지 그것부터 들려주오."

노중련이 말한다.

"진나라는 모든 예의를 버린 채 수단을 가리지 않고 강대국이 된 나라요. 진나라는 약한 나라를 힘으로 억압하고 속임수를 써서 무수한 생명을 죽여 천하에 세도를 폈는데도 지금 저렇듯 오만하오. 그러하거늘 진왕이 제왕으로 행세하게 된다고 생각해보시오. 천하는 진나라 학정虐政에 견뎌내지 못할 것이오. 웬만한 사람이면 차라리 동해東海에 빠져 죽을지언정 진나라 밑에서 백성 노릇은 못할 것이오. 그래, 위나라는 진나라 폭정을 달게 받아들일 작정이오?"

"우리 위나라가 어찌 진나라 폭정을 달게 받아들일 리 있겠소? 말하자면 종 열 사람이 한 사람의 주인을 섬긴다고 해서 어찌 그 열 사람의 종이 주인 한 사람의 지혜만 못하다고야 할 수 있으리오. 다만 열 사람의 종이 그 한 사람의 힘을 과도히 두려워하는 것

16

뿐이오. 이와 마찬가지로 우리도 진나라의 그 무서운 힘 앞에선 당장 어쩔 수 없다는 말입니다."

노중련이 결연히 말한다.

"장군께서 위나라를 진나라 종놈으로까지 비유한다면 좋소! 그렇다면 내 장차 진왕에게 위왕을 잡아다가 삶아 죽이도록 하여 그 살로 젓〔醯〕을 담게 해드리리이다."

신원연이 발끈한다.

"선생이 어떻게 진왕으로 하여금 우리 위나라 왕을 삶아 죽이도록 할 수 있단 말이오! 이거 참 너무 무엄하구려!"

노중련이 냉정히 대답한다.

"옛날에 귀후鬼侯와 악후鄂侯와 문왕文王은 주왕紂王 밑에서 삼공三公의 벼슬을 살았소. 그때 귀후에겐 자색이 매우 아름다운 딸이 있었소. 귀후는 그 딸을 주왕에게 바쳤소. 그러나 주왕은 귀후의 딸이 음탕한 걸 좋아하지 않는다 해서 노기를 부린 나머지 그 여자를 죽이고 아비인 귀후마저 죽여 그 살로 젓을 담갔소. 이에 악후가 주왕에게 간하다가 역시 끓는 가마솥에 죽음을 당했지요. 문왕 또한 그 소문을 듣고 탄식하다가 주왕에게 붙들려 유리羑里에 감금당했는데 거의 죽음을 당할 뻔하다가 살아났지요. 이건 누구나 다 아는 옛 은殷나라 말년 때 일이오. 그래, 그 당시 삼공三公의 지혜가 주왕만 못해서 그런 무참한 형벌을 당했겠소? 나는 장군처럼 그렇게는 생각할 수 없소. 누구나 일단 천자天子의 자리에 오르기만 하면 무슨 짓이고 다 할 수 있는 권력이 부여된다는 걸 알아야 하오. 자, 장군의 주장처럼 앞으로 진왕이 제왕의 지위에 오른다고 합시다. 진왕은 제왕이 되기만 하면 위왕을 잡아들여 그 옛날 주왕이 악후를 삶아 죽이듯 죽일 것이니 그때에 누가 진나라 제왕의 횡포를 막을 테요? 장군께선 어쩌자고 무도한 진왕에게 그런 절대적인 권력을 주려는 것이오?"

신원연은 깊은 생각에 잠긴 채 아무 대답도 못했다.

노중련이 계속 말한다.

"비단 그뿐만이 아니오. 진왕이 제왕 행세를 하게 되는 날엔 반드시 천하에 갖가지 개혁을 단행할 것이오. 우선 모든 나라 대신들 가운데 특히 미운 자에겐 가차없는 형벌을 내리고 그 대신 자기가 사랑하는 자들을 박아넣을 것이오. 또 음으로 양으로 가지가지 간특한 계책을 써서 모든 나라를 멸망시킬 것이오. 그렇게 되면 위왕은 편안히 부귀영화를 누릴 수 있을 성싶소? 아니 장군부터 몸과 벼슬을 보존할 수 있을 성싶소?"

신원연이 벌떡 일어나 노중련에게 두 번 절하고 말한다.

"선생은 참으로 천하의 명사名士이십니다. 나는 곧 위나라로 돌아가서 우리 위왕께 선생의 말씀을 전하겠습니다. 그리고 진왕에게 제왕의 칭호를 주면 무서운 결과를 초래한다고 그대로 아뢰겠습니다."

이튿날 신원연은 조나라를 떠나 황급히 위나라로 돌아갔다.

한편, 조나라 한단성 밖에서는 진소양왕이 멋도 모르고 기뻐한다.

"그래, 위나라 사신이 지금 조나라에 와서 과인을 제왕으로 추대하려고 교섭 중이라지? 잠시 한단성 공격을 늦추어라. 좋은 소식이 오기를 기다리기로 하자!"

그러던 차에 진소양왕은 위나라 사신이 소기의 목적을 추진하지 않고 그냥 위나라로 돌아가버렸다는 보고를 받았다.

진소양왕이 탄식한다.

"음, 저 한단성 안에 필시 만만치 않은 인물이 있나 보다. 그렇지 않다면 이럴 리가 없다! 이런 때일수록 적을 가벼이 본다거나 경솔히 일을 서둘러서는 안 된다."

진소양왕은 즉시 군사를 거느리고 분수汾水 가로 후퇴했다.

진소양왕이 장수 왕흘王齕을 불러 주의를 시킨다.

"조나라에 비범한 인물이 있는 듯하니 장군은 서둘지 말고 매사를 조심하오."

위나라 사신 신원연이 본국으로 돌아간 후였다. 조나라 평원군은 지난날 조나라를 구원하러 왔다가 업하鄴下 땅에 머물고 있는 위나라 장수 진비晉鄙에게 사람을 보내어 속히 와서 도와달라고 청했다. 그러나 진비는 그후 위안리왕으로부터 아무런 명령이 없으니 도와줄 수 없다고 거절했다. 이에 평원군은 위나라 신릉군信陵君* 공자 무기無忌에게 편지를 보냈다.

그 편지에 하였으되,

지난날에 제가 대군의 누이와 혼인한 것은 모두 대군의 높은 의기義氣를 존경했기 때문이었습니다. 의리를 위해서는 항상 용맹한 대군께서 어찌하여 곤경에 빠져 있는 우리 조나라는 돌보지 않습니까? 이제 한단성은 조만간 진나라 군사 앞에 항복하지 않을 수 없는 최대의 위기에 봉착했습니다. 그런데도 위나라는 우리 조나라를 도우려 하지 않고 있습니다. 평생 믿었던 바가 무너지는 것만 같아서 섭섭합니다. 더구나 대군의 누이는 '한단성이 함몰되면 어쩌나!' 하고 밤낮으로 슬피 울고 있습니다. 대군께서 이 자형姉兄은 버려둘 수 있다 해도 친누이를 생각하면 이렇듯 무심할 수 있습니까?

신릉군은 평원군의 편지를 받고 난 후로 누차 궁에 들어가서 위안리왕에게,

"지금 속히 조나라를 도와주도록 장수 진비에게 명령을 내리십시오!"

하고 권했다.

그럴 때마다 위안리왕은,

"조나라는 진왕에게 제왕의 칭호만 주면 만사가 다 해결되는데 그것마저 싫다 하고, 굳이 우리 위나라 힘을 빌려 진나라 군사를 물리칠 생각만 하고 있으니 괘씸하다!"

하고 도리어 화를 냈다.

이에 신릉군은 빈객賓客과 변사辯士들을 시켜 각방으로 위안리왕을 설득하도록 했다. 그래도 아무 소용이 없었다.

신릉군이 모든 문객을 모아놓고 탄식한다.

"나는 의리상 조나라 평원군을 저버릴 수 없다. 왕이 끝끝내 허락하지 않는 바에야 나 혼자라도 조나라에 가서 진나라 군사와 싸우다가 죽으리라! 곧 병거를 준비해주오. 즉시 떠나야겠소."

"결코 대군만 보낼 수 없습니다. 우리도 따라가겠습니다."

문객 1,000여 명이 따라가겠다고 자원해 나섰다. 신릉군은 그들을 거느리고 대량성大梁城 이문夷門에 가서 후생侯生을 만나 작별을 고했다.

백발이 성성한 후생이 나와서 신릉군에게 말한다.

"대군께선 소신대로 힘쓰십시오. 이 몸은 너무 늙어서 대군을 모시고 따라가지 못합니다. 이 점 널리 양해하십시오."

신릉군은 혹 후생에게서 무슨 좋은 계책이라도 들을 수 있을까 하고 자주 시선을 보냈다. 그러나 후생은 더 이상 아무 말도 하지

않았다. 신릉군은 하는 수 없이 후생과 작별하고 길을 떠났다.

신릉군이 우울한 심사로 한 10리 가량 갔을 즈음 문득 속으로 생각한다.

'나는 오늘날까지 극진한 예로써 후생을 대접해왔다. 내가 이제 조나라를 돕기 위해 진나라 군사와 싸우러 가는 것은 바로 사지死地로 들어가는 것과 다름없다. 그런데 후생은 나를 위해 한마디 계책도 말해주지 않았을 뿐만 아니라, 떠나는 나를 막지도 않았다. 이상한 일이다. 무슨 곡절이 없고서야 그럴 수 있을까?'

신릉군이 1,000여 명의 문객에게 분부한다.

"내가 돌아올 때까지 모두 여기서 쉬며 기다리오."

그러고 나서 신릉군은 병거를 돌려 다시 후생을 만나보려고 대량으로 돌아갔다. 후생은 대량성 이문 밖에서 누군가를 기다리며 서 있다가 이윽고 신릉군이 병거를 몰고 돌아오는 걸 보고서 웃으며 영접했다.

"저는 대군께서 반드시 돌아올 줄 알고 이렇게 기다리고 있었습니다."

신릉군이 묻는다.

"선생은 내가 돌아올 줄 어떻게 아셨습니까?"

후생이 대답한다.

"저는 지금까지 대군께 극진한 대접을 받아왔습니다. 그런데 대군께서 오늘 지극히 위험한 곳으로 떠나시는데도 저는 전송마저 변변히 해드리지 않았습니다. 그러니 틀림없이 대군께서 제게 섭섭한 생각을 품으시고 도중에서 돌아오시리라 믿었습니다."

신릉군이 후생에게 재배하고 청한다.

"사실 이 몸은 선생에게 버림을 받은 줄로 생각했습니다. 그래서 그 까닭을 알고자 되돌아왔습니다."

후생이 조용히 말한다.

"대군께선 수십 년 동안 무수한 빈객을 양성했지만 그들에게서 뛰어난 계책 하나도 얻지 못하셨습니다. 아무런 계책도 없이 어쩌자고 저 무서운 진나라 군사 앞에 생명을 던지려 하십니까? 굶주린 범에게 몸을 던진다고 무슨 이익이 있겠습니까?"

신릉군이 말한다.

"난들 어찌 그걸 모르겠습니까만, 평원군과의 의리를 생각하면 나만 홀로 살 수는 없습니다. 선생은 나에게 좋은 계책을 일러주십시오."

후생이 대답한다.

"우선 제 집에 들어가서서 조용히 이야기하십시다."

후생은 자기 집으로 들어가자 방 안 사람들을 다 내보내고 신릉군과 단둘이 마주앉았다.

후생이 묻는다.

"소문에 듣자 하니 지금 여희如姬가 대왕의 사랑을 받고 있다는데 사실입니까?"

신릉군이 대답한다.

"사실입니다."

후생이 다시 묻는다.

"듣건대 여희의 아버지는 지난날 누군가에게 살해되었다지요? 그래서 여희가 대왕에게 아버지의 원수를 갚아달라고 졸랐으며, 대왕은 그 살인자를 잡아들이라고 분부했으나 3년이 지나도록 잡지 못했다면서요? 그러다가 마침내 대군께서 문객을 시켜 살인자를 잡아 죽이고 여희에게 그 목을 바쳤다던데 과연 그런 일이 있었는지요?"

신릉군이 대답한다.

"그렇습니다. 내가 여희의 원수를 갚아준 일이 있습니다."

후생이 머리를 끄덕이고 나서 말한다.

"그것이 모두 사실이라면, 여희는 아버지 원수를 갚아준 대군의 은공에 깊이 감격하고 있을 것입니다. 그러니 여희는 대군의 청이라면 아마 죽음도 불사하고 들어줄 것입니다. 원래 일국의 병력兵力을 좌우하는 병부兵符*는 항상 왕의 침소에 깊이 간직되어 있는 법입니다. 여희라면 그 병부를 훔쳐낼 수 있습니다. 대군께선 여희에게 이 일을 부탁해보십시오. 여희는 반드시 그 병부를 훔쳐다가 대군께 내줄 것입니다. 그런 후에 대군께선 그 병부를 가지고 업하 땅에 가서 장수 진비가 거느리고 있는 군사를 뺏으십시오. 그 군사들을 거느리고 다시 나아가서 진나라 군사를 몰아내고 조나라를 도와야만 합니다. 그러는 것이 바로 만전지계萬全之計(더없이 완전한 계책)이며 이른바 오패五覇의 공功을 성취하는 길입니다."

이 말을 듣는 순간 신릉군은 그제야 꿈속에서 황연히 깨어난 것 같았다. 신릉군은 후생에게 예를 갖춰 인사하고 자기 부중으로 돌아갔다.

신릉군이 우선 빈객 한 사람을 불러 분부한다.

"그대는 교외에 가서 1,000여 명의 문객들에게 내가 갈 때까지 계속 기다리라고 이르오."

그런 후에 신릉군은 내궁으로 가서 평소 잘 아는 내시 안은顔恩에게 귓속말로 무엇인가를 부탁했다. 내시 안은은 즉시 여희에게 가서 신릉군의 청을 전했다.

여희가 머리를 끄덕이면서 말한다.

"신릉군은 나의 원수를 갚아준 분이라. 그분의 부탁이라면 불 속으로 들어가라 해도 내 어찌 사양할 리 있으리오."

그날 밤이었다. 여희는 위안리왕이 술에 곯아떨어져서 깊이 잠든 틈을 타서 마침내 병부를 훔쳐 내시 안은에게 넘겨주었다. 내시 안은은 즉시 신릉군에게 그 병부를 전했다. 병부를 손에 넣은 신릉군은 다시 후생의 집에 가서 작별을 고했다.

후생이 말한다.

"자고로 장수가 일단 나라 밖으로 나가기만 하면 왕명王命을 따르지 않아도 법에 걸리지 않습니다. 대군께서 비록 병부를 가지고 업하 땅에 가신다 해도 장수 진비가 믿지 않고 복종하지 않으면 어찌하시겠습니까? 다시 말씀드려, 장수 진비는 뒤로 왕에게 사람을 보내어 사실 여부를 알아볼 권리가 있다는 말입니다. 그러니 대군께선 나의 친구 주해朱亥를 데리고 가십시오. 주해는 천하장사입니다. 장수 진비가 병부를 보고 대군께 복종하면 그 이상 다행스런 일이 없지만, 만일 의심하고 복종하지 않으면 일은 낭패입니다. 그때엔 주해를 시켜 장수 진비를 죽여버리십시오."

이 말을 듣자 신릉군의 뺨에 눈물이 주르르 흘렀다.

후생이 묻는다.

"대군께선 장차 하실 일이 두려우십니까?"

신릉군이 머리를 저으며 대답한다.

"아닙니다. 사실 진비는 아무 죄도 없는 노장老將입니다. 만일 여의치 않을 경우엔 그런 죄 없는 늙은 장수를 죽여야 한다고 생각하니 자연 눈물이 나는군요. 겁이 나서 우는 건 아닙니다."

신릉군은 후생과 함께 백정 노릇을 하고 있는 주해의 집으로 가서 찾아온 뜻을 말했다.

주해가 쾌히 승낙한다.

"이 몸은 한갓 시정市井에서 백정 노릇을 하고 있는 소인小人입니다. 항상 대군께 특별한 대우를 받아왔기에 언제쯤 그 은혜를 갚을 수 있으려나 기다렸습니다. 어떤 때는 나 같은 놈은 아무 데도 쓸모가 없구나 하고 탄식도 했습니다. 그런데 대군께서 이렇게 분부를 내리시니 이제야 이 몸도 소원을 이루겠습니다."

후생이 신릉군에게 고한다.

"저는 의리상 마땅히 대군을 따라가야겠지만 이젠 너무 늙어서 멀리 못 가겠습니다. 그 대신 죽은 넋이 되어 떠나시는 대군을 전송하겠습니다."

말을 마치자 후생은 신릉군이 타고 있는 병거 앞에서 칼로 자기 목을 찌르고 쓰러졌다. 신릉군이 황급히 병거에서 뛰어내렸을 때엔 후생은 이미 죽어 있었다.

신릉군이 슬피 울면서 후생의 유가족에게 말한다.

"이 황금으로 후생을 성대히 장사지내오. 나는 갈 길이 바빠서 지체할 수 없으니 한이오."

마침내 신릉군은 주해와 함께 병거에 올라타고 흐느껴 울면서 북쪽을 향해 달려갔다.

염선髥仙이 시로써 이 일을 탄식한 것이 있다.

위안리왕은 진나라가 무서워서 꼼짝을 못했으니 겁 많은 사람이며

신릉군은 조나라를 위해 자기 생명을 버리려 했으니 또한 우습도다.

식객 3,000명을 길렀지만 아무 소용이 없구나

결국 신릉군은 후생의 기이한 계책으로 여희의 힘을 빌렸도다.

魏王畏敵誠非勇

公子捐生赤可嗤

食客三千無一用

侯生奇計仗如姬

그후 사흘이 지났다. 위안리왕은 그제야 침소에 둔 병부가 없어진 사실을 알았다.

위안리왕이 깜짝 놀라 여희에게 묻는다.

"그대는 나의 침실에서 병부를 못 봤느냐?"

여희가 시침을 뗀다.

"첩은 보지 못했습니다."

이리하여 병부를 찾느라 온 궁중이 발칵 뒤집혔다. 그러나 병부는 어디에도 없었다.

위안리왕이 내시 안은에게 분부한다.

"궁녀와 내시들을 잡아내어 일일이 취조하여라!"

며칠 전에 여희에게서 병부를 받아 신릉군에게 전한 장본인인 내시 안은 역시 시침을 뗀 채 모든 궁녀와 내시를 취조한답시고 하루 종일 수선만 피웠다.

위안리왕은 문득 이런 생각이 들었다.

'그렇다! 조나라를 도와야 한다고 나에게 누누이 권한 자는 바로 신릉군 무기다! 신릉군은 자기 부중에서 수천 명의 문객을 길러온 사람이다! 그 많은 문객 중엔 별의별 놈들이 다 있을 것이다. 지난날 닭 울음소리와 개 짖는 소리를 잘 흉내내어 마침내 진나라에서 맹상군孟嘗君을 탈출시킨 그런 문객도 있을지 모른다. 그렇다면 신릉군의 문객이 병부를 훔쳐간 것은 아닐까?'

위안리왕은 즉시 신릉군의 부중으로 사람을 보냈다.

얼마 후에 심부름 갔던 자가 돌아와서 아뢴다.

"네댓새 전에 신릉군께선 문객 1,000여 명과 병거 100승을 거느리고 대량성大梁城을 떠났다고 하더이다. 들리는 소문에는 조나라를 도우러 갔다고 하옵니다."

위안리왕이 분기충천하여 부르짖는다.

"장군 위경衛慶은 속히 뒤쫓아가서 신릉군을 잡아오너라!"

이에 위나라 장수 위경은 군사 3,000명을 거느리고 신릉군을 잡으러 풍우같이 달려갔다.

한편, 조나라 한단성邯鄲城 안에선 다른 나라에서 올 구원병만 기다리고 있었으나 결국은 아무 소식이 없었다.

기진맥진한 조나라 백성들 사이에, '이건 죽느니만도 못하다! 이러느니 차라리 진나라에 항복하자!'는 소리가 나날이 높아갔다. 조효성왕趙孝成王은 근심에 싸여 잠을 이루지 못했다.

조효성왕이 전사리傳舍吏의 아들 이동李同을 불러들여 분부한다.

"그대는 평원군에게 가서 과인의 말을 전하여라. '백성들은 날마다 한단성을 지키기에 뼛골이 빠질 지경인데 평원군은 편안히 부귀만 누리고 있느냐! 평원군은 백성들의 모범이 되도록 전력을 기울여 나라에 공을 세우지 못하고 뭘 하느냐!' 하고 꾸짖어라!"

이동은 즉시 평원군에게 가서 조효성왕의 말을 전했다.

'왕께서 오죽 답답하시면 이런 꾸중을 하실까!'

평원군은 꾸중을 듣고도 억울해하지 않았다.

이튿날 평원군은 자기 재산을 써서 결사대 3,000명을 뽑았다. 이동은 3,000명의 결사대를 거느리고 한밤중에 성을 빠져나가서 진나라 군영을 습격했다. 그들은 종횡무진으로 활약하여 진나라 군사 1,000여 명을 죽였다. 진나라 장수 왕흘은 매우 놀라 30리 밖으로 물러가서 군영을 세웠다.

이에 한단성 안의 민심은 다소 진정되었다. 그러나 중상을 입고 한단성으로 돌아온 이동은 며칠 후에 죽고 말았다. 평원군은 이동의 죽음을 통곡하고 성대히 장사를 지내주도록 분부했다.

위기의 막바지에 이른 조나라 한단성의 형편은 이쯤 해두고 이야기를 다른 데로 옮겨야겠다.

그럼 그후 신릉군은 어찌 되었는가?

신릉군은 업하鄴下 땅에 당도하는 즉시 장수 진비晉鄙에게 갔다.

"대왕께서 오랫동안 장군을 외방外方에 두었기에 그간 수고가 많았겠다고 하시면서 특별히 나를 보내셨소. 이제부터 내가 장군을 대신해서 군사를 거느리겠소. 장군은 속히 대량성으로 돌아가시오."

신릉군 무기는 곧 주해를 시켜 진비에게 병부를 보여주도록 했다.

진비가 병부를 받아들고 살펴보면서 생각한다.

'전날 대왕은 나에게 10만 명의 군사를 주어 보내셨다. 내 비록 고루固陋하나 아직 전쟁에서 패하는 죄도 저지른 적이 없는데 갑자기 나를 불러들이신다니 이상하다. 신릉군은 대왕의 서신도 없이 병부만 가지고 와서 교대하자고 하니 더욱 수상하다. 어쨌든 경솔히 믿어선 안 되겠다.'

진비가 신릉군에게 대답한다.

"대군은 며칠만 기다리십시오. 군사들의 명부나마 다 작성해서 드리고 난 다음에 돌아가겠습니다."

신릉군이 말한다.

"지금 조나라 한단성은 바람 앞의 등불과 같소! 밤낮을 가리지 않고 속히 가서 도와줘야 할 텐데 어느 여가에 지체한단 말이오!"

진비가 대답한다.

"아무리 바쁘다 해도 이런 법은 없습니다. 사람을 보내어 대왕의 명령을 확인하지 않고서는 군사를 다른 곳으로 보낼 수 없소이다."

진비의 말이 미처 끝나기도 전이었다. 신릉군 옆에 서 있던 주해가 썩 나서면서 꾸짖는다.

"장군은 왕명을 받고 온 우리를 믿지 않으니, 곧 대왕의 명령을 거역할 생각이구려! 그렇다면 장군은 바로 역적이오!"

진비가 눈을 부릅뜨고 묻는다.

"너는 도대체 누구기에 함부로 주둥아리를 놀리느냐?"

대답은 없었다. 순간 주해는 번개같이 소매 속에서 철추鐵鎚를 꺼내어 진비를 후려갈겼다. 그 철추의 무게는 40근이었다. 철추 단 한 번에 진비는 머리가 산산조각으로 깨져 그 자리에 죽어 쓰러졌다.

신릉군이 모든 장수들에게 병부를 쳐들어 보이며 외친다.

"나는 진비 장군을 대신하여 조나라를 구원하라는 위왕의 명령을 받고 왔다. 그런데 진비 장군이 왕명을 거역하기에 죽였다. 삼군三軍은 안심하고 나의 명령을 따르라! 만일 경거망동하는 자가 있으면 극형에 처하리라."

군영 안은 찬물을 끼얹은 듯 숙연해졌다.

이때 신릉군을 잡으러 뒤쫓아온 장수 위경衛慶이 업하 땅에 당도했다. 그러나 때는 이미 늦어 장수 진비는 죽고 신릉군이 모든 군사를 장악한 후였다. 위경은 신릉군이 조나라를 구원하기로 굳게 결심하고 있음을 알았다.

위경이 신릉군에게 말한다.

"나는 왕명을 받고 대군을 잡으러 왔습니다. 그러나 상황이 이 지경이 되었으니 그냥 돌아갑니다."

신릉군이 청한다.

"이왕 이곳까지 왔으니 그냥 돌아가지 마오. 그대는 내가 진나라 군사를 격파하여 조나라를 구원하는 걸 보고서 돌아가 대왕께 보고나 잘해주오."

이에 위경은 위안리왕에게 사람을 보내어 사세가 이제 어쩔 수 없는 처지에 이르렀다고만 보고하고 그냥 신릉군 밑에 머물렀다.

신릉군이 잔치를 크게 벌여 삼군三軍을 배불리 먹인 후에 명령을 내린다.

"군사들 중에 부자父子가 함께 복무하고 있는 자가 있느냐? 그 아버지 되는 사람만은 집으로 돌아갈 준비를 하여라! 또 형제가 함께 복무하고 있는 자가 있느냐? 그 형만은 집으로 돌아갈 준비를 하여라. 형제 없는 독자獨子가 있거든 신고하여라. 집으로 돌려보내어 그 부모를 섬기게 하겠다. 또 병이 난 자는 신고하여라. 의약을 베풀어 치료해주겠다!"

이에 군사 10만 명 중에서 각기 사정을 말하고 돌아가겠다는 자가 10분의 2쯤 나왔다. 그들을 모두 고향으로 돌려보내고 나니 정병精兵 8만 명이 남았다.

8만 명의 군사가 다시 대오隊伍를 정하자 신릉군은 그들에게 군법軍法을 낭독했다. 드디어 신릉군은 문객들과 군사를 거느리고 친히 선두에 서서 일제히 출발했다.

조나라에 들어선 위나라 군사는 진나라 군사가 있는 군영으로 물밀듯 쳐들어갔다. 진나라 장군 왕흘은 난데없이 쳐들어온 위나라 군사를 보고 당황했다. 이에 위나라 군사는 더욱 용기 백배하여 진나라 군사와 싸웠다.

한편, 위나라 군사가 구원하러 왔다는 보고를 접한 평원군은 즉시 한단성 성문을 열고 모든 군사를 거느리고 나가서 진나라 군사를 협공했다. 이리하여 위·조 연합군과 진나라 군사 간에 일대 혼전이 벌어졌다.

진나라 군사는 두 나라 연합군을 대적할 수 없었다. 더구나 상대는 궁지에 몰린 쥐가 고양이에게 덤벼드는 격으로, 그야말로 생명을 아끼지 않고 덤벼들었다. 마침내 이 싸움에서 진나라 장수 왕흘은 군사 절반을 잃고 대영大營이 있는 분수汾水로 달아났다.

대영으로 도망쳐온 왕흘이 진소양왕에게 고한다.

"지금 우리 군사만으론 도저히 위·조 두 나라 군사를 대적할 수 없습니다. 대왕께선 속히 본국에 사람을 보내사 많은 군사를 보내오도록 하십시오."

진소양왕이 천천히 머리를 저으며 분부한다.

"이미 전세는 기울어졌다. 이 이상 조급히 서둘면 우리 군사만 더 상하니 다시 기회를 노리기로 하자! 모든 군사에게 회군할 준비를 시켜라."

마침내 진소양왕은 모든 군사를 거느리고 조나라를 떠났다. 이때 진나라 군사 2만 명을 거느리고 있던 정안평鄭安平은 위나라 군사에게 포위를 당하는 바람에 진소양왕을 따라 진나라로 돌아가지 못했다.

정안평이 탄식한다.

"지난날에 내가 범저范雎와 함께 위나라에서 진나라로 달아난 지도 벌써 몇 해가 지났는고! 그렇다! 나는 원래 위나라 사람이다. 일이 이렇게 되었으니 기왕이면 위나라 군사에게 항복하자!"

이리하여 정안평은 위나라 군사에게 투항했다. 위나라 군사는 정안평을 죽이지 않았다.

한편, 조나라를 도우러 오다가 도중에 군사를 멈추고 그간 전세만 관망하던 초나라 춘신군春申君 황헐黃歇은 어찌 되었는가? 그는 진나라 군사가 물러가고 조나라가 포위에서 풀려났다는 보고를 듣고 그냥 초나라로 돌아가버렸다.

그때 한韓나라 왕도 이 소식을 듣자 즉시 군사를 일으켜 남은 진나라 군사를 몰아내고 상당上黨 땅 일대를 되찾았다. 이때가 바로 진소양왕 50년이며, 주난왕周赧王 58년이었다.

오랫동안 진나라 군사에게 포위당했다가 해방된 조효성왕의 기쁨은 이만저만이 아니었다. 조효성왕은 친히 성 밖까지 나가서 위나라 군사에게 음식과 술을 대접하며 위로했다.

조효성왕이 친히 신릉군에게 재배하고 감사한다.

"우리 조나라가 거의 망했다가 다시 살아난 것은 모두 대군의 덕이오. 자고로 어진 사람이 많았다고 하지만 대군 같으신 분은 없을 줄 아오."

평원군도 등에 활과 전통을 메고서 신릉군을 대열 맨 앞에 세웠다. 이에 신릉군은 자못 자랑스러운 기색이 역력했다.

조효성왕과 평원군이 성안으로 돌아간 후, 주해가 신릉군에게 충고한다.

"남이 대군께 덕을 베풀면 대군은 그 사람을 잊어선 안 되며,

이와 반대로 대군께서 남에게 덕을 베풀지라도 자랑스러운 체 뽐내면 안 됩니다. 더구나 대군께선 이번에 왕명으로 가장하여 장군 진비를 죽이고 그 군사를 빼앗아 조나라를 도왔습니다. 그러니 대군께선 비록 조나라엔 공을 세웠지만 우리 위나라엔 죄인입니다. 그런데도 대군께선 남 앞에서 공로를 뽐내십니까?"

신릉군이 부끄러워하면서 사과한다.

"평생 그 말씀을 명심하고 앞으론 조심하겠소."

이윽고 신릉군은 조효성왕의 정식 초청을 받고 한단성 안으로 들어갔다. 조효성왕은 궁실을 말끔히 청소시킨 후 친히 궁문 밖까지 나와서 신릉군을 영접했다.

조효성왕이 신릉군에게 공손히 읍하면서 청한다.

"대군은 저 서쪽 계단을 밟고 오르십시오."

그러나 신릉군은 극진히 사양하고 몸을 굽혀 동쪽 계단을 밟고 올라갔다. 조효성왕은 신릉군에게 상수上壽(장수長壽를 비는 뜻으로 술잔을 올리는 것)하고 공로를 찬양했다.

신릉군이 공손히 사양한다.

"신臣은 위나라에는 죄인이며 조나라에도 별 공로가 없는 사람이올시다."

이날 잔치가 파하자 신릉군은 안내를 받아 공관으로 나갔다.

조효성왕이 평원군에게 말한다.

"과인이 신릉군에게 다섯 성을 주려고 말을 붙여보았더니 굳이 사양하는지라. 그래서 더 권하진 못했으나 그렇다고 우리가 이대로 가만있을 수는 없소. 그대가 신릉군에게 잘 말해서 우리 나라의 큰 고을[邑]이라도 하나 받도록 권해보오."

이튿날 평원군은 공관으로 신릉군을 찾아가서 조효성왕의 간곡한 뜻을 전했다. 그러나 신릉군은 굳이 거절하고 받지 않았다. 평원군이 사나흘 동안을 찾아가서 권하자 그제야 신릉군은 하는 수 없이 조나라 고을 하나를 받았다.

신릉군은 위나라에 죄를 지은 몸이므로 감히 돌아가지 못하고 장수 위경에게,

"자, 그대는 이 병부兵符와 모든 군사를 거느리고 본국에 돌아가서 대왕에게 그간 경과를 잘 보고해주오."

하고 돌려보냈다.

이리하여 신릉군은 조나라에 머무르게 되었다. 그후 위나라에 남아 있던 빈객들도 다 조나라로 몰려와서 다시 신릉군 문하에 몸을 의탁했다.

조효성왕은 이번에 막대한 공로를 세운 제나라 사람 노중련魯仲連에게도 큰 고을을 봉했다. 그러나 노중련은 굳이 사양하고 받지 않았다. 조효성왕은 다시 노중련에게 황금 1,000금을 주었다.

노중련이 그 역시 사양하며 대답한다.

"내 부귀를 누리면서 속박을 받느니 오히려 가난하고 천한 신세가 될지라도 자유롭게 살고 싶소이다."

이튿날 노중련은 어디론지 표연히 떠나가버렸다.

사신史臣이 시로써 노중련을 찬탄한 것이 있다.

특출한 인물이여! 이름하여 노중련이니
그의 인품은 천고에 높도다.
그는 진왕에게 제왕帝王의 칭호를 주느니
차라리 동해에 빠져 죽는 것이 낫다고 주장했도다.
그는 어려운 문제를 해결했건만 부귀영화를 사양하고

천하를 두루 돌아다니면서 자유로이 소요했도다.

어찌 저 소진蘇秦이나 장의張儀 따위와 비교하리오

노중련은 그들보다 열 배나 뛰어난 인물이로다.

卓哉魯連

品高千載

不帝强秦

寧蹈東海

排難辭榮

逍遙自在

視彼儀秦

相去十倍

이때 조나라에 처사處士(세상 밖에 나서지 않고 조용히 묻혀 사는 선비 또는 거사居士) 모공毛公과 설공薛公이란 사람이 있었다. 모공은 노름판에서 살고, 설공은 간장 등을 파는 집에서 은거하고 있었다.

신릉군은 위나라에 있을 때부터 그 두 사람의 어진 선성先聲(이미 알려진 명성)을 익히 들었기 때문에, 하루는 주해를 시켜 두 사람을 찾아가게 했다. 그러나 모공과 설공은 숨어버린 채 주해를 만나주지 않았다.

어느 날 신릉군은 마침 모공이 설공의 거처에 가 있다는 소식을 들었다. 그는 미복微服 차림으로 주해 한 사람만 데리고 걸어서 그 간장 파는 집으로 갔다. 이때 모공과 설공은 화로에 술을 데워 마시고 있었다.

신릉군이 들어가서 자기 성명을 말한 후에 두 사람에게 인사를 청한다.

"나는 두 분을 극진히 사모하기에 이렇게 왔습니다."

모공과 설공은 신릉군이 갑자기 들이닥치는 바람에 숨지 못하고 서로 인사를 나누었다.

이날 신릉군은 모공·설공·주해와 함께 늦도록 술을 마시며 담소를 나누다가 공관으로 돌아갔다. 그후로 신릉군은 자주 모공과 설공을 만나 함께 즐겼다.

평원군이 이 소문을 듣고서 그 부인에게 말한다. 앞에서도 말했지만 평원군의 부인은 바로 신릉군의 친누이였다.

"부인의 친정 동생인 신릉군은 호걸豪傑로 천하에 이름이 높소. 그런데 들리는 소문에는 신릉군이 날마다 도박하는 집 사람과 간장 파는 집 사람을 사귀고 있다 하니 매우 듣기 괴롭구려. 나는 이 일이 신릉군의 명예에 관한 문제인 줄 아오."

그후 평원군의 부인은 신릉군을 만난 자리에서 남편의 말을 전했다.

신릉군이 탄식한다.

"나는 평원군이 어진 분인 줄 알았소. 그래서 위왕魏王까지 속이고 군사를 탈취해와서 조나라를 구제했소. 한데 이제 알고 보니 평원군은 많은 빈객을 거느리고 뽐낼 줄만 알았지 어진 선비를 전혀 알아보지 못하는구려. 나는 위나라에 있을 때부터 조나라에 모공과 설공이란 두 어진 분이 있다는 소문을 들었습니다. 오래 전부터 그저 거리가 멀어 두 분을 만나지 못하는 것을 한탄했지요. 그런데 이제야 두 분과 친하게 되었으니 숙원宿願을 푼 셈이지요. 나는 아직도 그 두 분이 속으로 나를 싫어하지나 않을까 가끔 염려합니다. 그런데 평원군은 이러한 나 때문에 창피하다고 생각하는 모양이니 한심하군요. 훌륭한 선비를 좋아하는 평원군이 어찌 그럴 수 있습니까? 그렇다면 누님은 섭섭히 생각하실지 모르지만, 평원군은 어질지 못한 분입니다. 이제 나는 이러한 조나라에서 더 이상 머물고 싶지 않습니다."

그날로 신릉군이 자기 문객들에게 분부한다.

"나는 조나라에 환멸을 느꼈소. 우리 다른 나라로 갑시다. 즉시 떠날 준비를 하오."

평원군은 신릉군이 떠날 준비를 하고 있다는 기별을 받고 깜짝 놀랐다.

평원군이 부인에게 묻는다.

"나는 한번도 실례를 범한 일이 없는데 신릉군은 어째서 갑자기 나를 버리고 떠나려는 것일까. 부인은 혹 그 이유를 아시오?"

이에 평원군의 부인은,

"첩의 친정 동생은 당신이 어질지 못해 떠난다고 합디다."

하고 신릉군에게서 들은 말을 전했다.

평원군이 소매로 얼굴을 가리면서 탄식한다.

"신릉군은 우리 나라에 어진 사람이 두 분이나 계시다는 걸 알고 있었는데 나는 몰랐구려! 참으로 신릉군은 나보다 몇 배나 뛰어난 인물이오! 내 어찌 부끄럽지 않으리오!"

평원군은 즉시 수레를 타고 신릉군이 머물고 있는 관사館舍로 갔다.

평원군이 관冠을 벗고 신릉군에게 머리를 조아리며 공손히 사과한다.

"대군은 지난번에 내가 아내에게 실언失言한 죄를 용서하오."

그제야 신릉군은 떠날 준비를 중지하고 그대로 조나라에 머물렀다. 이 소문이 퍼지자 지금까지 평원군 문하에 있던 빈객들 대부분이 평원군을 버리고 신릉군 문하로 들어갔다.

그후 사방 여러 나라에서 조나라로 놀러 오는 선비들도 모두 신릉군에게 가서 문객이 되었다. 이리하여 평원군의 인기는 날로 떨어졌다.

염옹이 시로써 이 일을 읊은 것이 있다.

간장을 팔고 도박장에 있다는 것이 그 인품과 무슨 관계가 있으리오.

신릉군은 호화스러운 공자의 몸이건만 능히 모공, 설공과 친근했도다.

우습구나! 평원군은 멀리 내다보는 지각이 없어서

오히려 자기 부귀만 믿고 어진 사람들을 업신여겼도다.

賣漿縱博豈嫌貧

公子豪華肯辱身

可笑平原無遠識

却將富貴壓賢人

이야기는 잠시 지난날로 돌아간다.

위나라 위안리왕은 신릉군을 잡으러 간 위경衛慶의 서신을 받았다. 그 서신에 하였으되,

대왕의 병부를 훔쳐간 사람은 바로 신릉군 공자 무기올시다. 신릉군은 이미 진비 장군을 죽이고 조나라를 구원하기 위해서 만반의 준비를 갖추고 있습니다. 신은 지금 신릉군 군중軍中에

붙들려 있기 때문에 돌아가지 못하고, 이렇듯 사람을 시켜 그간 경과만 보고드립니다.

위안리왕이 노발대발한다.

"신릉군의 가속家屬(가족)과 그 빈객들을 모조리 잡아들여라! 내 그들을 몰살하리로다!"

사태는 몹시 심각해졌다.

여희如姬가 위안리왕 앞에 나아가서 무릎을 꿇고 아뢴다.

"병부를 훔친 사람은 신릉군이 아니옵고 바로 첩입니다. 첩의 죄는 만 번 죽어도 마땅합니다. 그저 이 몸을 죽여주십시오! 신릉군에겐 아무 죄도 없습니다."

위안리왕이 더욱 격분하여 부르짖는다.

"그래, 병부를 훔친 자가 바로 너란 말이냐?"

여희가 대답한다.

"지난날에 첩의 아비는 어떤 놈에게 살해당했습니다. 대왕께선 일국의 왕이건만 첩의 원수를 갚아주시지 못했습니다. 그런데 신릉군은 기어코 그놈을 찾아내어 첩의 원수를 갚아주었습니다. 첩은 늘 신릉군의 은혜를 잊을 수 없어 어찌하면 그 은혜에 보답할 수 있을지 생각해왔습니다. 그러던 차에 신릉군은 조나라 평원군에게 출가한 누님을 생각하며 밤낮으로 근심하고 슬퍼했습니다. 그래서 첩은 보다못해 병부를 훔쳐 신릉군에게 내주며 속히 진비의 군사들을 빼앗아 거느리고 가서 조나라를 구원하라고 했습니다. 첩이 듣건대 한집안 사람이 다른 사람과 싸우면 그 일가친척은 의관衣冠을 벗고 달려가서 도와주는 법이라고 하더이다. 그런데 우리 위나라는 조나라와 인척간입니다. 사가私家(개인의 살림

집)의 한집안 식구나 다름없습니다. 대왕께서 지난날의 의리를 잊으셨기 때문에 신릉군이 대왕을 대신해서 친척을 도우러 간 것입니다. 만일 이번에 신릉군이 진나라 군사를 무찔러 조나라를 완전히 구제하면, 이는 바로 우리 위나라의 명예인 동시에 대왕께선 천하에 위엄을 떨치게 됩니다. 그때에 첩은 만 번 죽음을 당한다 해도 여한이 없겠습니다. 물론 오늘날 신릉군의 가족과 그 빈객들을 모조리 죽이기는 쉽습니다. 만일 다음날에 신릉군이 싸움에 진다면 그만이지만, 혹 그가 이겨서 돌아온다면 그때 대왕께선 어찌하시렵니까? 한번 죽인 가족과 빈객들을 다시 살릴 수는 없습니다. 대왕께선 이 점을 깊이 생각하소서!"

위안리왕은 아무 대답도 하지 않고 생각에 잠겼다. 한참 만에 위안리왕이 묻는다.

"네가 병부를 훔쳤다면 그것을 신릉군에게 전한 자는 누구냐?"

여희가 대답한다.

"내시 안은顔恩을 시켜서 보냈습니다."

위안리왕이 좌우 무사에게 분부한다.

"내시 안은을 잡아들여라!"

곧 내시 안은이 무사들에게 붙들려 들어왔다.

위안리왕이 내시 안은을 굽어보고 추상같이 묻는다.

"네 어찌 감히 신릉군에게 병부를 갖다주었느냐?"

내시 안은이 대답한다.

"소인은 병부가 어떤 것인지 알지도 못합니다."

여희가 내시 안은을 흘겨보며 말한다.

"내가 지난날 신릉군 부인께 전하라면서 너에게 목합木盒을 준 일이 있지 않느냐! 바로 그 목합 속에 병부가 들어 있었느니라!"

내시 안은이 여희가 말하는 뜻을 선뜻 알아채고 대성통곡한다.

"소인은 그날 분부대로만 거행했습니다. 보통 때도 목합을 봉해서 보내시곤 하기에 소인은 그저 맛있는 반찬이나 떡이 들어 있는 줄로만 알았습니다. 한데 어찌 그 속에 소인을 죽일 물건이 들어 있을 줄 꿈엔들 알았겠습니까? 소인은 참 억울하게 죽나 보옵니다."

여희 또한 흐느껴 울면서 아뢴다.

"모든 죄는 다 첩에게 있습니다. 대왕께선 다른 사람을 벌하지 마소서."

위안리왕이 좌우를 돌아보며 분부한다.

"내시 안은을 옥에 가두고 여희를 냉궁冷宮에 감금하여라!"

그런 후에 위안리왕이 대신들에게 분부한다.

"즉시 사람을 보내어 그후 신릉군이 어찌 되었는지 자세히 알아오도록 하오."

위안리왕은 먼저 신릉군의 승부勝負부터 알아본 후에 다시 조처할 작정이었다.

두 달 남짓이 지났다. 장수 위경이 조나라에서 군사를 거느리고 신릉군의 소식을 탐지하러 갔던 사자와 함께 돌아왔다.

장수 위경이 위안리왕 앞에 국궁하고 아뢴다.

"신릉군은 진나라 군사를 크게 무찔러 조나라를 구제했습니다. 지금 신릉군은 자기 죄가 지중하기 때문에 돌아오지 못하고 조나라 한단성에 머물러 있습니다. 신이 떠날 때 신릉군은 '대왕의 성수무강을 빕니다. 다음날에 처벌을 받으러 돌아가겠습니다' 하고 말했습니다."

그리고 위경은 신릉군이 진나라 군사와 싸워서 이긴 경과를 자세히 보고했다.

모든 신하가 일제히 위안리왕에게 절하면서 외친다.

"만세, 만세, 만만세!"

위안리왕이 함빡 웃음을 지으며 좌우 사람에게 분부한다.

"여희를 냉궁에서 데려오고, 내시 안은을 곧 석방하여라."

여희가 냉궁에서 나오는 길로 위안리왕에게 아뢴다.

"조나라를 돕는 데 성공하여 이제 진나라가 대왕의 위엄을 두려워하고 조왕이 대왕의 덕을 입게 된 것은 다 신릉군의 공입니다. 신릉군이야말로 이 나라의 장성長城이며 국가의 보배입니다. 그러한 신릉군을 어찌 다른 나라에 버려둘 수 있겠습니까? 대왕께선 곧 사신을 보내사 신릉군을 소환하시고 형제의 정(신릉군은 위안리왕의 친동생이다)을 돈독히 하시어 어진 사람의 의義를 높이 표창하십시오."

위안리왕이 천천히 머리를 저으며 대답한다.

"신릉군의 죄를 용서해준 것만으로도 충분하다. 그에게 무슨 공이 있단 말인가? 지난날 신릉군의 소유였던 고을을 돌려주고 전처럼 부중의 비용이나 대어주면 그만이지 새삼스레 그를 소환할 건 없다."

그후로 위나라와 조나라는 다 함께 태평세월을 누렸다.

한편, 진소양왕은 패잔병을 거느리고 진나라로 돌아갔다. 세자 안국군安國君은 왕손王孫 자초子楚(구명舊名은 이인異人)를 데리고 교외에 나가서 진소양왕을 영접했다. 그리고 그들은 여불위의 큰 공로를 아뢰었다.

진소양왕은 궁으로 들어가는 즉시 여불위를 불러들여 객경 벼슬을 봉하고 식읍 1,000호를 하사했다.

진소양왕은 위나라 군사에게 항복한 정안평에겐 대로하여 보복으로 그의 가족을 모조리 죽여버렸다.

정안평은 지난날 범저范雎와 함께 위나라에서 진나라로 도망쳐 온 사람이다. 그러므로 정안평은 원래부터 승상 범저의 직속 부하였다.

진나라 국법은 어떤 사람이 죄를 지었을 경우엔 그 사람을 천거한 사람까지도 처벌하게 되어 있었다. 이미 정안평이 위나라 군사에게 항복했고 그 가족이 모두 죽음을 당했으니 승상 범저인들 어찌 안전할 수 있으리오. 더구나 지난날 정안평을 천거한 사람은 바로 승상 범저였다.

이에 범저는 책임상 궁문 밖에 가서 석고대죄席藁待罪(죄과에 대해 처벌을 기다림)를 했다. 장차 범저의 목숨은 어찌 될 것인가.

진秦, 주周를 쳐 없애다

　진秦나라 승상丞相 범저范雎는 위魏나라 군사에게 항복한 정안평鄭安平을 천거한 죄로 석고대죄했다. 그러나 진소양왕秦昭襄王은 범저에게 벌을 내리지 않았다.

　"정안평을 싸움에 내보낸 것은 과인의 뜻이었다. 그러니 범저는 이 일과 아무런 관계가 없다. 범저를 즉시 승상의 자리로 복귀시켜라."

　참으로 고마운 분부였다. 모든 신하는 이러한 진소양왕의 처분에 대해 의론이 분분했다. 많은 신하들이 범저를 엄벌에 처해야 한다고 입을 모았다. 진소양왕은 이런 중론衆論 때문에 범저가 불안해할 것을 염려하여 다시 영을 내렸다.

　"죄는 정안평에게만 있다. 그래서 그 가족을 모조리 죽였다. 만일 이 일에 대해서 다시 중언부언重言復言하는 자가 있으면 그 즉시 참하리라!"

　얼음장 같은 호령이라 다시는 감히 이 일을 말하는 자가 없었다. 게다가 진소양왕은 범저를 전보다 더 극진히 대우했다. 이에 범저는 매우 송구스러워하면서 동시에 이런 생각을 했다.

'이럴수록 진왕의 뜻을 잘 맞추어 총애를 얻고 나의 지위를 확고히 해야 한다.'

마침내 범저가 진소양왕에게 아뢴다.

"대왕께선 막연히 때만 기다리실 것이 아니라 기회를 만드셔야 합니다. 대왕께선 주周나라를 쳐서 없애버리고 곧 제왕의 칭호를 쓰십시오."

진소양왕은 이 말에 감명을 받은 듯 흔연히 머리를 끄덕였다. 진소양왕은 즉시 장당張唐을 대장으로 삼았다. 이에 장당은 군사를 거느리고 한韓나라로 쳐들어갔다. 이는 한나라 양성陽城을 함몰하여 주나라로 통하는 삼천三川 길을 장악하기 위해서였다.

한편, 초나라 초고열왕楚考烈王은 위나라 신릉군信陵君이 진나라 군사를 격파하고 조趙나라를 구제했다는 소문을 들었다. 그런지 수일 후, 조나라를 도우러 갔던 춘신군春申君 황헐黃歇이 아무 공로도 세우지 못한 채 회군해 돌아왔다.

초고열왕이 탄식한다.

"조나라 평원군이 과인에게 와서 합종合縱하자고 조르던 것이 헛소리는 아니었구나! 과인에게도 위나라 신릉군 같은 인물만 있다면야 그까짓 진나라 하나쯤을 두려워할 리 있으리오!"

이 말을 듣고 춘신군 황헐은 무안해서 얼굴을 붉혔다.

춘신군 황헐이 조심스레 초고열왕에게 아뢴다.

"지난날 합종을 맺었을 때 대왕께선 맹장盟長으로 추대되셨습니다. 이번에 진나라 군사는 용기와 기운을 잃었으니, 이 참에 대왕께선 모든 나라로 사신을 보내어 군사를 일으키게 하고 함께 힘

을 합쳐 진나라를 치십시오. 특히 주周 왕실을 내세우고 주 천자
天子의 명을 받들어 진나라를 치시면 더욱 성과가 클 것입니다."

초고열왕은 흔연히 고개를 끄덕이고 즉시 주나라로 사신을 보
내어 진나라를 치겠다고 고했다. 이때 주난왕은 진나라 군사가 이
미 한나라로 쳐들어와서 삼천三川 땅으로 몰려든다는 보고를 받
았다.

"음, 마침내 진나라가 우리 주나라를 치려고 길을 여는구나!"

이에 주난왕은 근심했다. 바로 이런 때 초나라 사신이 와서 진
나라를 치겠다고 하니 주난왕으로선 여간 반가운 일이 아니었다.
그야말로 불감청不敢請이언정 고소원固所願(감히 청하지는 못할 일
이나 본래부터 바라던 바라)이었다.

주난왕이 속으로 생각한다.

'병법에 이르기를, '남보다 앞서 일을 도모하면 남을 제어할 수
있다'고 했다. 초나라가 모든 나라와 연합하여 진나라를 치겠다
고 하니 참 좋은 기회다. 이 기회를 놓쳐선 안 된다.'

이에 주난왕은 두말없이 초나라 사신의 청을 허락했다. 마침내
초나라는 조趙 · 위魏 · 한韓 · 연燕 · 제齊 다섯 나라로 사람을 보
내어 일제히 군사를 일으키기로 합의를 보았다.

그런데 주난왕은 비록 천자의 지위에 있건만 그 힘은 미약하기
짝이 없었다. 명색만 천자이지 아무런 실권도 능력도 없었다.

이때 주나라는 한나라와 조나라에 의해 이미 두 조각이 나 있었
다. 낙읍洛邑의 하남河南 쪽에 있는 왕성王城을 서주西周라 하고,
공성鞏城을 중심으로 한 그 일대를 동주東周라 일컬었다. 그래서
서주는 서주공西周公이 다스리고, 동주는 동주공東周公이 다스리
고 있었다. 주난왕은 동주에서 서주의 왕성으로 옮겨와서 서주공

을 의지하고 사는 중이었다.

주난왕은 여섯 나라와 호응해서 진나라를 치기로 했다. 그러나 서주공에게 명하여 군사를 모집했지만 모여든 자라고는 5,000 내지 6,000명에 불과했으니 비참한 일이었다. 그나마 군사 5,000 내지 6,000명을 건사할 만한 비용은 물론이고 나눠 줄 병거나 말도 없었다. 그래서 서주공은 주난왕을 대신해서 돈 있는 백성들을 찾아다니며 군자금軍資金을 꾸고 대신 국채권國債券을 남발했다. 곧 진나라를 쳐서 이기고 돌아오는 날에는 전리품戰利品으로 비싼 이자까지 갚겠다는 조건이었다.

이리하여 주나라 군사는 군사로서 겨우 명색을 갖추었다. 그들은 서주공의 인솔 아래 이궐伊闕 땅에 가서 둔치고 여섯 나라 군사가 모여들기만 고대했다.

이때 한나라는 쳐들어온 진나라 군사와 싸우기에 바빠서 군사를 보낼 여가가 없었다. 또 조나라는 진나라의 포위에서 풀려난 지도 얼마 안 되어서 아직도 공포가 채 가시지 않았기 때문에 주저했고, 제나라는 진나라와 친한 사이여서 군사를 일으키려 하지 않았다. 그래서 연나라 장수 악간樂閒(창국군昌國君 악의樂毅의 아들)과 초나라 장수 경양景陽만이 군사를 거느리고 와서 군영을 세우고 대세를 관망했다.

한편, 진소양왕은 모든 나라가 일치단결되어 있지 않은 걸 알고서 대장 장당張唐에게 더욱 많은 군사를 보내어 속히 한나라 양성 땅을 함몰하도록 지시했다. 그리고 따로 장군 영규嬴樛에게 군사 10만 명을 주어 함곡관函谷關을 굳게 지키도록 했다.

그후 3개월이 지났다. 연나라와 초나라 군사는 3개월이 지나도록 다른 나라 군사들이 오지 않자 각각 본국으로 돌아가버렸다.

서주공도 어쩔 도리가 없어서 군사를 거느리고 왕성王城으로 돌아갔다. 그러니 결국 만사는 수포로 돌아간 셈이었다. 서주의 부호들은 각기 국채권을 들고 날마다 궁문으로 몰려가서 아우성을 쳤다.

"어서 우리 돈을 갚아라!"

그들의 아우성 소리는 주난왕의 침소까지 들려왔다. 주난왕은 부끄럽고 괴로워서 견딜 수가 없었지만, 그렇다고 빚을 갚을 방법도 없었다. 주난왕은 마침내 고대高臺로 몸을 피했다. 후세 사람들은 그 고대를 피채대避債臺(빚을 피해 숨어 있던 대)라고 불렀다.

한편 진소양왕은 연·초 두 나라 군사가 각기 본국으로 돌아갔다는 보고를 받고 기뻐했다. 이에 진소양왕은 시각을 지체하지 않고 영규와 장당 두 장군에게 총공격을 명했다.

진나라 군사는 거침없이 한나라 양성陽城 땅을 함몰하고 삼천 길로 빠져나가 드디어 서주에 육박했다. 주난왕은 군사도 부족하고 군량도 없어서 진나라 군사를 막을 도리가 없었다. 마침내 주난왕은 삼진三晉(위魏·조趙·한韓)으로 달아나려 했다.

서주공이 주난왕을 말린다.

"옛날에 태사太史 담儋은, '500년 후에 주나라와 진나라는 하나로 합칠 것이다. 그때가 되면 새로운 패왕霸王이 나타날 것이다'라고 예언했습니다. 그때가 바로 오늘날이 아닌가 합니다. 진나라는 지금 무서운 힘으로 천하를 석권할 기세입니다. 머지않아 삼진도 진나라에 굴복하고 말 것입니다. 그때 대왕께선 또 어디로 달아나시렵니까? 공연히 두 번씩이나 욕을 당하지 마시고 일찌감치 진나라에 항복하십시오. 그러면 진나라가 대왕께 감히 부실한 대접이야 하겠습니까?"

주난왕은 고개를 푹 숙이고 아무 말도 하지 못했다. 이제는 어찌해볼 도리가 없었다. 드디어 주난왕은 모든 신하와 자질子姪(아들과 조카)들을 데리고 문왕묘文王廟와 무왕묘武王廟 앞에 가서 사흘 동안 대성통곡했다.

그런 후에 주난왕은 친히 진나라 군사에게 가서 지도地圖를 바쳤다. 진나라 장군 영규가 받아본즉 그 지도엔 성성城 36곳과 호수戶數 3만이 기입되어 있었다. 이리하여 서주는 모조리 진나라의 소유가 되고 말았다. 이제 남은 곳이라고는 동주東周뿐이었다.

진나라 장군 영규는 먼저 장당을 시켜 주난왕을 진나라로 호송하게 했다.

구슬픈 일이었다. 만승천자萬乘天子 주난왕이 모든 신하와 자손들을 거느리고 진나라로 붙들려 들어가니 기막힌 노릇이 아닐 수 없었다. 이와 반대로 진나라 장군 영규는 친히 군사를 거느리고 낙양성洛陽城으로 들어가서 새로이 경계를 정했다.

한편 주난왕은 진나라 함양성에 이르러 진소양왕 앞에 나아가서 국궁재배鞠躬再拜(몸을 굽혀 두 번 절함)하고 머리를 조아려 사죄했다. 진소양왕은 주난왕이 불쌍한 생각도 들었으나 그에게 겨우 양성梁城 땅을 봉한 뒤 천자의 왕호를 삭탈하고 주공周公 벼슬로 깎아내렸다.

이리하여 주난왕은 하루아침에 천자의 극진한 지위를 잃고 한낱 진나라 부용附庸(속국이란 뜻)의 벼슬아치가 되었다.

진소양왕이 분부한다.

"서주공을 가신家臣으로 삼고, 동주공東周公의 벼슬을 깎아 군君으로 삼아라."

이리하여 동주공은 동주군東周君이 되었다.

연로한 주난왕은 툭하면 주·진 두 나라 사이로 끌려다니느라 몹시 고통을 받았다. 그러다가 주난왕은 양성 땅으로 부임해갔으나 결국 도착한 지 한 달도 못 되어 병으로 세상을 떠나고 말았다.

드디어 진소양왕이 장군 영규에게 분부한다.

"장군은 힘센 장정들을 데리고 주나라 낙양에 가서 종묘를 헐어버리고 제기祭器와 구정九鼎(중국 하夏나라 우왕禹王 때 전국 아홉 주州에서 바친 금으로 만든 솥. 그후 대대로 천자에게 전해지는 보물)을 운반해오오."

장군 영규는 장정들을 데리고 주나라에 당도하는 즉시 주나라 종묘와 사직단社稷壇을 헐어버렸다. 그리고 모든 제기와 천자의 통치권을 상징하는 아홉 개의 솥을 큰 수레에 나눠 실었다.

주나라 백성들 가운데 진나라를 위해 일하기 싫은 자들은 모두 동주東周 구역으로 달아나 공성鞏城 땅에서 동주군을 의지하고 살았다. 비록 나라는 망했지만 민심은 변하지 않았던 것이다.

구정을 운반하기 전날 밤이었다. 어디선지 난데없는 곡성哭聲이 진동했다. 백성들이 울음소리가 나는 곳으로 가본즉 바로 아홉 개의 솥에서 곡성이 터져나오고 있었다.

이튿날, 구정은 마침내 주나라 낙양성을 떠나 사수泗水 가의 배로 운반되었다. 배가 사수의 중류쯤 갔을 때 아홉 개의 솥 중 하나가 저절로 날더니 강물 속으로 들어가버렸다.

진나라 장군 영규는 이를 보고 놀라 즉시 강물 속으로 사람을 들여보냈다. 그 사람이 강물로 뛰어들어가서 둘러보았으나 솥은 어디에도 없었다. 다시 찾아보려고 두리번거리는데 바로 저편에서 청룡青龍 한 마리가 나타나 고개를 들고 비늘과 수염을 꼿꼿이 세운 채 눈을 크게 부릅뜨고 이쪽을 노려보지 않는가! 물 속을 더

듣던 사람은 기겁을 해 외마디 소리를 지르며 즉시 물위로 솟아 뱃전을 잡고 기어올라갔다.

그 사람은 장군 영규에게 자기가 본 바를 소상히 고했다. 그때 갑자기 큰 파도가 일기 시작했다. 사람들은 모두 사색이 되어 배 안에 넙죽 엎드렸다. 그러나 배는 뒤집히지 않고 나뭇잎처럼 파도에 휩쓸린 채 겨우 사수를 건넜다.

그날 밤 진나라 장군 영규의 꿈에 주무왕周武王이 나타났다. 주무왕은 태묘太廟에 높이 앉아 있었다.

주무왕이 추상같이 호령한다.

"이놈, 영규야! 네 어찌하여 나의 종묘를 헐고 귀중한 보물을 다 가져가느냐! 여봐라! 저놈을 잡아 엎치고 곤장 300대를 쳐라!"

명령이 떨어지기가 무섭게 좌우에서 무장武將들이 달려들어 영규를 잡아 곤장 300대를 쳤다. 놀라 깨고 나니 꿈이었다.

장군 영규는 온몸이 아프고 특히 등골이 쑤셔서 견딜 수가 없었다. 그러더니 이튿날부터 등창[背疽]이 생겨나기 시작했다. 병이 난 영규는 시름시름 앓으면서 진나라 함양으로 돌아갔다.

영규는 운반해온 여덟 개의 솥과 제기를 진소양왕에게 바치고 도중에서 겪은 일을 낱낱이 고했다.

진소양왕은 즉시 뜰로 내려가서 여덟 개의 솥을 살펴보았다. 중국 아홉 주[九州]의 명칭을 새긴 그 솥들 가운데 다른 것은 다 왔건만 오직 예주豫州(중국을 아홉 주로 나눴을 때 주나라는 바로 예주 땅 소속이었다)라 새겨져 있는 솥 하나만 없었다.

진소양왕이 길이 탄식한다.

"이제 천하의 땅이 모두 진나라 것이 되었는데 하필이면 예주를 상징하는 솥 하나만이 과인을 따르지 않는단 말이냐! 속히 많은 사람을 보내어 그 솥을 찾아오도록 하여라!"

장군 영규가 간한다.

"조금 전에도 말씀드린 것처럼 그 솥은 청룡이 지키고 있는 신령스런 물건입니다. 사람을 보내보았자 찾지 못할 것입니다."

이에 진소양왕은 거듭 탄식하고 그 솥을 단념했다.

그후 한 달이 못 되어 장군 영규는 등창으로 죽었다.

진소양왕은 주나라에서 옮겨온 여덟 개의 솥과 제기를 진나라 태묘에 진열했다. 그리고 옛 도읍지인 옹주雍州에 가서 상제上帝에게 제사를 지냈다. 그런 후에 진소양왕은 천하 열국列國으로 사신을 파견하여 포고布告했다.

모든 나라 군후는 각기 입조入朝하여 조공을 바치고 진나라를 축하하라. 만일 이 명령에 복종하지 않는 나라가 있으면 즉시 가서 정벌하리로다.

진소양왕의 포고문은 마치 천자라도 된 듯한 투였다. 이에 맨먼저 진나라에 들어가서 진소양왕 앞에 머리를 조아리고 칭신稱臣한 것은 한나라 한환혜왕韓桓惠王이었다. 제齊·초楚·연燕·조趙 네 나라도 각기 진나라로 정승을 보내어 진소양왕을 축하했다.

그런데 위魏나라에서만 아무 소식이 없었다. 이에 진소양왕은 하동河東 땅 수장守將 왕계王稽에게 사람을 보내어 즉시 군사를 거느리고 가서 위나라를 치라고 명령했다.

그러나 하동 수장 왕계는 일찍부터 돈을 받아먹고 위나라와 내통하고 있었다. 그래서 즉시 위나라에 이 사실을 통지해주었다. 이에 위안리왕魏安釐王은 겁을 먹고 곧장 진나라로 사신을 보내어 사죄했을 뿐만 아니라 세자 증增을 볼모로까지 보냈다. 이때부터 육국六國은 실상 진나라에 항복한 것이나 다름없었다.

이때가 바로 진소양왕 52년이었다.

그후 진소양왕은 하동 수장 왕계가 일찍이 위나라와 내통해온 사실을 알아냈다. 그는 즉시 왕계를 잡아 올려 능지처참했다. 이리하여 지난날 승상 범저가 재차 천거했던 왕계마저 위나라와 내통한 죄로 죽음을 당했다. 승상 범저는 더욱 불안하기만 했다.

어느 날 진소양왕은 조회에 나와서 말없이 한숨만 내쉬었다.

승상 범저가 가까이 나아가 아뢴다.

"신臣이 듣건대 임금에게 근심이 있으면 신하가 굴욕을 당해야 하며, 임금이 굴욕을 당하면 신하 되는 사람은 마땅히 죽어야 한다고 하더이다. 이제 대왕께서 조회에 나오사 매양 한숨만 쉬시는데 저희 신하들은 그 연유를 알 수 없어 대왕의 근심을 함께하지 못하고 있습니다. 혹 신에게 무슨 잘못이 있거든 신을 처벌하십시오."

진소양왕이 대답한다.

"대저 모든 일은 손발이 맞아야 성공하는 법이오. 한데 지난날 무안군武安君 백기白起는 죽음을 당했고, 정안평은 과인을 배반한 채 위나라로 항복해갔소! 아직도 나라 밖엔 강적強敵들이 많은데 국내엔 훌륭한 장수가 없소. 그래서 과인이 근심하는 거요."

승상 범저는 얼굴이 화끈거리며 무섭기만 했다. 무안군 백기를 죽게 한 것도 자기이며, 위나라에 항복한 정안평 또한 자기가 직접 천거했던 사람이다.

범저는 진소양왕이 자신을 책망하는 것만 같아 등에서 식은땀이 흘렀다. 결국 범저는 아무 소리도 못하고 궁에서 물러나갔다.

이때 연나라 출신으로 채택蔡澤이란 사람이 있었다. 채택은 박식하고 구변口辯이 뛰어났다. 그는 자기 재주만 믿고서 수레를 타고 여러 나라로 유세하며 돌아다녔다. 그러나 어느 나라 왕도 채택을 등용해주지 않았다.

그후 채택은 흘러흘러 위나라 도읍 대량성大梁城에 이르렀다. 이때 대량성 안에 관상 잘 보기로 유명한 당거唐擧란 사람이 있었다.

채택이 당거를 찾아가서 묻는다.

"선생은 지난날에 조나라 이태李兌의 관상을 보고 '100일 안에 조나라 정승이 된다'고 예언해서 맞힌 일이 있다던데 사실인가요?"

당거가 대답한다.

"그런 일이 있었소."

채택이 다시 묻는다.

"그럼 내 관상도 좀 봐주오."

당거가 채택을 보고 웃으며 말한다.

"선생의 코는 마치 버러지〔蝎蟲〕같고, 어깨는 목덜미보다 높으며, 장대한 얼굴은 쭈글쭈글하고, 눈썹은 짜부라졌으며, 두 다리는 안으로 휘었으니…… 글쎄올시다. 내가 듣기엔 성인聖人만은 관상으로도 알아볼 수 없다던데…… 아마 선생 같은 분이 바로 성인이나 아닌지요. 하하하하……"

채택은 당거가 농담하는 것을 알고 말한다.

"내가 장차 부귀할 상이란 것쯤은 알고 있소. 그런데 얼마나 수壽를 누릴지 그걸 모르겠단 말이오."

당거가 대답한다.

"선생은 앞으로 43년 간은 살 수 있소."

채택이 기뻐하면서 껄껄 웃는다.

"내가 장차 고량진미膏粱珍味를 먹고, 좋은 말이 이끄는 높은 수레를 타고, 황금으로 만든 인印을 차지하고, 허리에 자수紫綬(높은 관원이 차는 호패號牌의 자색紫色 술)를 두르고서 훌륭한 임금을 섬기기엔 43년이면 넉넉하오."

그후 채택은 한나라와 조나라에도 가서 유세했으나 아무도 그를 써주지 않았다. 그는 다시 위나라로 향했다.

채택은 위나라 교외에 이르러 그만 강도를 만나 노비마저 몽땅 빼앗겼다. 그는 며칠 동안 배를 곯으며 나무 밑에 늘어져서 쉬고 있었다. 이때 마침 관상쟁이 당거가 그곳을 지나다가 힘없이 늘어져 있는 채택을 보았다.

당거가 가까이 가서 희롱조로 묻는다.

"그래, 선생은 아직도 부귀를 얻지 못하셨소?"

채택이 눈을 게슴츠레 뜨고서 대답한다.

"너무 성급히 기대하지 마오. 차차 되겠지요."

당거가 말한다.

"선생은 금수金水의 골상骨相이라 서쪽으로 가야만 운이 열리오. 지금 진나라 승상 범저는 그간 정안평과 왕계를 천거한 것이 도리어 죄가 되어 난처한 입장에 놓여 있답디다. 바로 이런 때 서쪽 진나라로 가야 하는데 선생은 왜 이렇게 궁상만 떨고 있소?"

채택이 부스스 일어나면서 대답한다.

"길은 멀고 노비는 한푼도 없으니 어찌하리오!"

당거가 자기 주머니에 있는 돈을 내주며 말한다.

"이걸로 노비나 하오."

이리하여 채택은 마침내 위나라를 떠나 서쪽 진나라로 향했다.

진나라 함양성에 당도한 채택이 여점旅店(여관)을 잡고 주인에게
말한다.

"좋은 쌀로 밥을 짓고 살지고 맛있는 고기로 반찬을 만들어주
게. 내 머지않아 진나라 승상이 되면 넉넉히 갚아줌세!"

여점 주인이 눈이 휘둥그레지면서 묻는다.

"손님은 누구시관데 감히 이 나라 승상 자리를 바라십니까?"

"나의 성은 채이며 이름은 택이네. 나는 천하의 웅변가雄辯家이
며, 지혜 있는 선비지. 내 이번에 특별히 진왕을 보러 왔네. 진왕
이 나를 보기만 하면 기꺼이 내 말을 믿을 것이라. 곧 지금 승상
자리에 있는 범저를 내쫓고 그 대신 나의 허리에다 승상의 인을
걸어주리라."

여점 주인은 다른 손님들에게,

"세상엔 별 미친 사람도 다 있소."

하고 채택의 말을 흉내까지 내면서 웃었다.

그런데 그 여점에 있는 손님들 중에 공교롭게도 승상 범저의 문
객 한 사람이 있었다. 그 문객은 이 말을 듣고 즉시 승상의 부중府
中으로 가서 범저에게 여점 주인한테 들은 바를 그대로 고했다.

범저가 화를 내며 분부한다.

"나는 오제五帝 삼대三代 때의 일과 제자백가諸子百家의 설說을
다 알고 있다. 세상에서 내로라 하는 웅변가도 내 앞에선 모두 굴
복했다. 도대체 그 채택이란 놈은 어떤 놈이관데 진왕을 설득하여
내 승상의 인을 가로채겠다더냐! 즉시 여점으로 사람을 보내어 그
놈을 잡아오너라!"

승상 부중의 사람들은 풍우風雨같이 여점으로 달려갔다.

"우리는 미친 놈을 잡으러 왔다!"

당황한 여점 주인이 채택에게 알린다.

"손님, 야단났소이다. 손님을 잡으려고 승상부에서 사람들이 나왔습니다. 가기만 하면 큰 화를 면치 못할 텐데…… 이거 큰일 났습니다."

채택이 껄껄 웃으며 말한다.

"그래, 그거 참 잘되었군. 범저가 나를 보면 그 즉시 승상의 인을 넘겨주지 않을 수 없을 것이네. 진왕부터 만날 필요도 없게 되었으니 일은 잘된 셈이지."

여점 주인이 벌벌 떨며 부탁한다.

"손님은 정신 바짝 차리십시오. 그렇게 미친 소리만 하다간 나까지 붙들려가게 됩니다."

채택은 꾀죄죄한 베옷에 다 떨어진 짚신을 신고 승상부로 붙들려갔다.

승상 범저는 높은 자리에 버티고 앉아 채택이란 자가 들어오기만 기다리고 있었다. 채택은 들어가서 승상 범저에게 읍揖만 하고 절은 하지 않았다. 범저 또한 자리에 앉으란 말 한마디 없이 대뜸 소리를 지른다.

"밖으로 돌아다니면서 나 대신 진나라 승상이 되겠다고 떠든 자가 바로 너냐?"

채택이 단정히 선 채로 대답한다.

"바로 그러하오."

"네가 무슨 사설辭說로 우리 대왕을 설득시켜 나의 벼슬을 뺏겠다는 거냐?"

"참으로 슬픈 일이오! 대감은 어찌 이다지도 앞날을 내다볼 줄 모르시오? 대저 춘하추동 사시절의 순서를 보시오. 무릇 성공한 자는 물러나야 하며, 뒤에 오는 자는 나아가는 법이오. 이제 대감은 물러서야 할 때요."

범저가 또랑또랑한 목소리로 묻는다.

"내가 물러서지 않는데 누가 나를 몰아낸단 말인가?"

채택이 조용히 대답한다.

"대저 사람이 몸이 튼튼하고, 손발이 잘 듣고, 정신이 총명하고, 지혜가 넘쳐날 때 천하에 도를 실천하고 덕을 펴면 세상이 어찌 그 사람을 공경하고 사모하지 않으리까?"

"그건 그렇고, 또 무슨 할말이 있는가?"

채택이 말을 계속한다.

"이리하여 천하에 자기 뜻을 성취하고, 편안히 부귀를 즐기고, 그 일생을 순조롭게 마치고, 부귀영화를 자손에게 전하고, 자손 대대로 부귀영화를 잃지 않는다면 세상이 어찌 그 사람을 복 많고 사리事理를 잘 아는 사람이라 부러워하지 않으리까!"

"그건 그렇고, 아직도 무슨 말이 남았는가?"

채택이 말을 계속한다.

"그런데 옛날 진나라 상앙商鞅과 초나라 오기吳起와 월나라 대부 문종文種은 비록 큰 공을 세웠으나 명대로 살지 못하고 비참한 죽음을 당했습니다. 그래, 대감도 그들처럼 되기를 원하십니까?"

범저는 가슴이 섬뜩했다.

'이자가 보통 솜씨가 아니구나! 같이 이해利害를 논하다가는 내가 꼼짝없이 몰리겠구나.'

그래서 범저는 일부러 채택에게 맞섰다.

"왜, 그들처럼 되면 못쓴다는 법이라도 있소? 저 상앙으로 말할 것 같으면 진효공秦孝公을 극진히 섬겼으며, 국가를 위해 자기 일신을 돌보지 않았소. 또한 법을 정하여 나라를 다스리고, 한때는 대장으로서 1,000리가 넘는 진나라 영토를 개척한 사람이오. 또 오기로 말할 것 같으면 초도왕楚悼王을 위해 귀족들의 세력을 꺾어 눌렀으며, 대군을 양성해서 남으론 오나라와 월나라를 평정하고 북으론 삼진三晉을 몰아낸 사람이오. 또 대부 문종으로 말할 것 같으면 월왕越王 구천句踐을 잘 섬겨 약한 월나라를 강대국으로 발전시켰고, 마침내 오나라를 무찔러 월왕 구천의 원한을 갚아준 사람이오. 이상 말한 세 사람은 비록 명대로 살지 못하고 죽었으나, 대장부로서 죽음을 두려워하지 않고 큰 공을 세웠으며 후세에 길이 이름을 남겼소. 그러니 그들처럼 된다고 나쁠 것이 뭐요?"

승상 범저는 비록 입으론 이렇게 대꾸했으나 실은 몹시 불안했다. 범저는 자리에서 일어나 실내를 거닐면서 채택의 대답을 기다렸다.

채택이 대답한다.

"임금이 성스럽고 신하가 어질면 이는 국가의 복이며, 아비가 인자하고 자식이 효성스러우면 이는 집안의 복이오. 그러므로 효자라면 누구나 아비가 인자하기를 원할 것이며, 어진 신하라면 누구나 성스러운 임금을 원하지 않겠습니까? 하지만 인간 세상이란 그렇게 간단하지 않습니다. 옛적에 비간比干은 만고에 보기 드문 충신이었건만 결국 은殷나라는 망하고 말았고, 세자 신생申生은 극진한 효자였건만 결국 진晉나라를 혼란 속으로 몰아넣었습니다. 이상 말한 두 사람은 지극한 충신이며 효자였건만 결국엔 그 임금과 아비를 구제하지 못했습니다. 그 까닭이 어디 있습니까? 바로 그 임금이 밝지 못하고 아비가 인자하지 못했기 때문입니다. 이 점을 깊이 생각해야 합니다. 그렇다면 옛 상앙과 오기와 대부 문종도 결국은 불행하게 죽은 사람들입니다. 그들이 후세에 이름을 남기기 위해 스스로 비명非命에 죽기를 원했겠습니까? 충신 비간이 죽음을 당하자 도리어 미자微子는 은나라를 떠났고, 소홀召忽이 죽음으로써 도리어 관중管仲은 제나라에 돌아가 큰 인물이 되었습니다. 그렇다고 '살아남은 미자와 관중이 죽은 비간과 소홀만 못하다'고 할 사가史家는 없습니다. 그러므로 비명에 죽는다고 반드시 좋은 것도 아니며, 명대로 산다고 해서 결코 나쁠 것도 없습니다. 그러기에 대장부가 이 세상을 사는 데도 몇 가지 종류가 있습니다. 명대로 살면서도 공명을 이룬 자가 상등上等 인물이며, 비록 후세에 공명은 남겼으나 비명으로 죽은 자가 차등次等 인물이며, 이름을 더럽히면서까지 뻔뻔스럽게 사는 자가 가장 하등下等 인물입니다."

어느새 승상 범저는 꼼짝하지 않고 서서 채택의 말에 귀를 기울이고 있었다.

채택이 다시 말을 덧붙인다.

"대감은 아직도 옛 상앙과 오기와 문종처럼 후세에 이름을 남기기 위해 비명에 죽기를 원하십니까? 그렇다면 명대로 살면서 주문왕周文王을 도운 강태공과 주성왕周成王을 보필한 주공周公에 대해서는 어떻게 생각하십니까?"

승상 범저가 조용히 대답한다.

"비명에 죽은 상앙·오기·문종이 어찌 강태공과 주공만 하겠소."

채택이 다시 묻는다.

"그렇다면 지금 진왕이 충신을 신임하고 함께 고생한 사람을 사랑하는 정도가 옛 진효공과 초도왕에 비교해서 어느 쪽이 낫다고 생각하십니까?"

승상 범저가 선뜻 대답하기 곤란해서 한참 만에 말한다.

"어느 쪽이 나은지 모르겠소."

채택이 또 묻는다.

"그건 그렇다 치고, 그럼 지금까지 대감이 나라를 위해 쌓은 공로가 옛 상앙이나 오기나 문종보다 낮다고 생각하십니까?"

"나의 공로가 어찌 그들만 하겠소."

채택이 말을 계속한다.

"그럼 진왕이 공신功臣을 신임하는 정도가 옛날 진효공이나 초도왕이나 월왕 구천만 못하고, 대감의 공로 또한 옛 상앙이나 오기나 문종보다 못하건만 지금 대감의 처지는 어떠하시오? 대감은 가장 높은 지위에 있으며 재산은 옛 상앙·오기·문종보다 배나 더 많습니다. 그런데도 어찌하여 대감은 벼슬을 내놓고 자기 목숨을 보전할 생각을 아니 하십니까? 오늘날 진왕보다 더 훌륭한 임금 밑에서 대감보다 더 큰 공로를 세운 상앙과 오기와 문종도 다 명대로 살지 못하고 무참한 죽음을 당했는데, 더구나 그들만도 못한 대감이 어찌 제 명대로 살기를 바라십니까? 대저 잘 나는 취조翠鳥나 철갑鐵甲 같은 무소[犀]는 좀체 죽지 않을 것 같으면서도 곧잘 죽는 이유가 무엇이겠습니까? 곧 그들은 미끼를 탐내다가 결국 죽습니다. 옛적 소진蘇秦과 지백智伯은 누구보다도 지혜 있는 사람이었건만 왜 명대로 살지 못하고 죽었습니까? 그들 역시 너무 이익을 탐내고 욕심을 부리다가 죽었습니다. 그런데 대감은 원래 미천한 출신으로 어쩌다가 진왕의 눈에 들어 이제 최고 지위인 승상의 자리에 있은 지도 오래되었고 부귀도 극도에 달했습니다. 게다가 대감은 지난날 위나라에서 죽을 뻔한 그 원수도 이미 갚았고, 진왕에게 입은 은혜도 갚을 만큼 갚았습니다. 그런데도 오히려 권세와 이익을 탐하여 나아갈 줄만 알고 물러설 줄을 모른다면 머지않아 소진과 지백이 당한 불행을 이번엔 대감이 당하실 것입니다. 옛 속담에 '해도 중천에 뜨면 기울고, 달도 차면 이지러진다'는 말이 있습니다. 대감은 왜 이때에 승상의 인을 내놓고 진왕에게 어진 사람을 천거하지 않습니까? 어진 사람을 천거하면 진왕은 대감을 더욱 존경할 것이며, 그로써 대감은 무거운 책임을 벗게 됩니다. 그런 후에 대감은 아름다운 산수를 찾아가 유유히 자연을 즐기면서 교송지수喬松之壽(장수長壽를 뜻하는 말. 교는 왕자王子 교喬, 송은 적송자赤松子로 모두 불로장생의 선인仙人)를 누리고, 자손이 대대로 대감의 응후應侯(지난날 진소양왕이 분한 작호)라는 작호를 이어받는다면 이 아니 좋겠습니까. 대감은 이런 좋은 길을 버리고 스스로 화를 부르는 위험한 짓일랑 하지 마십시오."

한참 만에 승상 범저가 대답한다.

"선생은 스스로 웅변가이며 지혜 있는 선비라고 하더니 과연 그러하구려. 내 어찌 선생의 가르치심을 따르지 않으리이까."

이에 승상 범저는 채택을 윗자리로 모시고 손님에 대한 예를 다했다. 그리고 빈관賓館에 머물게 하여 술과 음식으로 극진히 대접했다.

이튿날, 승상 범저가 궁에 들어가서 진소양왕에게 아뢴다.

"한 훌륭한 인물이 산동山東에서 우리 나라로 왔습니다. 그 사람은 이름을 채택이라고 합니다. 채택은 창업지주創業之主(왕조를 처음 세운 임금. 개국 시조)를 도울 만한 인재로 시국을 꿰뚫어보며 변화에 달통한 사람입니다. 아직 신은 채택만한 인물을 보지 못했으며, 더구나 신은 그의 만분지일도 따라가지 못합니다. 신이 감히 어진 인재를 숨길 수 없어 이렇듯 대왕께 천거합니다."

그날로 진소양왕은 채택을 불러들여 편전便殿(임금이 평소 거처하는 곳)에서 접견했다. 그리고 장차 어찌하면 육국을 통일할 수 있는지에 대해서 여러모로 물었다. 채택의 대답은 그야말로 청산유수로 추호도 막히는 데가 없었다. 진소양왕은 시종 머리를 끄덕이고 그날로 채택에게 객경 벼슬을 주었다.

이에 범저는 병들었다는 핑계를 대고 승상의 인印을 진소양왕에게 바쳤다. 그러나 진소양왕은 좀체 허락하지 않았다.

마침내 범저는 병이 위독하다며 자리에 드러눕고 말았다. 진소양왕은 하는 수 없이 범저 대신 채택을 승상으로 삼아 그에게 강성군剛成君이란 작호를 내렸다. 그후 범저는 응읍應邑에 가서 편안히 여생을 보냈다.

연나라 연소왕燕昭王은 나라를 부흥시킨 이후로 재위在位 33년 만에 연혜왕燕惠王에게 왕위를 전했고, 연혜왕은 재위 7년 만에 연무성왕燕武成王에게 왕위를 전했다. 또한 연무성왕은 재위 14년 만에 연효왕燕孝王에게 왕위를 전했고, 연효왕은 재위 3년 만에 연왕燕王 희喜에게 왕위를 전했다. 이리하여 연왕 희는 즉위한 후 아들 단丹을 세자로 삼았다.

이때는 연왕 희 4년이요, 진나라 진소양왕 56년이었다.

이해에 조나라 평원군平原君은 세상을 떠났고 그 대신 염파廉頗가 정승이 되었다. 이에 조효성왕은 정승 염파에게 신평군信平君이란 작호를 내렸다.

한편 연나라는 조나라와 접해 있었기 때문에 사람을 보내어 평원군의 죽음을 조상하지 않을 수 없었다.

연왕 희가 정승 율복栗腹을 조나라로 보내면서 말한다.

"경은 조나라에 가서 평원군을 조상한 뒤에 조왕에게 500금을 주고, '반찬이라도 장만해서 잡수십시오' 하고 나의 간곡한 문안을 전하오. 그리고 우리 연나라와 조나라가 서로 형제의 의를 맺도록 잘 교섭해보오."

이에 연나라 정승 율복은 조나라에 가서 조효성왕에게 500금과 연왕 희의 전갈을 전했다. 그러고 나서 조효성왕으로부터 무슨 뇌물이라도 받게 되려니 은근히 기대를 했다. 그러나 조효성왕은 율복에게 아무런 뇌물도 주지 않고 일상적인 예로써 대접했다. 이에 율복은 불만을 품고 연나라로 돌아갔다.

율복이 연왕 희에게 다녀온 경과를 보고한다.

"조나라는 지난날 장평長平 싸움에서 진나라 장수 백기白起에게 장정壯丁들이 몰살을 당했기 때문에 어린아이들만 남아 있습니다. 더구나 이번에 평원군이 죽고 대신 염파가 정승이 되었지만 이젠 그도 너무 늙어서 폐물이나 다름없습니다. 이런 때에 우리가 군사를 나누어 거느리고 조나라를 엄습하면 어떻겠습니까? 신은 기필코 조나라를 멸망시킬 자신이 있습니다."

이 말에 연왕 희는 악간樂間을 불러들여 조나라 칠 일을 상의했다.

악간이 아뢴다.

"조나라는 동쪽으로 우리 연나라와 인접해 있고, 서쪽으론 진나라와 인접해 있고, 남쪽으론 한·위 두 나라와 인접해 있고, 북쪽으론 오랑캐 맥貊 땅과 인접해 있어서 사방이 넓은 벌판입니다. 그러므로 조나라 백성은 평소부터 군사 훈련을 받은 사람들입니다. 대왕께선 경솔히 조나라를 칠 생각은 하지 마십시오."

연왕 희가 묻는다.

"우리가 3배의 군사로 조나라를 치면 어떻겠소?"

악간이 대답한다.

"그래도 안 됩니다."

연왕 희가 또 묻는다.

"그럼 5배의 군사로 조나라를 치면 어떻겠소?"

"어떻든 조나라를 치는 일만은 단념하십시오."

연왕 희가 대뜸 언성을 높인다.

"음, 알겠다! 그대의 아비 악의樂毅의 무덤이 조나라에 있기 때문에 그러는구나!"

악간이 기가 막혀 대답한다.

"대왕께서 이렇듯 신臣을 믿지 못하신다면 청컨대 신이 조나라로 쳐들어가보겠습니다."

모든 신하가 연왕 희에게 아첨한다.

"천하에 5배의 군사로 어찌 그 5분의 1을 무찌르지 못할 리 있겠습니까?"

대부 장거將渠가 나아가 연왕 희에게 준절히 간한다.

"수효가 많다고 반드시 이기리라 생각하지 마십시오. 대왕께선 먼저 옳고 그른 것부터 따진 후에 일을 결정하십시오. 곧 대왕께선 이번에 조나라와 우호를 두터이 하고자 조왕에게 500금을 보내시지 않았습니까? 그렇게까지 하신 대왕께서 돌아온 율복의 말만 듣고 조나라를 공격한다면 이는 신신과 의義를 버린 결과가 됩니다. 신과 의를 잃은 군사가 어찌 이기길 바라겠습니까."

그러나 연왕 희는 이 말을 들으려 하지 않고, 마침내 율복을 대장으로 삼고 악승樂乘(악의의 종제從弟)을 보좌補佐로 삼았다.

대장 율복은 군사 10만 명을 거느리고 조나라 호鄗 땅을 치기로 했다. 그리고 부장副將 경진慶秦과 보좌 악간은 군사 10만 명을 거느리고 조나라 대代 땅을 치기로 했다. 연왕 희는 친히 군사 10만 명을 거느리고 중군中軍이 되어 후방에서 대응하기로 했다.

연왕 희가 떠나려고 병거에 올라타려던 참이었다.

장거가 연왕 희의 소매를 붙들고 울면서 간한다.

"대왕께선 조나라를 치러 가지 마십시오. 공연히 인심만 소란해질까 두렵습니다."

연왕 희는 화가 치밀어 발길로 장거를 걷어찼다. 장거가 쓰러진 채로 연왕 희의 다리를 끌어안고 울며 간한다.

"신이 이렇게 대왕을 붙잡는 것은 충심에서입니다. 대왕께서 신의 말을 듣지 않으시면 장차 우리 연나라에 큰 불행이 닥쳐올 것입니다."

연왕 희가 더욱 화를 참지 못하고 호령한다.

"이놈을 옥에 가두어라! 내 개선해서 돌아오는 날에 죽이리라!"

이에 장거는 옥으로 끌려가고, 연나라 30만 군사는 세 길로 나뉘어 떠나갔다. 연나라의 정기旌旗는 광막한 벌판을 뒤덮고 살기는 하늘에 가득 퍼졌다. 연나라 군사가 조나라 땅을 밟고 지나간 곳마다 연나라의 영토는 확대되었다.

한편, 조나라 조효성왕은 연나라 군사가 쳐들어온다는 기별을 받고 모든 신하와 함께 상의했다.

정승 염파廉頗가 아뢴다.

"연나라는 우리 나라가 지난번 장평 싸움에 많은 군사를 잃었다 해서 얕잡아보고 쳐들어오는 모양입니다. 대왕께선 15세 이상 되는 자라면 모조리 군에 입대하도록 법을 공포하십시오. 우리가 거국적으로 일어나면 연나라 예기銳氣를 꺾을 수 있습니다. 더구나 연나라 대장 율복은 공로만 탐할 뿐 장수의 지략智略이 없는 자이며, 부장 경진은 전투 경험이 전혀 없는 어린아이 같은 자이며, 악간과 악승은 바로 창국군 악의의 아들이며 종제이니 전부터 우리 조나라와 인연이 깊기 때문에 힘써 싸우지 않을 것입니다. 그러니 대왕께선 염려하지 마십시오. 이번에 우리는 연나라 군사를 격파할 수 있습니다. 그리고 지금 안문雁門에 있는 이목李牧°은 훌륭한 장수감입니다. 이번에 신과 함께 그를 출전시키십시오."

이에 염파는 대장이 되어 군사 5만 명을 거느리고 연나라 대장 율복과 싸우기 위해 호鄗 땅으로 떠났다. 그리고 염파의 천거로 부장이 된 이목은 군사 5만 명을 거느리고 연나라 부장 경진과 싸우기 위해 대 땅으로 떠났다.

이리하여 조나라 대장 염파는 방자성房子城에 이르렀다. 이때 연나라 대장 율복은 호성鄗城을 공격하던 중이었다. 대장 염파는 씩씩한 군사들을 골라 철산鐵山에 숨기고, 약하고 늙은 군사들로만 여러 곳에 진을 벌였다.

한편 호성을 공격하던 연나라 대장 율복이 이 소식을 염탐해 듣고 기뻐한다.

"내 일찍이 조나라 군사들 중에 씩씩한 장정이 없다는 사실을 알고 있었다. 이제 싸움은 이긴 거나 진배없다. 급히 호성을 공격하여라."

그러나 호성 안에 있는 조나라 백성들은 이미 구원병이 가까운 곳까지 왔다는 걸 알고 성을 더욱 굳게 지켰다. 연나라 군사는 연 15일 동안을 공격했으나 호성은 끄떡도 하지 않았다.

한편 조나라 대장 염파는 군사를 거느리고 나아가, 연약한 군사 수천 명만 앞장세워 연나라 군사에게 싸움을 걸었다. 이에 연나라 대장 율복은 악승에게 호성 공격을 맡기고 친히 진 밖으로 나가서 조나라 군사와 싸웠다. 앞장서서 온 연약한 조나라 군사들은 연나라 군사를 대적하지 못하고 달아나기 시작했다.

이에 신명이 난 연나라 대장 율복은 군사를 휘몰아 달아나는 조나라 군사를 뒤쫓아갔다. 그런데 한 6, 7리쯤 뒤쫓아갔을 때 사방에서 일제히 함성이 일어나면서 조나라 복병伏兵들이 쏟아져나왔다.

한 대장이 나는 듯이 병거를 달려 오면서 큰소리로 외친다.

"염파가 예 왔으니 연나라 군사는 속히 항복하여라!"

연나라 대장 율복은 분기충천하여 칼을 휘두르며 달려나갔다. 그러나 율복이 어찌 조나라 대장 염파의 높은 솜씨를 대적할 수 있으리오. 더구나 숨어 있다가 뛰어나온 조나라 군사들은 엄격히 뽑은 정병으로 전부 일당백一當百 하는 용사들이었다. 마침내 연나라 군사는 대패하고 대장 율복은 달아나다가 조나라 군사에게 사로잡혔다.

한편 악승은 대장 율복이 조나라 군사에게 사로잡혔다는 소식을 듣자 즉시 호성의 포위를 풀고 달아나려 했다.

이에 조나라 대장 염파는 사람을 보내어,

"그대는 전부터 우리 조나라와 인연이 깊은 창국군 악의의 종제라. 달아나지 말고 우리에게로 오시오."

하고 초청했다. 그래서 악승은 마침내 염파 휘하로 투항했다.

이때 조나라 부장 이목은 대代 땅에서 연나라 군사를 크게 무찌르고 부장 경진을 잡아 죽였다. 이목은 즉시 대장 염파에게 사람을 보내어 승선을 고했다.

한편 연나라 악간은 패잔병을 거느리고 청량산淸凉山으로 들어가서 숨을 돌리고 있었다. 조나라 대장 염파는 악승을 청량산으로 보내어 악간을 초청했다. 이에 악간도 아버지의 고국인 조나라에 투항했다.

그때 연왕 희는 양쪽으로 나뉘어 쳐들어갔던 군사들이 다 패했다는 보고를 받자 밤낮을 가리지 않고 연나라로 도망쳐 돌아갔다. 조나라 대장 염파는 기회를 놓치지 않고 즉시 연나라로 쳐들어갔다. 이에 연왕 희는 하는 수 없이 조나라 군사에게 사신을 보내어 화평을 청했다.

악간이 염파에게 말한다.

"원래 조나라를 치자고 주장한 자는 율복입니다. 그때 대부 장거將渠는 본시 앞날을 내다볼 줄 아는 지혜가 있었기 때문에 조나라를 쳐서는 안 된다고 끝까지 간하다가 연왕의 노여움을 사서 옥에 갇혔습니다. 장군께서 화평을 허락하시려거든 연왕에게 대부 장거를 연나라 정승으로 삼으라는 조건을 내세우십시오."

염파는 악간이 시키는 대로 했다. 사세가 다급해진 연왕 희는 조나라 대장 염파의 조건을 들어주어야 별수 없었다. 이에 연왕 희는 옥에 갇혀 있는 장거를 끌어내다가 정승으로 삼았다

장거가 정승의 인印을 받지 않고 사양한다.

"신이 예언한 대로 되었다는 것은 불행한 일입니다. 우리 나라 군사가 패한 것을 기회로 삼아 어찌 정승의 자리에 앉겠습니까?"

연왕 희가 권한다.

"과인은 그대의 말을 듣지 않았다가 욕을 당했소. 조나라에 화평을 청했더니 반드시 그대를 정승으로 삼아야 한다는 조건을 내세우는구려."

이에 장거는 하는 수 없이 연나라 정승이 되었다.

정승 장거가 연왕 희에게 아뢴다.

"이번 싸움에서 악승과 악간이 비록 조나라 군사에게 투항했지만, 죽은 창국군 악의는 우리 연나라에 큰 공로를 남긴 분입니다. 그러니 대왕께선 그의 공로를 생각해서라도 악간과 악승의 권속眷屬(가족, 식구)을 조나라로 보내주십시오. 그러면 그들도 결코 대왕의 은덕을 잊지 않을 것이며, 이번에 화평을 맺는 데도 많은 도움이 될 것입니다."

연왕 회가 허락한다.

"이 일은 그대가 알아서 처리하오."

이에 연나라 정승 장거는 조나라 군사에게 가서 사죄하고 악승과 악간의 권속을 보내주었다. 그제야 조나라 대장 염파는 연나라가 청하는 화평을 허락했다. 그리고 사로잡아둔 연나라 대장 율복을 끌어내어 참하고 부장 경진의 시체와 함께 연나라로 돌려보냈다. 그런 뒤 염파는 그날로 군사를 돌려 조나라로 돌아갔다.

조효성왕은 개선해 돌아온 대장 염파를 성대히 영접했다. 그리고 투항해온 악승을 무양군武襄君으로 봉하고, 악간에겐 아버지 창국군 악의의 작호를 그대로 계승하게 했다. 조효성왕은 또 이목을 대성代城의 태수로 승격시켰다.

한편, 이때 극신劇辛은 연나라에서 계주薊州 땅 태수로 있었다. 극신은 원래 조나라 사람으로 지난날에 연나라가 황금대黃金臺를 쌓고 천하의 인재를 구했을 때 연나라에 귀화하여 연소왕燕昭王을 섬겼던 사람이다. 그래서 연왕 회는 극신을 불러올려 부탁했다.

"그대는 조나라로 투항해간 악승과 악간에게 편지를 보내어 돌이오도록 권해보오."

극신은 즉시 조나라에 있는 악승과 악간에게 편지를 보냈다. 그들은 극신의 편지를 받고도,

"연왕은 충성스런 말을 알아들을 줄 모르는 사람이니 다시 섬 길 수 없다!"

하고 연나라에 돌아가지 않았다.

그후 장거는 비록 연나라 정승이 되었지만 그것은 연왕 희의 뜻에서가 아니라 조나라의 압력 때문이었으니 결국 병이 들었다는 핑계를 대고 반년 만에 정승 자리를 내놓았다.

이에 연왕 희는 극신을 불러올려 정승으로 삼았다.

그후 진秦나라는 어찌 되었는가? 진소양왕秦昭襄王은 왕위에 있은 지 56년이나 되어 이제 그의 나이 일흔을 바라보았다.

그해 가을, 진소양왕은 노환으로 세상을 떠났다. 이에 세자 안국군安國君이 왕위를 계승했다. 그가 바로 진효문왕秦孝文王이다. 동시에 화양華陽부인은 왕후가 되고, 왕손王孫 자초子楚는 세자가 되었다.

이때 한韓나라 한환혜왕韓桓惠王은 상복을 입고 친히 진나라에 가서 진소양왕의 죽음을 조상했다. 겁쟁이 한환혜왕은 진나라에 깍듯이 신하로서 예를 다했다. 그 밖의 다른 나라 왕들은 모두 장상將相이나 대신급을 보내어 진소양왕의 장례에 참석시켰다.

장례를 마친 지 사흘 만에 모든 상례喪禮는 일단 끝났다. 진효문왕은 모든 신하와 함께 성대한 잔치를 벌였다. 밤늦게야 잔치가 파하자 모든 신하는 각기 자기 집으로 돌아가고 진효문왕도 취침하러 내궁으로 들어갔다.

그런데 뜻밖의 일이 일어났다. 그날 진효문왕이 죽은 것이다. 왕위에 오른 지 얼마 되지도 않은 진효문왕이 하룻밤 사이에 죽다니 믿을 수 없는 일이었다.

진나라 문무백관과 백성들은 모두가 객경 벼슬에 있는 여불위를 의심했다.

　'허! 이거 야단났구나! 여불위가 세자 자초를 속히 왕위에 올려 세우려고 술에 독약을 타서 왕에게 먹인 것이 분명하다!'

　아니 땐 굴뚝에 어찌 연기가 나리오. 모든 사람의 짐작은 바로 들어맞은 것이었다.

　전날 밤에 여불위는 진효문왕을 모시는 좌우 사람들에게 많은 황금을 주어 매수했다. 그는 그들을 시켜 술에 독약을 타서 진효문왕에게 먹였던 것이다. 곧 진효문왕은 독살을 당한 것이다.

　그러나 진나라 문무백관과 백성들은 이 사실을 뻔히 들여다보듯 짐작은 하면서도 여불위를 두려워한 나머지 아무도 입 밖에 내어 말하지 않았다.

　이에 여불위는 모든 신하와 함께 세자 자초를 왕위에 모셨다. 그가 바로 진장양왕秦莊襄王이다. 따라서 하루아침에 과부가 된 화양부인은 태후가 되고, 지난날 여불위의 애첩이었던 조희趙姬는 왕후가 되었다. 그리고 실제로는 여불위의 자식인 조정趙政이 진나라 세자가 되었다. 그후로 조정은 조라는 어머니의 성을 버리고 그저 세자 정이라고 일컬었다.

　당시 진나라 승상이었던 채택은,

　'오늘날 새로 등극한 왕은 여불위의 은덕으로 왕이 된 사람이다. 내가 승상 자리에 버티고 있다가는 일신에 해가 미치겠구나!'

　하고 즉시 승상의 인을 내놓았다.

　이리하여 마침내 여불위가 진나라 승상이 되었다. 동시에 진장양왕은 승상 여불위를 문신후文信侯로 봉하고 식읍으로 하남 일대인 낙양 10만 호를 하사했다.

급기야 진나라 권세를 휘어잡은 여불위에게는 부러울 것이 없었다. 그는 전부터 제나라 맹상군孟嘗君과 위나라 신릉군信陵君과 조나라 평원군平原君과 초나라 춘신군春申君에 관한 이야기를 들어서 잘 알고 있었다. 이에 여불위는 자기가 어찌 그들만 못하랴 싶어서 크게 빈관賓館을 짓고 빈객 3,000명을 양성했다.

한편, 동주는 어찌 되었는가? 서주西周가 망하고 주난왕은 객사했으며, 동주를 다스리던 동주공東周公이 진소양왕에 의해 동주군으로 벼슬이 깎였다는 것은 이미 앞에서 말한 바다.

이때 동주군은 진나라에서 진소양왕과 진효문왕이 잇따라 죽어 매우 어수선하다는 보고를 받았다. 동주군은 이런 절호의 기회를 놓쳐선 안 된다고 결심했다. 이에 동주군은 천하 모든 나라로 빈객들을 보내어 '서로 다 같이 연합하여 횡포무도한 진나라를 쳐 없애자'고 교섭했다. 동주군은 이 기회에 진나라를 무찌르고 주나라를 다시 일으킬 작정이었다.

그때 진나라는 무엇을 하고 있었는가?

진나라 승상 여불위가 진장양왕에게 아뢴다.

"서주는 이미 망하고 이젠 동주만이 겨우 명맥을 유지하고 있습니다. 비록 주난왕이 죽고 천자란 것은 없어졌지만, 아직도 주 왕실의 자손들이 천하 모든 나라에 여론을 불러일으켜 주나라를 재흥시키려고 기회만 노리고 있습니다. 대왕께선 이 참에 동주를 싹 무찔러 아주 없애버리십시오. 그래야만 천하의 민심을 잡을 수 있습니다."

진장양왕은 즉시 승상 여불위를 대장으로 삼았다. 마침내 여불위는 군사 10만 명을 거느리고 동주로 물밀듯 쳐들어갔다. 진나라 군사는 단숨에 동주를 짓밟아 동주군을 사로잡아 진나라로 돌아 갔다. 진나라는 동주의 공성鞏城 등 일곱 고을[邑]을 모조리 몰수했다.

주나라는 주무왕周武王이 기유년己酉年에 천명天命을 받아 주 왕조를 세운 뒤 동주군 임자년壬子年에 이르러 망했으니 그동안 이 38대, 873년이었다. 곧 주 왕조는 873년 만에 진나라에 멸망하고 만 것이다.

이 사실을 노래로써 증명한 것이 있다.

주나라는 무왕武王이 호경鎬京에 도읍을 정한 후로 성왕成 王 · 강왕康王 · 소왕昭王 · 목왕穆王 · 공왕共王

의왕懿王 · 효왕孝王 · 이왕夷王 · 여왕厲王 · 선왕宣王 · 유왕 幽王의 순서로 내려왔으니

이상 12대가 주나라 전성기였는데

252년 되던 해에

평왕平王이 동쪽 낙양으로 도읍을 옮긴 후로 환왕桓王 · 장왕 莊王 · 이왕釐王 · 혜왕惠王

양왕襄王 · 경왕頃王 · 광왕匡王 · 정왕定王 · 간왕簡王 · 영왕 靈王이 대를 계승했고

다시 경왕景王 · 도왕悼王 · 경왕敬王 · 원왕元王 · 정정왕貞定 王 · 애왕哀王

사왕思王 · 고왕考王 · 위열왕威烈王 · 안왕安王 · 열왕烈王 순 서로 내려오다가

현왕顯王 · 신정왕愼靚王 · 난왕赧王의 대에 이르러 망했으니 주나라가 도읍을 동쪽으로 옮긴 이후로부터 따지면 25대라.

원래 주 왕실은 중국 고대의 임금 제곡帝嚳 고신씨高辛氏의 후예로 바로 순舜임금 때 후직后稷(농사일을 관장하던 관직) 기棄의 자손이었다.

무왕은 주나라를 세우고 죽은 아버지를 문왕文王으로 종묘에 모셨으니

그때부터 헤아려서 38대나 왕위를 계승했고

주 왕실은 873년 간을 지속한 것이다.

허무하다. 인간 세상에 어찌 억만년을 누리는 왕조가 있으리오만

그러나 주나라만큼 종묘사직을 오래도록 유지한 나라는 고금에 드물다.

周武成康昭穆共

懿孝夷厲宣幽終

以上盛周十二主

二百五十二年逢

東遷平桓莊釐惠

襄頃匡定簡靈繼

景悼敬元貞定哀

思考威烈安烈序

顯子愼靚赧王亡

東周卄六湊成雙

系出嚳子后稷棄

太王王季文王昌

首尾三十有八主

八百七十年零三

卜年卜世數過之
宗社靈長古無二

　진장양왕은 주나라를 멸망시키고 다시 장수 몽오蒙鷔를 보내어 한나라를 쳤다. 이에 진나라 장수 몽오는 한나라 성고成皐 땅과 형양榮陽 땅을 쳐서 함몰시키고 그곳에 삼천군三川郡을 설치했다. 그리하여 이제 진나라 경계는 위나라 도읍 대량까지 육박했다.

　진장양왕이 분부한다.

　"과인은 지난날 조나라에서 10년 동안이나 볼모로 있었다. 그때 조왕은 여러 번 나를 죽이려고 했다. 내 원수를 갚지 않고 어찌 그냥 있으리오. 장수 몽오는 즉시 조나라를 치도록 하오!"

　이에 진나라 장수 몽오는 조나라로 쳐들어가서 유차楡次 등 성城 37곳을 함몰시켰다. 진나라는 그곳에 태원군太原郡을 설치하고 남쪽 상당 땅 일대까지 확보한 뒤에, 다시 군사를 옮겨 위나라 고도高都 땅으로 쳐들어갔다. 그러나 위나라 고도 땅은 그렇게 만만하지가 않았다. 이에 진장양왕은 다시 장수 왕흘王齕에게 군사 5만 명을 주어 보냈다. 이때부터 위나라 군사는 진나라 군사와 여러 번 싸워 연달아 패했다.

　여희女姬가 위안리왕魏安釐王에게 아뢴다.

　"진나라가 위나라를 치는 것은 우리를 얕잡아본 때문입니다. 다시 말씀드려 우리 나라에 신릉군信陵君이 없기 때문입니다. 신릉군은 천하에 이름이 높고 모든 나라 왕의 존경을 받는 터입니다. 그러니 대왕께선 속히 조나라로 사람을 보내어 신릉군을 소환하십시오. 신릉군이 일단 대의大義를 내세우고 모든 나라와 연합해서 진나라 군사를 막는다면 그까짓 장수 몽오쯤이야 두려울 것이 없습니다."

위안리왕은 사세가 다급하여 여희가 시키는 대로 내시 안은顔恩을 조나라에 보내기로 했다.

"그대는 정승의 인과 황금과 채색 비단을 가지고 조나라에 가서 신릉군에게 전하여라. 겸하여 과인의 서신을 주고 속히 귀국하도록 일러라."

이에 안은은 신릉군 무기에게 보내는 위안리왕의 서신과 보물을 가지고 조나라로 갔다.

그 서신에 하였으되,

어진 동생이여! 지난날 그대는 조나라의 위기를 보다못해 친히 가서 도와주었으니, 이제 위기에 빠져 있는 고국을 바라만보고 있지 않으리라. 참으로 우리 위나라 사세는 매우 급하다. 과인은 어진 동생이 속히 돌아오기만 기다리노라! 어진 동생은지난날의 과인을 너무 야속하게 생각하지 마라.

이때 신릉군은 비록 조나라에 있었지만 오가는 빈객들한테서수시로 고국 소식을 듣고 있었다. 신릉군은 위나라에서 사람이 온다는 보고를 받았다.

신릉군이 원망한다.

"위왕이 조나라에 나를 버려둔 지가 꼭 10년이 되었다. 이제 진나라 군사가 쳐들어와서 형세가 다급해지니까 나를 부르러 사람을 보냈단 말이지! 이는 위왕의 본심이 아니라 형편상 할 수 없어서 나를 소환하려는 것이다!"

이에 신릉군은 글을 써서 문 위에 내걸었다. 그 글에 하였으되.

내 문하에 있는 빈객들 중에서 위나라 사신과 내통하는 자가 있으면 수하誰何(누구, 아무개)를 불문하고 그자를 죽일 테니 그리 알아라.

이 글을 보고 모든 빈객은 서로 경계하며 누구 하나 신릉군에게 위나라로 돌아가야 한다고 권하는 자가 없었다. 위나라 사신 안은은 조나라에 당도한 지 반달이 지났건만 신릉군을 만나볼 도리가 없었다. 위나라에선 연달아 조나라로 사자를 보내어 속히 신릉군을 데리고 오지 않고 뭘 하느냐고 안은을 책망했다.

안은은 신릉군 문하에 있는 빈객들을 찾아가서,

"신릉군을 만나뵙도록 좀 주선해주오."

하고 사정했다. 그러나 문객들은 모두 다,

"큰일날 소리 말고 어서 위나라로 돌아가오. 이러다간 우리들까지 죽게 되오."

하고 안은을 피했다.

이에 안은은 신릉군이 출타하기만 하면 길에서라도 붙들고 늘어질 작정으로 숨어 있었다. 그러나 신릉군은 위나라 사신과 만나지 않으려고 바깥출입을 전혀 하지 않았다. 안은은 더 이상 어찌해볼 도리가 없었다.

영웅은 주색에 빠지고

位魏나라 사신 안은顔恩은 여러모로 애를 썼으나 신릉군을 만나볼 도리가 없었다.

그러던 어느 날, 도박장에 있는 모공毛公과 간장 장사를 하는 설공薛公이 신릉군 집으로 놀러 가려고 길을 나섰다.

그날도 안은은 신릉군 집 근처에서 서성거리고 있었다. 안은은 신릉군이 모공과 설공을 존경한다는 걸 알고 있었다.

모공과 설공이 다가오자 안은이 울며 호소한다.

"저는 신릉군을 모셔가려고 위나라에서 온 사신입니다. 두 선생은 신릉군께 잘 말씀드려 꼭 고국으로 돌아가게 해주십시오."

모공과 설공이 대답한다.

"그러잖아도 우리는 지금 신릉군에게 가는 길이오. 그대는 수레를 준비하고 기다리오. 우리 두 사람이 신릉군에게 적극 권하겠소."

안은이 허리를 굽히고 말한다.

"그저 두 분 선생만 믿겠습니다. 아무쪼록 저를 도와주십시오."

모공과 설공은 신릉군의 집 안으로 들어갔다.

모공과 설공이 신릉군에게 말한다.

"대군께서 고국으로 돌아가신다는 소문이 있기에 우리 두 사람이 전송해드리려고 왔습니다."

신릉군이 대답한다.

"어찌 그럴 리가 있겠습니까? 그건 헛소문입니다."

모공과 설공이 묻는다.

"그럼 대군께선 지금 진나라 군사가 위나라를 치고 있다는 소리도 듣지 못하셨습니까?"

신릉군이 대답한다.

"듣긴 했습니다. 그러나 내가 위나라를 떠나 이곳 조趙나라에 와서 산 지도 이미 10년이 되었습니다. 기왕 조나라 사람이 된 바에야 이제 위나라 일에 관여하고 싶지 않습니다."

모공과 설공이 준절히 말한다.

"그게 무슨 말씀이십니까? 대군께서 오늘날 조나라에서 지극한 대접을 받는 것도, 모든 나라에 널리 명성을 드날린 것도 결국은 위나라가 있었기 때문입니다. 또 천하의 빈객이 모여든 것도 결국은 대군께서 위나라의 힘을 빌렸기 때문입니다. 한데 위나라가 진나라 군사의 공격을 받아 나날이 형세가 위급한 이때에 대군께선 모른 체하고 외면만 할 수 있습니까? 만일 진나라 군사가 위나라 도읍 대량성大梁城을 함몰하고 선왕先王의 종묘宗廟를 짓밟아버리면 그때도 대군께선 마음이 편안할 수 있겠습니까! 비록 대군께서 고국을 생각하지 않는다 할지라도 역대 조종祖宗까지 미워할 수야 있습니까. 위나라가 망해버린 후에 대군께선 무슨 면목으로 이 조나라에서 대접을 받고 사시렵니까……"

모공과 설공의 말이 끝나기도 전이었다. 신릉군이 자리에서 일어나더니 이마에 흐르는 땀을 씻으며 사죄한다.

　"두 분은 이 몸에게 올바른 꾸중을 해주셨습니다. 두 분이 아니었다면 이 몸은 천하의 죄인이 될 뻔했습니다."

　그날로 신릉군이 모든 빈객에게 분부한다.

　"위나라로 가야겠으니 여러분도 곧 떠날 준비를 하오."

　신릉군은 곧 조나라 궁으로 가서 조효성왕에게 하직 인사를 드렸다.

　조효성왕이 차마 신릉군을 보낼 수 없어 소매를 붙들고 눈물을 흘린다.

　"평원군平原君이 죽은 후로 과인은 대군만 장성長城처럼 믿고 있었는데 하루아침에 과인을 버리고 떠나면 어찌하오! 아아, 과인은 앞으로 누구와 더불어 이 나라를 다스려야겠소?"

　신릉군이 대답한다.

　"신 무기無忌는 고국의 종묘가 진나라 군사들의 발에 짓밟히도록 내버려두고 앉아 있을 수만은 없어 부득불 돌아가야겠습니다. 만일 대왕의 복력福力에 힘입어 이 몸이 진나라 군사를 물리치고 위나라 사직社稷을 보존할 수만 있다면 언제고 다시 대왕을 뵈올 날이 있을 것입니다."

　조효성왕이 말한다.

　"지난날 대군은 위나라 군사를 거느리고 와서 위기에 빠진 우리 조나라를 구제해주셨소. 이제 대군이 위기에 빠진 고국을 도우러 간다는데 내 어찌 가만있을 수 있으리오. 과인이 대군에게 상장군의 인印을 드리겠으니 우리 나라 장수 방난龐煖을 부장으로 삼아 데리고 가시오. 그리고 우리 군사 10만 명을 거느리고 가서 하루 속히 공을 세우도록 하오."

이에 신릉군은 조나라 군사 10만 명을 거느리고 상장군이 되었다. 신릉군은 사신 안은을 먼저 위나라로 돌려보내어 위안리왕에게 이 사실을 보고하도록 했다. 그리고 자기 문객들에게 서신을 써주어 모든 나라에 가서 구원군을 청해오도록 떠나보냈다.

연燕 · 한韓 · 초楚 세 나라는 원래부터 신릉군의 인품을 존경해오던 터라 그의 문객들이 가지고 온 서신을 받자 즉시 대장을 정하고 군사를 일으켰다.

이에 연나라 장수 장거將渠와 한나라 장수 공손영公孫嬰과 초나라 장수 경양景陽이 각기 자기 나라 군사를 거느리고 신릉군에게로 갔다. 오직 제나라만이 신릉군에게 군사를 보내지 않았다.

한편, 위기에 빠진 위나라 위안리왕은 안은이 조나라에서 돌아왔다는 말을 듣고 급히 불러들였다.

안은이 아뢴다.

"신릉군이 조 · 연 · 한 · 초 네 나라 군사를 거느리고 우리 나라를 구원하러 올 것입니다."

위안리왕은 이 말을 듣자 마치 목마른 사람이 마실 것을 얻은 듯, 불난 중에 물이라도 생긴 듯 말할 수 없이 기뻐했다. 이에 위나라 장수 위경衛慶은 군사를 모조리 일으켜 거느리고 가서 신릉군을 영접했다.

이때 진나라 장수 몽오蒙驁는 위나라 겹주郟州 땅을 포위했고, 장수 왕흘王齕은 위나라 화주華州 땅을 포위하고 있었다.

신릉군이 모든 나라 장수에게 말한다.

"진나라 군사는 내가 장수가 된 걸 알기만 하면 화급히 겹주 땅을 칠 것이오. 그러나 겹주와 화주 사이의 거리는 동서로 500여

리나 되오. 그러니 약간의 군사를 보내어 겹주 땅을 포위하고 있
는 몽오의 군사와 대결시키고, 그 대신 나는 많은 군사를 거느리
고 화주 땅으로 가서 진나라 장수 왕흘을 치겠소. 왕흘의 군사가
패하면 몽오의 군사도 자연 무너지고 말 것이오."

모든 장수가 찬동한다.

"그러는 것이 좋겠소."

이에 위나라 장수 위경은 위나라와 초나라 군사들을 거느리고
함께 겹주 땅으로 가서 연루連壘를 쌓고 진나라 장수 몽오와 대치
했다. 그들은 신릉군의 기旗를 무수히 꽂고 대군大軍이 둔치고 있
는 양 가장하고서 굳게 지키기만 할 뿐 진나라 군사와 싸우지는
않았다.

한편 신릉군은 친히 조나라 군사 10만 명과 연나라와 한나라 군
사를 거느리고 밤낮없이 화주 땅으로 갔다.

신릉군이 모든 장수를 모아 작전을 상의한다.

"소화산小華山은 동쪽으로 태화太華 땅과 이어져 있고, 서쪽은
위수渭水로 뻗어 있소. 지금 진나라 배들은 군량을 싣고 위수에
와서 정박하고 있소. 소화산은 관목이 울창하여 군사를 매복시키
기에 적당하니, 우선 우리는 그곳에 복병을 두고 일지군一枝軍은
위수를 습격해서 진나라 군량을 빼앗아야 하오. 그러면 왕흘이 군
사를 거느리고 위수의 배를 보호하려고 몰려올 것이오. 그때에 우
리 복병이 나아가 길을 막고 왕흘을 쳐서 무찌르면 우리는 승리를
거둘 수 있소. 조나라 장수 방난은 일지군을 거느리고 가서 위수
에 있는 진나라 배를 무찔러 군량을 빼앗으시오. 한나라 장수 공
손영과 연나라 장수 장거 두 분은 각기 일지군을 거느리고 가서
소화산 좌우에 매복해 있다가 형편 보아 조나라 장수 방난을 도우

시오.”

그런 후에 신릉군은 친히 정병 3만 명을 거느리고 소화산 밑에 매복했다. 동시에 조나라 장수 방난은 군사를 거느리고 위수에 있는 진나라 배를 무찌르러 떠났다.

한편, 진나라 세작細作이 말을 달려 군영軍營에 가서 대장 왕흘에게 고한다.

“야단났습니다. 조나라에 있던 신릉군이 장수가 되어 군사를 거느리고 와서 지금 위수 쪽으로 나아가고 있습니다.”

왕흘이 매우 놀란다.

“신릉군은 군사를 잘 쓰기로 유명한 사람이다. 이제 그가 화주 땅을 구하지 않고 위수로 가서 군량을 겁탈하려는 것은 우리 진나라 군사를 뿌리째 뽑아버리겠다는 수작이다. 내 이대로 그냥 앉아 보고만 있을 수 없다. 군사 반은 이곳에 남아서 성을 포위하고, 나머지 반은 나를 따라 당장 위수로 가자.”

왕흘이 군사를 거느리고 위수를 향해 급히 가다가 소화산 가까이에 이르렀을 때였다. 문득 산속에서 일대의 대군이 함성을 지르며 쏟아져나왔다. 그들은 연나라 장수 장거라고 쓴 큰 기를 높이 들고 있었다. 이에 진나라 장수 왕흘은 즉시 군사에게 명령하여 진세陣勢를 편 후 친히 달려나가 연나라 장수 장거와 어우러져 싸웠다.

불과 수합을 싸웠을 때, 또다시 난데없는 일대一大 대군이 함성을 지르며 산속에서 쏟아져나왔다. 그들은 한나라 대장 공손영이라고 쓴 큰 기를 높이 들고 있었다. 이에 진나라 장수 왕흘은 급히 군사를 나누어 연·한 두 나라 군사와 싸웠다.

이때 군사 하나가 급히 말을 달려 와서 진나라 장수 왕흘에게 보고한다.

"조나라 장수 방난이 이미 위수에서 군량이 실린 배를 노략질했습니다!"

왕흘이 이를 갈며 말한다.

"일이 이 지경이 된 바에야 죽음을 각오하고 적을 무찌르는 길밖에 없다. 연나라와 한나라 군사만 무찔러버리면 다시 대세를 만회해서 신릉군과 대결할 수 있으리라."

이에 진나라 군사는 연·한 두 나라 군사와 어우러져 사력을 다해 싸웠다. 오시午時부터 시작한 싸움은 유시酉時가 되어도 판가름이 나지 않았다.

한편, 지금까지 산속에 매복하고서 때를 기다리던 신릉군이 명령을 내린다.

"지금쯤 진나라 군사는 싸움에 지칠 대로 지쳤을 것이다. 즉시 출동하여 진나라 군사를 무찔러라!"

신릉군이 복병을 거느리고 일제히 내달아 나오면서 큰소리로 외친다.

"신릉군이 복병을 거느리고 예 왔으니 진나라 장수는 내 칼을 더럽히기 전에 속히 항복하여라!"

이에 제아무리 싸움에 익숙한 진나라 장수 왕흘이라 해도 삼두육비三頭六臂(머리가 셋, 팔이 여섯이나 되어 세 사람 몫을 하는 괴물)가 아닌 바에야 어찌해볼 도리가 없었다. 더구나 진나라 군사는 신릉군의 위명威名(위세를 떨치는 이름)을 익히 잘 알고 있던 터라 한꺼번에 혼비백산하여 머리를 얼싸안고 달아났다.

왕흘은 5만여 명의 대군을 잃고 군량 실은 배까지 모조리 빼앗긴 채 겨우 패잔병만 거느리고 남쪽 임동관臨潼關으로 달아났다.

이에 신릉군은 승리한 군사들을 삼대로 나누어 거느리고 겹주 땅을 구원하러 출발했다.

한편, 겹주성郟州城을 공격하던 진나라 장수 몽오는 그후 어찌 되었는가?

세작이 와서 몽오에게 보고한다.

"알아본즉 신릉군은 화주 땅으로 가서 이곳에 없다는 사실이 드러났습니다. 저 진나라 진영에 있는 군사들은 실은 모두 늙고 약한 자들뿐이고, 진 위에 나부끼는 신릉군이란 대장기大將旗도 공연히 허세를 부리느라 꽂아둔 데 지나지 않습니다."

진나라 장수 몽오가 머리를 끄덕이면서 분부한다.

"알겠다! 그럼 우리도 나의 기치旗幟를 높이 걸고, 병들고 약한 군사만 남아서 위·초 두 나라 군사와 겨루도록 하라. 그리고 나머지 군사는 다 나를 따라 출동 준비를 하여라!"

그날 밤으로 장수 몽오는 씩씩한 군사만 거느리고서 곧장 화주 땅을 향해 달렸다. 그는 화주 땅에서 왕흘과 함께 신릉군을 협공할 작정이었다.

그러나 누가 알았으리오. 신릉군은 이미 화주 땅에서 진나라 장수 왕흘을 여지없이 무찔러버리고 지금 겹주성을 구원하러 오는 중인 것을!

마침내 진나라 장수 몽오는 화주華州 땅 경계에서 신릉군과 맞부딪쳐 일대 접전이 벌어졌다. 신릉군은 시석矢石(옛날 전쟁에서 무기로 쓰이던 화살과 돌)을 무릅쓰고 내달아 좌충우돌하며 진나라 군사를 거꾸러뜨렸다. 동시에 한나라 대장 공손영은 왼편에서, 연나라 장수 장거는 오른편에서 진나라 군사를 사이에 몰아넣고 마구 무찔렀다. 진나라 군사는 콩 튀듯 쓰러지고 달아나면서 무수히 죽었다.

진나라 장수 몽오는 군사 1만여 명이 큰 타격을 받자 황급히 금金을 울려 군사를 거두었다. 그리고 안전한 곳에 영채를 세우고 남은 군사와 말을 점검했다. 그는 다시 신릉군과 맞붙어 사생결단을 낼 작정이었다.

한편 겹주성을 돕고자 진을 치고 있던 위나라 장수 위경과 초나라 장수 경양은 진나라 장수 몽오가 늙고 약한 군사만 남겨놓고 화주 땅으로 간 사실을 알아냈다. 그들은 진문陣門을 열고 나가서 늙고 약한 진나라 군사를 무찔렀다. 동시에 지금까지 갇혀 있던 겹주성 안의 군사들도 성문을 열고 나와서 진나라 군사를 협공했다. 진나라 군사들은 제대로 싸워보지도 못하고 달아났다. 이리하여 겹주성은 오랜만에 포위에서 풀려났다.

위나라 장수 위경과 초나라 장수 경양은 신릉군을 도우러 즉시 화주 땅으로 밤낮없이 달려갔다.

한편, 진나라 장수 몽오는 다시 군사를 정돈하고 전투 준비를 서두르는 참이었다. 이때 겹주 땅에서 위나라 장수 위경과 초나라 장수 경양이 당도했다. 그들은 신릉군과 한나라 장수 공손영과 연나라 장수 장거와 함께 긴밀한 연락을 취하면서 진나라 군사를 포위하고 일제히 공격했다.

진나라 장수 몽오가 비록 용맹하다지만 위 · 조 · 한 · 연 · 초 다섯 나라 오로五路 군마軍馬를 어찌 당적할 수 있으랴. 진나라 군사는 전후좌우로 협공을 받자 변변히 싸워보지도 못하고 대패하여 허둥지둥 서쪽으로 달아났다. 이에 신릉군은 모든 나라 군사를 거느리고 진나라 군사를 추격하여 마침내 진나라 경계 함곡관까지 나아갔다.

신릉군은 다섯 나라 군대를 나누어 다섯 개의 대영大營을 세우고 무기를 번쩍이면서 위엄을 드날렸다. 위·조·한·연·초 다섯 나라 군사는 한 달 남짓 동안 진나라에 시위를 계속했다. 진나라는 함곡관의 관문을 굳게 닫아걸고 꼼짝하지 않았다. 그제야 신릉군은 모든 나라 군사에게 회군을 명했다. 이에 위·조·한·연·초 다섯 나라 군사는 진나라에 위엄을 떨치고 각기 본국으로 돌아갔다.

사신史臣은 이 일을 다음과 같이 논평했다.

세상 사람들은 진나라 군사를 무찌른 것을 모두 신릉군의 공로라고 하지만 실은 그렇지 않다. 알고 보면 이번 일은 결국 조나라 도박장에 사는 모공과 간장 파는 집 주인 설공의 공로였다.

그리고 시로써 이 일을 찬탄한 것이 있다.

그 누가 군사를 거느리고 와서 위나라를 구원했던고
모든 나라 연합군이 다 신릉군의 지휘를 받았도다.
그렇다면 누구의 권고로 마침내 신릉군이 출전했던가
세상에 이름을 숨기고 천한 일에 종사했던 어진 선비 설공과 모공이었도다.

　兵馬臨城乣解圍
　合從全仗信陵歸
　當時勸駕誰人力
　却是埋名兩布衣

위나라 위안리왕은 신릉군이 진나라 군사를 격파하고 개선해서 돌아온다는 보고를 받았다. 그는 기쁨에 못 이겨 도성 밖 30리까지 나가서 신릉군을 영접했다. 위안리왕과 신릉군은 형제간으로서 꼭 10년 만에 서로 만난 것이다. 그들은 슬픔과 기쁨이 어우러져 감개무량했다. 이에 그들 형제는 한 수레에 올라타고 궁으로 들어갔다.

그날로 위안리왕은 논공행상論功行賞을 했다.

신릉군에겐 최고 지위인 상상上相 벼슬을 제수하고 다섯 성을 더 봉했다. 뿐만 아니라 그에게 모든 정사를 맡아보게 했다. 다음은 지난날에 장수 진비를 죽이고 군사를 빼앗아 조나라를 도운 주해朱亥의 죄를 용서하고 그를 편장偏將으로 기용했다.

그후로 신릉군의 위명은 천하에 진동했다. 모든 나라에서 사신들이 많은 예물을 갖추고 와서 신릉군에게 바친 뒤 병법을 청했다. 이에 신릉군은 평소 빈객들이 서면으로 자기에게 진언했던 서책書冊을 21편篇으로 정리하고 진陣 치는 그림 7권卷을 합쳐 책 제목을 『위공자병법魏公子兵法』이라 붙이고 이를 천하에 나눠 주었다.

신릉군에게 대패하여 돌아온 진나라 장군 몽오와 왕흘은 한곳에 모여 패잔병들을 합친 후에 진장양왕秦莊襄王에게로 갔다.

두 장군이 진장양왕에게 절하고 청한다.

"위나라 신릉군 공자 무기無忌가 다섯 나라 연합군을 거느리고 왔기 때문에 신 등은 이기지 못하고 많은 장병을 잃었습니다. 신들의 죄는 만 번 죽어도 아깝지 않으니 그저 죽여주시옵소서."

진장양왕이 대답한다.

"경들은 지난날에 여러 번 싸움에 나가서 우리 진나라 강토를 크게 넓히고 많은 공로를 세웠소. 이번에 우리가 패한 것은 오로지 중과부적衆寡不敵(적은 수효로 많은 수효를 맞겨루지 못함)이라. 어찌 경들의 죄라고만 할 수 있으리오."

강성군剛成君 채택蔡澤이 나아가 아뢴다.

"이번에 다섯 나라가 연합해서 우리 진나라에 대항한 것은 결국 신릉군이 있었기 때문입니다. 청컨대 대왕께선 위나라로 사신을 보내어 새로이 우호를 맺는 동시에 신릉군을 우리 나라로 초대하십시오. 그리하여 신릉군이 우리 나라로 들어오거든 잡아 죽여 버리십시오. 그러면 앞으로 모든 걱정과 근심을 잊게 됩니다. 이 어찌 좋은 계책이 아니겠습니까?"

이에 진장양왕은 채택의 계책대로 사신을 위나라로 보냈다. 진나라 사신은 위나라에 가서 우호를 맺고 겸하여 신릉군을 진나라로 초빙했다.

풍환馮驩이 신릉군에게 주의를 준다.

"지난날에 맹상군孟嘗君과 평원군平原君도 진나라에 초빙되어 갔다가 겨우 목숨을 부지하고 돌아왔습니다. 그러니 아예 진나라로 가지 마십시오."

신릉군도 위안리왕에게 아뢴다.

"신은 진나라에 가기를 원치 않습니다."

이에 위안리왕은 신릉군 대신 주해를 사신으로 삼아 진나라로 보냈다. 위나라 사신 주해는 구슬 한 쌍을 가지고 진나라로 가서 진장양왕을 알현했다.

진장양왕은 신릉군이 오지 않아서 계획한 바가 수포로 돌아갔기 때문에 매우 격분했다.

곁에서 몽오가 조그만 소리로 아뢴다.

"이번에 온 위나라 사자 주해는 지난날 장수 진비를 쳐죽이고 군사를 빼앗은 사람으로 위나라의 무서운 용사勇士입니다. 그러니 주해를 돌려보내지 말고 우리 진나라에서 등용하십시오."

이에 진장양왕은 주해에게 높은 벼슬을 주고 진나라에서 살도록 권했다. 그러나 주해는 벼슬을 사양하고 받지 않았다.

진장양왕은 분기가 솟아 좌우 사람에게 분부한다.

"주해를 잡아 호랑이 우리 속에 처넣어라!"

명령이 떨어지기가 무섭게 무사들이 우르르 달려들어 주해를 호랑이 우리에 집어넣었다. 우리 속엔 현란한 얼룩무늬의 큰 호랑이가 어슬렁거리고 있었다. 호랑이는 사람이 들어오자 당장에 덤벼들려는 태세였다.

주해가 우렁차게 외마디 소리를 지른다.

"짐승이 어찌 이다지도 무례하냐!"

주해의 벽력같은 소리에 호랑이는 깜짝 놀라 주춤 물러섰다.

보라! 크게 부릅뜬 주해의 두 눈에 화등잔 같은 불빛이 번쩍이고 치켜뜬 눈초리가 찢어져 피가 흘러내렸다. 호랑이는 슬며시 엎드리더니 슬금슬금 주해의 눈치를 보며 꼼짝도 하지 않았다. 이에 무사들은 호랑이 우리에서 주해를 끌어냈다.

진장양왕이 탄식한다.

"옛 용사 오획烏獲과 임비任鄙도 주해보다 더 용맹하진 못했으리라. 저런 자를 위나라로 돌려보낸다면 그야말로 신릉군에게 날개를 붙여주는 거나 다름없다."

진장양왕은 끊임없이 주해에게 진나라에서 벼슬을 살도록 타이르기도 하고 협박도 했다. 그러나 주해는 끝까지 응낙하지 않았다.

진장양왕이 분기충천하여 호령한다.

"저놈을 역사驛舍에 구금하고 음식을 주지 말아라!"

이리하여 주해가 역사에 감금당한 지도 수일이 지났다.

주해가 혼잣말로 중얼거린다.

"이 세상에서 나를 알아준 사람은 신릉군이었다. 내 마땅히 죽음으로써 신릉군에게 보답하리라!"

주해는 일어나 기둥에 자기 머리를 짓찧었다. 그러나 기둥만 부러져나가고 머리는 상하지 않았다. 그리하여 주해는 자기 손으로 목을 누르고 죽었다. 주해야말로 참다운 의사義士였다.

이렇듯 주해를 죽게 한 진장양왕이 다시 모든 신하를 불러들여 묻는다.

"비록 주해는 죽었지만 아직 신릉군은 살아 있소. 과인은 위왕과 신릉군 사이를 이간시키면 어떨까 싶소. 경들에게 좋은 계책이 있거든 말하오."

강성군 채택이 아뢴다.

"지난날 신릉군은 위왕의 병부兵符를 훔쳐서 조나라를 도왔습니다. 그래서 위왕은 10년 동안이나 신릉군을 조나라에 버려둔 채 부르지 않았던 것입니다. 그러다가 전번에 우리 진나라 군사가 쳐들어가서 위나라를 포위하자 다급해진 위왕은 부득이 신릉군을 소환했습니다. 마침내 신릉군은 네 나라 연합군을 거느리고 위나라 군사를 도와 우리 진나라 군사를 무찔러 큰 공을 세웠습니다. 그러므로 이제 위왕과 신릉군 사이를 이간시킬 수는 없습니다. 그러나 전혀 다른 방도가 없는 것도 아닙니다. 10년 전에 신릉군이 조나라를 구원하러 가던 도중에 주해를 시켜 그 당시 장수 진비를 죽이고 군사를 빼앗아간 일이 있지 않습니까? 지금 위나라에서 신릉군에게 깊은 원한을 품고 있는 자들은 바로 진비의 일족들일 것입니다. 그러니 대왕께선 비밀히 위나라로 세작들을 보내어 진비의 일당들에게 황금 1만 근을 뿌리고 다음과 같은 유언비어를 퍼뜨리라고 하십시오. '지금 천하 모든 나라는 신릉군을 존경할 뿐만 아니라 심지어 위나라 왕으로 추대할 작정이다. 두고 보라. 가까운 장래에 신릉군은 왕위를 뺏으려고 역적질을 할 것이다.' 이런 말이 널리 퍼지기만 하면 위왕은 신릉군을 의심할 것이며, 의심만 하면 반드시 신릉군의 모든 권세와 벼슬을 빼앗아버릴 것입니다. 일단 신릉군이 벼슬을 잃기만 하면 천하 모든 나라도 자연 해체되고 맙니다. 그때에 우리 진나라가 기회를 잃지 않고 쳐들어가면 위나라를 무찔러버릴 수 있습니다."

진장양왕이 머리를 끄덕이고 다시 묻는다.

"그대의 계책이 매우 좋소. 그러나 과인은 위나라에 패한 것을 생각하면 분노를 참을 수 없구려. 경도 알다시피 지금 우리 나라에 위나라 세자 증增이 볼모로 와 있소. 내 이 참에 그를 죽여 분풀이를 하고 싶은데 경의 뜻은 어떠하오?"

채택이 대답한다.

"세자 증을 죽이면 위나라는 다른 사람을 세자로 세웁니다. 그러니 대왕께서 세자 증을 죽인다고 위나라에 손해 될 것은 없습니다. 그러지 마시고 오히려 세자 증을 이용해서 위나라에 혼란을 일으키도록 하십시오."

이 말에 진장양왕은 깊이 깨닫고 머리를 끄덕였다.

마침내 진장양왕은 위나라 세자 증을 후대하는 한편 세작들을 위나라로 보냈다. 위나라에 당도한 세작들은 죽은 진비의 일당에게 황금 1만 근을 뿌렸다.

한편 진장양왕은 빈객 한 사람을 위나라 세자 증의 처소에 자주 보내어 서로 친하게 했다.

　　어느 날 그 빈객이 세자 증에게 가서 은밀히 고한다.

　　"신릉군은 10년 동안 조나라에 있으면서 모든 나라 왕들과 긴밀한 교제를 했다고 하오. 그래서 모든 나라 장상將相들까지도 신릉군을 끔찍이 존경하고 있소. 더구나 신릉군은 이제 위나라에 돌아가 정사政事와 병권兵權을 잡았으므로 모든 나라 군사도 그의 지휘하에 놓이게 되었습니다. 그래서 지금 천하 모든 나라는 신릉군만 알 뿐이지 위왕은 모르고 있는 형편입니다. 지금 우리 진나라 또한 신릉군을 두려워하기 때문에 장차 모든 나라와 함께 그를 위나라 왕으로 올려 모시는 데 협력할 작정입니다. 만일 신릉군이 위나라 왕이 되는 날이면 세자의 신세는 어찌 되겠습니까? 신릉군은 필시 우리 진나라로 사신을 보내어 세자를 죽이라고 청할 것입니다. 혹 그렇게까지는 하지 않는다 할지라도 세자는 영원히 위나라에 돌아가지 못하고 우리 진나라에서 늙어 죽는 수밖에 없습니다. 자, 장차 이 일을 어찌하시렵니까?"

　　위나라 세자 증이 울면서 청한다.

　　"그대는 이 불쌍한 몸을 살려주오!"

　　빈객이 대답한다.

　　"지금 우리 진나라는 위나라와 우호를 두터이 하려는 참이오. 이럴 때에 세자는 어찌하여 아버지 위왕에게 서신을 보내어 속히 데려가달라고 청하시지 않습니까?"

　　세자 증이 더욱 흐느껴 울면서 대답한다.

　　"우리 나라에서 이 몸을 데려가겠다고 청할지라도 진나라가 돌려보내주지 않을 것이오."

빈객이 타이른다.

"지금 우리 진왕秦王께선 신릉군을 위나라 왕으로 받들려고 하지만 사실 그것은 진심이 아닙니다. 다만 신릉군의 위세에 눌려 어쩔 수 없이 그러는 것뿐이외다. 만일 세자가 장차 위나라를 바로잡고 우리 진나라와 손을 잡겠다면야 그 누가 기뻐하지 않겠습니까? 그러니 세자는 조금도 걱정 말고 제가 시키는 대로만 하십시오. 우리 진나라는 두말하지 않고 세자를 위나라로 돌려보낼 것입니다."

이에 세자 증은 위나라로 보내는 밀서 한 통을 썼다. 그 내용은 대략 다음과 같았다.

지금 모든 나라는 신릉군을 위나라 왕으로 세울 작정이며 진나라 역시 마찬가지니 부왕父王께서는 진왕에게 속히 소자를 돌려보내달라고 청하소서.

세자 증이 그 빈객에게 밀서를 내주며 부탁한다.

"그러면 위왕에게 틀림없이 이 밀서를 전해주오."

빈객은 염려 말라면서 세자 증의 밀서를 받아 위나라로 떠났다.

이튿날 진장양왕도 서신 두 통을 써서 위나라로 보냈다. 그중 한 통은 위안리왕에게 보내는 서신이었다. 그 내용은 주해가 갑자기 병이 나서 죽었다는 거짓 핑계였다. 또 한 통은 신릉군에게 보내는 서신이었다. 이는 극진히 존경하는 뜻에서 황금을 보내니 받아달라는 내용이었다.

한편, 이때 위나라 위안리왕은 그간 진비晉鄙 일당이 진나라의 뇌물을 받고서 퍼뜨린 유언비어를 들었기 때문에 신릉군을 의심하던 참이었다. 그러던 차에 진나라에서 사신이 국서國書를 가지고 왔다.

위안리왕이 진나라 사신에게 묻는다.

"그래, 그간 진나라는 별고 없었소? 사신은 무슨 일로 이렇게 왔소?"

진나라 사신이 대답한다.

"우리 진나라는 다만 신릉군을 존경하기 때문에 더욱 친선코자 왔습니다."

진나라 사신은 위안리왕의 눈치를 한번 살핀 후 세자 증의 밀서를 바쳤다. 위안리왕은 아들의 밀서를 보고 나서 더욱 신릉군을 의심하게 되었다.

그제야 진나라 사신은 은근히,

"신릉군에게 드려야 할 예물과 서신을 가지고 왔기에 이만 물러가야겠습니다."

하고 뜻을 내비쳐 거듭 위안리왕을 자극했다. 이리하여 위안리왕은 신릉군을 더욱더 의심하게 되었다.

한편 신릉군은 진나라 사자가 친선하러 왔다는 소문을 듣고 부중府中의 빈객들에게 말한다.

"야심과 싸움만 아는 진나라가 무엇 때문에 사신을 보냈겠소? 진나라는 필시 우리 위나라에 대해 무슨 계책이 있는 모양이오."

신릉군의 말이 끝나기도 전인데 문지기가 들어와서 고한다.

"지금 부문府門 밖에 진나라 사신이 와서 대군께 진왕의 예물과 서신을 바치겠다고 합니다."

신릉군이 문지기에게 분부한다.

"너는 나가서 진나라 사신에게, '신하 되는 사람이 어찌 다른 나라 왕과 사사로이 교제할 수 있으리오. 이 무기는 감히 진왕의 서신과 예물을 받을 수 없다' 하고 일러 보내라."

그러나 진나라 사신은 그냥 돌아갈 수 없다면서 예물과 서신을 받아달라고 거듭거듭 간청했다. 신릉군은 못 받겠다고 한사코 거절했다. 한참을 이렇게 옥신각신하는데 느닷없이 궁에서 위안리왕의 사자가 신릉군의 부중으로 들이닥쳤다.

궁에서 나온 사자가 신릉군에게 말한다.

"진나라에서 예물과 서신이 왔다는데 사실입니까? 대왕께서 보시겠다고 하니 이리 내놓으시오."

신릉군이 대답한다.

"마침 잘 왔소. 보다시피 지금 진나라 사신은 받으라거니 나는 못 받겠다거니 하고 실랑이를 벌이던 참이오. 저기에 그 예물과 서신이 그대로 있으니 궁으로 가지고 가서 대왕께 보이시오. 그리고 '신은 진나라 사신에게 거듭 사양하다가 대왕께서 보시겠다기에 받아서 보내드립니다. 봉한 것을 뜯지 않고 서신과 예물을 그대로 보내오니 널리 살피소서' 하고 내 말을 아뢰오."

이에 사자는 서신과 예물을 고스란히 수레에 싣고서 궁으로 돌아가 위안리왕에게 신릉군의 말을 전했다.

위안리왕은,

"필시 이 서신에 무슨 곡절이 있을 것이다. 뜯어보지 않고서야 어찌 알 수 있겠느냐!"

하고 서신을 뜯어보았다. 그 내용에 하였으되,

　대군의 위명威名은 지금 천하에 널리 퍼져 있습니다. 따라서 모든 나라 왕들도 대군을 공경하고 있습니다. 대군께서는 언제쯤 왕위에 오르사 모든 나라 왕들의 영수領袖가 되시렵니까? 다만 위왕이 순순히 왕위에서 물러날지 그것이 염려로소이다. 그 날짜를 통지해주시면 우리 진나라는 군사를 일으켜 대군을 돕겠습니다. 미리 몇 가지 예물로써 대군께 성의를 표하오니 허물 마시고 받아주시기 바랍니다.

위안리왕은 즉시 신릉군을 궁으로 불러들여 그 서신을 보였다. 신릉군이 그 끔찍한 서신을 읽고 나서 아뢴다.

"진나라는 원래 속임수를 잘 씁니다. 이 서신은 대왕과 신 사이를 이간시키려는 모략입니다. 신이 애초에 이 서신을 받지 아니한 이유도 이런 중상모략에 떨어지지 않기 위해서였습니다."

위안리왕이 분부한다.

"그대가 참으로 형인 나에게 반역할 뜻이 없다면 지금 내가 보는 자리에서 답장을 쓰는 것이 좋으리라."

신릉군은 좌우 사람에게 지필紙筆을 가져오라고 해서 당장에 회답을 썼다. 그 내용에 하였으되,

원래 이 무기는 나의 형님이신 대왕으로부터 하늘과 같은 은혜를 받고 있는 몸이오. 단지 아직 죽음으로써 그 은혜에 보답하지 못하고 있는 것이 괴로운 실정이오. 그러한 나에게 왕위를 말한다는 것은 실로 남의 나라 신하를 가르치는 도리가 아닌 줄 아오. 다시는 이런 무례한 일이 없도록 주의하시오.

신릉군은 진나라 사신에게 답장과 예물로 보내온 황금을 도로 내주고 즉시 돌려보냈다.

그후 위안리왕은 진나라로 사신을 보냈다.

위나라 사신이 진나라에 가서 진장양왕에게,

"지금 우리 위나라 왕께서는 연로하셨습니다. 그러니 세자 증을 돌려보내주시면 감사하겠습니다."

하고 위안리왕의 뜻을 은근히 전했다.

진장양왕은 이미 계획한 대로 이를 허락하고 세자 증을 위나라로 돌려보냈다. 마침내 세자 증은 진나라를 떠나 위나라로 돌아갔다.

그후로 세자 증은 아버지 위안리왕에게 신릉군이 무슨 짓을 할지 모르니 믿지 말라고 누누이 아뢨다.

상황이 이 지경이 되고 보니 신릉군인들 어찌 이런 눈치를 모를 리 있겠는가. 물론 신릉군은 양심에 가책되는 바는 추호도 없었다. 그러나 형님인 위안리왕은 실상 자기를 경원하고 있지 않은가! 신릉군은 울적한 심사를 풀 길이 없었다. 그는 마침내 병들었다는 핑계를 대고 조정에 나가지 않았다. 위안리왕도 신릉군을 불러들이지 않았다.

그후 신릉군은 위안리왕에게 정승의 인印과 병부兵符를 도로 바치고 모든 벼슬과 권세를 내놓았다. 그러고는 자기 문중門中의 수많은 빈객들과 주야장천 술만 마시면서 즐겼다.

예나 지금이나 주색酒色이란 늘 붙어다니는 문자다. 신릉군은 많은 여자를 가까이하고 날로 여색을 즐겼다. 그러면서도 그는 인생을 마음껏 즐기지 못할까 염려했다. 곧 인생에 대해 풀 길 없는 허무를 느꼈던 것이다.

사신이 시로써 신릉군을 탄식한 것이 있다.

그의 호탕한 기상은 고금에 보기 드문 바로서

그의 위명 앞에선 귀신도 떨었도다.

그는 혼자서 조나라와 위나라를 구제했으며

두 번 싸워 두 번 다 무서운 진나라 군사를 무찔렀도다.

그는 국가의 장구한 기초를 세웠건만

되지못한 것들이 개 짖듯 그를 모함했도다.

아아, 영웅도 뜻을 펼 곳이 없게 되자

그저 술과 여자만 즐기면서 여생을 마쳤구나!

俠氣凌今古

威名動鬼神

一身全趙魏

兩戰却嬴秦

鎭國同堅礎

危詞似吠猰

英雄無用處

酒色了殘春

한편, 그후 진나라는 어떠했던가?

진장양왕이 왕위에 있은 지 3년이 되었다. 이해에 진장양왕은 병이 났다. 여불위는 날마다 진장양왕을 문병하러 궁에 드나들었다.

어느 날이었다.

드디어 여불위는 내시에게 밀서 한 통을 주어, 옛날엔 자기 애첩이었으나 오늘날은 왕후王后의 몸인 조희趙姬에게 보냈다.

그 밀서 내용은 다음과 같았다.

지난날 우리가 헤어질 때 언제고 기회가 오거든 다시 옛정을

나누자고 맹세하지 않았는가! 나는 그간 잠시도 그대를 잊은 적
이 없노라.

왕후는 전남편인 여불위의 밀서를 받아보자 옛정이 되살아났
다. 마침내 왕후는 심심하면 여불위를 자기 방으로 불러들여 정을
나누었다.

그후부터 여불위는 친히 약을 구해다가 진장양왕에게 바치기
시작했다. 진장양왕은 여불위가 바치는 약을 먹은 지 불과 한 달
만에 죽고 말았다.

이에 여불위는 세자 정을 받들어 진나라 왕위에 모셨다. 그가
바로 진왕秦王 정政이다.

이때 진왕의 나이는 열세 살이었다. 따라서 장양후莊襄后(조희)
는 태후가 되고, 태후의 둘째아들인 성교成嶠는 장안군長安君이
되었다. 그리고 여불위는 나랏일을 도맡아 처리하기에 이르렀을
뿐만 아니라 옛 강태공과 견줄 만하다고 해서 상보尙父라 칭했다.

그후 여불위의 아버지가 세상을 떠났다. 그러자 여불위의 권세
는 여실히 증명되었다. 천하 모든 나라 왕들이 조문弔問하라고 보
낸 귀빈과 사신들만으로도 실로 한 저자[市]를 이룰 만했다. 진나
라 도읍 함양咸陽의 거리는 수레와 말로 넘쳐날 지경이었다. 진장
양왕의 장례 때보다 여불위의 아버지 장례가 몇 배나 더 성대했
다. 이야말로 여불위의 권력은 진나라 안팎에 뻗쳤고, 천하 모든
나라까지 그 위엄을 떨치고 있음이 분명했다. 그러나 지면 관계상
이만 하고 다음 이야기로 옮겨야겠다.

역시 진왕 정 원년이었다.

여불위는 위나라 신릉군이 모든 벼슬을 내놓았으므로 이젠 용

맹을 떨치지 못하게 되었다는 걸 알았다. 이에 여불위는 모든 장수를 불러들여 군사 일으킬 일을 상의했다. 마침내 여불위의 지시에 따라 대장 몽오蒙鶩는 장수 장당張唐과 함께 군사를 거느리고 조趙나라로 쳐들어가서 진양晉陽 땅을 함몰시켰다.

진왕 정이 즉위한 지 3년째 되던 해였다. 여불위의 명령으로 이번엔 대장 몽오가 장수 왕흘王齕과 함께 군사를 거느리고 한韓나라로 쳐들어갔다. 한나라는 대장 공손영公孫嬰을 보내어 쳐들어오는 진나라 군사를 막게 했다.

진나라 장수 왕흘이 말한다.

"나는 지난날 조나라와 싸워서 한 번 패한 일이 있고 위나라와 싸워서도 거듭 패한 일이 있다. 그러나 우리 왕은 나를 죽이지 않고 살려주셨다. 내 이번엔 죽기를 각오하고 한나라 군사와 싸워 우리 진나라에 보답하리라!"

진나라 장수 왕흘은 본부군 1,000명을 거느리고 바로 한나라 군영으로 쳐들어가서 종횡무진으로 싸우다가 마침내 전사했다.

이에 한나라 군사는 큰 혼란에 빠졌다. 그 기회를 놓치지 않고 진나라 대장 몽오가 모든 군사를 거느리고 쳐들어가서 한나라 군사를 여지없이 무찔렀다.

결국 이 싸움에서 한나라 대장 공손영도 전사했다. 대장을 잃은 한나라 군사는 산지사방으로 흩어져 달아났다. 진나라 군사는 드디어 한나라 성 열두 곳을 점령하고 돌아갔다.

그뿐만 아니라 천하 대세는 더욱 어수선해졌다. 신릉군이 모든 권력에서 물러난 후로는 조나라와 위나라의 우호도 자연 끊어졌다.

조나라 조효성왕趙孝成王은 노장老將 염파廉頗를 시켜 위나라를 치게 했다. 조나라 장수 염파가 위나라 번양繁陽 땅을 포위만

하고 아직 함락시키지 못했을 때, 조효성왕이 세상을 떠났다. 그리고 세자 언偃이 왕위를 계승했다. 그가 바로 조도양왕趙悼襄王이다.

이때는 조나라 대장 염파가 이미 위나라 번양 땅을 함몰시키고 위나라 깊숙이 쳐들어가던 중이었다.

그런데 여기서 잠시 조나라 대장 염파와 대부 곽개郭開 사이에 있었던 지난 일을 이야기해야겠다.

원래 조나라 대부 곽개는 임금에게 아첨 잘하고 비위 잘 맞추기로 유명한 사람이었다. 그래서 염파는 대부 곽개를 미워했었다. 그러던 중 언젠가 궁중의 잔치 자리에서 염파가 참다못해 여러 대신들 앞에서 대부 곽개를 크게 꾸짖은 일이 있었다. 그때부터 대부 곽개는 언제든지 염파에게 복수를 하겠다고 앙심을 품고 있었다. 그런데 드디어 그 기회가 온 셈이었다.

어느 날 대부 곽개가 새로 등극한 조도양왕에게 아뢴다.

"이제 염파는 너무 늙어 큰일을 도맡을 수가 없습니다. 보십시오. 염파가 위나라를 치러 간 지도 오래되었건만 아직 아무런 공로도 세우지 못하고 있는 실정입니다. 그러니 무양군武襄君 악승樂乘을 대장으로 보내고 대신 염파를 소환하십시오."

이에 조도양왕은 대부 곽개가 시키는 대로 무양군 악승을 대장으로 보냈다.

한편 염파는 무양군 악승이 대장이 되어 온다는 기별을 받고 몹시 노했다.

"나는 조혜문왕趙惠文王 때부터 장수가 되어 지금까지 40여 년동안 싸워서 한번도 진 일이 없다! 내 어찌 이 자리를 악승에게 내

주고 돌아갈 수 있으리오. 우선 나와 그놈 중 누구 실력이 더 월등한가를 보여주리라!"

염파는 위나라로 쳐들어가다 말고 군사를 돌려 무양군 악승을 공격했다. 무양군 악승은 대장이 되어 유유히 부임해오다가 천만뜻밖에도 염파의 공격을 받고 혼비백산하여 조나라로 도망쳐 돌아갔다.

비록 분김에 악승을 쳐서 쫓아버렸으나 백발이 성성한 노장 염파의 입장은 실로 난처했다. 나라에서 보내온 장수를 쳤으니 나라의 명령을 거역한 것이다. 또 왕의 소환에 응하지 않았으니 왕을 거역한 것이다. 누구보다도 나라에 큰 공로를 세웠던 늙은 장수 염파는 눈물을 머금고 마침내 적국인 위나라로 갔다.

위안리왕은 귀화해온 적장 염파를 극진히 환영하고 객장客將으로 대우했다. 그러나 위안리왕은 염파를 의심하여 아무런 실권實權도 맡기지 않았다.

이리하여 조나라의 노장 염파는 위나라 도읍 대량大梁에서 허송세월하는 신세가 되고 말았다.

한편, 진나라는 진왕 정 4년 10월에 동쪽 하늘을 뒤덮으며 날아온 메뚜기 떼의 습격을 받았다. 아직 추수 전인 진나라의 곡식은 며칠 만에 결딴이 나서 급기야 흉년이 들었다.

이에 여불위는 자기 문중의 빈객들을 모아놓고 지시를 내렸다.

"여러분은 각처로 나가서 백성들에게 곡식을 바치도록 권고하오. 백성들에게 곡식 1,000석石을 바치도록 한 사람에겐 벼슬을 1급級씩 올려드리겠소."

후세에 곡식을 바치는 제도가 생기게 된 것은 바로 이때부터였다고 한다.

그해에 위나라에선 주색에 곯은 신릉군이 마침내 병들어 앓다가 세상을 떠났다. 신릉군이 죽자 풍환馮驩은 과도히 슬퍼하고 통곡하다가 따라 죽다시피 병들어 죽었다.

뿐만 아니라 신릉군 문하에 있던 빈객들 중에서도 칼로 자기 목을 찌르고 따라 죽은 자만도 100여 명이 넘었다. 이 사실만 보아도 신릉군이 살아생전에 얼마나 선비를 사랑했던가를 알 수 있다.

그 다음해에는 위안리왕도 세상을 떠나고 세자 증增이 위나라 왕위를 계승했다. 그가 바로 위경민왕魏景湣王이다.

한편, 진나라는 다른 어느 나라보다도 위나라 사태를 주목하고 있었다. 위안리왕이 죽은 뒤 새로이 왕이 섰고, 그 무시무시하던 신릉군도 이미 죽었다고 하지 않는가! 진나라는 지금이야말로 지난날 위나라와 싸워서 진 그 원수를 갚아야 할 때라고 생각했다.

드디어 진나라는 대장 몽오로 하여금 위나라를 치게 했다. 진나라 대장 몽오는 군사를 거느리고 위나라로 물밀듯 쳐들어가서 산조酸棗 땅 등 성 스무 곳을 함몰시키고 그곳에 동군東郡을 설치했다.

진나라 군사는 승세를 몰아 조가朝歌 땅을 함몰시키고 다시 진격을 거듭하여 복양濮陽 땅까지 함몰시켰다.

이때 위나라 장수 위원군衛元君이란 자는 바로 전왕前王인 위안리왕의 사위였다. 위원군은 진나라 군사에게 쫓겨 동쪽으로 달아나 깊은 산속에 숨어버렸다.

위경민왕이 이 소식을 듣고 그제야 길이 탄식한다.

"이럴 때 신릉군만 살아 있었으면 진나라 군사에게 이 지경까지 당하지는 않을 텐데……"

사세가 급박해지자 별수 없었다. 위경민왕은 조나라로 사신을 보내어 옛정을 말하고 우호를 청했다.

한편, 조나라 조도양왕趙悼襄王도 진나라가 워낙 거세게 날뛰자 잔뜩 겁을 먹고 있던 참이었다. 그래서 조나라는 천하 모든 나라로 사신을 보내어 지난날에 위나라 신릉군과 조나라 평원군이 열국列國의 합종合縱을 제창했던 일을 상기시키고 다시 육국 제휴를 교섭했다.

조나라가 한창 모든 나라와 교섭을 진행하던 참이었다.

어느 날 변방 관리가 말을 달려와서 조도양왕에게 급한 소식을 전한다.

"지금 연나라 대장 극신劇辛이 군사 10만 명을 거느리고 우리나라 북방으로 쳐들어오는 중입니다!"

이야말로 조나라로선 청천벽력 같은 소식이었다. 여기서 잠시 연나라 대장 극신에 관한 이야기를 해야겠다.

전에도 말했지만 극신은 조나라 사람이었다. 조나라에 있을 때 극신은 방난龐煖과 친했다. 그러다가 극신은 연나라가 제나라에 복수를 하기 위해 황금대를 쌓고서 천하의 인재를 초빙한다는 소문을 듣고 연나라에 가서 연소왕을 섬기게 된 것이다.

연소왕은 조나라에서 온 극신을 계주薊州 땅 태수로 기용했다. 그후 연왕燕王 희喜 때에 연나라 도성은 조나라 장수 염파에게 포위를 당했다. 그러다가 결국 연나라는 장수 장거將渠의 힘을 빌려 조나라와 강화를 맺고 겨우 위기를 면했다.

이때부터 연나라는 조나라에 패한 것을 무척 부끄럽게 생각했다. 그리고 연왕 희는 속으론 싫었으나 조나라의 조건대로 장거를 정승으로 삼았다. 그후에도 장거는 신릉군을 도와 진나라 군사와 싸워서 비록 공을 세웠지만 연왕 희와의 사이는 역시 어색했다.

그래서 장거는 정승이 된 지 1년 남짓 만에 병들었다는 핑계를 대고 연나라 정승 자리를 내놓았던 것이다.

이에 연왕 희는 그 당시 계주 땅 태수로 있던 극신을 불러올려 연나라 정승으로 삼았다. 이리하여 연왕 희와 정승 극신은 언제고 기회만 오면 조나라를 쳐서 지난날의 앙갚음을 할 작정이었다.

그럼 그후의 이야기를 계속하기로 하자.

연왕 희와 정승 극신은 늘 조나라를 치려고 기회를 엿보았다. 그러나 그들은 조나라에 장수 염파가 건재해 있었기 때문에 감히 군사를 일으키지 못했다. 그런데 오늘날은 어떠한가? 이제 조나라 장수 염파는 위나라로 귀화해버려서 없고 그 대신 방난이 대장이 되어 있는 실정이었다.

극신은 지난날 조나라에 있었을 때 방난과 잘 알고 지냈던 만큼 도리어 그를 얕잡아보게 되었다.

정승 극신이 연왕 희에게 아뢴다.

"이번에 조나라 대장이 된 방난은 지난날의 대장 염파와 비교할 만한 인물이 못 됩니다. 더구나 전번에 진나라 군사가 조나라 땅 진양을 쳐서 빼앗았으므로 지금 조나라 사람들은 기운을 잃고 있습니다. 이 기회를 놓치지 말고 조나라를 치도록 하십시오. 그러면 지난날 조나라 군사에게 패하여 죽음을 당한 율복栗腹의 원수까지도 갚을 수 있습니다."

연왕 희가 반가워 무릎을 탁 치며 청한다.

"과인의 뜻도 그러하오. 그대는 과인을 위해서 조나라를 쳐주오!"

극신이 대답한다.

"신은 워낙 조나라의 지리를 잘 알고 있습니다. 대왕께서 신에게 이 일을 맡기신다면 기필코 조나라 대장 방난을 사로잡아 대왕 앞에 바치겠습니다."

연왕 희는 더욱 반색을 했다. 이리하여 극신은 마침내 대장이 되어 군사 10만 명을 거느리고 조나라로 쳐들어갔다.

한편, 조도양왕은 이 급보를 받고 즉시 대장 방난을 불러들여 상의했다.

대장 방난이 조도양왕에게 아뢴다.

"극신은 자기 힘을 과대평가하여 우리 조나라를 얕잡아보고 있습니다. 대왕께서는 지금 대 땅 태수로 가 있는 이목李牧에게 사람을 보내사 '군사를 거느리고 남쪽으로 가서 경도慶都로부터 다시 나아가 연나라 군사의 뒤를 끊어라' 하고 분부를 내리십시오. 그러면 신은 연나라 군사를 정면으로 맞이해 싸우겠습니다. 그러면 연나라 군사는 앞뒤로 우리 군사의 공격을 받게 됩니다. 신은 이번에 가서 반드시 연나라 정승이며 대장인 극신을 사로잡아 대왕 앞에 바치겠습니다."

이에 조도양왕은 방난이 시키는 대로 분부를 내렸다.

한편 연나라 대장 극신은 역수易水를 건너 중산中山 길로 접어들어 즉시 상산常山 땅 경계를 짓밟고서 조나라로 쳐들어갔다. 연나라 군사의 기세는 매우 날카로웠다.

이때 조나라 대장 방난은 동원東垣 땅에 대군을 둔치고 깊이 구렁을 판 뒤에 성루를 높이 쌓고서 연나라 군사를 기다렸다.

이윽고 동원 땅 가까이 당도한 연나라 대장 극신이 조나라 성루를 바라보며 모든 수하 장수에게 묻는다.

"만일 우리 군사가 적의 깊은 구렁과 높은 성벽까지 가서 싸우지 않는다면 언제 이기고 돌아갈지 모르오. 그러니 누가 감히 먼저 나아가서 조나라 장수에게 싸움을 걸겠소?"

그러자 날쌔기로 유명한 장수 율원栗元이 썩 나섰다. 율원은 지난날 조나라 군중에서 죽음을 당한 연나라 대장 율복栗腹의 아들이었다.

"제가 아버지의 원수를 갚기 위해서라도 기꺼이 가겠습니다!"

연나라 대장 극신이 대답한다.

"혼자 가서는 힘들 터이니 말장末將 무양정武陽靖을 데리고 가오."

연나라 장수 율원은 말장 무양정과 함께 정예 부대 1만 명을 거느리고 조나라 군사를 치러 달려나갔다.

이에 조나라 대장 방난은 장수 악승樂乘과 악간樂間을 좌우 양익兩翼으로 내세우고, 친히 군사를 거느리고 달려나와 연나라 장수 율원과 무양정을 맞이해서 싸웠다. 그들이 서로 어우러져 20여 합을 싸웠을 때 갑자기 포성砲聲이 일어났다. 그것을 신호로 지금까지 방난의 좌우 양익으로 있던 악승과 악간이 내달아 연나라 군사를 공격하기 시작했다.

조나라 군사는 일제히 강궁强弓으로 연나라 군사를 향해 마구 쏘아댔다. 이에 연나라 말장 무양정은 날아오는 화살에 맞아 말에서 굴러떨어져 죽었다. 장수 율원도 더 이상 견딜 수 없어 병거를 돌려 달아나기 시작했다.

조나라 대장 방난은 악승, 악간 두 장수를 거느리고 달아나는 연나라 군사를 추격했다. 연나라 군사는 이리저리 콩 튀듯 쓰러져 죽었다. 마침내 연나라 군사 1만 명 중에서 3,000여 명이 죽음을 당했다.

이에 연나라 대장 극신은 분이 솟아 급히 대군을 거느리고 나아가서 조나라 군사를 맞이해 싸웠다.

조나라 대장 방난은 금을 울려 군사를 거두고 성루로 돌아갔다.

극신은 뒤쫓아가서 조나라 성루를 공격했으나 함몰시키지 못했다.

연나라 대장 극신은 사람을 시켜 조나라 대장 방난에게 글을 보냈다. 그 내용은 내일 진陣 앞에서 단둘이 싸우자는 것이었다. 조나라 대장 방난은 두말없이 승낙했다.

이튿날 조·연 양군은 각기 진세陣勢를 폈다. 두 나라 대장은 각기 군사들에게 함부로 활을 쏘지 말도록 분부했다.

조나라 대장 방난이 혼자 병거를 타고 먼저 진 앞에 나가서 외친다.

"연나라 대장 극신은 속히 나오라!"

이윽고 저편에서 극신 역시 혼자 병거를 타고 나왔다. 조나라 대장 방난이 수레 위에서 먼저 허리를 굽혀 인사하고 외친다.

"아직도 건장한 장군의 모습을 보니 참으로 반갑소!"

연나라 대장 극신이 대답한다.

"지난날 조나라에서 그대와 작별한 지도 벌써 40여 년이 지났소. 나도 이젠 늙었지만 그대 또한 노인이 다 되었구려. 인생이란 흐르는 물과 같다더니 그 말이 맞는 것 같소."

일단 서로의 인사가 끝나자, 조나라 대장 방난이 묻는다.

"지난날에 장군은 연소왕燕昭王이 황금대를 쌓고 천하 인재들을 예禮를 다해 환대했으므로 결국 조나라를 버리고 연나라로 갔던 것이오. 이는 구름이 용을 따르고 바람이 범을 따르듯, 한때 호걸로서 있음직한 일이었소. 그런데 지금은 어떠하오? 천하 인재를 얻기 위해 세운 황금대는 이제 잡초만 우거졌고, 연소왕도 그후 무종산無終山에 묻히어 지금은 한갓 백골로 변했소. 지난날 연나라를 돕던 소대蘇代와 추연鄒衍도 잇따라 세상을 떠났으며, 창국군 악의도 결국 우리 조나라에 다시 돌아와서 일생을 마쳤소. 이

만하면 이제 연나라의 국운도 기울 대로 기울었음을 장군은 알만하지 않소? 그런데 이제 나이 일흔이 넘은 장군이 병권을 탐하여 굳이 망해가는 연나라에 남아 마침내 불길하고 흉악한 무기까지 가지고 와서 이렇듯 위험한 짓을 하니, 도대체 장군은 장차 무엇을 하겠다는 것이오?"

극신이 대답한다.

"나는 그간 연왕을 3대나 섬겨오며 이루 헤아릴 수 없을 만큼 많은 은혜를 입었소. 장차 이 몸의 뼈가 가루가 되어 부서진다 해도 그 많은 은혜를 갚지 못할 것이오. 나는 얼마 남지 않은 여생을 오로지 연나라를 위해 바칠 각오요. 곧 지난날에 죽음을 당한 율복의 원수를 설욕할 작정이오."

조나라 대장 방난이 껄껄 웃으며 말한다.

"지난날에 율복은 아무 이유도 없이 우리 조나라 호읍鄗邑을 공격했소. 그는 싸움을 일으켜 죽음을 자초한 사람이오. 말하자면 연나라가 먼저 우리 조나라를 침범한 것이지 결코 우리가 연나라를 친 것은 아니오!"

그들은 진 앞에서 질세라 시비를 따졌다.

이윽고 조나라 대장 방난이 군사를 돌아보며 큰소리로 외친다.

"자세히 듣거라! 누구든지 저 연나라 장수 극신의 목을 끊어오는 자가 있으면 300금을 주겠다!"

이에 극신도 분기충천하여 외친다.

"네 어찌 감히 이렇듯 나를 업신여기느냐! 내 기어코 너의 목을 끊고야 말리라!"

방난이 응수한다.

"오냐! 너나 나나 국가의 분부를 받고 온 몸이니 각기 자기 나라를 위해서 힘을 다해 싸울 따름이다!"

격노한 연나라 대장 극신은 활을 높이 들어 일제히 진격하라는 신호를 보냈다. 이에 연나라 장수 율원이 군사를 거느리고 쏟아져 나왔다. 이를 보자 조나라 장수 악승과 악간도 군사를 거느리고 달려나가 마침내 연·조 두 나라 군사 간에 일대 접전이 벌어졌다.

그러던 중 연나라 장수 율원의 군사가 점점 몰리기 시작했다. 이에 연나라 대장 극신은 친히 대군을 휘몰아 조나라 장수 악승과 악간에게 돌진했다. 동시에 조나라 대장 방난도 대군을 거느리고 나와서 싸웠다.

두 나라 군사는 서로 닥치는 대로 적을 죽였다. 이 혼전混戰에서 조나라 군사보다 연나라 군사가 더 많이 죽었다. 그러나 싸움은 해가 저물 때까지도 끝나지 않았다. 이윽고 두 나라 대장이 각기 금을 울려 군사를 거두었을 때는 이미 사방이 어두워진 후였다.

군사를 거느리고 일단 군영軍營으로 돌아간 연나라 대장 극신은 그날 밤에 몹시 고민했다. 그날 싸움에서 연나라 군사는 막대한 군사를 잃었던 것이다.

극신은 차라리 연나라로 회군하고 싶은 생각도 없지 않았다. 그러나 연왕 희喜 앞에서 반드시 이기고 돌아오겠다고 장담하지 않았는가! 그러니 무슨 면목으로 그냥 돌아간단 말인가! 그러면 조나라 군사와 끝까지 싸울 것인가? 암만 생각해도 이기기는 어려울 것만 같았다.

극신이 이러지도 저러지도 못하고 한참 주저하고 있는데, 영문營門을 지키는 군사가 들어와서 고한다.

"조나라 군영에서 군사 하나가 서신을 가지고 왔습니다. 지금 원문轅門(군문軍門) 밖에 있는데 어찌하리이까?"

극신이 분부한다.

"곧 이리 데리고 들어오너라."

극신이 조나라 군사가 바치는 서신을 받아본즉 세 겹으로 굳게 봉해 있었다. 뜯어보니 그 글에 하였으되,

대代 땅을 지키는 태수 이목李牧이 지금 군사를 거느리고 장군의 뒤를 끊으려고 몰려오고 있습니다. 장군은 포위를 당하기 전에 속히 연나라로 돌아가십시오. 오늘 밤 안으로 떠나지 않으면 나중에 후회해도 소용없습니다. 나는 장군과의 옛 우정을 생각해서 이 사실을 알리는 것입니다.

극신이 방난의 서신을 읽고 나서 분연히 말한다.

"이는 방난이 우리 군사의 마음을 어지럽히려는 수작이다! 비록 조나라 장수 이목이 우리 뒤를 끊는다 해도 내 무엇을 두려워하리오!"

이에 극신은 내일 다시 싸움을 벌여 사생결단을 내자는 답장을 써서 조나라 군사에게 주어 보냈다.

율원이 걱정스레 묻는다.

"방난의 서신을 믿지 않을 수 없습니다. 만일 이목이 우리의 뒤를 끊는다면 우리는 앞뒤로 공격을 받게 됩니다. 그때는 어찌하시렵니까?"

극신이 웃으면서 대답한다.

"나 또한 그 점을 염려하는 바요. 그렇다고 군사들 앞에서 당황해서야 되겠소? 우선 군사들의 마음을 진정시키려고 태연한 체한 것뿐이오. 그대는 지금 나가서 비밀히 명령을 내려 영채는 그대로

둔 채 군사만 거느리고서 이 밤 안으로 떠나오. 나는 조나라 군사가 추격해오면 그들을 막으면서 천천히 뒤따라가겠소."

이에 율원은 영채는 그대로 두고 군사만 거느리고서 비밀리에 떠났다.

한편, 조나라 세작細作은 연나라 군사가 영채만 비워두고 떠나는 것을 탐지하고 즉시 대장 방난에게 가서 보고했다. 조나라 대장 방난은 곧장 악승, 악간과 함께 세 길로 나뉘어 연나라 군사를 뒤쫓았다.

이에 연나라 대장 극신은 뒤쫓아오는 조나라 군사와 싸우면서 일변 달아나 용천하龍泉河에 이르렀다.

연나라 세작이 헐레벌떡 달려와 극신에게 보고한다.

"큰일났습니다. 전면에 조나라 정기旌旗가 길을 가득 막고 있습니다. 대 땅 태수 이목이 거느리고 온 군마라고 합니다."

극신의 눈이 휘둥그레진다.

"과연 방난이 나를 속인 게 아니었구나! 이 일을 어찌할꼬!"

그렇다고 연나라가 있는 북쪽으로 돌아갈 수는 없었다. 극신은 하는 수 없이 군사를 거느리고 부성阜城 땅으로 빠져나가기 위해 부득이 방향을 동쪽 요양遼陽 땅으로 바꿨다.

극신이 호로하胡盧河에 당도했을 때였다. 조나라 대장 방난이 대군을 거느리고 뒤쫓아와서 연나라 군사를 여지없이 무찌르고 짓밟았다.

이제 연나라 대장 극신은 더 이상 어찌해볼 도리가 없었다.

극신이 하늘을 우러러 탄식한다.

"내 무슨 면목으로 조나라 죄수가 되어 끌려가리오!"

극신은 말을 마치자마자 허리에 찬 칼을 뽑아 자기 목을 찌르고 쓰러져 죽었다. 이때가 연왕 희喜 13년이었고, 진왕 정政 5년이었다.

염옹髥翁이 시로써 이 일을 탄식한 것이 있다.

극신이 천하 인재를 구하던 연나라 황금대로 귀화했을 때는 기세가 자못 높아

모든 인재와 함께 연소왕을 도와 강토를 회복했도다.

보라! 지난날 창국군 악의의 공명도 허무했거니

이제 백발이 성성한 극신마저 스스로 목숨을 끊고 백사장에 쓰러졌구나!

金臺應聘氣昂昂

共翼昭王復舊疆

昌國功名今在否

獨將白首送沙場

아버지의 원수를 갚겠다던 율원도 결국 조나라 장수 악간에게 사로잡혀 죽음을 당했다. 이번 싸움에서 죽은 연나라 군사만 해도 3만여 명이나 되었다. 그 나머지는 겨우 목숨을 부지해서 달아났거나 조나라 군사에게 항복했다.

이에 조나라 대장 방난은 대 땅에서 군마를 거느리고 온 이목과 합세하여 대군을 이끌고 북쪽 연나라로 쳐들어갔다. 조나라 군사는 연나라 무수武遂 땅과 방성方城 땅을 함몰시켰다.

사세가 다급해지자 연왕 희는 지난날의 정승이었던 장거將渠의 집에까지 가서 청했다.

"경은 과인과 우리 연나라를 위해 조나라 군사에게 가서 화평을 청해보오."

장거는 조나라 군사에게 가서 대장 방난 앞에 꿇어 엎드려 화평을 청했다. 조나라 대장 방난은 장거의 안면을 봐서 화평을 승낙했다.

이리하여 대장 방난은 군사를 거느리고 연나라를 떠나 조나라로 개선해 돌아가고 이목도 대代 땅으로 돌아갔다.

조나라 조도양왕은 교외까지 나와서 대장 방난을 영접했다.

"장군이 무용武勇을 빛내고 돌아왔으니 우리 조나라에 염파와 인상여藺相如가 있는 거나 다름없소."

방난이 대답한다.

"이제 연나라 걱정은 사라졌습니다. 지금부터 천하 열국과 합종合縱하여 진나라를 눌러야만 모든 근심을 잊게 됩니다."

천하가 혼란한 가운데 대세는 시시각각으로 변해가는데, 지금까지 유명했던 모든 나라 인재들은 이제 하나하나 죽고 시들어가고 있었다.

반역의 격문

조趙나라 대장 방난龐煖은 연燕나라를 눌러 이긴 기세로 모든
나라와 합종하여 진秦나라에 대항할 계책이었다. 그리하여 제齊
나라만은 진나라 편이었기 때문에 빠지고, 나머지 한韓·위魏·
연燕·초楚 네 나라는 조나라에 호응하여 각기 군사를 보냈다. 각
국에서 보낸 군사들은 많게는 4, 5만 명 정도였고, 적어도 2, 3만
명은 되었다.

이들 다섯 나라 연합군은 초나라 춘신군春申君 황헐黃歇을 상장
군으로 추대했다. 이에 춘신군 황헐이 모든 나라 장수와 상의하고
말한다.

"지금까지 모든 나라 군사가 진나라를 치려고 여러 번 출동했
지만 다 함곡관函谷關에 이르러서는 더 나아가지를 못했소. 진나
라 사람들이 함곡관을 굳게 지키고 있기 때문에 번번이 실패한 것
이오. 모든 나라 군사는 진나라를 치기 어렵다는 사실을 알고 싸
우기도 전에 겁부터 먹고 위축되어 있는 실정이오. 그러니 이번엔

방향을 바꾸어 포판蒲坂 길로 나아가서 서쪽으로 화주華州 땅을 경유하여 위남渭南 땅을 엄습하고 동관潼關을 넘보기로 합시다. 병법에서 말하는바, '적이 미처 생각지 못한 것을 이쪽에서 먼저 쓴다' 는 것이 바로 이것이오."

모든 나라 장수는 춘신군 황헐의 계책에 찬동했다. 마침내 다섯 나라 군대는 다섯 길로 나뉘어 일제히 포판 길로 나아가서 여산驪山을 바라보며 진군했다. 그들은 다시 서쪽 화주 땅을 지나 곧장 위남 땅을 들이쳤다. 그러나 위남성渭南城은 의외로 방비가 튼튼하고 굳세었다. 다섯 나라 연합군은 위남성을 포위한 채 쉴 새 없이 공격했다.

한편, 진나라 승상丞相 여불위呂不韋는 다섯 나라 연합군이 쳐들어온다는 보고를 받고 몽오蒙驁 · 왕전王翦• · 환의桓齮 · 이신李信 · 내사內史 등騰 다섯 장수에게 각기 군사 5만 명씩을 내주고 오지군五枝軍으로 나누어 다섯 나라 군사를 맡게 했다. 그리고 여불위는 스스로 대장이 되어 그들을 거느리고 진나라 도읍 함양성을 떠났다.

진나라 군사는 동관에서 약 50리 가량 떨어진 곳에 이르러 별〔星〕 모양으로 다섯 개의 영채를 세웠다.

왕전이 여불위에게 말한다.

"다섯 나라 군사가 위남성 하나를 함몰시키지 못하고 있으니 그들의 실력이 어느 정도인지 알 수 있습니다. 삼진三晉은 우리 진나라와 지리적으로 가깝기 때문에 비교적 우리와 싸워본 경험이 많습니다. 그러나 초나라는 남쪽에 멀리 떨어져 있고, 특히 장의가 죽은 후로 30여 년 동안 우리와 싸우지 않다가 이번에 비로소 먼 길을 온 군사들입니다. 그러니 우리 다섯 영채 중에서 씩씩한 군사만을 뽑아 초나라 군사부터 치십시오. 그러면 초나라 군사는 필시 우리 군사를 막지 못하고 무너질 것입니다. 곧 초나라 군사만 패하면 다른 네 나라 군사도 기운을 잃고 무너질 것입니다."

여불위는 머리를 끄덕이고 장수 왕전이 시키는 대로 했다. 이에 진나라 다섯 영채는 여전히 많은 기치旗幟를 꽂아두어 외관상 아무 변화도 없는 것처럼 꾸며놓고서 그날 밤에 정병 1만 명을 뽑았다. 사고四鼓 때에 1만 명의 정병들은 초나라 영채를 습격하러 떠났다.

그러니까 진나라 정병이 떠나기 전 바로 그날 밤 일이었다. 진나라 장수 이신李信은 아장牙將 감회甘回가 시간을 어기고 군량과 마초馬草를 늦게 운반해온 일로 격노하여 칼을 뽑아 그를 죽이려 들었다. 이에 좌우 장수들이 말려서 이신은 도로 칼을 칼집에 꽂고 대신 가죽 매를 들어 100번 이상이나 감회의 등을 쳤다.

피투성이가 되어 나온 감회는 깊은 원한을 품고 그날 밤으로 초군 영채에 가서 투항했다. 감회는 춘신군 황헐에게 진나라 장수 왕전의 계책을 낱낱이 고해바쳤다.

춘신군 황헐은 그날 밤 안으로 진나라 군사가 쳐들어올 것이라는 말을 듣고 몹시 놀랐다. 그렇다면 네 나라 영채로 사람을 보내어 이 사실을 알려야만 했으나, 춘신군 황헐은 그전에 진나라 군사가 먼저 습격해오면 큰일이라고 미리 겁부터 먹었다.

이에 춘신군 황헐은 즉시 명령을 내려 황급히 영채를 뽑아 군사를 거느리고 밤길을 떠났다. 초나라 군사는 일제히 뛰어 50여 리를 가서야 비로소 마음놓고 천천히 걸었다.

한편, 진나라 군사가 쳐들어가서 본즉 초나라 군사는 이미 다 떠나고 영채를 세웠던 빈터만 남아 있었다.

진나라 장수 왕전이 탄식한다.

"초나라 군사가 달아나고 없으니 누가 나의 계책을 누설한 모양이다. 비록 우리의 계책은 이루어지지 않았지만 여기까지 와서 그냥 돌아갈 수야 있나!"

이에 진나라 장수 왕전은 군사를 거느리고 가서 조나라 영채를 습격했으나 너무 견고하여 쉽사리 들어갈 수가 없었다. 진나라 군사는 더욱 맹렬히 공격을 가했다.

조나라 대장 방난이 칼을 짚고 군문軍門에 나가서 수하 군사들에게 영을 내린다.

"만일 멋대로 경거망동하는 자가 있으면 즉시 참하리라."

진나라 군사는 밤새도록 공격했으나 조나라 영채는 끄떡도 하지 않았다. 날이 새자 연·한·위 세 나라 군사가 조나라 영채를 구원하러 달려왔다. 이에 진나라 장수 왕전과 몽오 등은 군사를 거두어 본영으로 돌아갔다.

조나라 대장 방난은 세 나라 군사가 다 왔는데도 초나라 군사만이 오지 않아서 궁금했다.

방난이 군사에게 분부한다.

"혹 밤사이에 초나라 영채에 무슨 일이 있었는지 모르겠다. 속히 가보고 오너라!"

이윽고 군사가 돌아와서 보고한다.

"초나라 군사는 어디로 가버렸는지 아무도 없더이다."

조나라 대장 방난이 탄식한다.

"그렇다면 초나라 군사가 말도 없이 가버린 게로구나! 이제부터 열국의 합종도 끝장이 난 셈이다. 진나라는 나날이 강성해지는데 이 일을 어찌할꼬!"

이에 모든 나라 장수들도 신명이 풀려 제각기 본국으로 돌아가 겠다고 청했다. 한나라와 위나라 군사가 가장 먼저 자기 나라로 돌아가버렸다.

일이 흐지부지 끝나자 조나라 대장 방난은 이번에 단독으로 진 나라 편에 가담한 제나라를 더욱 미워하게 되었다. 그래서 방난은 연나라 군사와 힘을 합하여 제나라를 쳐서 겨우 요안饒安 땅의 성 하나를 빼앗고 본국으로 돌아갔다.

한편, 춘신군 황헐은 군사를 거느리고 도망치듯 초나라로 돌아 갔다. 그런지 얼마 후 조·한·위·연 네 나라 사신이 각각 초나 라에 가서 따졌다.

"이번에 초나라는 연합군의 맹장盟長이었는데 어째서 돌아간 다는 말도 없이 도망쳤소? 그 이유 좀 들어봅시다."

초고열왕은 춘신군 황헐을 궁으로 불러들여 책망했다. 춘신군 황헐은 무서워서 아무 소리도 못하고 초고열왕의 꾸중만 듣고 물 러나갔다.

이때 초나라에 위나라 출신으로 주영朱英이란 사람이 있었다. 주영은 춘신군의 문하에서 빈객으로 있었다. 그는 초나라가 진나 라를 두려워하고 있다는 사실을 알았다.

주영이 춘신군에게 말한다.

"지금 초나라 사람들은 진나라를 강대국이라 해서 무서워합니 다. 동시에 대군을 겁 많은 사람으로 취급하고 있습니다. 그러나 저는 그렇게 단순히 생각지는 않습니다. 선왕 때에도 우리 초나라 는 진나라와 거리가 너무 멀어 서쪽으로는 파촉巴蜀을, 남쪽으로 는 양 주周(서주西周와 동주東周)를 사이에 두고 있었습니다. 더욱 이 그 사이에서 한나라와 위나라가 항상 진나라와 다투었기 때문에, 지난 30년 동안 우리 초나라는 진나라의 위협을 받지 않았습니다. 이는 우리 초나라가 강했기 때문에 평화를 유지한 것이 아니라 지리적인 관계 때문이었던 것입니다. 그런데 이젠 주나라도 진나라에 먹혀버렸습니다. 진나라는 장차 위나라도 삼키려고 노리고 있습니다. 아마 머지않아 위나라도 진나라에 먹히고 말 것입니다. 그런 후에 진나라는 진陳 땅과 허許 땅의 통로를 따라 곧장 내려와서 우리 초나라를 먹으려 들 것입니다. 그때 대군께선 무슨 힘으로 진나라 군사를 막아내고 초나라를 온전하게 지키시렵니까? 대군께선 이렇게 앉아서 미구에 닥쳐올 불행을 기다리기만 하시렵니까?"

춘신군 황헐이 우울한 어조로 묻는다.

"그럼 이 일을 장차 어찌해야 좋겠소?"

주영이 대답한다.

"별수 없습니다. 대군께선 대왕께 가서 수춘壽春 땅으로 도읍을 옮기도록 권하십시오. 그렇게 하면 진나라와의 거리는 더욱 멀어지고 기나긴 회수淮水가 앞을 막아주기 때문에 안전합니다. 초나라가 잠시라도 걱정을 놓고 살려면 이 길밖에 없습니다."

춘신군 황헐은 주영의 계책대로 초고열왕에게 가서 도읍을 옮겨야 한다고 아뢨다. 이에 초나라는 택일하여 마침내 도읍을 수춘 땅으로 옮겼다.

초나라 역사를 돌이켜보건대 애초엔 도읍을 영성郢城에 정했었다. 그러나 그후로 다시 약성鄀城으로 옮겼고, 다음엔 진성陳城으로 옮겼다. 이번에 수춘 땅으로 옮긴 것까지 합치면 초나라는 지금까지 네 번씩이나 도읍을 옮긴 것이다.

사신史臣이 시로써 이 일을 증명한 것이 있다.

주나라는 도읍을 동쪽으로 옮긴 후부터 왕의 기상을 잃었으며
초나라는 여러 번 도읍을 옮기다가 패기를 잃었도다.
자고로 적을 피하면 도리어 적을 불러들이는 결과가 되니
옛일을 살펴 함부로 도읍을 옮기지 마라.
周爲東遷王氣歇
楚因屢徙覇圖空
從來避敵爲延敵
莫把遷岐托古公

한편, 초고열왕은 왕위에 있은 지도 오래되었으나 슬하에 자식이 없었다. 그래서 춘신군 황헐은 그간 혈색 좋은 여자를 구해다가 여러 번 초고열왕에게 바쳤다. 그런데도 어디가 탈이 났는지 초고열왕은 자식을 두지 못했다.

이때 조나라 출신인 이원李園이란 사람이 춘신군 황헐의 문하에서 사인舍人(집안일을 맡아보는 사람)으로 있었다. 이원에겐 이언李嫣이라는 아름다운 여동생이 하나 있었다.

어느덧 이원은 초고열왕에게 여동생 이언을 바치고 자기도 한몫 보고 싶다는 엉뚱한 생각을 품게 되었다. 그런데 초고열왕에게 여동생을 바치는 일은 어려운 게 아니었으나 그녀가 다른 여자들처럼 자식도 낳지 못하고 왕의 사랑을 잃게 된다면 아무 보람도 없는 것이다. 그래서 이원은 오랫동안 주저했다.

그러던 어느 날 이원은 깊이 깨달은 바가 있었다. 곧 자기 여동생이 아이를 가질 때까지만 춘신군 황헐에게 빌려주자는 것이었다. 말하자면 여동생이 춘신군 황헐의 아이를 갖기만 하면 그 즉시 빼돌려 초고열왕에게 바치려는 계책이었다. 초고열왕에게 간

여동생이 아들을 낳느냐 딸을 낳느냐 하는 것은 운수에 맡길 수밖에 없다. 이원은 좌우간 한번 해봄직한 일이라고 생각했다.

'천행으로 여동생이 아들을 낳아 다음날에 왕위를 계승하기만 하면 어찌 되는가! 나는 바로 초왕의 외숙外叔이 되는 것이다.'

이원이 다시 곰곰이 생각한다.

'춘신군 황헐에게 함부로 내 여동생을 떠맡겨서는 안 된다. 일을 위해서는 어디까지나 비싸게 굴어야 한다. 곧 춘신군 황헐이 내 여동생에게 열을 올리도록 일을 꾸며야 한다.'

어느 날 이원은 춘신군 황헐에게 닷새 간의 말미를 얻어 집으로 돌아갔다. 그러나 이원은 집에 온 지 닷새가 지나도록 돌아갈 생각을 않다가 일부러 열흘 간을 더 보내고서야 춘신군 황헐에게로 돌아갔다.

춘신군 황헐이 묻는다.

"닷새 만에 온다던 사람이 왜 이리 늦었는가?"

이원이 천연스레 대답한다.

"소인에게 언이라는 여동생이 하나 있는데 자색이 매우 아름답습니다. 한데 어쩌다가 소문이 퍼졌는지 이번에 제나라 왕께서 소인의 집까지 사자를 보내사 제 여동생을 보내달라는 것이었습니다. 그래서 소인은 제나라에서 온 그 사자와 함께 수일 동안 술을 마시며 노느라 이렇게 늦었습니다."

이에 춘신군 황헐은 속으로 생각했다.

'제나라 왕이 소문을 듣고 사자까지 보냈다면 이원의 여동생은 필시 천하일색일 것이다.'

춘신군 황헐이 슬며시 묻는다.

"그래, 여동생을 제왕에게 보내기로 승낙했나?"

이원이 대답한다.

"아직 뚜렷한 대답은 하지 않고 왔습니다."

춘신군 황헐이 은근히 상기되어 묻는다.

"나에게 그대 여동생을 한번 보여줄 수 없을까?"

"소인은 대군의 문하에 있는 몸입니다. 그러니 비록 소인의 여동생이 여종의 신분은 아니오나 어찌 분부를 거역하리까."

이에 이원은 다시 집으로 돌아가서 여동생 이언을 화려히 성장盛裝시켜서 춘신군 황헐의 문하로 돌아왔다. 춘신군 황헐은 천하 절색 이언을 보자 첫눈에 반하여 기뻐 어쩔 줄 몰랐다. 춘신군은 곧 이원에게 백옥〔白璧〕 두 쌍과 황금 300일을 주고 그날 밤부터 이언을 데리고 잤다. 춘신군과 함께 산 지 3개월 만에 이언은 마침내 잉태했다.

어느 날 이원이 여동생 이언에게 묻는다.

"남의 첩으로 있는 것과 본부인으로 있는 것 중 어느 쪽이 더 좋을까?"

이언이 웃으며 대답한다.

"첩이 어찌 본부인보다 좋겠소!"

이원이 다시 묻는다.

"그렇다면 남의 집 본부인으로 있는 것과 왕후가 되는 것 중 어느 쪽이 더 나을까?"

이언이 또한 웃으면서 대답한다.

"그야 왕후가 되면 오죽 좋겠소!"

그제야 이원이 정색을 하고 말한다.

"네가 죽도록 춘신군을 섬겨보았자 결국 첩 노릇을 면치 못할 것이다. 그런데 지금 우리 나라 초왕은 자식을 두지 못하고 있다.

그러나 너는 지금 태기가 있지 않느냐? 만일 네가 초왕을 섬기게 되고 다음날에 아들을 낳는다고 한번 생각해보아라. 네가 낳은 아들은 장차 초나라 왕이 될 것이며 동시에 너는 태후가 될 것이다. 그러니 남의 첩으로 한평생을 마치는 데에 비할 바 있겠느냐?"

이언은 눈이 휘둥그레져서 이원을 빤히 쳐다보았다.

이원이 헛기침을 두세 번 하고 나서 조그만 목소리로 속삭인다.

"밤에 잘 때 춘신군에게 이러이러하게…… 알겠지? …… 내가 시키는 대로만 하여라. 그러면 춘신군은 반드시 네 말을 들을 것이다."

그날 밤 이언이 춘신군과 함께 잠자리에 누워서 속삭인다.

"지금 초왕은 대감을 친형제간보다 더 총애하십니다. 그러나 대감께서 정승이 되신 지도 20여 년이 지났건만 초왕은 아직 아들을 두지 못하셨습니다. 그러니 왕이 세상을 떠나시면 틀림없이 그 형제간 중에서 누군가가 왕위를 계승할 것 아닙니까? 그때 새로 등극할 왕과 대감 사이엔 별로 깊은 인연이 없습니다. 새로 등극한 왕은 자기와 친한 사람을 등용하고 총애할 것입니다. 그럼 대감께선 어찌 됩니까! 과연 끈 떨어진 두레박 신세를 면하실 수 있겠습니까?"

춘신군은 아무 대답도 못하고 한숨만 몰아쉬었다.

이언이 말을 계속한다.

"그러나 첩이 근심하는 것은 그것만이 아닙니다. 대감께선 지금까지 왕의 총애를 독차지해왔기 때문에 그 형제들로부터 미움을 샀습니다. 필시 그 형제들 중 누군가가 왕위를 계승하는 날엔 대감께 큰 불행이 밀어닥칠 것입니다. 그렇게 되면 대감께선 생명조차 유지할 수 있을지 모를 판인데 지금 국록으로 받고 있는 강동江東 땅을 어찌 소유할 수 있겠습니까?"

춘신군은 얼굴이 창백해졌다.

"그대 말이 맞다! 나도 그 지경까지는 생각지 못했다. 이 일을 장차 어찌하면 좋을꼬?"

이언이 살며시 대답한다.

"첩에게 계책이 하나 있긴 합니다. 그 계책대로만 하면 대감께선 장차 불행을 면하실 뿐만 아니라 큰 복을 누리실 수 있습니다. 그러나 첩은 부끄러워서 감히 말씀드리지 못하겠습니다. 설령 말씀드린다고 해도 대감께서 과연 첩의 계책을 들어주실지도 모르겠습니다."

춘신군이 다급히 말한다.

"그대가 나를 위해 세운 계책이라면 내 어찌 아니 들을 리 있으리오!"

그제야 이언이 정색하고 말한다.

"첩은 지금 태기가 있습니다. 그러나 아직 이 사실을 아는 사람은 아무도 없습니다. 첩이 대감을 모신 지는 오래지 않습니다만 대감의 장래를 염려하는 마음만은 누구보다 못하지 않습니다. 대감! 이 몸을 초왕에게 바치십시오. 그러면 왕은 반드시 이 몸을 받아들일 것입니다. 만일 하늘이 도우사 첩이 아들을 낳기만 하면 후일에 그 아기가 왕위를 계승할 것입니다. 그러면 대감의 아들이 바로 우리 초나라 왕이 되는 것입니다. 곧 대감께선 이 초나라를 전부 장악할 수 있습니다. 장차 닥쳐올 뜻밖의 불행에 비해 어느 쪽이 낫다고 생각하십니까?"

이 말을 듣자 춘신군은 비로소 꿈속에서 번쩍 깨어난 듯했다. 춘신군 황헐이 기쁨을 참지 못하고 말한다.

"천하에 남자보다 지혜로운 부인이 있다더니 바로 그대를 두고 말함인가 하오."

이튿날 춘신군은 이원을 불러들여 비밀히 자기 뜻을 말했다. 이원은 계책대로 되어가는구나 하며 회심의 미소를 지었다. 이에 이언은 곧 춘신군의 부중을 떠나 다른 집으로 옮겨가서 별거 생활을 했다.

춘신군 황헐이 궁에 들어가서 초고열왕에게 아뢴다.

"신이 듣건대 이원이란 자에게 이언이란 여동생이 있는데 천하절색이라고 하옵니다. 게다가 관상쟁이들이 보고서 자손을 많이 두고 귀히 될 상이라고 한다더이다. 요즘 소문에 의하면 제나라왕이 사람을 보내어 이언을 데려가겠다고 청한다 하니 대왕께선 속히 이 일을 서두르십시오."

초고열왕은 내시에게 이언이란 여자를 궁으로 불러들이도록 분부했다. 그날로 이언은 초나라 궁에 들어갔다. 원래 이언은 교태가 대단한 여자였다. 그후로 초고열왕은 이언을 몹시 사랑했다.

어느덧 열 달이 지나자 이언은 아들 쌍둥이를 해산했다. 그래서 형뻘인 아기 이름을 한捍이라 짓고, 동생뻘 되는 아기 이름을 유猶라고 지었다.

늦도록 자식을 두지 못한 초고열왕은 한꺼번에 쌍둥이 형제를 두게 되었으니 그 기쁨은 이루 형용할 수 없을 정도였다. 초고열왕은 마침내 이언을 왕후로 삼고 장자 한捍을 세자로 삼았다.

하루아침에 초고열왕의 처남이 된 이원은 춘신군과 비길 만큼 부귀영화를 누렸다. 워낙 사술詐術(남을 속이는 못된 꾀)에 능한 이원은 겉으론 춘신군을 잘 받들어 섬기는 체했으나 속으론 시기했다.

초고열왕 25년이었다. 이해에 초고열왕은 병이 나더니 오래도록 낫지 않았다.

이원은 속으로 생각했다.

'내 여동생의 비밀을 아는 자는 춘신군밖에 없다. 장차 세자가 초나라 왕이 되는 날엔 춘신군이 비밀을 밝히고 무슨 짓을 할지 모른다. 그러니 춘신군의 입을 틀어막으려면 죽여버리는 수밖에 없다!'

이에 이원은 사람들을 시켜 각처에서 힘센 장사들을 구해다가 자기 문하에 두고 장사들을 대접했다.

춘신군 문하의 빈객인 주영朱英이 이 소문을 듣고 혼자 속으로 생각한다.

'이원이 많은 장사를 구해둔 것은 필시 춘신군 때문일 것이다.'

주영이 춘신군의 방에 들어가서 말한다.

"천하에는 뜻밖의 복福과 뜻밖의 화禍와 뜻밖의 사람이 존재합니다. 대군께선 이 뜻을 아십니까?"

춘신군 황헐이 되묻는다.

"그 뜻밖의 복이 있다는 것은 무슨 뜻이오?"

주영이 대답한다.

"대군께서 초나라 정승으로 계신 지도 20여 년이 되었습니다. 대군께선 지금 명색이 정승이지 실은 초왕과 다름없습니다. 그런데 초왕은 오랫동안 병으로 누워 계시니 조만간에 이 세상을 떠나실 것입니다. 그러면 세자가 왕위를 계승하여 새로운 왕이 됩니다. 그때 대군께선 옛 이윤伊尹과 주공周公처럼 어린 왕을 잘 섬기십시오. 그러다가 왕이 장성하거든 기회를 보아 대군의 입장을 밝히십시오. 천심天心과 민심民心이 대군을 따른다면 대군께선 마침내 왕위에 올라 이 나라를 장악할 수 있습니다. 이것이 이른바 뜻밖의 복이라 이르는 것입니다."

춘신군 황헐이 다시 묻는다.

"그럼 뜻밖의 화가 있다는 것은 무슨 뜻이오?"

주영이 대답한다.

"지금 이원은 초왕의 처남입니다. 물론 지금은 대군의 지위가 이원보다 높습니다. 그래서 이원은 지난날과 마찬가지로 대군을 극진히 공경하고 있지만 실상 속마음은 그렇지도 않습니다. 왜냐하면 이원도 자기 여동생과 세자를 미끼로 다음날에 무언가 해보겠다는 딴 뜻을 품고 있기 때문입니다. 이원은 지금 대군을 시기하고 있습니다. 그는 장차 대군과 다툴 날이 오리라는 것을 알고 있습니다. 더구나 요즘 소문에 이원은 힘센 장사를 많이 기르는 중이라고 합니다. 이원이 무엇 때문에 그 많은 장사를 기르겠습니까? 그는 초왕이 일단 세상을 떠나기만 하면 그 즉시 먼저 초나라 권세를 쥐려고 날뛸 것이며 동시에 대군을 죽여버림으로써 대군의 입을 영구히 틀어막으려 들 것입니다. 이것이 뜻밖의 화라 이르는 것입니다."

춘신군이 또 묻는다.

"그렇다면 뜻밖의 사람이 있다는 것은 무슨 뜻이오?"

주영이 대답한다.

"이원은 왕후인 여동생의 연줄로 궁중 일을 샅샅이 알고 있습니다. 그러기에 우리는 이원에게 선수를 뺏길 염려가 있습니다. 대군께선 이 몸에게 낭중령郞中令 벼슬을 시켜주십시오. 이 몸이 모든 시랑侍郞들을 지휘할 권리만 갖게 되면 언제고 이원이 야심을 품고 날뛰려 할 때에 먼저 선수를 써서 잡아들여 한칼에 죽여버리겠습니다. 이것이 뜻밖의 사람이라 이르는 것입니다."

춘신군 황헐이 수염을 쓰다듬으면서 시원스레 웃는다.

"이원은 원래가 연약한 사람이오. 더욱이 오늘날까지 나를 끔찍이 섬겨온 사람인데 어찌 딴 뜻을 품을 리 있으리오. 그대는 매사를 너무 지나치게 염려하지 마오."

주영이 강조한다.

"대군께서 제 말대로 하시지 않다가는 다음날 반드시 후회할 것입니다."

춘신군이 대답한다.

"그대는 그만 물러가오. 내 정세를 잘 살펴보리다. 만일 그대가 필요하다면 즉시 사람을 보내어 부르겠소."

주영은 자기 거처로 돌아갔다. 그후 사흘이 지나도록 춘신군은 주영을 부르지 않았다. 주영은 춘신군이 자기 말에 무관심하다는 걸 알았다.

주영이 탄식한다.

"이제 나는 이곳을 떠나야겠다. 이대로 있다가는 장차 큰 불행이 닥쳐오겠구나!"

마침내 주영은 춘신군에게 하직 인사도 하지 않고 표연히 떠나갔다. 그는 동쪽에 있는 옛 오吳나라 땅으로 깊숙이 들어가서 오호五湖 속에 은둔했다.

염옹이 시로써 이 일을 읊은 것이 있다.

절세미인이 아이를 가진 채 왕궁으로 들어갔으니
나라를 훔치려는 간특한 계책이 어찌 용납될 리 있으리오.
하늘은 춘신군에게 천하엔 뜻밖의 화가 있음을 알렸으니
어찌 주영에게 낭중령의 벼슬을 시킬 리 있으리오.

紅顏帶子入王宮

盜國奸謀理不容
天啓春申無妄禍
朱英焉得令郎中

주영이 떠난 지 17일째 되던 날 초고열왕은 세상을 떠났다.

이원은 전부터 궁전 시위侍衛들과 미리 짜놓고서 무슨 변이 생기면 곧 통지해주기로 약속을 받아둔 참이었다. 그래서 이원은 초고열왕이 죽었다는 기별을 그 누구보다도 먼저 알게 되었다.

이원은 급히 궁으로 들어가서 초고열왕의 죽음을 발상發喪하지 못하게 했다. 그리고 그간 자기가 길러온 모든 장사들을 극문棘門 (여러 가지 창을 늘어세워놓은 문) 안에 매복시켰다.

어느덧 하루 해가 저물자 그제야 이원은 춘신군에게 사람을 보내어 왕이 세상을 떠났음을 알렸다. 이 기별을 받자 춘신군은 놀라 문하에 있는 모든 빈객과 상의할 여가도 없이 수레를 타고 왕궁으로 달려갔다.

춘신군이 탄 수레가 궁문 안으로 들어갔을 때였다. 지금까지 매복하고 있던 이원의 수하 장사들이 양쪽에서 일제히 뛰어나와 춘신군의 수레를 에워쌌다.

"듣거라! 우리는 왕후마마의 밀지密旨를 받아 너를 죽인다. 역적 춘신군은 속히 칼을 받아라!"

춘신군은 그제야 변이 일어난 줄 알고 급히 수레를 돌려 달아나려고 했다. 그러자 장사들이 벌 떼처럼 달려들어 춘신군을 따라온 시종배부터 먼저 무찔렀다. 그리고 춘신군 황헐을 수레에서 끌어내려 한칼에 쳐죽였다. 장사들은 땅바닥에 굴러떨어진 춘신군 황헐의 목을 집어올려 성 밖으로 내던지고 성문을 굳게 닫아걸었다.

그날 밤중에야 이원은 초고열왕이 세상을 떠났다는 것을 백성들에게 선포했다.

이튿날 이원은 발상하고 즉시 세자 한을 받들어 왕위에 모셨다. 그가 바로 초유왕楚幽王이다. 이때 초유왕의 나이는 겨우 여섯 살이었다. 그리하여 이원은 스스로 정승이 되어 초나라 전권全權을 장악했다.

이원은 여동생인 이언을 왕태후王太后로 모시고, 널리 영을 내려 춘신군 황헐의 일족을 모조리 잡아 죽였다. 그리고 그들의 식읍도 전부 몰수했다.

일이 이 지경이 되자 춘신군 황헐의 문하에 있던 모든 선비도 제각기 흩어져 초나라를 떠났고, 선왕先王의 친척인 공자들도 멀리 쫓겨갔다. 이리하여 어린 초유왕과 젊은 과부 왕태후, 그리고 간악한 정승 이원이 초나라를 다스리게 되었으니 나라 꼴은 말이 아니었다.

이렇게 해서 오랜 초나라의 왕통王統은 끊어지고 말았다.

이제 이야기를 남쪽 초나라에서 다시 중원中原으로 옮겨야겠다.

진나라 여불위呂不韋는 전번에 다섯 나라(제齊나라를 제외한 연燕·조趙·위魏·한韓·초楚)가 공격해온 데 대해 격분하고 있었다. 그는 '내 반드시 그 앙갚음을 하리라' 하고 결심했다. 그럼 어떻게 앙갚음을 할 것인가?

그때 다섯 나라를 연합하여 군사를 일으킨 주모자는 바로 조나라 대장 방난龐煖이다. 이에 여불위는 장수 몽오蒙驁와 장당張唐에게 군사 5만 명을 주어 조나라를 치게 했다. 그들이 조나라를 치러 떠난 지 사흘 후에 여불위는 다시 장안군長安君 성교成嶠(조희趙姬가 낳은 진장양왕秦莊襄王의 진짜 아들로 진왕 정政의 동생)와 번오기樊於期*에게 군사 5만 명을 주어 계속 조나라를 치게 했다.

한 빈객이 여불위에게 묻는다.

"장안군은 너무 어려 대장으로 보내기엔 좀 이르지 않습니까?"

여불위가 무슨 속셈이 있는지 빙그레 웃으면서 대답한다.

"그대는 알 바 아니로다."

한편, 진나라 장수 몽오는 군사를 거느리고 함곡관을 나와 상당 上黨 땅으로 나아가서 즉시 조나라 경도성慶都城을 포위하고 한편 으로는 도산都山에다 영채를 세웠다. 이에 장안군은 후군後軍을 거느리고 둔류屯留 땅에 이르러 영채를 세우고 몽오의 군사를 후 원했다.

이때 조나라에선 진나라 군사가 쳐들어왔다는 급보를 받았다. 정승 방난은 다시 대장이 되고 호첩扈輒은 부장이 되어 군사 10만 명을 거느리고 떠났다.

조나라 대장 방난이 말한다.

"경도慶都 땅 북쪽으론 요산堯山이 가장 높아서 진나라 군사가 영채를 세우고 있는 도산都山을 바라볼 수 있다. 그러니 우리는 마땅히 요산에 영채를 세우고 대결해야 한다."

조나라 부장 호첩이 군사 2만 명을 거느리고 먼저 요산에 가본 즉, 그곳에는 이미 진나라 군사 1만 명이 주둔하고 있었다. 이에 호첩은 접전을 벌여 진나라 군사를 무찔러 쫓아버리고 예정대로 요산 위에 영채를 세웠다.

이때 진나라 장수 몽오와 장당이 군사 2만 명을 거느리고 다시 요산을 뺏기 위해 몰려왔다. 동시에 조나라 대장 방난도 대군을 거느리고 요산에 당도했다.

마침내 조·진 두 나라 군사는 진세陣勢를 펴고 일대 접전을 벌였다. 조나라 부장 호첩은 요산 위에서 진나라 군사의 동태를 굽어보고 붉은 기旗를 휘둘러 대장 방난에게 계속해서 신호를 보냈다. 진나라 장수 장당이 동쪽으로 가면 산 위에서 호첩은 붉은 기로 동쪽을 가리키고, 서쪽으로 가면 역시 서쪽 방향을 가리켰다. 조나라 군사는 산 위에서 신호하는 붉은 기만 보고 달려가서 진나라 군사를 포위했다.

조나라 대장 방난이 영을 내린다.

"진나라 장수 장당을 사로잡아오는 자에겐 100리의 땅을 주겠다."

이에 조나라 군사는 죽음을 두려워하지 않고 싸웠다. 진나라 장수 장당은 힘을 분발하여 싸웠으나 조나라 군사의 포위망을 벗어나지 못했다. 이때 마침 진나라 장수 몽오가 군사를 거느리고 달려와서 장당을 구출해 함께 도산都山의 대채大寨로 돌아갔다.

그간 진나라 군사에게 포위당하고 있던 조나라 경도 땅은 구원군이 왔다는 소식을 접하자 성을 더욱 굳게 지키며 진나라 군사에게 항거했다. 그래서 진나라 장수 몽오와 장당은 결국 경도성을 함몰하지 못했다.

진나라 장수 몽오가 성급히 장당에게 지시한다.

"장군은 속히 가서 후군을 거느리고 오는 장안군 성교에게 구원을 청하오."

이에 장당은 말을 달려 둔류屯留 땅으로 갔다.

한편, 후군을 거느리고 온 진나라 장안군 성교는 이때 나이 겨우 열일곱 살로 아직 싸움에 대한 지식이 없었다.

어느 날 장안군은 수하 장수 번오기樊於期를 불러들여 장차 조나라 군사와 싸울 일을 상의했다.

그러나 누가 알았으리오. 진나라 장수 번오기는 속으로 여불위를 미워하고 있었다. 지난날 여불위는 애첩 조희를 왕손 이인異人에게 바치고 마침내 진나라를 가로챈 사람이 아닌가.

번오기는 좌우 사람을 밖으로 내보내고 장안군 성교에게 이 사실을 낱낱이 고했다.

"그러니 지금 우리 나라 왕위에 있는 진왕 정政은 선왕의 혈육이 아니라 바로 여불위의 자식입니다. 선왕의 피를 이어받은 진짜 아드님은 대군大君 한 분뿐이십니다. 이번에 여불위가 이렇듯 대군께 병권을 주어 싸움터로 보낸 것은 결코 호의가 아닙니다. 곧 여불위는 지금까지의 자기 비밀이 폭로되는 날이면 대군과 자기 자식 진왕 정이 양립兩立하지 못할 것을 알고, 겉으론 대군께 특별한 호의를 베푸는 체하면서 실은 국외로 대군을 몰아내려는 속셈입니다. 지금쯤 여불위는 마음대로 궁중을 드나들며 지난날의 자기 첩인 왕태후와 교정交情하고 있을 것입니다. 그러니 우리 진나라 궁성은 여씨呂氏 부부와 그 아들 정政의 소굴로 변했습니다. 그들은 이 세상에서 오직 대군만을 두려워하며 미워하고 있습니다. 만일 이번 싸움에서 몽오가 조나라 군사에게 지면 여불위는 그 죄를 대군께 뒤집어씌울 것입니다. 그렇게 되면 대군께선 운수가 좋아야 국외 추방이고, 아니면 죽음을 면하지 못할 것입니다. 대군께서 돌아가시면 우리 진나라 영씨嬴氏의 왕통은 영영 끊어지며 그 대신 여씨의 세상이 되고 맙니다. 이 사실과 이러한 사태는 우리 나라 백성들조차 모르는 사람 없이 다 알고 있습니다. 대군께선 이 참에 기회를 놓치지 말고 백년대계를 세우십시오."

장안군 성교가 묻는다.

"난들 그들의 흉측한 계책을 어찌 모를 리 있겠소. 이제 그대의

설명을 듣고 나니 가슴이 후련하오. 그럼 장차 이 일을 어찌해야
좋겠소?"

번오기가 대답한다.

"지금 몽오는 조나라 군사 때문에 곤경을 겪고 있으므로 쉽사
리 본국에 돌아가지 못할 것입니다. 그런데 대군께선 지금 한 명
도 상하지 않은 군사들을 고스란히 거느리고 계십니다. 그러니 대
군께선 즉시 격문檄文을 돌려 여불위와 왕태후의 관계를 밝히고
우리 진나라 궁성 안의 비밀을 만천하에 폭로하여 그들을 성토하
십시오. 그러면 우리 진나라 모든 신하와 백성은 누구나 다 선왕
의 일점혈육인 대군을 받들어 왕위에 모시고자 일제히 일어날 것
입니다."

장안군 성교가 칼을 짚고 일어서서 분연히 외친다.

"사내대장부가 죽으면 죽었지 어찌 상인商人(원래 여불위는 장
사꾼이었다) 놈의 자식에게 무릎을 꿇을 수 있으리오! 장군은 나를
위해 앞일을 도모하오!"

이에 번오기가 구원을 청하러 온 몽오의 사자를 불러들여 거짓
말을 한다.

"몽오 장군에게 우리가 곧 대군을 거느리고 영채를 옮겨 구원
하겠으니 안심하시라고 전하여라."

번오기는 일단 사자를 돌려보내고 나서 그 즉시 격문을 썼다.
그 글에 하였으되,

장안군 성교는 나라 안팎 신민臣民에게 포고하노라. 누구나
다 알다시피 나라를 전하는 법은 혈통으로 근본을 삼는다. 이
세상에서 종계宗系를 뒤엎는 간신적자奸臣賊子의 음모보다 더

흉악한 것은 없다. 문신후文信侯 여불위는 원래 양책陽翟 땅 상인으로 감히 함양咸陽의 왕위를 엿본 자다. 지금 왕으로 있는 정政은 선왕이신 진장양왕의 아들이 아니라 실은 여불위의 자식임을 만천하에 폭로한다. 지난날 여불위는 제 자식까지 밴 애첩으로 하여금 그 당시 왕손의 몸으로서 조나라에 볼모로 계셨던 선왕을 섬기게 하고 마침내 자기 자식을 선왕의 혈육이라고 둘러댄 것이다. 그후 여불위는 황금을 뿌리고 교묘한 계책을 써서 조나라에 붙잡혀 있던 선왕을 진나라로 모셔와 공신功臣이 되었다. 그 뒤 우리 나라 진효문왕과 진장양왕 양대兩代가 어찌하여 왕위를 오래 누리지 못하고 잇따라 세상을 떠나셨는지 그 까닭을 아는가? 바로 여불위가 우리의 진효문왕과 진장양왕을 독살한 것이다! 곧 한시 바삐 제 자식을 진나라 왕위에 세우기 위해서였다. 이리하여 여불위는 우리 나라 삼대의 대권을 장악했다. 누가 그의 이러한 흉계를 막아낼 테냐! 지금의 진왕은 왕이 아니다. 그는 영씨嬴氏가 아니고 여씨呂氏이기 때문이다. 여불위는 신하로서 왕위를 빼앗고 사직을 전복시킨 장본인이다. 하늘과 사람이 어찌 분노하지 않을 수 있으리오! 나는 선왕의 혈통을 이어받은 유일한 적자嫡子로서 모든 신하와 백성들에게 호소한다. 반드시 하늘은 그대들을 도와 극악무도한 여불위 일파를 없애버릴 것이다. 나는 이제야 군사를 거느리고 일어섰다. 만백성도 일어나서 적을 쳐라! 우리 진나라의 자손들과 백성들은 역대 임금들의 은덕을 생각하라! 이 격문을 보고서 호응하라! 우리가 역적을 치기 위해 진나라로 쳐들어갈 때 모든 사람들은 나를 환영해주기 바라노라.

마침내 번오기는 장안군 성교의 명의로 된 이 격문을 사방으로 널리 뿌렸다.

한편 진나라 사람들은 그렇지 않아도 여불위가 첩을 이용하여 권세를 잡은 일 등을 소문을 들어 알고 있던 터에 이 격문을 보고서는 더욱 확실한 진상을 알게 되었다.

그러나 진나라 사람들은 워낙 문신후 여불위의 위세에 눌려서 감히 들고 일어나지를 못했다. 그들은 그저 사세를 관망하자는 태도였다. 이때 갑자기 동쪽에서 혜성彗星이 나타나더니 수일 후엔 다시 북쪽에서 나타났고 그 다음엔 또 서쪽에서 나타났다. 점성사占星師들은 장차 국내에서 난리가 일어날 것이며 민심이 크게 동요할 것이라고 예언했다.

한편, 번오기는 둔류屯留 땅 일대의 모든 고을 장정들을 뽑아 대군에 편입시켰다. 그리고 마침내 대군을 둘로 나누어 거느리고 본국인 진나라 장자성長子城과 호관성壺關城으로 쳐들어갔다.

그때 진나라 장수 장당은 뒤늦게야 장안군 성교가 반기를 들었다는 사실을 알았다. 장당은 밤낮없이 말을 달려 진나라 함양에 돌아가서 변고가 일어났음을 고했다. 격문을 보고 분기충천한 진왕 정은 즉시 상보尙父인 여불위를 불러들여 상의했다.

여불위가 아뢴다.

"장안군 성교는 연소한 아이입니다. 한데 그가 이런 옛일을 어찌 알 리 있겠습니까? 필시 수하 장수 번오기란 놈이 충동해서 변을 일으켰을 것입니다. 그러나 번오기는 용기만 있지 꾀가 없습니다. 반드시 그놈을 사로잡아 바치겠으니 대왕께선 과도히 염려하지 마옵소서."

이에 진나라에선 왕전王翦이 대장이 되고, 환의桓齮와 왕분王賁이 좌우 선봉장이 되어 군사 1만 명을 거느리고 장안군 성교를 치러 떠났다.

한편, 진나라 장수 몽오는 조나라 대장 방난과 대진對陣만 하고
서 장안군 성교가 군사를 거느리고 구원하러 오기만을 기다리고
있었다. 그러나 도우러 온다던 장안군 성교는 웬일인지 끝내 나타
나지 않았다. 한참 궁금해하던 참인데 뜻밖에도 부하 한 사람이
장안군 성교의 격문을 가지고 돌아왔다.

그 격문을 보고 진나라 장수 몽오가 놀란다.

"나는 장안군 성교와 함께 조나라를 치러 왔다가 아무 공로도
세우지 못했는데, 더구나 그가 반역했으니 어찌 책임상 죄를 벗어
날 수 있으리오. 내 역적을 치지 않으면 장차 무엇으로써 나의 입
장을 변명하랴. 속히 군마軍馬를 삼대三隊로 나누어 회군하라고
일러라. 나는 친히 조나라 군사가 추격해오지 못하도록 뒤를 막으
면서 천천히 따라가마!"

이에 진나라 군사는 영채를 버리고 물러가기 시작했다. 동시에
조나라 대장 방난은 진나라 군사가 물러가는 걸 보고서 즉시 부장
호첩扈輒을 불렀다.

"속히 정병 3만 명을 거느리고 샛길로 가서 태행산太行山 깊은
숲 속에 매복하오. 필시 진나라의 노장은 자기 군사들부터 먼저
보내고 우리가 추격하지 못하도록 뒤를 끊으면서 뒤따라갈 것이
오. 그러니 장군은 진나라 군사가 다 지나갈 때까지 내버려두었다
가 몽오가 뒤늦게 오거든 일제히 내달아 무찌르오. 그러면 우리는
쉽사리 이길 수 있소."

한편 진나라 장수 몽오는 군사들이 아무 장애도 받지 않고 앞서
간 걸 보고서 마음놓고 뒤만 경계하며 천천히 따라갔다.

몽오가 후대後隊만 거느리고 태행산 숲길을 지나갈 때였다. 갑

자기 커다란 포성이 일어나면서 조나라 부장 호첩이 복병 3만 명을 거느리고 뛰어나와 길을 가로막고 포위하기 시작했다. 진나라 장수 몽오는 즉시 창을 높이 들고 앞을 막는 조나라 부장 호첩과 어우러져 싸웠다. 그들이 한참 싸우는데 이번엔 조나라 대장 방난이 군사를 거느리고 추격해왔다.

이에 전의를 상실한 진나라 후대는 장수 몽오를 버려두고 각기 달아나기 시작했다. 그러나 진나라 노장 몽오의 힘은 굉장했다. 포위당한 몽오는 온몸에 중상을 입었건만 아랑곳없이 용맹을 떨쳐 조나라 군사 수십 명을 죽이고 활을 쏘아 조나라 대장 방난의 가슴에 화살을 꽂았다. 조나라 대장 방난이 가슴에 꽂힌 화살을 뽑아버리고 큰소리로 외친다.

"적장 몽오를 겹겹이 포위하여 일제히 활을 쏘아라!"

순간 조나라 군사들의 화살이 진나라 장수 몽오에게 빗발치듯 쏟아졌다. 무수한 화살을 맞은 진나라 장수 몽오는 고슴도치처럼 형태도 못 알아볼 지경이 되어 쓰러져 죽었다.

참으로 애석한 일이었다. 진나라 명장 몽오가 태행산에서 무참히 죽음을 당할 줄이야 누가 알았으리오.

이에 조나라 군사는 진나라 군사를 크게 무찔러 이긴 후에야 회군했다. 조나라 대장 방난은 비록 개선해서 돌아갔으나 진나라 장수 몽오에게 맞은 화살의 상처로 수일 후 역시 죽고 말았다.

한편, 진나라 장수 장당과 왕전 등은 군사를 거느리고 반역자 장안군 성교를 치러 물밀듯 몰려가서 마침내 둔류 땅을 포위했다. 열일곱 소년 장안군 성교는 둔류성屯留城 위에서 몰려오는 군사를 굽어보고 놀라 벌벌 떨었다.

번오기가 장안군 성교를 격려한다.

"대군께선 이제 호랑이를 타신 격입니다. 호랑이를 몰고 달려야지 도중에서 내리면 되레 호랑이에게 잡아먹힙니다. 더구나 우리는 이 둔류성 외에도 장자성長子城과 호관성壺關城을 장악하고 있으며 군사 또한 도합 15만 명이 넘습니다. 우리 군사 15만이 배후에 세 성을 두고 죽기를 각오하고 싸운다면 어찌 이기지 못하겠습니까!"

이에 번오기는 둔류성 아래에 진을 친 후 왕전의 진과 대치했다.

왕전이 말을 타고 나가서 큰소리로 적진을 향해 외친다.

"우리 진나라가 너를 소홀히 대접한 일이 없거늘 네 어찌하여 장안군을 앞장세워 역적질을 하려 드느냐?"

번오기가 병거를 몰고 나와서 일단 허리를 굽혀 왕전에게 경의를 표한 다음에 큰소리로 대답한다.

"지금 우리 나라 왕위에 있는 정政은 선왕의 아들이 아니라 여불위의 자식임을 모든 백성도 다 알고 있는데 그게 무슨 말씀이오? 우리는 조상 대대로 망극한 진나라 국은國恩을 받고 살아온 집안들이오! 그래, 장군은 우리 나라 영씨의 왕통이 여가 놈의 손에 망하는 걸 보고도 가만히 있을 테요? 나는 선왕의 혈통을 이어받은 유일한 왕자 장안군을 받들어 위기일발에 놓여 있는 이 나라 종묘사직을 구하고 역적 여가 놈을 잡아 죽일 작정이오. 장군도 진나라 사람으로서 진나라 열성조列聖朝(대대代代의 임금의 시대. 열조)의 은혜를 입었다면, 나와 함께 함양성으로 쳐들어가서 음탕무도한 역적 여불위를 죽이고 가짜 왕인 정을 몰아낸 뒤 우리의 왕자 장안군을 왕위에 올려 모십시다. 그러면 장군도 높은 벼슬에 올라 우리와 같이 부귀영화를 누리게 될 것이니 이 어찌 아름다운 일이 아니겠소!"

왕전이 외친다.

"왕태후께서 잉태하신 지 10개월 만에 왕을 낳으셨음이라. 그만하면 선왕의 아드님인 것이 확실하다. 그런데 너는 어째서 근거 없는 말을 퍼뜨려 대역죄를 저지르며 스스로 멸족지화滅族之禍를 당하고자 하느냐? 그러고도 오히려 교묘한 말을 지어내어 군심軍心을 현혹시켰으니 붙들리는 날엔 능지처참을 당할 줄 알아라!"

이에 번오기는 눈을 부릅뜬 채 대갈일성을 내지르고 칼을 휘두르며 즉시 진나라 군사 속으로 내달아갔다. 진나라 군사는 번오기의 기세에 기가 질려 감히 덤벼들지 못하고 좌우로 몸을 피했다. 번오기는 좌충우돌하며 마치 무인지경을 드나들 듯했다.

왕전은 군사를 지휘하여 번오기와 수차례 싸웠다. 그럴 때마다 번오기는 군사를 마구 죽이며 포위를 뚫고 나왔다. 따라서 왕전의 군사들 중엔 많은 사상자가 났다. 이윽고 해가 저물자 그들은 각기 군사를 거두고 돌아갔다.

왕전은 군사를 거느리고 산개산傘蓋山에 둔치고 그날 밤에 생각했다.

'번오기는 대단히 사납고 용맹하다. 그러니 한꺼번에 그를 무찌를 도리는 없다. 반드시 계책을 써서 굴복시키리라!'

왕전이 모든 수하 장수를 장막 안으로 불러들여 묻는다.

"그대들 중에 전부터 장안군과 잘 아는 사람이 있소?"

말장末將 양단화楊端和는 원래 둔류 땅 사람이었다.

양단화가 대답한다.

"일찍이 소장小將은 장안군 문하에서 빈객으로 있었기 때문에 그를 잘 압니다."

왕전이 양단화에게 부탁한다.

"내가 서신 한 통을 써줄 터이니 그대는 장안군에게 갖다주고, 속히 귀순하여 죽음을 자초하지 말라고 타이르오."

양단화가 묻는다.

"그러나 소장이 어떻게 둔류성 안으로 들어갈 수 있겠습니까?"

왕전이 대답한다.

"그대는 교전交戰을 기다렸다가 싸움이 끝나고 군사들이 돌아갈 때에 적군으로 가장하여 그들 속에 휩쓸려서 둔류성 안으로 들어가오. 언제고 우리가 둔류성을 맹렬히 공격하거든 그때에 기회를 보아 급히 장안군에게 가서 그를 설복하오."

왕전은 양단화에게 서신 한 통을 써주고 계책을 일러주었다.

이튿날, 환의桓齮는 일군一軍을 거느리고 가서 장자성을 공격했다. 왕분王賁도 일군을 거느리고 가서 호관성을 공격하고, 왕전은 친히 둔류성을 공격했다. 이렇게 동시에 공격함으로써 서로 연락을 취하지 못하도록 세 성을 각각 고립시켰다.

한편, 둔류성 안에선 번오기가 장안군 성교에게 말한다.

"적군이 군사를 삼군으로 나누어 우리의 세 성을 치니 이번 기회에 승부를 내야 합니다. 만일 장자성과 호관성이 함락된다면 다시는 적군을 무찌르기 힘듭니다."

어리고 겁 많은 장안군 성교가 흐느껴 울면서 부탁한다.

"애초에 장군이 이 일을 주모했으니 모든 일을 알아서 처리하오. 다만 나의 앞날이나 망치지 않도록 부탁하오."

이에 번오기는 즉시 정병 1만 명을 거느리고 둔류성 문을 열고 나가 왕전의 군사를 맞이해 싸웠다. 이 싸움에서 왕전은 일부러 패한 체하고 10리 밖으로 물러가서 복룡산伏龍山에 둔쳤다.

번오기는 왕전의 군사를 물리치자 군사를 거두어 둔류성으로 돌아갔다. 이때 양단화가 번오기의 군사로 가장하여 둔류성 안으로 휩쓸려 들어갔다. 양단화는 둔류성 사람이었기 때문에 우선 친척 집에 가서 몸을 숨겼다.

한편 장안군 성교가 일진一陣을 이기고 돌아온 번오기에게 묻는다.

"왕전의 군사가 완전히 물러가지 않고 다시 쳐들어오면 어찌하려오?"

번오기가 대답한다.

"오늘 싸움에서 제가 적의 예기銳氣를 꺾어놓았으니 내일은 모든 군사를 거느리고 한바탕 싸워 왕전을 사로잡겠습니다. 그리고 곧 함양으로 들어가서 대군을 왕위에 올려 모시어 비로소 저의 모든 뜻을 달성하겠습니다."

장차 그들의 승부는 어떻게 끝날 것이며, 누가 최대 강국인 진나라를 차지하게 될 것인가.

거짓 환관의 궁란宮亂

왕전王翦은 10리 밖 복룡산伏龍山으로 물러가서 구렁을 깊이 파고 성루를 높이 쌓았다. 그리고 군사를 나누어 위험한 곳마다 지키도록 한 후 일체의 출전出戰을 금했다. 동시에 군사 3만 명을 환의桓齮와 왕분王賁에게 보내어 속히 장자성長子城과 호관성壺關城을 함몰시키라고 지시했다.

한편, 번오기樊於期는 모든 군사를 거느리고 날마다 왕전에게 가서 싸움을 걸었다. 그러나 왕전의 군사는 응하지 않았다. 번오기는 왕전을 겁쟁이로 생각하고 그제야 군사를 나누어 장자성과 호관성을 도우러 떠났다. 번오기가 도중까지 갔을 때였다.

초마군哨馬軍이 말을 타고 달려와서 황급히 고한다.

"큰일났습니다. 장자성과 호관성이 적에게 함몰당했습니다."

번오기는 깜짝 놀랐으나 장안군長安君 성교成嶠가 놀라지 않도록 성 밖에다 영채를 세웠다.

이때 환의와 왕분은 왕전이 복룡산으로 군영을 옮겼다는 말을 들고 군사를 거느리고 곧장 그곳으로 갔다.

환의와 왕분이 왕전에게 보고한다.

"장자성과 호관성을 함몰시키고 군사를 나누어 두 성을 굳게 지키게 한 후 대충 민심을 수습하고 왔습니다."

이 보고를 듣고 왕전이 기뻐한다.

"두 분은 참으로 수고했소! 이제야 둔류성은 완전히 고립되고 말았소. 자, 번오기를 무찌를 날도 머지않았구려. 장차 우리는 공을 세우고 돌아가게 되었소."

왕전의 말이 끝나기도 전인데, 영문營門을 지키는 군졸이 들어와서 고한다.

"장군 신승辛勝께서 왕명을 받들고 지금 영문 밖에 와 계십니다."

왕전은 나가서 신승을 장막 안으로 영접해들이고는 온 뜻을 물었다.

신승이 대답한다.

"첫째는 군사들을 위로하려고 많은 음식과 상賞을 가지고 왔소. 둘째는 왕명을 전하기 위해서요. 지금 우리 대왕께선 번오기에게 몹시 격노하고 계시오. 그래서 번오기를 죽이지 말고 어떻게 해서든 사로잡아오라는 분부시오. 대왕께서 친히 번오기의 목을 참하여 분을 풀겠다고 하시오."

왕전이 신승에게 청한다.

"장군은 알맞은 때에 참 잘 오셨소. 오신 김에 우리를 좀 도와주시오."

왕전은 신승이 가지고 온 많은 음식과 상을 삼군에게 나눠주고 영을 내렸다.

"환의와 왕분 두 장군은 각기 일군을 거느리고 가서 좌우로 나누어 매복하오. 그리고 신승 장군은 군사 5,000명을 거느리고 둔류성에 가서 싸움을 거시오. 나는 대군을 거느리고 둔류성을 공격할 준비를 하겠소."

한편, 장안군 성교는 장자성과 호관성이 적의 손에 함몰되었다는 소식을 듣고 급히 번오기를 성안으로 불러들여 앞일을 상의했다.

번오기가 말한다.

"조만간에 적과 한번 결전을 벌여볼 작정입니다. 만일 싸워서 이기지 못하면, 저는 대군을 모시고 북쪽 연나라나 조나라로 도망가서 모든 나라 연합군을 일으켜 우리 진나라의 가짜 왕을 잡아 죽이고 종묘사직을 바로잡을 결심입니다.

장안군 성교가 거듭 부탁한다.

"장군은 매사에 조심해서 낭패가 없도록 하오."

번오기가 둔류성을 나와 본영으로 돌아갔을 때였다. 초마군이 들어와서 황급히 고한다.

"이번에 함양에서 새로 온 신승 장군이 싸움을 걸고 있습니다."

번오기가 머리를 끄덕이며 말한다.

"이름없는 졸개 놈이 왔구나! 내 먼저 신승부터 없애버리리라!"

마침내 번오기는 군사를 거느리고 영문을 열고 나가서 신승을 맞이해 수합을 싸웠다. 그런데 신승은 싸우다 말고 갑자기 달아나기 시작했다. 이에 번오기는 자기 용기만 믿고 신승의 뒤를 쫓아갔다. 약 5리쯤 갔을 때 좌우에 매복하고 있던 환의와 왕분이 난데없이 군사를 거느리고 달려나와 번오기를 포위하고 공격했다.

이에 번오기는 싸움에 패한 군사들을 간신히 거두어 돌아왔다. 그런데 보라! 어느새 둔류성 밑에 왕전의 군사가 쫙 깔려 있지 않은가. 번오기는 신기神技를 발휘하여 왕전의 군사를 무찌르고 겨

우 한 가닥 혈로血路를 뚫고서 둔류성 문으로 달려갔다. 이에 성
문이 열리고 군사들이 나와서 번오기를 영접해 즉시 성안으로 들
어가버렸다.

왕전은 모든 군사를 합쳐 다시 둔류성을 맹렬히 공격했다. 번오
기는 밤낮없이 둔류성 위를 순시하며 지휘했다.

전날 둔류성 안에 잠입해서 친척 집에 숨어 있던 양단화楊端和
는 성 밖에서 공격이 맹렬해지자 이제야 자기가 활약할 때라고 생
각했다. 양단화는 밤중에 장안군 성교가 있는 곳으로 가서 문지기
에게 기밀機密을 아뢸 일이 있어 왔노라고 뵈옵기를 청했다. 문지
기는 장안군 성교에게 양단화란 사람이 뵈옵기를 청한다고 아뢨
다. 장안군 성교가 듣고 보니 바로 지난날 자기 문하에서 빈객으
로 있던 그 양단화가 아닌가. 장안군 성교는 반색을 하며 문지기
에게 양단화를 데리고 들어오도록 분부했다.

양단화가 들어가서 장안군 성교에게 절한 뒤 청한다.

"긴히 말씀드릴 일이 있어 왔습니다. 좌우 사람을 잠시 밖으로
내보내십시오."

이에 좌우 사람들이 나가자 양단화가 말을 계속한다.

"오늘날 우리 진나라보다 강한 나라가 없다는 것은 대군께서도
잘 아실 것입니다. 비록 육국六國이 힘을 모아 우리 나라를 쳤으
나 결코 이기지 못했습니다. 그런데 지금 대군께선 이 외로운 둔
류성 하나만을 믿고서 천하무적인 진나라를 상대로 싸우시니 참
으로 딱한 일입니다."

장안군 성교가 대답한다.

"번오기가 지금 왕위에 있는 진왕은 선왕의 친아들이 아니라면
서 나를 이리로 끌고 온 것일세. 지금 이러고 있는 것도 나의 본뜻

은 아니네."

양단화가 묻는다.

"번오기는 한낱 필부匹夫의 용기만 믿고서 성패成敗는 고려하지도 않고 날뛰는 것입니다. 그가 우리 나라 모든 군郡과 현縣에 격문檄文을 뿌렸건만 아무도 대군께 호응하는 자가 없는 걸 보십시오. 더구나 지금 왕전 장군은 밖에서 이 둔류성을 맹렬히 공격하고 있습니다. 둔류성이 함락되면 대군께선 장차 어찌할 요량이십니까?"

장안군 성교가 말한다.

"그렇게 되면 나는 연나라나 조나라에 가서 모든 나라의 합종合縱을 호소하고 군사를 일으킬 작정이네. 그대 생각은 어떤가?"

양단화가 대답한다.

"합종을 호소하다니요? 대군께선 어찌 지난 일을 기억하지 못하십니까? 지난날에 조나라 조숙후趙肅侯도, 제나라 제민왕齊湣王도, 위나라 신릉군信陵君도, 근자엔 초나라 춘신군春申君도 다 천하 모든 나라와 함께 연합군을 일으켜 우리 진나라를 쳤습니다만 결국 한번도 성공하지 못했습니다. 지금 천하 육국(연燕·제齊·초楚·한韓·위魏·조趙) 중에서 우리 진나라를 두려워하지 않는 나라가 어디 있습니까? 설령 대군께서 장차 어느 나라로 달아난다고 합시다. 그러나 우리 진나라가 사신을 보내어 그 나라를 꾸짖기만 하면 반드시 겁을 먹고 대군을 결박해서 진나라에 바칠 것입니다. 그렇게 되면 대군께선 이 세상에서 목숨을 부지하실 수 있겠습니까?"

장안군 성교가 묻는다.

"그럼 장차 이 일을 어찌하면 좋을꼬! 그대는 나를 위해 주저하지 말고 말하오."

그제야 양단화는,

"그러잖아도 왕전 장군은 대군께서 번오기의 꼬임에 빠져 있다는 걸 알고 있습니다. 여기에 왕전 장군이 보낸 서신이 있습니다." 하고 품속에서 서신을 꺼내어 바쳤다.

장안군 성교가 서신을 뜯어본즉,

대군께선 진왕의 친동생이시며 벼슬로 이를지라도 극히 귀한 몸이신데 어찌하여 번오기의 황당무계한 말만 곧이듣고 이렇듯 난을 일으켜 스스로 망하고자 하십니까? 참으로 애석하고 애석한 일입니다. 이 세상에 살려둘 수 없는 자는 바로 번오기한 놈뿐입니다. 대군께선 주저 마시고 곧 번오기의 목을 끊어서 우리에게 보내고 투항하십시오. 이 왕전이 진왕께 잘 말씀드리면 반드시 대군을 용서하시리이다. 만일 대군께서 주저하고 즉시 결정을 내리지 못한다면 다음날에 후회해도 소용없습니다.

서신을 읽고 장안군 성교가 울면서 말한다.

"번오기는 충직한 장군이다. 내 어찌 그를 죽일 수 있으리오."

양단화가 탄식한다.

"대군께서 부녀자 같은 말씀만 하시니 하는 수 없습니다! 정 그러시다면 저는 이만 물러가겠습니다."

장안군 성교가 청한다.

"그대는 멀리 가지 말고 잠시 몸을 피해 있다가 다시 오라. 내 그동안 생각했다가 다시 그대와 이 일을 상의하리라."

양단화가 부탁한다.

"정 그러시다면 분부대로 하겠습니다. 그러나 제가 다녀간 사실만은 아무에게도 누설하지 마십시오."

"그건 염려 마오."

이튿날 번오기가 병거를 타고 들어와서 장안군 성교에게 청한다.

"적군의 형세는 자못 크고 성안 민심은 매우 어수선합니다. 이 둔류성도 언제 적의 손에 함락될지 모르겠습니다. 원컨대 대군께서는 속히 이 병거에 타십시오. 함께 몸을 피해 연나라나 조나라에 가서 다시 일을 꾸며야겠습니다."

장안군 성교가 걱정한다.

"나의 종족이 다 함양에 있는데 지금 다른 나라로 간다면 그들이 나를 받아들일지 모르겠구려."

번오기가 대답한다.

"지금 천하 모든 나라는 진나라의 횡포 때문에 골머리를 앓고 있습니다. 그러하거늘 어찌 대군을 받아들이지 않을 리 있습니까!"

한참 서로 이런 말을 주고받고 있는데 수하 장수가 들어와서 고한다.

"지금 적군이 남문 밖에 와서 싸움을 걸고 있습니다."

번오기가 초조해져서 장안군 성교에게 간청한다.

"지금 곧 떠나지 않으면 대군께선 장차 이 둔류성에서 벗어날 길이 없습니다!"

그러나 장안군 성교는 여전히 주저할 뿐 어찌해야 할지 결단을 내리지 못했다.

이에 번오기는 하는 수 없이 칼을 비껴들고 병거를 달려 남문 밖으로 나가서 진나라 군사와 싸웠다. 바로 이때 양단화는 급히 장안군 성교에게로 갔다.

양단화가 청한다.

"성 위에 올라가서 싸우는 광경이나 한번 보십시오."

장안군 성교는 양단화에게 끌려가다시피 성 위로 올라가서 아래를 굽어보았다. 비록 번오기가 사력을 다해 싸우고 있었으나 진나라 군사는 새까맣게 몰려오고 있었다. 번오기가 그 많은 진나라 군사를 대적할 수 없어 병거를 돌려 둔류성 밑으로 돌아와 외친다.

"속히 성문을 열어라!"

바로 이때 장안군 성교 옆에 서 있던 양단화가 칼을 짚고 성 아래를 굽어보며 큰소리로 외친다.

"듣거라! 장안군께서는 이미 성을 내놓기로 하고 항복하셨다! 번 장군은 좋을 대로 행동하라. 만일 번 장군에게 성문을 열어주는 자가 있으면 즉시 참하리라!"

동시에 양단화는 소매 속에서 기旗를 꺼내어 펴들었다. 그 기에는 항복한다는 '항降' 자가 뚜렷이 적혀 있었다. 그러자 성 위 여기저기에서도 항기降旗가 솟아올랐다. 둔류성 안에 사는 양단화의 친척들로서 군사가 된 자들끼리 이미 짜고서 기를 준비해 대기하고 있었던 것이다.

이 갑작스런 변고에 장안군 성교는 정신을 차리지 못했다. 번오기는 성 위를 쳐다보았다. 장안군 성교는 손으로 얼굴을 가리고 흐느껴 울고만 있었다.

번오기가 탄식한다.

"저렇듯 못난 놈을 도운 내가 잘못이었다! 이젠 더 이상 저런 어린 놈을 도울 필요가 없다!"

이때 진나라 군사가 번오기를 첩첩이 에워싸기 시작했다. 그들은 번오기를 사로잡으라는 진왕秦王의 왕명을 받았기 때문에 활을 전혀 쏘지 않았다. 격분한 번오기는 진나라 군사를 닥치는 대로 쳐죽이며 다시 한 가닥 혈로를 뚫고 나아가 마침내 북쪽을 향해 달아났다. 진나라 장수 왕전은 번오기를 뒤쫓았으나 결국 잡지 못했다.

드디어 양단화는 장안군 성교에게 둔류성 성문을 열게 하고 진나라 군사를 성안으로 끌어들였다. 그날로 진나라 군사들은 장안군 성교를 공관에 감금했다.

이튿날 왕전은 신승을 함양으로 보내어 승전을 고하고 장안군을 어떻게 조처할 것인지 물었다.

싸움에 이겼다는 소식이 함양성 안에 전해지자 어찌 되었든 난처하게 된 것은 왕태후 조희趙姬였다. 왕태후는 지금 왕으로 있는 진왕 정과 장안군 성교의 생모다. 하나는 여불위의 아들이고, 하나는 죽은 진장양왕의 아들이니 비록 아비는 각각 다르지만 다 자기가 낳은 아들이 아닌가.

왕태후는 고민 끝에 전남편이며 지금은 정부情夫인 여불위呂不韋를 불러들여 '장안군 성교를 살려달라'고 눈물을 흘리면서 부탁했다. 그러나 여불위는 아무 대답도 하지 않았다. 이에 왕태후는 비녀를 뽑아 머리를 풀어헤친 뒤 아들인 진왕 정에게 가서 청했다.

"장안군을 죽이지만 말아주오. 상감은 이 어미의 체면을 봐서라도 동생을 죽이지 말고 살려주오."

짊은 진왕 정의 눈은 무섭게 빛났다.

"동생이라고 해서 역적한 자를 죽이지 않는다면 일가친척이 다 역적질을 해도 괜찮단 말입니까?"

왕태후는 아무 대답도 하지 못했다.

진왕 정이 신하들에게 조용하고도 다부진 목소리로 분부한다.

"장안군의 목을 끊어 둔류성 성문 위에 내다걸라고 하오! 그리고 그간 장안군을 섬긴 군사와 군리軍吏들도 모조리 능지처참하라고 하오. 그곳 백성들 역시 다 부역附逆한 자들일 것이니 모두 둔류성에서 몰아내어 황야 지대인 임조臨洮 땅으로 쫓아보내오. 동시에 누구든지 번오기를 잡아바치는 자에겐 다섯 성을 상으로 주겠다고 방문榜文을 써서 널리 선포하오."

그날로 사자使者는 함양성을 떠나 둔류성에 가서 왕명을 전했다. 장안군 성교는 자기를 죽이라는 왕명이 내렸다는 소리를 듣고 슬피 울다가 마침내 띠를 풀어 공관 대들보에 목을 매고 자살했다.

이튿날 진나라 장수 왕전은 죽은 장안군 성교의 목을 끊어 둔류성 성문 위에 높이 걸었다. 그런 후에 그는 지금까지 장안군 성교를 섬긴 군사와 군리 수만 명을 다 죽이고 백성들을 모조리 임조 땅으로 추방했다. 이리하여 둔류성 안은 거의 텅 비어버렸고 피비린내 때문에 코를 들 수가 없었다. 이때가 바로 진왕 정 7년이었다.

염옹이 시로써 이 일을 탄식한 것이 있다.

왕위를 침범한 여씨의 자식을 없애버려야 했을 텐데

세상사는 알 수 없는 일이다. 당시 형편이 어떠했던고?

갖은 고생을 다하며 둔류성을 지켰으나 결국 진나라 영씨 왕통이 끊어지고 말았으니

이젠 여씨의 죄가 한갓 서책으로 전할 뿐이다.

非種侵苗理合鋤

萬全須看勢何如

屯留困守終無濟
罪狀空傳一紙書

이때 진왕 정은 이미 장성하여 키가 8척 5촌이었다. 그는 워낙 영특하고 위대했으며 총명하고 탁월했다. 그는 모든 일을 오로지 자기 주장대로 했다. 어머니 왕태후와 여불위도 그 앞에선 꼼짝을 하지 못했다.

장안군의 난을 평정한 후였다. 진왕 정이 모든 신하를 불러들여 분부한다.

"이제 나는 죽은 장수 몽오蒙驁의 원수를 갚아줘야겠소. 앞으로 조나라를 칠 작정이니 좋은 의견이 있거든 말하오."

강성군剛成君 채택蔡澤이 아뢴다.

"원래 조나라는 연나라로선 대대로 내려오는 원수입니다. 지금 연나라는 조나라 편에 붙어 있지만 속으론 누구보다도 조나라를 미워하고 있습니다. 청컨대 신이 연나라에 사신으로 가서 연왕으로 하여금 우리 진나라 편이 되도록 설득하겠습니다. 그러면 조나라는 자연 고립되고 맙니다. 그런 후에 연나라와 합세해서 조나라를 치면 우리는 하간河間 지방 일대의 땅을 차지할 수 있습니다. 이보다 더 큰 이익이 어디에 있겠습니까?"

진왕 정이 머리를 끄덕이며 대답한다.

"그럼 곧 연나라로 떠나오."

이리하여 채택은 사신으로서 연나라에 갔다.

연나라에 당도한 채택이 연왕 희喜에게 아뢴다.

"연나라와 조나라 왕은 다 같은 만승지군萬乘之君이십니다. 그런데 귀국貴國은 지난날에 조나라와 싸워서 처음엔 장수 율복栗腹

이 죽었고, 두번째 싸움에선 장수 극신劇辛이 죽었습니다. 대왕께서는 이 일을 다 잊으셨습니까? 대왕께서 끝까지 조나라를 섬겨서쪽 강국인 우리 진나라에 대항해서 이긴다고 하더라도 결국 모든 이익은 조나라가 차지하고 맙니다. 또 만일 우리 진나라에 대항해서 진다면 모든 불행은 연나라가 독차지하게 될 것입니다. 자, 이러고 보면 연나라에 무슨 이익이 있겠습니까?"

연왕 희가 탄식한다.

"과인은 실상 조나라를 미워하고 있소. 그러나 힘이 약하니 어쩔 수가 없구려."

채택이 은근히 권한다.

"지금 우리 진왕께선 전번에 다섯 나라가 연합해서 진나라를 친일로 격분하고 계십니다. 그러나 진왕께서는 그때 연나라가 조나라를 미워하면서도 부득이 연합군에 가담했다는 사실을 잘 알고계십니다. 대왕께서는 우리 진나라에 세자를 볼모로 보내십시오. 그러면 이 몸이 돌아가 진왕께 잘 말씀드려 우리 나라 대신 한 사람을 대왕께 보내드리겠으니 그를 연나라 정승으로 삼으십시오. 그리하면 연나라와 우리 진나라는 서로 볼모를 교환한 만큼 변치 않고 굳게 뭉칠 수 있습니다. 연후에 우리 진 · 연 두 나라가 함께 군사를 일으켜 조나라를 무찌르고 지난날의 원수를 갚읍시다."

이에 연왕 희는 응낙하고, 세자 단丹을 채택과 함께 진나라로 보냈다. 연왕 희는 그 대신 연나라 정승이 될 수 있는 사람을 즉시 보내달라고 진나라에 청했다.

한편, 진나라에선 연나라 정승이 될 만한 사람으로 누구를 보낼 것이냐가 문제였다. 여불위는 마침내 지난날의 장수 장당張唐을 연나라에 보내기로 하고 태사太史를 불러 길흉을 점쳐보게 했다.

태사가 점을 쳐보고 나서 말한다.

"장당을 보내면 크게 길합니다."

그러나 장당은 병들었노라는 핑계로 연나라에 가기를 굳이 거절했다. 이에 여불위는 친히 수레를 타고 장당의 집까지 가서 간청했다.

장당이 극구 사양한다.

"저는 여러 번 조나라를 친 일이 있습니다. 그래서 조나라는 저를 미워하고 있습니다. 한데 이제 연나라로 가려면 조나라를 경유해야 합니다. 그러니 조나라 사람에게 붙들리는 날이면 저는 꼼짝없이 죽습니다. 그러니 다른 사람을 보내십시오."

여불위가 거듭 권했으나 장당은 끝까지 고집하고 사양했다. 여불위는 하는 수 없이 부중府中으로 돌아가서 홀로 당堂 위에 앉아 고민했다.

이때 여불위 문하에 감나甘羅라는 소년이 있었다. 감나는 바로 지난날 진나라가 삼천三川 길을 열고 주周나라를 쳤을 때 큰 공을 세운 감무甘茂의 손자였다. 그때 감나의 나이 겨우 열두 살이었다. 감나는 여불위가 불쾌한 기색으로 당 위에 앉아 있는 걸 보고 가까이 가서 물었다.

"대감께선 무슨 괴로운 일이라도 있으십니까?"

여불위가 되묻는다.

"어린 네가 뭘 안다고 나에게 그런 질문을 하느냐?"

감나가 대답한다.

"대저 대감 문하에서 선비로 있는 자라면 능히 대감의 근심 걱정을 함께해야 할 것입니다. 대감께서 근심을 말씀하지 않으시니 저로선 대감을 위해 힘쓸 길이 없습니다."

그제야 여불위가 말한다.

"내 전번에 강성군 채택을 연나라로 보낸 결과로 이미 연나라 세자 단이 우리 나라에 볼모로 와 있음이라. 이젠 우리 나라에서 연나라 정승이 될 만한 사람을 보내야 할 차례인데 점을 쳐본즉 장당을 보내는 것이 가장 길하다는구나. 그런데 장당이 끝까지 안 가겠다고 고집하니 내 어찌 불쾌하지 않으리오."

감나가 웃으며 말한다.

"그런 사소한 일이라면 왜 일찍이 저에게 말씀하지 않으셨습니까? 청컨대 제가 장당을 연나라로 보내겠습니다."

여불위가 꾸짖는다.

"함부로 입 놀리지 말고 어서 썩 물러가거라! 내가 친히 가서 청했는데도 거절했는데, 너 같은 어린것이 어찌 장당을 보낼 수 있단 말이냐!"

감나가 대답한다.

"옛날에 항탁項橐은 일곱 살 때 공자孔子의 스승 노릇을 했다고 합니다. 이제 제 나이 열두 살이니 항탁보다 다섯 살이나 많은 셈입니다. 제가 하등의 성과를 올리지 못하면 그때에 저를 꾸짖으셔도 늦지 않습니다. 대감께선 어째서 천하의 선비를 멸시하시고 갑자기 화부터 내십니까?"

여불위가 그 말을 기특히 생각하고 즉시 목소리를 누그러뜨리며 부드럽게 사과한다.

"어린 그대가 장당을 연나라로 보내기만 한다면 내 언제고 그대에게 승상丞相 자리를 주겠소."

이에 어린 감나는 여불위의 부중을 나와 장당의 집으로 갔다. 장당이 여불위의 문객이 찾아왔다는 말을 듣고 맞이해서 본즉 뜻밖에 조그만 동자였다.

장당이 감나를 가벼이 보고 묻는다.

"어린 그대가 무슨 일로 왔소?"

감나가 서슴지 않고 대답한다.

"특별히 대감을 조상弔喪하러 왔습니다."

장당이 다시 묻는다.

"나는 이렇듯 아무 일도 없는데 무얼 조상한단 말인가?"

"오늘날까지 대감께서 세우신 공로는 지난날 무안군武安君 백기白起 장군이 세운 공로에 비할 때 어떠합니까?"

장당이 대답한다.

"무안군 백기 장군은 남쪽으로 강대국인 초나라를 꺾어 눌렀으며, 북쪽으로 연나라와 조나라에 위엄을 떨쳤소. 뿐만 아니라 싸우면 반드시 이겼고, 공격하면 반드시 빼앗았으므로 함락시킨 성과 고을〔邑〕만 해도 부지기수라. 무안군 백기 장군의 공로에 비한다면 나의 공로는 그 10분의 1도 못 되리라."

감나가 다시 묻는다.

"그러면 우리 진나라에서 지난날 응후應侯 범저范雎의 권세와 오늘날 문신후文信侯 여불위 대감의 권세를 비교해볼 때 어느 쪽이 더 크다고 생각하십니까?"

장당이 대답한다.

"그야 응후 범저의 권세가 못하지. 오늘날 문신후 여불위는 우리 진나라 권세를 다 잡고 계시는데!"

감나가 재우쳐 묻는다.

"대감께서는 범저의 권세보다 여불위 대감의 권세가 확실히 크다고 믿으시지요?"

"내 어찌 그만한 것을 모를 리 있으리오."

그제야 감나가 천천히 말한다.

"지난날에 범저는 무안군 백기 장군에게 조나라를 치도록 했습니다. 그러나 무안군 백기 장군은 이를 거절했습니다. 이에 범저가 한번 분을 품자 그 결과가 어떻게 되었습니까? 무안군 백기 장군은 함양성에서 추방당해 마침내 두우杜郵 땅에서 죽었습니다. 이제 여불위 대감이 대감께 연나라에 가서 정승이 되라고 분부를 내렸습니다. 그런데 대감 역시 이를 거절하고 계십니다. 지난날에 범저도 자기 말을 거역한다 해서 무안군 백기 장군을 용납하지 않았거늘, 그래 오늘날 여불위 대감이 자기 말을 거역하는 사람을 그냥 둘 성싶으십니까! 대감께서 돌아가실 날도 이제 머지않았습니다!"

이 말을 듣자 장당은 등에서 식은땀이 주르르 흘렀다.

장당이 눈이 휘둥그레지면서 청한다.

"그대가 나를 도와주오!"

감나가 말한다.

"별수 없습니다. 대감께선 여불위 대감에게 가서 사죄한 뒤 즉시 행장行裝을 차리시고 연나라로 떠나십시오. 그것만이 살 수 있는 길입니다."

감나는 장당의 집에서 나와 여불위 부중으로 돌아갔다.

감나가 여불위 앞에 가서 보고한다.

"장당은 제 말을 듣고 연나라에 가겠다고 승낙했습니다. 그러나 장당은 역시 조나라를 경유해야 하기 때문에 몹시 두려워하고 있었습니다. 바라건대 대감께선 저에게 수레 다섯 승만 주십시오. 제가 미리 조나라에 가서 장당을 위해 만반의 조처를 취해두겠습니다."

여불위는 비로소 어린 감나의 높은 재주를 알고 흔연히 머리를 끄덕였다.

이에 여불위가 궁으로 들어가서 진왕 정에게 아뢴다.

"감무의 손자로 감나라는 동자가 하나 있습니다. 감나는 비록 열두 살의 어린 나이지만 역시 명가名家의 자손답게 지혜가 출중하고, 변설辯舌이 능란하며, 재주가 탁월합니다. 지금까지 장당은 병들었다는 핑계를 대고 연나라 정승으로 가지 않겠다고 거절하더니, 감나의 말을 한번 듣고는 어찌 된 셈인지 즉시 가겠다고 승낙했습니다. 그리고 감나는 자기를 미리 조나라로 보내주면 장당을 위해 조왕을 설득시키겠다고 청해왔습니다. 대왕께선 감나를 조나라로 보내십시오."

진왕 정이 대답한다.

"그렇게 재주가 탁월한 소년이라면 이리로 데리고 오오. 내 한번 보고 싶소."

이리하여 감나는 진왕 정의 부름을 받고 궁으로 들어갔다. 진왕 정이 들어와서 절하는 감나를 본즉, 키는 비록 5척 남짓하지만 어찌나 미목眉目이 청수清秀하고 아름다운지 마치 그림 같았다.

진왕 정이 매우 기뻐하며 묻는다.

"어린 그대는 조나라에 가서 조왕에게 뭐라고 말할 테냐?"

감나가 대답한다.

"신은 조왕의 태도 여하에 따라 말할 작정입니다. 곧 파도가 일어나면 바람을 일으켜서 유리한 쪽으로 이끌어들이겠습니다. 그러니 지금 뭐라고 말씀드릴 수 없습니다."

진왕 정이 머리를 끄덕이며 허락한다.

"좋은 수레 10승과 시종배 100명을 줄 터이니 데리고 가라."

이튿날 감나는 시종배 100명을 거느리고 조나라를 향해 떠났다.

한편, 조나라 조도양왕趙悼襄王은 이미 연나라와 진나라가 서로 우호를 맺었다는 소문을 들은 터라 여간 걱정스럽지 않았다.

'연ㆍ진 두 나라가 연합해서 우리 조나라를 칠지도 모른다. 그렇게 된다면 이 일을 어찌할꼬!'

생각할수록 걱정이 태산이었다.

그러던 어느 날 신하가 들어와서 아뢴다.

"진나라에서 사신使臣이 온다고 합니다."

이 말을 듣자 조도양왕은 말할 수 없이 기뻐했다. 조도양왕은 친히 20리 밖까지 나가서 진나라 사신을 영접했다. 그런데 진나라 사신 감나를 만나보니 아직 어린 동자였다. 조도양왕은 속으로 참 기이한 일이라 생각하면서 감나를 깍듯이 대했다.

"지난날 삼천三川 길을 연 분이 바로 진나라 감씨甘氏라고 들었는데, 그렇다면 선생과 어떤 관계라도 있으신지요?"

감나가 대답한다.

"그 어른은 바로 신의 조부이십니다."

"선생은 지금 연세가 몇이나 되셨소?"

"열두 살입니다."

조도양왕이 다시 묻는다.

"진나라 조정엔 연세 많은 분들도 허다할 텐데, 그런 분들은 족히 사신 될 만한 자격이 없습니까? 어찌하여 연소한 선생이 이처럼 오셨는지요?"

감나가 대답한다.

"우리 진왕께선 각각의 소임所任을 감당할 만한 사람만 뽑아 쓰시는데, 나이 많은 분에겐 큰일을 맡기시고 어린 사람에겐 조그만 일을 맡기십니다. 신은 가장 나이가 어려 조나라에 사신으로 왔습니다."

조도양왕은 감나의 말을 듣고 내심 감탄했다.

"선생은 나에게 무슨 좋은 일을 가르쳐주려고 이처럼 우리 나라에 오셨소?"

감나가 되묻는다.

"대왕께선 연나라 세자 단이 지금 우리 진나라에 볼모로 와 있다는 걸 아십니까?"

"들어서 알고 있소."

"그럼 대왕께선 우리 진나라 장당이 연나라 정승이 되었다는 것도 아십니까?"

"그것도 들어서 알고 있소."

감나가 유유히 아뢴다.

"연나라 세자 단이 우리 진나라에 볼모로 와 있는 것은, 곧 연나라가 우리 진나라에 속임수를 쓰지 않겠다는 신信이며, 우리 진나라 장당이 연나라의 정승이 된 것은 우리 나라가 연나라에 속임수를 쓰지 않겠다는 신입니다. 이렇듯 우리 진나라와 연나라가 서로 속이지 않고 굳게 단결한다면 결국 위태로워지는 것은 조나라뿐입니다."

조도양왕이 감나에게 묻는다.

"그럼 진나라가 연나라와 우호하는 이유는 무엇이오?"

감나가 대답한다.

"우리 진나라가 연나라와 친교를 맺는 이유는 함께 힘을 합쳐 조나라를 치고 하간河間 땅 일대의 영토를 넓히기 위해서입니다.

그러나 만일 대왕께서 우리 진나라에 하간 땅 일대의 성 다섯 곳을 넘겨주신다면, 신이 돌아가서 진왕께 말씀을 드리고 장당을 연나라로 보내지 않겠습니다. 뿐만 아니라 연나라와 우호를 끊고 새로이 조나라와 우호를 맺겠습니다. 그 대신 대왕께선 즉시 군사를 일으켜 무능한 연나라를 치십시오. 우리 진나라는 결코 연나라를 돕지 않을 것이며 대왕께서 하시는 일을 방해하지 않겠습니다. 그렇게만 하면 대왕께서는 연나라를 무찔러 엄청난 땅을 빼앗을 수 있습니다. 다시 말씀드려 우리 진나라에 준 다섯 성 이상의 땅을 차지할 수 있습니다."

조도양왕은 감격하며 감나에게 황금 100일과 백옥[白璧] 두 쌍과 하간 땅 일대 다섯 성의 지도를 내주었다.

이에 감나는 진나라로 돌아가서 진왕 정에게 조나라에 갔다 온 경과를 보고했다.

진왕 정이 기뻐하며 칭찬한다.

"어린 그대의 힘으로 우리 진나라는 하간 일대의 땅을 넓혔다. 그대의 지혜는 그대의 몸보다도 크구나! 이젠 장당을 연나라로 보낼 것 없다!"

이날 장당은 감나에게 가서 깊이 감사했다.

그후 조나라는 진나라가 장당을 연나라로 보내지 않았다는 사실과 동시에 연나라를 돕지 않을 것을 알았다. 조도양왕은 마침내 이목李牧을 대장으로 삼고 모든 군사와 합세해서 연나라를 치게 했다. 이에 조나라 군사는 물밀듯 연나라 상곡上谷 땅으로 쳐들어가서 성 30곳을 빼앗았다. 조도양왕은 그 가운데 19곳만 차지하고 나머지 성 11곳은 진나라에 바쳤다.

이에 진나라에선 진왕 정이 감나에게 상경 벼슬을 주고, 지난날 그 조부 감무에게 주었던 전택田宅까지 다시 돌려주었다. 오늘날도 사람들이 '옛 감나는 열두 살에 진나라 승상이 되었다'고 하는 것은 바로 이 일을 전하는 말이다.

또 옛 시로써 이 일을 증명할 수가 있다.

불과 몇 마디 말로 조나라 하간 땅과 연나라 상곡 일대를 얻었을 뿐 아니라
애초의 계획대로 연나라의 기세마저 꺾어버렸도다.
이렇듯 허다한 공로가 다 어린 동자에 의해 이루어졌으니
타고난 지혜를 어찌 나이로 따질까 보냐!
片言納地廣河間
上谷封疆又割燕
許大功勞出童子
天生智慧豈因年

그 밖에도 옛사람이 시로써 감나를 논한 것이 있다.

감나는 조달무達한 사람이고 자아'는 만성晩成한 사람이라
그렇기에 늦되고, 올되고, 곤궁하고, 형통하는 것도 각기 때가 있느니라.
청컨대 일찍 피는 봄꽃과 늦게 피는 가을 국화를 보아라
때가 되면 제각기 때에 맞추어 필 뿐 함부로 피지 않느니라.
甘羅早達子牙遲
遲早窮通各有時
請看春花與秋菊

時來自發不愆期

그때 진나라에 볼모로 있던 연나라 세자 단은 마침내 진나라가
연나라를 배신하고 조나라와 친교를 맺자 눈앞이 아찔했다.

'우리 연나라가 진나라에 속았구나! 장차 내 신세는 어찌 될 것
인가?'

연나라 세자 단은 진나라에서 지내는 것이 마치 바늘방석에 앉
아 있는 것 같았다. 연나라로 도망쳐 돌아가고 싶은 생각은 간절
했지만 진나라 경계를 벗어날 자신이 없었다. 그래서 연나라 세자
단은 한 가지 계책을 생각해냈다.

'지혜 많은 감나를 친구로 사귀자! 그의 꾀를 빌릴 수만 있다면
연나라로 돌아가기에 어렵지 않을 것이다.'

그러던 어느 날 저녁때였다.

웬일인지 감나는 갑자기 너무나 졸려 곧 잠이 들었다. 꿈속에서
자줏빛 의복 차림의 관리 한 사람이 천부天符를 가지고 들어와서
감나에게 말한다.

"나는 하늘 상제上帝의 분부를 받고 그대를 데리러 왔소."

이튿날 열두 살 소년 감나는 아무 병도 앓지 않고 잠든 듯이 죽
었다. 재주가 특출하면 오래 살지 못한다는 말이 있다.

참으로 애석한 일이다. 이에 연나라 세자 단은 꼼짝없이 진나라
에서 세월을 보내야만 했다.

한편, 본시 여불위는 양기陽氣가 좋아서 왕태후의 사랑을 받았
다. 그는 자기 집 안방 드나들듯 왕태후의 궁실에 드나들면서 남

의 눈치도 아랑곳없이 그녀와 정을 나누었다.

그런데 진왕 정은 장성해갈수록 더욱 영특하고 총명해졌다. 그제야 여불위는 자기 소행에 대해 슬며시 겁이 났다.

그러나 어찌하리오. 왕태후의 음탕한 욕심은 점점 더 불같이 타올라 시도 때도 없이 사람을 보내어 여불위를 감천궁甘泉宮으로 불러들이곤 했다.

여불위는 날이 갈수록 겁이 났다. 만일 이 일이 발각되는 날이면 무서운 불행을 당하고야 말 것이다. 그래서 자기 대신 왕태후에게 양기 좋은 사람 하나를 천거할 작정이었으나 그런 사람을 찾기도 쉽지 않았다.

이때 함양성 안 시정배市井輩로 노대嫪大라는 사람이 있었다. 그는 양물陽物이 크기로 유명했다. 시정의 음탕한 부녀자들은 앞을 다투며 노대와 동침했다. 진나라 말에는 선비로 행실이 고상하지 못한 자를 애毒라고 했다. 그래서 시정 사람들은 노대를 노애嫪毒라고 불렀다.

어느 날 노애는 점잖은 집 유부녀와 교정하다가 간통죄에 걸려 관청으로 끌려갔다. 그러나 여불위는 노애를 처벌하지 않고 자기 부중으로 데리고 가서 사인舍人으로 삼았다.

원래 진나라는 가을에 농사일이 끝나면 사흘 동안 노래를 부르고 춤을 추면서 즐기는 풍속이 있다. 그래서 사람마다 남에게 자기 재주를 보이기도 하고 구경도 하곤 하는데, 아무런 재주도 없는 자는 심부름이나 하는 것이 고작이었다.

이날 여불위는 시정으로 나가서 오동나무로 만든 수레바퀴를 끌어 내오게 했다. 그리고는 노애에게 눈짓을 했다. 이에 노애는 바지를 벗고 오동나무 수레바퀴 사이에 그 큰 양물을 끼웠다. 그러자 사람들이 수레바퀴를 빙글빙글 돌렸다. 그런데도 노애의 양물은 조금도 상하지 않았다. 구경하는 사람들은 모두 배를 움켜쥐고 박장대소했다.

마침내 이 소문은 왕태후의 귀까지 들어갔다. 왕태후는 여불위에게 들은 바를 말하고 그것이 사실이냐고 물었다. 여불위가 왕태후의 눈치를 보니 매우 관심이 있는 표정이었다.

여불위가 대답한다.

"태후께선 그 사람을 한번 보시려오? 신이 기회를 보아 그 사람을 데리고 들어오리이다."

왕태후가 대답 없이 웃기만 하다가 슬쩍 묻는다.

"대감이 농담을 하는 건 아닌지? 외인外人이 어찌 내궁에 들어올 수 있으리오."

여불위가 대답한다.

"신에게 한 가지 계책이 있습니다. 신이 사람을 시켜 과거에 노애가 지은 죄를 들추어내도록 한 후에 그를 잡아다가 부형腐刑(남자男子를 거세去勢하는 형벌)을 시키라고 하겠습니다. 그리하여 태후께서 형을 집행하는 자에게 뇌물만 쓰시면 노애가 부형을 당한 것처럼 세상을 감쪽같이 속일 수 있습니다. 이렇게 노애를 가짜 환관宦官(내시)으로 만들어 내궁에서 일을 보게 하면 되지 않습니까?"

왕태후가 입가에 미소를 흘리며,

"그 계책이 참으로 묘하구려!"

찬탄하고 즉시 여불위에게 100금을 내주었다.

여불위는 자기 부중으로 돌아가서 비밀히 노애를 불러들여 이 일을 알렸다. 노애는 천성이 워낙 음탕한 자라 이 말을 듣고는 참으로 기이한 인연이라면서 몹시 기뻐했다. 여불위는 사람을 시켜 노애의 과거 음죄淫罪를 낱낱이 들추어냈다.

여불위가 노애를 굽어보고 꾸짖은 후에 그 죄를 논하고 판결을 내렸다.

"저런 음탕한 놈을 그냥 두었다가는 우리 진나라의 아름다운 풍속을 망치고 말겠다. 저놈을 형부刑部에 보내어 부형에 처하여라!"

연후에 여불위가 형리刑吏들을 불러들여 100금을 나눠주고 비밀히 지시를 내린다.

"알겠느냐? 이 비밀이 누설되는 날이면 너희들의 목부터 달아날 것이니 각별히 조심하여라!"

형리들이 머리를 조아리며 대답한다.

"어느 존전尊前의 분부시라고 저희들이 어기겠습니까."

이튿날 형리들은 노애의 피 묻은 양물을 함양성 큰 거리에 내다가 전시했다.

그러나 그 누가 알았으리오. 그것은 노애 것이 아니라 당나귀의 양물이었다. 사람들은 이 끔찍스런 것을 보았거나 소문만 듣고서도 모두 놀랐다.

한편 노애는 수염을 뽑고 완전히 환관의 모습이 되었다. 처음엔 내시로 들어가 있다가 마침내 내궁에 뽑혀 들어가서 왕태후를 모시게 되었다.

어느 날 밤이었다.

왕태후는 노애를 침실로 불리들여 시험을 해보았다. 노애는 평생 배운 재주를 다 부려 왕태후를 만족시켰다. 왕태후는 몹시 기뻐했다. 과연 노애의 양물이 여불위 것보다 10배는 더 훌륭했다.

이튿날 왕태후는 여불위에게 노애를 천거한 공로에 보답하는 뜻으로 많은 상을 하사했다. 그제야 여불위는 호랑이 굴에서 벗어난 사람처럼 안도의 숨을 몰아쉬었다.

그런 후로 왕태후는 밤만 되면 노애와 함께 부부 생활을 즐겼다. 그런 지 약 반년 만에 마침내 왕태후는 아이를 가졌다. 배가 점점 불러오니 왕태후는 겁을 먹고 꾀병을 앓기 시작했다.

어느 날 밤 왕태후가 노애에게 분부한다.

"그대는 혹 잘 아는 점쟁이가 있으면 하나 매수해서 다음과 같은 말을 퍼뜨리게 하오. 곧 '내궁에 동티가 났으니 태후마마의 병환이 나을 리 없다. 태후마마는 서쪽 200리 밖으로 나가 계셔야 그 병을 고칠 수 있다'고 이렇게 일을 꾸며야만 하네."

그런 지 며칠 뒤부터 점쟁이의 이런 말이 궁중에 떠돌아 왕태후의 계책대로 되어갔다.

진왕 정은 이 말을 듣고 왕태후한테 갔다.

"병환은 좀 어떠하십니까? 점쟁이 말대로 해보시는 것이 어떨지요? 옹주雍州는 함양에서 서쪽으로 200여 리 밖에 있고, 우리 나라 옛 도읍지인 만큼 지금도 당시 궁전이 그대로 남아 있습니다. 그리로 가도록 하십시오."

진왕 정이 이렇게 권한 데는 그만한 이유가 있었다. 영특한 진왕 정은 여불위와 왕태후의 관계를 이미 눈치채고 있었다. 그래서 왕태후를 먼 곳으로 보내는 것이 좋겠다고 생각했다.

이에 왕태후는 함양성을 떠나 옹주성雍州城으로 행차했다. 노애가 어자가 되어 왕태후의 수레를 몰고 갔다. 이윽고 옹주 땅에 당도한 왕태후는 지난날의 옛 궁을 대정궁大鄭宮이라고 명명하고 노애와 함께 아무 거리낌 없이 부부 생활을 계속했다.

이리하여 왕태후는 옹주성 대정궁에서 산 지 2년 동안에 연달아 아들 둘을 낳았다. 그들은 두 아들을 밀실에 감춰두고 길렀다. 마침내 왕태후는 노애에게 '다음날 진왕이 죽거든 우리의 아들을 진나라 왕으로 삼자'고 약속했다. 사태가 이 지경까지 이르렀으니 외부 사람이 어찌 이 일을 몰랐으리오만, 누구도 감히 입 밖에 내어 말하지는 못했다.

그후 왕태후는 함양성으로 사자를 보내어 진왕에게 청했다.

"노애가 왕을 대신해서 나를 잘 모시고 있으니 그 공로로 토지를 봉해주면 좋겠소."

이에 함양성에서 진왕 정은 노애에게 '장신후長信侯라는 칭호와 산양山陽 땅을 봉한다'는 전지傳旨를 내렸다. 노애는 갑자기 귀한 몸이 되자 그후부터 더욱 안하무인으로 방자스레 굴었다. 게다가 왕태후도 날마다 노애에게 많은 상을 주었다.

궁실도 갖고 좋은 가마와 말도 생겨 부족한 것이 없게 되자 노애는 사냥이나 즐기며 매사를 도맡아 처리했다. 이리하여 노애가 거느리는 가동家僮만 해도 수천 명이나 되었다. 심지어 노애에게 벼슬을 구하는 빈객과 사인舍人이 되겠다고 자원해서 모여든 자만도 1,000여 명에 달했다.

노애는 늘 조정 대신에게 뇌물을 보내어 서로 연락을 취해두었기에 이미 함양성 안까지 자기 당黨을 갖고 있었다. 그래서 권력에 아첨하고 이익을 다투는 자들이 모두 다 노애에게 몰려들었다. 드디어 노애의 명성과 위세는 나날이 늘어 오히려 문신후 여불위를 능가할 지경에 이르렀다.

진왕 정 9년이었다.

그해 봄에 갑자기 하늘에 큰 혜성이 나타났다.

태사가 점을 쳐보고 말한다.

"나라에 군변軍變이 일어날 징조입니다!"

진나라 과거 역사를 살펴보건대, 옛날에 진양공秦襄公이 꿈을 꾸고 부치鄜畤에서 백제白帝를 제사지낸 후, 진덕공秦德公이 비로소 도읍을 옹주로 옮기고 하늘에 제사지내는 단壇을 세웠으며, 진목공秦穆公 때 보부인사寶夫人祠를 세워 해마다 제사를 지냈다는 것은 이미 말한 바다. 이것이 법규가 되어 그후 진나라가 함양으로 도읍을 옮긴 뒤에도 대대로 이 법규만은 폐하지 않았다.

그래서 진왕 정도 예로부터 내려오는 법규를 지켜 해마다 하늘에 제사지낼 때가 되면 친히 옹주 땅에 가서 왕태후에게 문안도 드리고, 교사郊祀(교외에서 지내는 제사)가 끝날 때까지 기년궁祈年宮에서 머물렀다.

그해에도 하늘에 제사지낼 시기가 임박해왔다. 그러한 때에 불길한 혜성이 하늘에 나타났던 것이다. 그래서 진왕은 옹주 땅으로 가기 전에 미리 특별한 조처를 취했다. 곧 장수 왕전王翦은 군사를 지휘하여 함양성 안에서 사흘 동안 시위 행진을 했고, 상보尙父 여불위는 진왕 정이 떠난 후에도 함양을 굳게 지키겠다고 선서했으며, 장수 환의는 군사 3만 명을 거느리고 기산岐山에 가서 둔쳤다.

이렇게 한 후에야 진왕 정은 어가를 타고 함양성을 떠나 옹주성으로 갔다. 이때 진왕 정은 나이가 스물여섯 살이었건만 아직 관례冠禮를 올리지 않은 상태였다. 그래서 왕태후는 아들 진왕 정을 영접하고 기왕 온 김에 진덕공秦德公의 사당에서 관례를 올리라고 분부했다.

진왕 정은 왕태후의 분부대로 진덕공의 사당에서 관례를 올리고 비로소 허리에 칼을 찼다. 그는 닷새 동안 잔치를 베풀어 따라온 모든 대신들과 함께 즐기기로 했다. 이에 진왕 정은 왕태후가 거처하는 대정궁에서 잔치를 열었다. 날마다 잔치는 계속되었다.

이때 노애는 타고난 복보다 지나치게 많은 복을 누렸으니 어찌 탈이 나지 않을 수 있으리오. 타고난 복이 넘치면 사고가 나게 마련이다.

잔치에 들뜬 노애는 좌우 신하들과 함께 조용한 방을 차지하고 앉아 날마다 술을 마시며 도박을 하느라 정신이 없었다.

잔치가 시작된 지 나흘째 되던 날이었다. 노애가 중대부中大夫 안설顔洩과 함께 도박을 하는데 이날만은 웬일인지 연달아 지기만 했다. 노애는 홧김에 연거푸 술을 마셔댔고, 중대부 안설도 이긴 김에 신이 나서 계속 술을 마셨다. 노애는 또 지게 되자 중대부 안설에게 판을 엎고 새로 하자고 억지를 썼다. 그러나 중대부 안설 역시 잔뜩 취해 있었기 때문에 단호히 거절했다.

노애가 대뜸 호령했다.

"네 이놈! 네가 어느 존전尊前이라고 감히 항거하느냐!"

동시에 노애는 번개같이 손을 들어 중대부 안설의 따귀를 갈겼다. 이에 격분한 중대부 안설은 노애의 관 끈을 낚아채어 끊어버렸다.

노애가 눈을 부라리며 꾸짖는다.

"이놈 봐라, 내가 누군 줄 알고 이러느냐! 나는 바로 오늘날 진왕의 아버지뻘 되는 사람이다! 너 같은 놈이 감히 어쩌자고 나에게 대드느냐!"

중대부 안설은 노애의 흉악한 표정을 보자 그만 겁이 나서 방 밖으로 달아났다. 그러다가 도중에 대정궁에서 나오는 진왕 정과 마주쳤다. 진왕 정은 어머니 왕태후와 술을 마시다가 잔치를 끝마치고 나오던 중이었다.

땅바닥에 엎드린 중대부 안설이 흐느껴 울면서 청한다.

"죽을죄를 지었습니다. 이 몸을 죽여주소서!"

날카롭고도 영특한 진왕 정은 아무 말도 하지 않고 좌우 시종들에게 눈짓을 했다. 이에 시종들은 중대부 안설을 기년궁으로 끌고 갔다. 기년궁에 돌아가서야 진왕 정이 중대부 안설에게 묻는다.

"어찌 된 일이냐? 자세히 고하여라!"

중대부 안설은 노애에게 뺨 맞은 일과 노애가 자기는 진왕의 아버지뻘이라고 하던 말까지 죄 고했다.

"그래서 그 다음을 아뢰어라!"

진왕 정의 목소리는 조용하면서도 쩌렁쩌렁 울렸다.

중대부 안설이 계속 아뢴다.

"신은 사실대로 아뢰겠습니다. 사실인즉 노애는 환관宦官이 아닙니다. 부형腐刑을 당했다는 것도 다 속임수입니다. 그는 비밀히 왕태후와 관계해서 이미 아들을 둘씩이나 두어 지금 궁중의 밀실에서 키우고 있습니다. 그들은 장차 진나라 왕위를 뺏으려고 역모까지 꾸미고 있습니다."

진왕 정에겐 천만뜻밖의 일이었다. 진왕 정은 분기충천했으나 아무 말도 하지 않았다.

진왕 정이 신하 한 사람에게 비밀히 분부한다.

"그대는 기산岐山에 가서 환의 장군에게 이 병부兵符를 전한 뒤 곧 군사를 거느리고 옹주성으로 오라고 이르오!"

이때 평소 왕태후와 노애로부터 많은 황금을 받고 충성을 바치던 내사內史 사肆와 좌과佐戈 갈竭이 황급히 노애의 부중으로 달려갔다.

"큰일났습니다. 중대부 안설이 진왕에게 모든 비밀을 다 고해 바쳤습니다."

이때 노애는 술이 다 깬 뒤였다. 순간 노애는 대경실색하여 대정궁으로 달려가서 왕태후에게 이 황급한 사태를 고했다.

노애가 청한다.

"이젠 별수 없습니다. 환의가 군사를 거느리고 오기 전에 속히 궁중의 기병騎兵과 위병衛兵과 졸병卒兵과 빈객賓客과 사인舍人을 모두 일으키십시오. 우리는 그들을 거느리고 가서 즉시 기년궁을 쳐야 합니다. 진왕을 쳐부숴야만 우리 부부가 살아날 수 있습니다."

왕태후가 침통한 목소리로 묻는다.

"궁중 군사와 사람들이 내 명령을 따르려 할까?"

노애가 대답한다.

"청컨대 태후의 인장[璽]을 빌려주십시오. 제가 곧 '기년궁에서 도적이 난을 일으켰으니 궁중의 모든 군사와 사람들은 즉시 와서 나를 도우라'는 진왕의 가짜 조서詔書를 만들어 선포하겠습니다. 그러면 누가 따르지 않으리이까!"

왕태후는 정신이 혼미하여 인장을 내주며 분부한다.

"그럼 그대가 잘 알아서 하라."

그날 밤으로 노애는 진왕의 어서御書를 위조하여 거기다 왕태후의 인장을 찍었다. 그리하여 대정궁의 기병과 위병과 졸병과 자기 부중의 빈객과 사인들까지 모조리 일으켰다.

이튿날 오시午時에야 모든 준비를 마친 노애는 내사 사와 좌과 갈과 함께 그들을 나누어 거느리고 가서 기년궁을 포위했다.

이에 진왕 정이 대臺 위로 올라가서 기년궁 담 밖을 포위하고 있는 자들을 향해 외친다.

"너희들은 무슨 일로 과인을 포위하느냐?"

그들이 일제히 대답한다.

"장신후 노애가 기년궁에 도적이 있다기에 대왕을 보호하러 왔습니다."

진왕 정이 말한다.

"바로 그 노애란 놈이 도적인데 궁중에 또 무슨 도적이 있단 말이냐!"

그제야 속은 사실을 안 기병과 위병과 졸병들 반이 뿔뿔이 흩어져서 돌아갔다. 그리고 나머지 노애의 속임수에 격분한 자와 담대한 자들만이 남아서 도리어 노애 문하의 빈객, 사인들과 접전을 벌였다.

진왕 정이 서로 싸우고 있는 그들을 향해 영을 내린다.

"노애를 사로잡아 바치는 자에겐 100만 전錢을 줄 것이며, 노애의 목을 끊어서 바치는 자에겐 50만 전을 줄 것이며, 역적들의 목을 끊어서 바치는 자에겐 목 하나에 1계급씩 벼슬을 올려주겠다. 비록 미천한 여복輿僕 노예奴隷일지라도 차별하지 않고 상을 주겠다!"

이러한 명령이 내리자 심지어 환관과 어인御人들까지도 내달아 나가 죽기를 각오하고 적당敵黨과 싸웠다. 나중엔 백성들도 노애가 반역했다는 소식을 전해 듣고 일제히 농기구와 몽둥이를 들고 달려와서 싸웠다. 마침내 노애의 문하 빈객과 사인 수백 명이 죽어자빠졌다.

노애는 사세가 다급해지자 혼자 말을 타고 길을 열어 수문병守

門兵을 죽이고 동문 밖으로 달아났다.

그러나 노애가 달아나면 어디로 달아나리오.

이때 정면에서 장수 환의가 군사를 거느리고 달려왔다. 환의가 눈을 부라리며 명령을 내리자 군사들은 일제히 길을 막고 달려들어 노애를 쥐 잡듯 사로잡았다. 그런 후에 군사들은 다시 토끼 사냥하듯 내사 사와 좌과 갈 등을 사로잡았다.

이에 옥리獄吏들은 잡혀온 그들을 혹독하게 문초했다. 노애는 자기 과거를 사실대로 다 털어놓았다.

이에 진왕 정은 친히 대정궁으로 가서 궁중을 수색했다. 군사들은 밀실에 들어가서 왕태후가 노애와 간통해서 낳은 아들 둘을 데리고 나왔다.

왕태후는 가슴이 찢어지는 듯했으나 역시 자기 아들인 진왕 정에게 두 자식을 살려달라고 차마 사정하지 못했다. 왕태후는 문을 닫아걸고 쓰러져서 하염없이 눈물만 흘렸다.

진왕 정은 좌우 신하에게 포대布袋를 가지고 오라 해서 친히 그 속에 두 아이를 집어넣고 그 자리에서 쳐죽였다. 참혹하고도 잔인한 광경이었다.

진왕 정은 어머니인 왕태후를 만나보지도 않고 기년궁으로 돌아갔다.

진왕 정은 태사太史를 불러들여,

"혜성을 보고 그대가 친 점이 들어맞았구나!"

하고 상금 10만 전을 하사했다.

잠시 후에 옥리가 들어와서 아뢴다.

"노애의 진술에 따르면 그에게 거짓 부형을 시키고 가짜 환관으로 만들어서 내궁으로 들여보낸 것은 바로 문신후 여불위의 소행이었다고 합니다. 그리고 문초한 결과 노애의 일당은 내사 사와 좌과 갈 등 20여 명이란 사실도 드러났습니다."

이날 진왕 정의 명으로 노애는 동문 밖으로 끌려나가 차열車裂 (죄인의 몸을 두 수레 양쪽으로 결박하고 좌우로 말을 달려 찢어 죽이는 혹형酷刑)의 무시무시한 형벌을 당했다. 그리고 노애의 삼족三族(가족家族·외가外族·처가妻家)도 다 죽음을 당하고, 심복이었던 내사 사와 좌과 갈 등은 목이 잘려 성문 밖에 내걸렸다.

또 노애의 빈객과 사인들로서 끝까지 반항하여 싸운 자는 다 죽음을 당했으며, 싸우다가 그만둔 자는 가족과 함께 머나먼 촉蜀 땅으로 추방당했다. 이리하여 4,000여 집안이 촉 땅으로 쫓겨갔다.

그리고 왕태후는 인장까지 내주고 역적을 도왔으니 국모로서 자격이 없다 하여 그 녹봉祿俸을 대폭 줄이고 진나라 모든 이궁離宮 중에서도 가장 규모가 작은 역양궁棫陽宮으로 옮겨 앉혔다. 그리하여 군사 300명으로 하여금 항상 지키게 하고 출입하는 자에 대해선 엄중히 검문을 했다. 왕태후는 감금당한 거나 마찬가지였다.

진왕 정은 노애의 난을 평정한 후 함양성으로 돌아갔다. 상보 여불위는 겁이 나서 병들었다 핑계하고 진왕 정을 영접하지도 못했다.

진왕 정이 모든 신하에게 묻는다.

"과인은 여불위를 죽여야겠소! 경들의 뜻은 어떠하오?"

그러나 조정엔 여불위의 일당이 많았다. 그들이 이구동성으로 아뢴다.

"여불위는 지난날 선왕先王을 조나라에서 구출해와 이 나라 왕위에 모신 만큼 사직에 큰 공로가 있습니다. 더구나 노애는 이미 죽었으니 여불위와 대질시켜 그 사실 여부를 가려낼 수도 없습니다. 그러니 여불위를 죽이는 것은 불가한 줄로 아뢰옵니다."

이에 진왕 정은 여불위를 죽이지 않고 대신 승상의 인印만 거두어들였다. 그리고 이번에 노애의 난을 평정하는 데 공을 세운 장수 환의를 진급시켰다.

그해 여름 4월에 느닷없는 큰 추위가 닥쳤다. 여름인데도 서리와 눈이 내려서 많은 백성들이 얼어 죽었다. 그야말로 변괴였다.

이에 백성들은 진왕 정에게 진정서를 냈다.

대왕께서 왕태후를 귀양 보내고 감금하셨으니 이는 아들로서 어머니를 대접하는 도리가 아닙니다. 그래서 하늘이 노하사 이런 변괴를 내리셨습니다.

대부 진충陳忠이 진왕 정에게 간한다.

"천하에 어머니 없는 자식은 없습니다. 대왕께서는 속히 사람을 보내사 왕태후를 함양궁으로 모셔와서 효도를 다하십시오. 그래야만 하늘이 이 변괴를 거두시리이다."

진왕 정이 벌떡 일어나 추상같이 호령한다.

"진충을 잡아내려 옷을 벗기고, 마른 풀더미 위에 올려놓고 몽둥이로 쳐죽여라!"

이날 대부 진충은 무수한 몽둥이를 맞고 마른 풀더미 위에서 핏덩어리가 되어 죽었다.

이튿날 대부 진충의 시체는 궁궐 밖에 전시되었다. 그 곁에 세운 게시판에는 다음과 같은 방문榜文이 붙어 있었다.

누구고 간에 태후에 관한 일로 과인에게 간하는 자가 있으면 이와 같이 되리라.

그러나 진왕 정의 이런 무서운 포고布告도 소용이 없었다. 진나라 신하들 중에서 진왕 정에게 간하는 자가 계속 속출했다.

과연 누가 진왕 정의 차가운 마음에 감동을 불러일으킬 것인가.

쓰지 않으면 죽는다

대부 진충陳忠이 맞아죽은 후에도 진왕秦王 정政에게 간하는 신하들이 끊이지 않았다. 그럴 때마다 진왕 정은 화풀이처럼 그 신하들을 일일이 쳐죽였다. 이리하여 맞아죽은 신하만 해도 대부 진충까지 합쳐서 27명이나 되어 그 시체가 무더기로 쌓여갔다.

이때 제나라의 제왕齊王 건建과 조나라의 조도양왕趙悼襄王이 진나라의 환심을 사려고 함양성咸陽城에 왔다. 제왕 건과 조도양왕과 진왕 정은 서로 술을 마시고 우호를 맺었다.

잔치를 마치고 제왕 건과 조도양왕은 함양성을 두루 돌아다니며 구경하다가 궐문闕門 아래 쌓여 있는 시체 27구를 보고 서로 탄식했다.

제왕 건이 말한다.

"진왕은 모진 사람이구려!"

조도양왕이 머리를 끄덕인다.

"진왕은 불효한 사람이오!"

그때 제나라 창주滄州 땅 출신으로 모초茅焦란 사람이 있었다. 모초는 천하를 두루 돌아다니며 구경하다가 이때 마침 함양성 안 여점에 묵고 있었다. 여점旅店의 나그네들 사이에도 진왕 정이 불효하다는 이야기가 한창이었다.

모초가 곁에서 그 말을 듣고 분연히 외친다.

"아들이 어머니를 잡아가두다니! 이건 하늘과 땅이 뒤바뀔 일이다! 여보, 여점 주인! 나 좀 봅시다. 오늘 밤에 목욕물을 좀 데워주오. 내 목욕하고 내일 일찍이 궁에 들어가서 진왕에게 간해야겠소."

한방에 묵고 있는 나그네들이 웃으며 조롱한다.

"간하다가 죽음을 당한 27명의 대신들은 모두 평소에 진왕의 신임을 받던 사람들이라고 하오. 그런 대신들도 별수 없이 죽었는데 하물며 그대 같은 한낱 젊은 백성이야 더 말할 것 있소? 하하하…… 아예 그런 소리 마오…… 하하……"

모초가 대답한다.

"간한 신하가 27명으로 끝난다면야 진왕이 끝까지 말을 듣지 않았다고 할 수 있겠지요. 그러나 간하는 자가 그것으로 끝나지 않고 또 속출한다면 장차 진왕이 말을 들을지 안 들을지는 두고 봐야 알 일이 아니오?"

그러나 나그네들은 모초의 어리석음을 더욱 비웃었다.

이튿날 이른 아침 오고五鼓 때였다. 모초는 여점 주인에게 조반朝飯(아침밥)을 달라 해서 잔뜩 먹고 나그네들이 말리는 것도 뿌리치고 나갔다.

나그네들이 탄식한다.

"허! 멀쩡한 사람이 미쳤군!"

이에 나그네들은 모초가 필시 죽음을 당하리라 생각하고 그의 붓짐을 끌러 그 속에 들어 있는 돈까지 나눠 가졌다.

한편, 궐문 밖에 이른 모초가 시체 무더기 앞에 엎드려 큰소리로 외친다.

"제나라의 나그네 신臣 모초는 대왕께 간하고자 이곳에 왔습니다."

수문군守門軍이 들어가서 진왕 정에게 모초의 말을 전했다.

진왕 정이 내시에게 분부한다.

"무슨 일로 왔느냐고 물어보고, 혹 왕태후에 관한 일로 왔느냐고도 물어보아라."

내시는 나가서 모초에게 온 뜻을 물었다.

모초가 대답한다.

"바로 왕태후를 위해서 왔소!"

내시가 들어가서 고한다.

"그자는 왕태후에 관한 일로 대왕께 간하러 왔다고 합니다."

진왕 정이 내시에게 분부한다.

"그놈에게 궐문 밑에 쌓여 있는 시체를 보라고 일러라!"

내시가 다시 나가서 모초에게 진왕 정의 말을 전한다.

"너는 저 첩첩이 쌓여 있는 시체도 보지 못하느냐? 어째서 죽음을 두려워하지 않는고!"

모초가 대답한다.

"내시는 들어가서 대왕께 내 말을 전하시오. '신이 듣건대 하늘엔 이십팔수二十八宿가 있다는데 그 스물여덟 개의 별이 지상에 내려오면 정인군자正人君子(마음씨가 바른 군자)가 된다고 하더이다. 그러나 그간 대왕 손에 죽은 사람은 스물일곱 명에 불과합니다. 그러니 이십팔수를 채우려면 아직도 한 명이 더 죽어야겠습니다. 신은 그 이십팔수를 채우려고 왔습니다. 어서 신을 죽여주십시오. 옛 성현도 한 번은 죽게 마련입니다. 그러하거늘 신이 어찌 죽음을 두려워하겠습니까!'"

내시는 들어가서 진왕 정에게 모초의 말을 그대로 전했다.

진왕 정이 진노한다.

"웬 미친놈이 일부러 와서 나의 법령을 어기려 드는구나! 속히 뜰 아래에 펄펄 끓는 가마솥을 준비하여라! 내 그놈을 산 채로 집어넣어 삶아 죽이겠다. 그래도 그놈이 온전한 시체로 궐문 아래에 쌓여 있는 27명의 시체에 그 수효를 더할 수 있나 보자!"

진왕 정이 칼을 짚고 눈썹을 치뜨며 추상같이 독촉한다.

"미친놈을 속히 잡아들여 가마솥에 삶지 못하겠느냐!"

이에 내시들이 허둥지둥 궐문 밖으로 나가서 모초를 잡아 일으켰다. 모초는 일부러 늑장을 부리면서 천천히 걸었다. 내시가 속히 걸으라고 재촉했다.

모초가 내시에게 말한다.

"나는 왕을 보면 곧 죽어야 할 몸인데 좀 천천히 걷기로서니 이렇게 독촉할 건 뭐요?"

내시는 모초를 불쌍히 여기고 부축해서 들어갔다.

모초가 단 아래에 이르러 진왕 정에게 재배하고 아뢴다.

"신臣이 듣건대 살아 있는 자는 죽음을 두려워하지 말아야 하며, 나라를 가진 자는 망하는 것을 두려워하지 말아야 한다고 하더이다. 곧 망하는 것을 두려워만 하는 자는 이 세상에서 나라를 보존할 수 없으며, 죽음을 두려워만 하는 자는 이 세상에서 살아갈 수 없기 때문입니다. 그러니 총명한 임금이라면 살고, 죽고, 존재하고, 망하는 이치를 깊이 알아둘 필요가 있습니다. 대왕께서는 이 일을 알고자 하지 않으십니까?"

진왕 정이 약간 음성을 낮추고 묻는다.

"내게 무슨 할말이 있느냐? 어디 말하여보아라."

모초가 대답한다.

"충신은 임금에게 아첨하는 말을 해선 안 되며, 임금은 결코 인류에 어긋나고 난폭한 행동을 해선 안 됩니다. 임금이 그런 행동을 하는데도 간하지 않으면 이는 신하가 임금을 버리는 것이 됩니다. 또 신하가 충고를 하는데도 임금이 듣지 않는다면 이는 임금이 신하를 버리는 것이 됩니다. 대왕께서는 하늘의 이치에 거역하는 행동을 하고 있건만 그걸 모르고 계십니다. 지금 신은 대왕께 충언을 드리려 하지만, 대왕께서 이 충언을 들으려 하지 않으시니 장차 이 나라는 어찌 되겠습니까? 신은 진나라의 장래가 염려스럽습니다."

진왕 정은 이 말을 듣자 엄숙해졌다. 잠시 후에 진왕 정이 부드러운 목소리로 묻는다.

"과인에게 하고 싶다는 충언이 무엇이오? 과인은 그 충언을 듣고자 하오!"

모초가 되묻는다.

"대왕께서는 지금 천하를 도모할 생각이 있으십니까?"

"그러하오!"

그제야 모초가 천천히 아뢴다.

"오늘날 천하가 진나라를 존경하는 것은 대왕의 위력을 두려워하기 때문만은 아닙니다. 모든 나라는 대왕께서 천하의 영웅이며 진나라 조정에 충신열사忠臣烈士가 모여 있다는 것을 잘 알고 있기 때문입니다. 그런데 대왕께서는 전번에 의부義父(노애)를 차열車裂로 죽였으니 이는 어질지 못한 마음이며, 두 동생을 포대에

186

넣고 때려 죽였으니 이는 형제간의 우애를 끊는 처사이며, 어머니를 역양궁槲陽宮에 감금했으니 이는 불효한 행동이옵니다. 이러고서야 대왕께서 어찌 천하를 거느리시겠습니까? 또한 천하가 어찌 대왕께 복종하겠습니까! 옛날에 순舜임금은 고약한 계모繼母를 극진히 섬겼으며 그 계모가 낳은 어리석은 동생을 잘 보호했습니다. 그 결과가 어떠했습니까? 마침내 천하가 그를 받들어 제위帝位에 모셨던 것입니다. 이와 반대로 옛 폭군 걸桀은 충신 용봉龍逢을 죽이고, 폭군 주紂는 충신 비간比干을 죽였습니다. 그 결과가 어찌 되었습니까? 마침내 천하가 들고일어나서 그들의 나라를 멸망시켰던 것입니다. 이제 신은 곧 죽을 몸입니다. 신까지 합쳐 28명이 대왕 손에 죽은 후에도 다시 충언으로 대왕께 간할 충신이 없으면 어찌할지 그것만이 걱정입니다. 백성들 간에 대왕을 원망하고 비난하는 소리는 날로 커질 것이며, 신하들은 대왕이 무서워서 입은 있어도 말을 못할 것이며, 따라서 천하가 대왕을 존경하지 않을 것이니 결국은 모든 나라가 들고일어나 진나라를 무찌를 것은 뻔한 이치입니다. 애석하구나! 후세의 사가史家들은 진나라가 제업帝業을 이루려고 했으나 결국 실패한 것은 모두 대왕 때문이었다고 말할 것입니다. 자, 신은 이제 할말을 다 했습니다. 청컨대 속히 죽여주십시오!"

모초는 벌떡 일어나 옷을 벗어던지고 펄펄 끓는 가마솥으로 유유히 걸어갔다. 어느새 진왕 정이 자리를 박차고 뜰 아래로 뛰어내려가서 오른손으로 모초를 끌어안고 왼손을 들어 좌우 신하들에게 외친다.

"속히 저 가마솥을 치워라!"

모초가 진왕 정을 뿌리치며 말한다.

"대왕께서는 이미 방榜까지 내걸고 간하는 자가 있으면 죽이겠다고 선포하셨습니다. 이제 신이 죽지 않으면 대왕께선 무엇으로써 위신을 지키시렵니까!"

이에 진왕 정이,

"속히 궐문 밖에 나가서 방문을 떼어버려라!"

명령하고 다시 내시에게 분부한다.

"이 어른에게 옷을 입혀드려라."

이날 진왕 정은 모초를 극진히 대우하고 사과했다.

"지난날 과인에게 간한 자들은 단지 과인의 잘못만 탓했지 아무도 국가의 존망지계存亡之計를 밝혀주지 않았소. 이제 하늘이 선생으로 하여금 과인에게 그 이치를 알려주셨으니 내 어찌 듣지 않으리오."

모초가 일어나 두 번 절하고 아뢴다.

"대왕께서 신의 말을 들어주신다면 속히 준비를 서둘러 태후마마를 모셔오고, 궐문 밖에 쌓여 있는 시체들은 모두 충신의 피와 뼈이오니 거두어 장사지내게 해주십시오."

진왕 정은 즉시 사리司里를 불러 27명을 후장厚葬(후하게 장례치름)하도록 분부했다. 마침내 시체 27구는 각각 좋은 관棺에 안치되어 나란히 용수산龍首山에 묻혔다. 진왕 정은 그들의 무덤을 회충묘會忠墓라고 명명했다.

장사가 끝나자 진왕 정은 그날로 친히 어가를 타고 왕태후를 모시러 옹주雍州 땅으로 떠났다. 옹주성에 당도하기까지 시종 진왕 정의 어가를 몬 사람은 모초였다.

남병南屏 선생이 『사기史記』를 읽다가 이 대문大文에 이르러 책을 놓고 지은 시가 있다.

27명의 시체가 첩첩이 쌓였는데
옷을 벗고 가마솥으로 달려간 사람은 모초였다.
목숨은 죽지 않으면 마침내 살아나게 마련이니
그의 충성스런 이름은 만고의 지표가 되었도다.
二十七人屍纍纍
解衣趨鑊有茅蕉
命中不死終須活
落得忠名萬古標

어가가 옹주성에 당도하자 진왕 정은 먼저 사신을 역양궁으로
들여보냈다. 그런 후에 무릎으로 기어서 왕태후 앞에 나아가 머리
를 조아리고 대성통곡했다. 왕태후도 아들 진왕 정을 대하자 울음
을 터뜨리고 말았다.

진왕 정이 모초를 불러 왕태후에게 알현시킨다.

"이 사람은 나의 영고숙穎考叔(옛 정나라 정장공鄭莊公 때 정장공
이 생모인 강씨姜氏를 궁에서 내쫓자 자식의 도리를 간하여 왕을 깨우
친 사람)이로소이다."

그날 밤에 진왕 정은 역양궁에서 잤다. 이튿날 진왕 정은 왕태
후를 연輦에 모시고 마침내 옹주성을 떠나 함양으로 향했다. 왕태
후가 탄 연은 앞서가고 진왕 정은 그 뒤를 따랐다. 천승만기千乘
萬騎의 기나긴 행렬이 구름처럼 왕태후와 진왕 정을 앞뒤로 모셨
으니 그 거둥은 이를 데 없이 휘황찬란했다. 가는 곳마다 백성들
이 모여들어 행렬을 구경하며 진왕 정의 효성을 칭송하지 않는 자
가 없었다.

함양성으로 돌아간 진왕 정은 감천궁甘泉宮에서 잔치를 벌이고

왕태후의 환궁을 축하했다. 그런 후에 왕태후는 모초를 위해 따로 잔치를 벌이고,

"우리 모자를 다시 만나게 해준 것은 다 그대의 공로였소."

하고 감사했다. 이에 진왕 정은 모초를 태부太傅로 삼고 상경上卿 벼슬을 주었다.

진왕 정은 문신후文信侯 여불위呂不韋가 왕태후와 또 내밀히 간통할까 염려하여 분부를 내렸다.

"여불위에게 함양성을 떠나 그의 봉읍封邑인 하남河南 땅에 가서 근신하라 일러라."

이에 여불위는 진나라 도읍을 떠나 시골인 하남 땅에 가서 살았다. 그러자 모든 나라가 하남 땅으로 사신을 보내어 여불위에게 자기 나라에 와서 정승 자리에 오르라고 서로 청했다.

진왕 정은 이 소문을 듣고 이맛살을 찌푸렸다.

'여불위가 다른 나라에 가서 정승이 되는 날이면 우리 진나라에 이로울 것이 없다.'

진왕 정은 무슨 결심을 한 듯 마침내 붓을 들어 여불위에게 보내는 서신 한 통을 썼다.

그 글에 하였으되,

그대는 진나라에 무슨 공로가 있다고 10만 호戶의 봉읍을 차지하고 있으며, 진나라와 무슨 관계가 있다고 감히 과인의 상보尙父라고 일컫느냐? 진나라는 그대를 후하게 대접했거늘 그대는 어찌하여 노애에게 역란逆亂을 일으키게 했느냐? 그때 과인은 그대를 죽이려다가 그만두고 대신 하남 땅에 가서 살게 했거늘, 그래도 자기 잘못을 후회할 줄 모르고 다른 모든 나라와 연

락을 취하고 있는 것은 또 무슨 뜻이냐? 그러는 것이 그대에게 관대했던 과인에 대한 보답인가? 그대는 가족을 데리고 촉군蜀郡으로 떠나거라. 비郿 땅의 성城 하나를 줄 테니 그곳에 가서 일생을 마쳐라!

여불위가 서신을 읽고 발끈한다.

"나는 집안 재산을 모조리 털어서까지 선왕先王을 도와 왕위에 모셨다! 그래, 진나라에서 나보다 더 큰 공로를 세운 자가 누가 있느냐! 또 왕태후가 맨 처음에 나를 섬겨 포태抱胎했으니 진왕은 바로 내 자식이다. 그러니 진왕과 나 사이보다 더 밀접한 사람이 어디 있느냐! 그러하거늘 왕은 어째서 나를 이렇듯 저버리는가!"

그러나 한참 후에 여불위가 길이 탄식한다.

"그렇다! 내 원래 상인商人의 자식으로 진나라를 가로채려고 음모를 꾸몄고, 지난날에 데리고 살았지만 일단 남의 아내가 되어버린 여자를 다시 간음했으며, 왕을 둘씩이나 독살했고, 진나라 진짜 왕인 영씨嬴氏의 대代를 끊고 내 자식을 들여앉혔으니 황천皇天이 이러한 나를 어찌 용납할 리 있으리오! 오늘날 죽는다 해도 도리어 늦은 편이다!"

여불위는 술에 짐새〔鴆〕(몸에 있는 독기로 뱀을 잡아먹고 산다는 독조毒鳥)를 넣고 독주毒酒를 만들어 마셨다. 이리하여 여불위는 스스로 목숨을 끊고 죽었다.

이때 평소에 여불위 문하門下에서 은혜를 입은 빈객들이 많았다. 그들은 진왕 정이 자기 마음대로 자살한 여불위에게 무슨 처벌을 내릴 것이라고 생각했다. 그래서 몰래 여불위의 시체를 떠메고 북망산北邙山 아래로 가서 그의 본처本妻 곁에 합장해주었다.

오늘날도 북망산으로 올라가는 도로 서쪽에 큰 무덤이 하나 있다. 세상에선 그 무덤을 여모총呂母塚이라고 한다. 바로 그 당시에 빈객들이 여불위를 암장暗葬한 곳이다.

진왕 정은 여불위가 죽었다는 소식을 듣고 장사나 잘 지내주라고 분부했다.

그런데 신하들의 보고로는 끝내 여불위의 시체를 찾을 수 없다는 것이었다.

이에 분이 솟은 진왕 정이 추상같은 분부를 내린다.

"여불위의 문하 빈객들을 찾아내어 국외로 몰아내어라. 또 여불위의 빈객으로 이미 벼슬을 살고 있는 자가 있거든 삭탈관직시켜라. 뿐만 아니라 다른 나라 출신으로 유세나 하고 돌아다니는 자들까지도 사흘 안에 전부 국외로 추방하여라. 만일 그런 자를 숨겨두는 집이 있거든 똑같이 엄벌하여라."

진왕 정의 엄명은 즉시 진나라 전체에 퍼졌다.

이때 초나라 출신으로 이사李斯•라는 사람이 있었다. 이사는 원래 순경荀卿(순자荀子)의 제자로 학문이 대단했다. 그는 지난날 진나라에 놀러 왔다가 여불위의 문하에 있게 되었다. 이에 여불위가 진왕에게 이사의 학문과 재주를 들어 천거하여 진왕은 이사에게 객경客卿 벼슬을 주었었다.

그런데 이번 추방령에 의해서 이사는 벼슬을 내놓고 사리司里에게 몰려 함양성 밖으로 쫓겨나갔다. 이사는 정처 없이 가면서 이렇게 내쫓기다니 억울하다고 생각했다. 도중에서 이사가 표장表章 한 통을 써서 우인郵人(역참에서 일하는 사람)에게 내주며,

"이 밀봉密封 속에 기밀 사항이 적혀 있으니 잘 가지고 가서 진왕께 바쳐라."

하고 보냈다.

그 표장에 하였으되,

　신이 듣건대 태산泰山은 조그만 흙 한줌도 거부하지 않기 때문에 그 높이를 이루었고, 바다는 조그만 시냇물도 포용하기 때문에 그 깊이를 이루었다고 하더이다. 그러므로 왕은 천하의 모든 사람을 버리지 않아야만 그 덕을 이루는 법입니다. 예를 든다면, 옛날에 진목공秦穆公은 오랑캐 서융西戎 땅에 있는 요여繇余를 데려왔으며, 동쪽 완宛 땅에 있는 백리해百里奚를 얻어 왔으며, 송나라에 있는 건숙蹇叔을 불러들여 영접했으며, 진晉 나라의 비표丕豹와 공손지公孫枝를 등용하여 마침내 천하 패업을 성취하셨습니다. 뿐만 아니라 진효공秦孝公은 타국 사람인 상앙을 등용해서 진나라 국법國法을 세웠고, 진혜왕秦惠王은 타국 사람인 장의張儀를 등용해서 육국의 합종을 분쇄했고, 진소양왕秦昭襄王은 타국 사람인 범저를 등용해서 합병지책合倂之策을 세웠습니다. 이상 말씀드린 진나라 네 임금은 모두 타국 사람을 써서 공을 이루었습니다. 타국 사람이라고 해서 어찌 진나라에 해를 끼칠 리 있겠습니까? 이번에 대왕께선 타국 사람들을 국외로 추방하셨지만 그들은 장차 다른 나라에 가서 벼슬을 살며 도리어 진나라에 해를 끼칠 것입니다. 이러고 보면 진나라는 장차 훌륭한 인재를 구하려고 해도 결국 구하지 못할 것입니다.

진왕 정은 이사의 표장을 보고 크게 깨달은 바가 있었다.

"곧 추방령을 거두고 사방으로 사람을 보내어 이사를 데려오너라!"

한편 이때 이사는 여산驪山 아래 당도했다. 그때 진나라 군사가 뒤쫓아와서 이사를 수레에 태우고 함양성으로 돌아갔다. 진왕 정은 이사에게 다시 객경 벼슬을 주었다.

이사가 진왕 정에게 아뢴다.

"옛날에 진목공께서 패업을 일으켰을 때는 제후諸侯의 나라들이 많았고, 주周 왕실이 쇠약해지기 전이었기 때문에 결국 천하를 통일하지 못하셨습니다. 그러던 것이 진효공 이후로 주 왕실은 아주 미약해지고 모든 제후들은 서로 치고 싸우고 합병해서 결국 칠국七國만 남았습니다. 그러므로 우리 진나라가 천하를 도모한 것도 여러 대가 지났습니다. 이제 강대국이 된 우리 진나라의 힘과 영특한 대왕의 덕으로써 나머지 육국六國을 무찌르기는 마치 먼지를 터는 것처럼 쉬운 일입니다. 이러한 때에 부지런히 천하를 도모하지 않고 공연히 앉아서 다른 나라들이 다시 부강해지는 것만 구경하시렵니까? 이러다가 육국이 다시 합종하여 들고일어나면 어찌하시렵니까! 그때는 후회해도 아무 소용이 없습니다."

진왕 정이 묻는다.

"과인은 장차 여섯 나라를 합병하고 천하를 통일할 작정인데 어떤 계책을 세워야 좋겠소?"

이사가 대답한다.

"한韓나라는 우리 진나라에서 가깝고도 약한 나라입니다. 그러니 먼저 한나라부터 쳐서 없애십시오. 그러면 모든 나라가 우리 진나라를 두려워할 것입니다."

진왕 정은 이사의 계책에 따라 내사內史 등騰에게 군사 10만 명을 주어 한나라를 치게 했다.

이때, 한나라 한환혜왕韓桓惠王은 이미 죽고 그 아들 세자 안安이 왕위에 있었다. 그때 한나라엔 공자 비非(한비韓非)가 있었다. 공자 비는 형명학刑名學과 법률학法律學에 달통한 사람이었다. 공자 비는 한나라가 점점 쇠약해지자 한왕韓王 안安에게 누차 글을 올렸다. 그러나 한왕 안은 공자 비의 의견을 정사政事에 반영하지 않았다.

그러던 차에 진나라 장수 내사 등이 대군 10만 명을 거느리고 한나라로 쳐들어왔던 것이다. 이 급한 보고를 받고 한왕 안은 몹시 두려워했다.

공자 비는 평소에 자기 재주를 자부하고 있었던 만큼 기왕 한나라에서 뜻을 펼치지 못할 바에야 이 참에 진나라에 가서 포부를 펴보기로 결심했다.

공자 비가 한왕 안에게 청한다.

"신이 진나라에 사신으로 가서 공격을 중지하도록 교섭해보겠습니다."

한왕 안은 다급한 나머지 두말하지 않고 공자 비의 청을 허락했다. 이에 공자 비는 한나라를 떠나 서쪽 진나라로 들어갔다.

공자 비는 함양성에 당도한 즉시 진왕 정을 알현했다.

"우리 한나라 왕께서는 땅을 바치고 진나라의 동쪽 속국이 되기를 원하십니다."

진왕 정은 한나라가 속국이 되겠다는 말을 듣자 기뻐했다. 이에 공자 비가 자기 포부를 아뢴다.

"신에게 세상을 무찌르고 천하를 통일할 수 있는 계책이 있습니다. 대왕께선 신의 계책을 한번 써보지 않으시렵니까? 그러고도 조나라가 항복하지 않고, 한나라가 망하지 않고, 초나라와 위나라가 스스로 신하임을 칭하지 않고, 제나라와 연나라가 대왕을 섬기지 않거든 그때는 신의 목을 참하십시오. 곧 거짓말을 한 신하를 죽여 대왕의 법을 밝히시란 말씀입니다."

공자 비는 50여만 어름에 달하는 설난說難·고분孤憤·오두五蠹·설림說林 등 자기 저서(오늘날 전하는 『한비자韓非子』* 20권이 바로 이것이다)를 진왕 정에게 바쳤다.

그후 진왕 정은 공자 비의 저서를 읽은 뒤 객경으로 등용하려고 일단 이사와 상의했다. 그런데 이사와 공자 비는 지난날 순경 밑에서 함께 수학한 동문同門이었다.

이사가 공자 비의 재주를 시기하고 진왕 정에게 참소한다.

"타국 출신인 공자公子는 보통 다른 나라 선비와 다릅니다. 이른바 공자란 자가 자기 나라의 이익을 버리고 어찌 다른 나라를 위해서 힘쓸 리 있겠습니까? 이번에 우리 진나라가 한나라를 쳤기 때문에 한왕이 다급해서 공자 비를 우리 나라로 보낸 것입니다. 대왕께선 조심하십시오. 공자 비는 지난날의 소진蘇秦처럼 우리 나라와 모든 나라 사이를 이간하려고 온 것입니다. 그러니 그에게 객경 벼슬을 줘서는 안 됩니다."

진왕 정이 머리를 끄덕이고 묻는다.

"그럼 그를 추방해버릴까?"

이사가 대답한다.

"대왕께선 지난 일을 생각하십시오. 지난날에 제나라 공자 맹상군孟嘗君과 조나라 공자 평원군平原君도 다 우리 진나라에 온 일이 있었건만 결국 우리 나라를 위해 힘쓰지 않았습니다. 게다가 그들은 각기 자기 나라에 돌아가서는 도리어 군사를 거느리고 우리 진나라를 괴롭혔습니다. 오늘날 한나라 공자 비도 재주 있는 사람입니다. 후환이 있을까 두려우니 차라리 그를 죽여버림으로써 한나라의 힘을 꺾어버리십시오!"

마침내 진왕 정은 한나라 공자 비를 죽일 작정으로,

"우선 공자 비를 운양雲陽 땅에 감금하여라!"

하고 분부했다.

그후 운양 땅 옥에 갇힌 공자 비가 바깥에 서 있는 옥리獄吏를 내다보고 묻는다.

"내가 무슨 죄가 있다고 이렇듯 가둬두느냐?"

옥리가 대답한다.

"한집안에서도 남자 주인 둘이 있을 수는 없지요. 더구나 지금 세상은 재주 있는 사람을 등용하거나 그렇지 않을 경우엔 차라리 그 사람을 죽여버리게 마련이지요. 굳이 죄가 있고 없고를 따질 것 있소?"

이에 공자 비는 탄식하고 시 한 수를 지어서 읊었다.

그 시에 하였으되,

비록 설난說難을 짓고
고분孤憤을 말했으나
오두五蠹를 제거하지 못했으니
설림說林인들 무슨 소용이 있으리오.
슬프다! 짐승은 그 맛난 살코기 때문에 죽음을 당하고
노루는 그 배꼽에 들어 있는 사향 때문에 목숨을 뺏기는구나!
說果難
憤何已
五蠹未除

說林何取
膏以香消
麝以臍死

그날 밤이었다.
공자 비는 옥중에서 관 끈으로 목을 졸라매고 자살했다.

한편, 한나라 한왕韓王 안安은 공자 비•가 진나라에서 죽었다는 소식을 듣고 더욱 겁이 났다. 이에 한왕 안은 진나라로 사신을 보내어 속국으로 신하가 되겠다고 제의했다. 그제야 진왕 정은 장수 내사內史 등騰에게 사자를 보내어 한나라를 치지 말고 회군하도록 지시했다.

어느 날 진왕 정은 이사와 함께 나랏일을 상의했다.

진왕 정이 말한다.

"한나라 공자 비는 월등한 인재였는데 일단 죽고 나니 애석하구려!"

이사가 아뢴다.

"신이 한 사람을 천거하겠습니다. 그의 성은 위尉이며 이름은 요繚로, 바로 위나라 대량大梁 땅 사람입니다. 위요尉繚는 병법兵法에 달통한 사람으로 공자 비보다 재주가 열 배는 뛰어납니다."

진왕 정이 묻는다.

"그 사람은 지금 어디 있소?"

이사가 대답한다.

"지금 이 함양성 안에 있습니다. 그러나 위요는 자부심이 대단한 사람입니다. 그러니 대왕께선 신례臣禮(신하의 예)가 아니라 빈례빈禮(귀빈의 예)로 부르십시오."

그리하여 진왕 정은 귀빈에 대한 예로써 위요를 데려오게 했다. 이에 위요는 진왕 정의 부름을 받고 궁으로 들어갔다. 그는 진왕 정 앞에 나아가서 절은 하지 않고 허리를 굽혀 읍揖만 했다. 진왕 정은 답례하고 위요를 상좌上座에 앉힌 뒤 선생이라고 존대했다.

그제야 위요가 진왕 정에게 말한다.

"오늘날 강국인 진나라 입장에서 볼 것 같으면 천하 모든 나라는 마치 군郡이나 현縣과 다름없습니다. 곧 모든 나라가 각기 다른 마음을 품을 경우엔 대왕께서 그들을 쳐서 통일하기가 쉽습니다. 그러나 이와 반대로 모든 나라가 한마음 한뜻으로 굳게 단결하고 연합하는 경우엔 그들을 치기가 어렵습니다. 대저 지난 일을 볼지라도 삼진三晉이 연합하매 지백智伯이 망했고, 다섯 나라가 연합하매 제민왕은 달아났습니다. 대왕께선 이 점을 깊이 생각하십시오."

진왕 정이 묻는다.

"모든 나라로 하여금 각기 딴마음을 갖게 하고 다시 연합하지 못하도록 하려면 장차 어떤 계책을 써야 하오?"

위요가 대답한다.

"오늘날 천하 모든 나라의 실정을 보건대 왕들이란 다 명색뿐이고 세력 있는 대신들이 그 나랏일을 좌지우지하고 있습니다. 그런 대신이란 것들이 어찌 나라에 충성할 리 있겠습니까? 그들은 사리사욕에만 골몰하고 있는 형편입니다. 그러니 대왕께선 부고府庫에 있는 재물을 아끼지 마시고 모든 나라 세력 있는 대신들에게 뿌리십시오. 아마 30만 금을 다 쓰기도 전에 모든 나라를 지배할 수 있을 것입니다."

진왕 정은 매우 기뻐하여 즉시 위요에게 상객上客 벼슬을 주었다. 심지어 자기가 입는 의복과 먹는 음식까지 하사하며 동등히 대접했다. 그리고 진왕 정은 가끔 위요가 있는 공관에 가서 무릎을 꿇고 가르침을 청했다. 그러나 위요는 속으로 진왕 정을 존경하지 않았다.

어느 날 달밤이었다.

위요가 혼잣말로 탄식한다.

'내 그간 진왕의 사람됨을 살펴본즉, 코끝[準頭]이 풍만하고, 눈은 길게 찢어졌으며, 가슴은 매 같고, 목소리는 승냥이 같으니 반드시 그 속마음도 범이나 늑대와 다름없을 것이다. 그는 천성이 잔인하고 각박하며 은혜를 베풀 줄 모르는 사람이다. 그는 자기한테 필요한 사람에겐 가벼이 몸을 굽히지만 이용 가치가 없을 경우엔 매정스러워진다. 지금은 천하가 하나로 통일되지 못해 나 같은 야인野人에게 몸을 굽히지만, 그가 모든 나라를 통일하고 뜻을 얻는 날에는 세상은 피투성이가 될 것이며 천하 백성들은 그 악독한 손아귀에서 배겨나지 못할 것이다!'

한밤중에 위요는 베옷으로 갈아입고 온다 간다는 말도 없이 공관을 떠났다. 공관 관리는 즉시 말을 타고 궁으로 달려가서 진왕 정에게 이 사실을 고했다. 이에 진왕 정은 갑자기 팔다리를 모두 잃은 듯했다.

진왕 정이 황급히 분부한다.

"즉시 사방으로 사람을 보내어 위요 선생을 모셔오너라!"

위요는 미처 함양성을 빠져나가기도 전에 뒤쫓아온 사람들에게 들키고 말았다. 그들은 위요를 수레에 극진히 모시고 궁으로 돌아갔다.

이튿날 진왕 정이 위요 앞에 나아가서 맹세한다.

"선생의 말씀이면 무엇이든 순종하겠습니다."

진왕 정은 위요에게 태위太尉 벼슬을 주고 병권을 일임했다. 그는 위요의 제자들에게도 모두 대부 벼슬을 주었다. 그런 후에 진왕 정은 부고의 황금을 크게 내어 모든 빈객들에게 나눠 주고, 모든 나라로 침투해 들어가서 그 나라의 유력한 대신들을 매수하도록 명했다.

이에 진나라에서 밀파密派된 빈객들은 각기 맡은 바대로 모든 나라에 가서 유력한 대신들에게 많은 황금을 뇌물로 쓰며 그 나라의 국정을 염탐하기 시작했다.

한편, 진왕 정은 공관에 가서 위요를 만나 다음으로 해야 할 일을 청했다.

위요가 말한다.

"먼저 쇠약한 한韓나라부터 치십시오. 그후에 조나라와 위나라를 쳐서 그들 삼진三晉부터 평정하십시오. 그런 다음에 군사를 크게 일으켜 초나라를 치십시오. 일단 초나라만 망하면 나머지 연나라와 제나라가 어디로 가겠습니까?"

진왕 정이 걱정스레 묻는다.

"한나라는 이미 속국으로 스스로 신하가 되었고, 조나라는 지난날에 조왕이 이곳 함양성까지 와서 술로써 화친까지 맺고 갔습니다. 한데 이제 그들을 치려면 뚜렷한 명목이 있어야겠는데 어찌하리이까?"

위요가 대답한다.

"조나라는 땅이 넓고 군사들도 강합니다. 또 한나라와 위나라는 같은 삼진의 계통이라고 해서 늘 조나라에 협조하는 터이니 한꺼번에 그들을 다 멸망시킬 순 없습니다. 그러나 한나라가 이미 진나라 속국이 되어버렸으니 조나라는 팔 하나를 잃은 셈입니다. 만일 대왕께서 한나라와 조나라를 치려고 해도 명목이 없다면 먼저 위나라부터 치십시오. 그러면서 양면 작전을 써야 합니다. 곧 조나라에 유력한 대신이 있으니 그의 이름은 곽개郭開입니다. 곽개는 돈만 아는 탐욕스런 자입니다. 신이 제자 왕오王敖를 위나라에 보내어 위왕으로 하여금 조나라에 '진나라 군사가 쳐들어오니 와서 도와달라'고 청하게끔 하겠습니다. 동시에 대왕께선 조나라로 사람을 보내어 대신 곽개에게 많은 뇌물을 주고 매수하십시오. 그러면 곽개는 반드시 조나라 군사를 보내어 위나라를 도울 것입니다. 그때에 대왕께선 '조나라가 위나라를 도우면서 우리 진나라를 방해하니 그냥 있을 수 없다!' 하고 명목을 잡은 후에 위나라를 치던 군사를 옮겨 바로 조나라를 무찌르십시오!"

진왕 정이 말한다.

"참으로 좋은 계책입니다!"

이리하여 마침내 진나라에선 대장 환의桓齮가 군사 10만 명을 거느리고 함곡관函谷關을 나가 위나라로 쳐들어갔다.

동시에 위요가 제자 왕오에게 계책을 일러주고 분부한다.

"그대는 이 황금 5만 근斤을 가지고 가서 비용으로 쓰도록 하라."

왕오가 우선 위나라로 가서 위경민왕魏景湣王에게 아뢴다.

"삼진三晉이 강한 진나라에 대항해올 수 있었던 것은 서로 돕고 단결해왔기 때문입니다. 그런데 한나라는 이미 국토를 바치고 진나라의 속국이 되었으며, 조나라 조왕은 친히 진나라 함양궁에 가서 술로써 화친까지 맺었으니 이제 남은 건 위나라뿐입니다. 그런데 진나라 군사가 지금 위나라를 치고 있으니 대왕의 앞날이 매우 위태롭습니다. 이럴 때에 대왕께서는 업군鄴郡을 조나라에 뇌물로 바치고 구원군을 청하십시오. 조나라가 업군을 받기만 하면 위나라를 대신해서 진나라 군사와 싸우게 될 것입니다."

위경민왕이 한숨을 몰아쉬며 묻는다.

"선생은 과연 조나라로 하여금 우리 위나라를 돕게 할 수 있습니까?"

왕오가 기회를 놓치지 않고 거짓말을 한다.

"그 점만은 안심하십시오. 신은 오늘날 조나라의 실권을 잡고 있는 대신 곽개와 전부터 절친한 사이입니다. 신이 가서 말하기만 하면 조나라는 반드시 대왕을 도울 것입니다."

위경민왕은 마침내 왕오에게 업군鄴郡 세 성城의 지도와 구원을 청하는 국서를 내주어 조나라로 떠나보냈다. 이리하여 왕오는 조나라로 갔다.

조나라에 당도한 왕오는 우선 조나라 대신 곽개에게 황금 3,000근을 뇌물로 바치고 친교를 맺었다.

왕오가 곽개에게 부탁한다.

"나는 이렇게 위나라 업군 세 성의 지도를 가지고 왔소. 그러니 대감은 조나라 군사를 보내어 꼭 위나라를 도와주오."

참으로 황금만 있으면 그만이었다. 왕오에게서 황금 3,000근을 받은 곽개는 그날로 궁에 들어가서 조도양왕趙悼襄王에게 청한다.

"지금 진나라가 위나라를 치는 것은 바로 위나라를 멸망시키기 위해서입니다. 만일 위나라가 망하면 그 다음엔 우리 조나라가 위태로워집니다. 더구나 이번에 위나라는 우리 나라에 업군의 세 성을 바치고 원조를 청해왔습니다. 대왕께선 곧 위나라를 돕도록 하십시오."

조도양왕이 장수 호첩扈輒을 불러들여 분부한다.

"장군은 군사 5만 명을 거느리고 가서 위나라 업군의 세 성을 받아 잘 지키오."

이에 조나라 장수 호첩은 군사를 거느리고 위나라 업군으로 갔다.

한편, 진왕 정은 급사急使를 보내어 대장 환의에게 위나라 업군을 공격하라고 지시했다. 마침내 진나라 장수 환의와 조나라 장수 호첩은 위나라 업군의 동고산東崓山에서 일대 접전을 벌였다.

이 싸움에서 조나라 장수 호첩은 패하여 달아나기 시작했다. 진나라 장수 환의는 풍우같이 군사를 휘몰아 달아나는 조나라 군사를 추격하여 마침내 업군을 함몰시키고 연달아 성 아홉 곳을 쳐부쉈다.

조나라 장수 호첩은 의안宜安 땅까지 쫓겨가서야 겨우 패잔병을 수습하고 즉시 조나라로 사람을 보내어 비상 사태를 고했다. 이에 조도양왕은 모든 신하와 함께 대책을 상의했다.

모든 신하가 이구동성으로 아뢴다.

"지난날엔 염파만이 진나라 군사를 막았습니다. 방난龐煖·악승樂乘·악간樂間도 훌륭한 장수였으나 이젠 모두 죽고 없습니다. 오직 염파만이 위나라에서 망명 생활을 하고 있는 중입니다. 대왕께선 어찌하여 염파를 소환하지 않으십니까?"

이 말을 듣고 내심 당황한 것은 곽개였다. 원래 곽개는 염파를 몹시 미워했다.

곽개가 황급히 조도양왕에게 고한다.

"염파 장군은 지금 나이가 근 일흔으로 늙을 대로 늙이빠졌을 것입니다. 더구나 그는 지난날에 악승을 시기하여 위나라로 가버린 사람입니다. 만일 이번에 그를 소환했다가 너무 늙어서 쓸모가 없으면 어찌하시렵니까? 그러고도 등용하지 않으면 그는 대왕을 더욱 원망할 것입니다. 그러니 미리 위나라로 사람을 보내어 그간 염파 장군이 얼마나 쇠약해졌는지 보고 오도록 하십시오. 그런 후에 염파 장군을 소환한다 해도 늦지 않습니다."

조도양왕이 곽개의 말을 그럴싸하게 여기고 당구唐玖에게 분부한다.

"그대는 철제 갑옷 한 벌과 좋은 말 네 필을 가지고 위나라에 가서 염파 장군을 위로하오. 그리고 염파 장군이 아직도 전쟁에 나가서 싸울 수 있을지 자세히 살펴보고 오오."

그날 밤이었다.

곽개는 비밀히 사람을 보내어 당구를 자기 집으로 초대했다.

곽개는 당구가 오자 전송하는 뜻이라면서 술상을 차려 대접한 후에 슬며시 황금 20일을 내놓았다.

당구가 의아해하며 묻는다.

"이게 웬 황금입니까? 이 몸은 이런 것을 받을 만한 아무 공로도 세운 적이 없습니다."

곽개가 웃으며 대답한다.

"내 그대에게 한 가지 부탁이 있소. 그대가 이 황금을 받아줘야만 말하겠소."

당구가 슬며시 황금을 품속에 넣고 묻는다.

"대부께선 저에게 무슨 청이 있으신지요?"

곽개가 말한다.

"다름이 아니라 그대도 잘 알다시피 나는 염파 장군과 사이가 별로 좋지 못하오. 이번에 그대가 위나라에 가봐서 과연 염파가 이젠 쓸모가 없을 정도로 쇠약해졌으면 더 말할 것도 없지만, 만일 아직도 근력이 좋거든 돌아와서 대왕께 보고할 때 몇 마디만 덧붙여주오. 곧 염파가 너무 늙어서 일을 맡길 수 없겠더라고만 보고해주구려. 그러면 대왕은 염파를 소환하지 않을 것이오. 이 것이 바로 내가 그대에게 부탁하는 바요."

당구는 곽개의 부탁을 승낙했다.

이튿날 당구는 조나라를 떠나 위나라로 향했다. 당구는 위나라에 당도하는 즉시 염파를 찾아보고 조도양왕의 위로하는 말을 전했다.

노장老將 염파가 묻는다.

"진나라 군사가 지금 조나라를 치고 있소?"

당구가 적이 놀라면서 되묻는다.

"장군은 그것을 어떻게 아시오?"

염파가 대답한다.

"내가 위나라에 와 있은 지 이미 여러 해가 지났건만 그동안 조왕은 나에게 편지 한 장 보내주지 않았소. 그런데 오늘날 갑자기 이렇듯 훌륭한 철제 갑옷과 좋은 말까지 보내주셨으니 필시 내가 필요해서가 아니겠소? 그래서 하는 말이오."

당구가 묻는다.

"장군은 조왕이 원망스럽지 않습니까?"

"그게 무슨 말이오? 나는 자나깨나 조나라를 위해 일하고 싶다는 생각뿐이었소. 내 어찌 감히 조왕을 원망하겠소."

당구는 염파와 함께 거처하면서 그의 거동을 살펴보았다. 염파는 당구에게 근력이 조금도 쇠하지 않았음을 보여주려고 식사 때마다 밥 한 말과 고기 10근씩을 먹었다. 마치 늑대가 밥을 씹고 호랑이가 고기를 삼키는 듯했다.

염파는 식사를 마치고 나서 조도양왕이 보내준 갑옷을 입고 몸을 날려 말에 올라타고 나는 듯이 달렸다. 염파는 달리는 말 위에서 번개처럼 장창長槍을 휘두르며 여러 번 춤을 춘 후에 가벼이 땅 위로 뛰어내렸다.

염파가 당구에게 말한다.

"지난날에 비해 지금의 나는 어떠하오? 나는 아직도 전장에 나가면 얼마든지 싸울 수 있소. 나는 얼마 남지 않은 여생을 조나라에 바치고 싶소. 그대는 돌아가서 조왕에게 나의 뜻을 잘 전해주오."

당구는 노장 염파의 초인적인 힘과 정신력을 분명히 보았으나 이미 곽개의 뇌물을 받았으니 어찌하리오.

이튿날 당구는 염파에게 하직하고 조나라로 떠났다.

당구가 조나라 도읍 한단성邯鄲城으로 돌아가 조도양왕에게 다녀온 경과를 보고한다.

"염파 장군은 비록 늙었으나 음식은 잘 먹더이다. 그러나 안타깝게도 비장脾臟에 병이 있어 신과 함께 잠깐 앉아 있는 사이에도 세 번씩이나 소변을 누더이다."

조도양왕이 탄식한다.

"그래서야 어찌 싸울 수 있으리오. 이제 염파도 늙었구나!"

이에 조도양왕은 염파를 조나라로 소환하지 않았다. 그 대신 다시 군사를 의안宜安 땅으로 보내어 장수 호첩을 돕게 했다.

이때가 조도양왕 9년이요, 진왕 정 11년이었다.

그후 초나라는 염파가 위나라에서 허송세월하고 있다는 소문을 듣고 사람을 보내어 초빙했다. 이에 노장 염파는 위나라를 떠나 머나먼 초나라에 가서 초나라 장수가 되었다.

그러나 염파에게 초나라 군사가 어찌 조나라 군사만 하리오. 염파에겐 남쪽 산천도 낯설기만 하고 풍속과 인정도 맞지 않았다.
염파는 늘 우울한 나날을 보내다가 뜻을 펴지 못하고 마침내 초나
라에서 세상을 떠났다. 참으로 애달픈 일이었다.

사신史臣이 시로써 이 일을 탄식한 것이 있다.

유명한 노장 하면 염파를 생각하게 마련이지만
자주 소변을 눈다는 모략에 걸렸으니 어찌하리오.
청컨대 보라! 오나라가 망하자 태재太宰 백비伯嚭도 죽었으니
조나라 곽개는 어찌하여 황금이라면 사족을 못 쓰는가.

老成名將說廉頗
遺矢讒言奈若何
請看吳亡宰嚭死
郭開何事取金多

이때 위요의 제자 왕오는 아직 조나라에 머물러 있었다.

어느 날 왕오가 곽개에게 묻는다.

"대감은 조나라가 망하는 것을 걱정하지도 않으시오? 어째서
조왕에게 권고해서 염파를 소환하지 않소?"

곽개가 천연스레 대답한다.

"조나라가 존속하느냐 망하느냐 하는 것은 한갓 나랏일에 불과
하오. 그러나 나와 염파는 서로 원수간이오. 내 어찌 원수를 불러
들일 수 있으리오!"

왕오는 곽개가 조나라를 위하는 마음이 전혀 없음을 알았다.

왕오가 다시 곽개의 속마음을 떠본다.

"만일 조나라가 망하면 대감은 어디로 갈 작정이오?"

곽개가 대답한다.

"나는 장차 제나라나 초나라 중에 어느 한 나라로 가서 몸을 의탁할 요량이오."

그제야 왕오가 슬며시 곽개를 유인한다.

"진나라는 지금 천하를 통일할 뜻을 품고 있소. 그러니 장차 제나라나 초나라도 조나라나 위나라와 마찬가지 신세가 될 것이오. 대감을 위해서 한 가지 좋은 계책을 일러드리겠소. 대감은 앞으로 두말 말고 진나라에 가서 몸을 의탁하시오. 오늘날 진왕은 도량이 하해河海와 같으며, 어진 사람에겐 항상 자기 몸을 낮추기 때문에 세상 모든 일을 다 용납하고 계시오."

곽개가 묻는다.

"위나라 사람인 그대가 어떻게 진왕을 그리 잘 아시오?"

왕오가 모든 사실을 털어놓는다.

"나의 스승 위요는 지금 진나라 태위 벼슬에 계시오. 사실 나 또한 진나라 대부로 있소이다. 우리 진나라 왕께선 대감이 조나라에서 유력한 분이란 걸 아시고 나를 대감께 보내어 서로 사귀게 한 것이오. 내가 전번에 대감께 드린 황금도 실은 진나라 왕께서 보내신 것이오. 그러니 조나라가 망하거든 대감은 두말 말고 곧 진나라로 가십시오. 진나라는 반드시 대감을 상경으로 삼을 것이오. 뿐만 아니라 대감이 직접 진나라의 비옥한 밭과 호화로운 제택第宅(살림집과 정자 따위의 총칭)을 보면 마음에 꼭 들어할 것이오."

왕오가 곽개에게 다시 황금 7,000근을 내주며 청한다.

"지난날 내가 이곳에 올 때 진나라 왕께서 황금을 내주며 조나라에 가서 대감과 깊이 사귀라고 하셨소. 전번에 드린 것과 이것이 진나라 왕께 받아온 황금의 전부요. 우리 서로 필요한 일이 있을 때면 서로 부탁하고 돕기로 합시다."

곽개가 황금을 보고 기뻐하면서 대답한다.

"이렇듯 진나라 왕의 후의를 받고도 힘껏 보답하지 않는다면 어찌 사람이라고 하겠소!"

이튿날 왕오는 곽개와 작별하고 조나라를 떠났다.

진나라 함양성으로 돌아간 왕오가 진왕 정에게 보고한다.

"신臣은 1만 금으로 조나라 곽개를 완전히 매수했습니다."

진왕 정은 그제야 조나라가 위나라에 있는 염파를 소환하지 않았다는 것을 확인하고 즉시 사람을 보내어 대장 환의에게 총공격을 명령했다.

이에 진나라 군사의 공격이 맹렬해지자 조나라 조도양왕은 너무나 근심하고 두려워한 나머지 병이 나서 죽고 말았다.

조도양왕에겐 공자 가嘉라는 적자가 있었다. 그후 조도양왕은 가무歌舞에 능한 여자를 궁중에 들여앉히고 매우 총애했다. 그 여자의 몸에서도 공자 천遷이라는 아들이 태어났다. 가무 잘하는 여자에게 혹한 조도양왕은 급기야 적자인 가를 몰아내고 서자인 천을 세운 뒤 곽개를 세자의 스승인 태부太傅로 삼았다.

서자의 몸으로 세자가 된 천은 어려서부터 공부하기를 좋아하지 않았다. 스승인 곽개 역시 세자에게 공부보다도 성색聲色(노래와 여색)과 잡기雜技만 지도하여 어느덧 두 사람은 지극히 친한 사이가 되었다.

그러다가 조도양왕이 세상을 떠나자 곽개는 세자 천을 받들어 조나라 왕위에 올렸다. 또 곽개는 적자이며 일찍이 세자로 있었던 공자 가에게 300여 호의 고을을 내주고 그곳에 가서 살게 했다. 이리하여 곽개는 마침내 조나라 정승이 되어 나랏일을 마음대로 휘둘렀다.

한편, 진나라 장수 환의는 조나라에 국상國喪이 난 걸 기회로 삼아 물밀듯 의안宜安 땅으로 쳐들어가서 조나라 군사 10만여 명을 죽였다. 그리고 마침내 조나라 장수 호첩을 죽인 뒤 조나라 도읍 한단성까지 육박해 들어갔다.

한편 조왕趙王 천遷은 세자 때부터 대代 땅 태수로 있는 이목李牧이 훌륭한 장수란 걸 들어서 잘 알고 있었다. 이에 조왕 천은 급히 대 땅으로 대장의 인印을 보내어 이목을 소환했다.

왕명王命을 받고 대장이 된 이목은 병거 1,500승과 기마騎馬 1만 3,000필匹과 정병 5만여 명 중에서 병거 300승과 기마 3,000필과 정병 1만 명만 대 땅에 남겨둔 채 나머지 병력을 모조리 거느리고 떠났다.

대장 이목은 조나라 도읍 한단성에 당도하자 성 밖에 군사를 둔치고, 성안으로 들어가서 조왕 천을 알현했다.

조왕 천이 묻는다.

"진나라 군사가 육박해 들어오고 있으니 어떻게 하면 그들을 물리칠 수 있겠소?"

대장 이목이 아뢴다.

"진나라 군사는 지금 승승장구해서 쳐들어오는 중입니다. 그들의 날카로운 기세를 꺾기란 쉬운 노릇이 아닙니다. 바라건대 대왕께선 계책을 묻지 마시고 신에게 전권全權을 맡겨주십시오. 그래야만 신이 마음대로 싸울 수 있습니다."

조왕 천이 허락하고 다시 묻는다.

"대 땅에서 거느리고 온 군사들이 과연 진나라 군사를 대적할 만하오?"

대장 이목이 대답한다.

"진나라 군사와 싸우기에는 부족하나 그들을 막기에는 충분합니다."

조왕 천이 말한다.

"지금 경내境內에 아직 군사 10만 명 가량이 남아 있으니 과인은 장수 조총趙葱과 안취顔聚에게 각각 군사 5만 명을 나눠 주고 장군의 명령에 따르도록 하겠소."

대장 이목은 한단성을 떠나 비루肥纍(오늘날 고성현高城縣 동쪽에 있는 지명) 땅에 가서 진영陣營을 벌이고 성루를 높이 쌓은 뒤 굳게 지키기만 하고 싸우지는 않았다.

이목은 날마다 소를 잡아 군사들을 배불리 먹이고 활 쏘는 연습만 시켰다. 이에 조나라 군사들은 진나라 군사와 싸우게 해달라고 졸랐다. 그러나 이목은 군사들의 청을 허락하지 않았다.

한편, 진나라 대장 환의가 말한다.

"지난날 염파가 성루를 높이 쌓고 지킴으로써 우리 나라 장수 왕흘王齕을 막은 일이 있었는데 이번에도 이목이 그 계책을 쓰는구나!"

이에 진나라 대장 환의는 군사 반을 나누어 거느리고 가서 감천시甘泉市(조나라 도읍 한단성에서 동북쪽 250리 지점에 있는 지명)를 습격했다. 이는 조나라 대장 이목을 감천시로 유인하기 위한 작전이었다.

이때 감천시를 지키고 있던 조총은 쳐들어오는 진나라 군사를 보고 즉시 대장 이목에게 사람을 보내어 구원을 청했다.

조나라 대장 이목이 머리를 끄덕이면서 말한다.

"적이 다른 곳을 친다고 해서 그곳을 구원하러 가서는 안 된다.

이것이 항상 병가兵家에서 이르는 주의해야 할 점이다. 왜냐하면 적의 꼬임에 빠지기 때문이다. 진나라 대장 환의가 감천시를 치러 갔으니 지금쯤은 진나라 군영이 거의 비어 있을 것이다. 감천시를 구원하느니 지금 곧장 진나라 군영을 습격해야 한다. 이제껏 힘만 길러온 우리 군사로써 허술한 적의 군영을 친다면 이기지 못할 리 없다. 자, 이때를 놓치면 다시는 기회가 없다."

조나라 대장 이목은 드디어 군사를 삼대三隊로 나누어 거느리고 그날 밤에 일제히 진나라 군영으로 쳐들어갔다. 군사 반밖에 남지 않은 진나라 군영에 갑자기 조나라 군사가 삼면三面으로부터 쳐들어왔으니 어찌 견뎌낼 수 있으리오.

진나라 군사는 대패하여 달아나기 시작했다. 조나라 군사는 달아나는 진나라 군사를 뒤쫓아가며 닥치는 대로 마구 쳐죽였다.

이에 진나라 아장급牙將級(牙는 대장이 세우는 기) 군사만 해도 죽은 자가 10여 명이나 되었다. 그러니 죽은 진나라 사졸士卒의 수효는 헤아릴 수 없을 정도였다. 겨우 살아난 진나라 군사들은 감천시를 공격 중인 대장 환의에게 가서 이 급한 소식을 전했다. 진나라 대장 환의는 조나라 군사를 유인하려다가 도리어 조나라 군사에게 당한 셈이었다.

이에 격분한 진나라 대장 환의는 즉시 군사를 거두어 조나라 대장 이목을 치러 갔다.

한편 조나라 대장 이목은 학鶴의 날개처럼 군사를 양쪽으로 펼친 채 진나라 대장 환의가 군사를 거느리고 오기만을 기다렸다. 과연 진나라 군사가 쳐들어오자 마침내 접전이 벌어졌다.

조나라 장수 이목은 기다렸다는 듯이 학의 날개처럼 폈던 좌우 군사로 진나라 군사를 포위하고 마구 쳐죽였다. 진나라 대장 환의는 조나라 군사에게 참패하자 진나라 도읍 함양을 향해 달아났다.

싸움은 조나라 군사의 승리로 끝났다.

조나라 조왕 천이 개선해 돌아온 대장 이목을 위로했다.

"지난날 진나라에 백기 장군이 있었듯이 경은 바로 우리 조나라의 백기요! 진나라가 백기白起 장군에게 무안군武安君을 봉했듯이 과인도 이제 장군에게 무안군이란 칭호를 내리오."

그러고서 이목에게 식읍食邑 1만 호를 하사했다.

한편, 진나라 진왕 정은 조나라에서 대패하고 돌아온 대장 환의를 보자 격노했다.

"대장 환의의 모든 벼슬을 삭탈하고 서민庶民의 신분으로 만들어 궁 밖으로 몰아내라!"

그후 진나라는 다시 왕전王翦을 대장으로 삼고 양단화楊端和를 장수로 기용했다. 그들은 군사를 거느리고 각각 길을 달리하여 다시 조나라로 일제히 쳐들어갔다.

죽음으로 형가荊軻를 천거하다

조나라 조왕趙王 천遷 5년에 대代 땅에 큰 지진이 일어났다. 이에 대부분의 담장과 가옥이 기울어져 무너지고 130정보町步의 땅이 갈라졌다. 그런가 하면 조나라 도읍 한단邯鄲 일대엔 비가 오지 않아서 몹시 가물었다.

이때부터 백성들 사이에 이런 동요童謠가 나돌기 시작했다.

진나라 사람은 웃는데
조나라 사람은 우네.
이 말을 믿지 않는가
보라! 땅에 털이 나네.
秦人笑
趙人號
以爲不信
視地生毛

그 다음해에 과연 땅에서 길이 한 자가 넘는 하얀 털이 생겨났다. 이리하여 조나라 민심은 극도로 흉흉해졌다. 그러나 정승 곽개는 조왕 천에게 이 괴상한 사실을 전혀 알리지 않았다.

이때, 진나라 진왕秦王 정政은 대장 왕전王翦과 장수 양단화楊端和에게 각기 군사를 주어 길을 나누어 나아가서 조나라를 치게 했다. 이에 대장 왕전은 군사를 거느리고 태원太原 땅에서 나아가고, 장수 양단화는 상산常山 땅에서 전진해갔다. 동시에 다시 장수 내사 등에게 군사를 주어 상당上黨 땅까지 가서 군사를 둔치고 후방에서 돕게 했다.

한편, 진나라에 볼모로 와 있던 연나라 세자 단丹은 그후 어찌되었는가?

이때 세자 단은 진나라에서 여전히 볼모 생활을 하고 있었다. 그는 진나라 군사가 다시 조나라를 치러 가는 걸 보고 당황하여 밀서 한 통을 써서 비밀히 연나라로 보냈다.

연나라 연왕 희喜가 세자 단의 밀서를 받아본즉,

지금 진나라가 조나라를 치니 장차 불행히 우리 연나라까지 미칠 것 같습니다. 부왕께서는 만일을 위해 미리 싸울 준비부터 해두십시오. 그리고 진나라로 사신을 보내사 진왕 정에게 병들었다는 핑계를 대고 소자를 돌려보내달라고 청하십시오. 소자가 진나라에서 풀려나 연나라로 돌아가기만 하면 그때에 만단소회萬端所懷를 아뢰겠습니다.

연왕 희는 아들의 밀서를 읽고 즉시 진나라로 사신을 보냈다.

연나라 사신이 진나라에 가서 진왕 정에게 아뢴다.

"지금 우리 연나라 대왕께선 병환이 위중하십니다. 청컨대 세자 단을 돌려보내주십시오."

진왕 정이 잘라 말한다.

"연왕燕王이 죽기 전에는 세자는 못 돌아간다. 혹 까마귀 머리가 희어지고 말머리에서 뿔이라도 난다면 돌려보내주마."

이 말을 듣고 세자 단은 하늘을 우러러 탄식하며 원한의 한숨을 몰아쉬었다. 그 한숨이 하늘까지 사무쳤음인가! 이튿날 모든 까마귀의 머리가 하얗게 변했다. 그래도 진왕 정은 세자 단을 연나라로 돌려보내지 않았다.

마침내 세자 단은 얼굴에 검댕을 칠하고 종으로 변장한 채 함양성을 빠져나가 낮이면 숨고 밤이면 걸어서 연나라로 달아났다.

오늘날 진정부眞政府 정주定州 땅 남쪽에 문계대聞鷄臺란 대가 있다. 바로 연나라 세자 단이 진나라에서 도망쳐 연나라로 돌아갈 때 여기서 첫닭이 우는 소리를 듣고 새벽 길을 떠났다는 곳이다.

한편, 진왕 정은 한나라와 조나라를 무찌르기에 바빠서 달아난 연나라 세자 단의 죄를 따지지 않았다.

그때 조나라 대장 무안군武安君 이목李牧은 대군을 거느리고 회천산灰泉山에 둔쳤다. 조나라 진영이 수십 리 사이에 일렬로 나열해 있어 두 길에서 진을 친 진나라 군사는 감히 나아가지를 못했다.

한편 이 소식을 듣고 진왕 정은 왕오王敖를 대장 왕전王翦에게 보냈다.

왕오가 군중軍中에 가서 대장 왕전에게 말한다.

"이목은 조나라 명장이니 쉽사리 쳐부수기 어려울 것이오. 장군은 이목에게 사람을 보내어 화평만 청하고 여하한 조약도 맺지 마시오. 서로 교섭하고 왕래하는 동안에 내가 특별한 계책을 쓰겠소."

부탁을 마치고 왕오는 조나라 도읍 한단邯鄲으로 떠났다. 이에 대장 왕전은 조나라 군영으로 사람을 보내어 화평을 청했다. 따라서 조나라 대장 이목도 진나라 군영으로 사람을 보내어 화평을 추진했다.

한편 조나라 도읍 한단에 당도한 왕오는 정승 곽개郭開를 찾아갔다.

왕오가 곽개에게 말한다.

"한 가지 부탁이 있어 대감을 또 찾아왔소이다. 내 이번에 들은즉 이목이 진나라 대장 왕전과 비밀리에 화평을 맺었다고 합디다. 곧 조나라가 격파되면 이목은 대代 땅에서 왕 노릇을 하기로 하고 화평을 맺었다는구려. 그러니 대감은 궁에 가서 조왕에게 이 사실을 고하고 즉시 대장 이목을 갈아치우도록 힘써주오. 그렇게만 해주시면 내 진나라에 돌아가서 진왕에게 대감의 공로를 소상히 아뢰겠소. 그러면 대감이 장차 진나라에 올지라도 진왕은 성대히 환영할 것이오."

전날 왕오한테 진나라의 뇌물을 받아먹은 곽개는 두말없이 승낙했다.

곽개가 궁에 가서 조왕 천에게 아뢴다.

"대장 이목이 진나라 군사와 내통했다는 소문이 있으니 즉시 알아보도록 하십시오."

그날로 조왕 천은 신하를 일선으로 보내어 대장 이목의 태도를 살펴오게 했다.

수일 후 일선에 갔던 신하가 돌아와서 보고한다.

"과연 이목은 진나라 대장 왕전과 서로 사람을 보내어 영접하며 화평을 교섭하고 있더이다."

조왕 천이 아연실색하면서 곽개를 돌아보고 묻는다.

"이 일을 어찌하면 좋겠소?"

곽개가 유유히 아뢴다.

"지금 조총趙蔥과 안취顔聚 두 장수가 이곳 군중에 있습니다. 대왕께서는 조총을 대장으로 삼고, 이목에게 사람을 보내어 정승으로 삼겠으니 즉시 돌아오라고 소환하십시오. 그래야만 이목이 의심하지 않고 돌아올 것입니다."

조왕 천은 정승 곽개가 시키는 대로 했다. 이에 사마司馬 상尙이 조왕 천의 예서詣書(왕의 말을 적은 문서)를 가지고 회천산灰泉山 군영으로 갔다.

사마 상이 대장 이목에게 고한다.

"왕명으로 이번에 장군은 정승이 되셨소. 속히 돌아갈 준비를 하오."

대장 이목이 대답한다.

"지금 나는 진나라 군사와 사생死生을 겨루고 있는 중이오. 우리 조나라가 존재하느냐 망하느냐 하는 것은 모두 나의 책임이거늘 어찌 이 자리를 뜬단 말이오. 비록 왕명이 중하다고는 하나 나는 정승이 되기 위해 이곳을 버릴 수는 없소!"

사마 상이 보니 과연 이목은 충신이요, 당세의 명장이었다.

사마 상이 조그만 소리로 고한다.

"실은 정승 곽개가 이번에 장군이 모반할 뜻을 품고 있다고 왕에게 참소한 것이오. 정승으로 삼겠다는 것은 장군을 불러들이기 위한 속임수요."

너무나 뜻밖의 소식이었다. 이목이 분연히 말한다.

"곽개가 지난날엔 염파를 참소하더니 이젠 나를 참소하는구나! 이러고 있을 때가 아니다. 내 군사를 거느리고 돌아가서 우선 간신 놈들부터 무찔러 죽인 후에 진나라 군사를 막으리라!"

사마 상이 타이른다.

"장군이 군사를 거느리고 간신들을 무찌르기 위해 궁궐을 치면 문제가 달라지오. 장군의 충성을 아는 사람은 장군을 알아주겠지만, 간신들은 장군이 모반했다고 구실을 삼아 선전할 것이오. 오늘날 장군만한 재주라면 어디를 가도 공명을 세울 수 있는데 하필이면 왜 조나라만 섬기려 하시오?"

이목이 탄식한다.

"나는 천하 명장이었던 악의樂毅와 염파가 우리 조나라에서 결국 일생을 마치지 못한 데에 한이 맺힌 사람이오! 그러나 오늘날 나마저 그들과 같은 신세가 될 줄이야 몰랐구려……"

이목이 머리를 번쩍 쳐들며 다시 말을 계속한다.

"조총은 대장이 될 만한 자격이 없소. 내 어찌 그런 자에게 직접 대장의 인印을 넘겨줄 수 있으리오!"

그날 밤 조나라 대장 이목은 장막 안에 대장의 인을 걸어둔 뒤 미복微服으로 갈아입고 위나라를 향해 달아났다.

한편 대장이 된 조총은 곽개에게 가서 감사하고, 자기에게 직접 대장의 인을 넘겨주지 않고 달아난 이목에게 분을 품었다.

대장 조총이 역사力士들에게 분부한다.

"달아난 이목이 아직 국외로는 나가지 못했을 것이니 즉시 잡아들여라!"

역사들은 나그네로 변장하고 산지사방으로 흩어져 국경 일대의 여점旅店들을 모조리 뒤졌다. 마침내 그들 중 한 패가 위나라로 가는 길목의 어느 여점에서 이목을 발견했다.

그날 밤 나그네로 가장한 역사들은 이목에게 술을 권했다. 한밤중에 역사들은 취해서 쓰러져 자는 이목을 결박하고 잡아 일으켜 한칼에 목을 끊었다. 그들의 힘으론 이목을 이끌고 무사히 돌아갈 자신이 없었던 것이다.

슬프고 애달픈 일이었다. 일세의 명장 이목도 곽개 때문에 살해당하고 말았으니 어찌 원통하지 않으리오.

사신史臣이 시로써 이 일을 탄식한 것이 있다.

일찍이 이목은 진나라 군사를 물리치고 대 땅을 지켜 이름을 드날렸으니
그후로도 혼자서 조나라 전체를 떠받쳐왔도다.
그런데 어찌하여 곽개는 사리사욕에 눈이 멀어
하루아침에 적군을 끌어들여 조나라를 망쳤느냐.
却秦守代著威名
大厦全憑一木撐
何事郭開貪外市
致令一旦壞長城

한편 이목을 도망시킨 사마 상은 몰래 처자를 데리고 조나라를 떠나 섬으로 달아났다.

조나라 대장이 된 조총은 안취를 부장副將으로 삼았다. 그런데 대 땅 출신인 군사들은 일제히 소복素服으로 갈아입었다. 그들은 장군 이목이 죄 없이 살해당한 걸 알자 분노하고 통곡했다. 그들은 대 땅 출신이기 때문에 이목의 인격을 잘 알고 있었던 것이다.

그날 밤 대 땅 군사들은 산을 넘고 골을 건너 제각기 흩어져 달아났다. 그러나 대장 조총은 그들을 막지 못했다.

한편, 진나라 군사들은 조나라 대장 이목이 죽었다는 소식을 듣고 일제히 술을 마시며 기뻐했다. 이튿날 진나라 대장 왕전과 장수 양단화는 시각을 지체하지 않고 진격했다.

이때 조나라 대장 조총과 부장 안취는 진나라 군사가 진격해온다는 보고를 받고 서로 상의했다.

조총이 안취에게 말한다.

"태원太原 땅과 상산常山 땅 두 곳으로 군사를 나누어 적을 막읍시다."

안취가 대답한다.

"이번에 갑자기 대장이 바뀌어 우리 군사들은 아직 안정되어 있지 않습니다. 그러니 군사가 한곳에 모여 있어야만 적을 막을 수 있습니다. 곧 나눠놓으면 약해집니다……"

안취의 말이 채 끝나기도 전이었다.

초마군哨馬軍이 급히 말을 타고 달려와서 아뢴다.

"진나라 대장 왕전이 지금 낭맹狼孟 땅을 공격하고 있습니다. 그들의 공격이 어찌나 맹렬한지 성이 곧 함몰될 지경입니다."

조나라 대장 조총이 단호히 말한다.

"낭맹성이 함몰되면 그들은 정경井陘 땅으로 나아가서 후군後軍인 내사 등과 합세하여 상산을 협공할 것이니, 그렇게 되는 날이면 우리의 도읍 한단성이 위태롭다. 내 즉시 낭맹성을 구원하리라!"

조나라 대장 조총은 부장 안취가 간하는 말도 듣지 않고 즉시 명령을 내렸다.

"일제히 영채를 뽑고 출발 준비를 하여라!"

한편, 진나라 대장 왕전은 필시 조나라 군사가 오리라 짐작하고 깊은 산골 도처마다 군사를 매복시킨 후 높은 곳에 사람을 올려 보내어 망을 보게 했다.

이윽고 조나라 대장 조총이 군사를 거느리고 왔다. 진나라 대장 왕전은 조나라 군사가 반쯤 지나가기를 기다렸다가 일제히 포포砲를 쏘고 신호를 올렸다. 동시에 지금까지 매복하고 있던 진나라 군사들이 일제히 쏟아져 나가서 순식간에 조나라 군사들을 앞뒤로 갈라놓았다. 이에 서로 연락이 끊어지자 조나라 군사들은 정신을 차리지 못하고 허둥댔다.

진나라 대장 왕전은 기회를 놓치지 않고 즉시 대군을 휘몰고 들어가서 조나라 군사를 내리덮었다. 이야말로 큰 강이 뒤집어지고 산이 무너지는 듯한 기세였다.

조나라 대장 조총은 진나라 군사를 맞이해서 싸우다가 마침내 진나라 대장 왕전의 창에 찔려 전사했다. 조나라 부장 안취는 겨우 패잔병을 수습해서 거느리고 한단성을 향해 달아났다. 이에 진나라 군사는 낭맹성을 함몰시킨 후 승세를 몰아 싸움 한번 하지 않고 정경 땅을 함몰시켰다. 그들은 다시 나아가서 하읍下邑을 점령하고 마침내 조나라 도읍 한단성으로 육박해 들어갔다.

한편 진나라 장수 양단화楊端和도 상산常山 일대를 모조리 무찌르고 다른 방향으로 조나라 도읍 한단성을 향해 쳐들어갔다. 이리하여 진나라 군사들은 양쪽에서 동시에 한단성을 포위하기 시작했다.

진나라 진왕 정은 진나라 군사가 모두 이겼다는 보고를 받고, 후군으로 가 있는 장수 내사內史 등騰에게 서신 한 통을 보냈다.

내사 등이 서신을 받아본즉,

이제 조나라와의 싸움이 끝나가니 장군은 즉시 군사를 거느리고 한韓나라로 들어가오. 만일 한나라 군사가 막거든 싸우고, 그렇지 않거든 한왕韓王에게 지난날 약속한 대로 우리 진나라에 한나라 국토를 바치라고 분부하오.

이에 진나라 장수 내사 등은 군사를 거느리고 위풍당당하게 한나라로 들어갔다.

한편 한왕韓王 안安은 진나라 군사가 쳐들어온다는 보고를 받고 벌벌 떨었다. 한나라 대세는 이미 기울 대로 기울어버린 것이다.

마침내 한왕 안은 진나라 장수 내사 등을 영접하고 분부대로 한나라 국토를 바쳤다. 그러고는 진나라 군사를 따라 진나라에 들어가서 진왕 정에게 재배하고 스스로 신하라 칭稱했다. 진왕 정은 한나라 국토를 몰수하여 영천군潁川郡으로 삼았다. 이때가 한왕 안 9년이요, 진왕 정 17년이었다.

한나라는 원래 무자武子가 진晉나라로부터 봉읍封邑을 받은 데서 시작하여 3대를 지나 헌자獻子 궐厥에 이르러 진晉나라 정권을 잡았다. 그리고 다시 3대를 지나 강자康子 호호에 이르러 지씨智氏 일파를 없앤 후 임금 행세를 했으며, 다시 경후景侯 건虔에 이르러 제후諸侯가 되었다. 그로부터 6대를 지나 선혜왕宣惠王 때에 이르러 비로소 왕이라 일컫고, 다시 4대를 지나 한왕 안에 이르러 마침내 국토를 진나라에 바치고 망한 것이다.

그러니까 한나라는 한강자韓康子 호호 6년부터 한선혜왕韓宣惠王 9년 가을까지 무릇 80년 동안 제후 노릇을 했고, 한선혜왕 10

년부터 한왕 안 9년에 이르러 망하기까지 무릇 94년 동안 왕 노릇을 한 셈이다. 이리하여 진나라를 제외한 천하 육국六國 중에서 한나라가 가장 먼저 망하고 다섯 나라만 남게 되었다.

사신史臣이 시로써 한나라 역사歷史를 읊은 것이 있다.

한나라 조상은 주무왕周武王의 후예로 후에 진晉나라를 섬겨 봉읍을 받았으니
그 어진 자손이 바로 헌자 궐이었도다.
그후 완전한 계책을 써서 조나라 지씨 일파를 고립시켰으니
그 공로가 한나라의 기초를 이루었도다.
비로소 신하를 두고 나랏일을 꾸려갔으나
마침내 삼진으로 분열되면서 서로 싸웠도다.
그후 한나라는 육국 종약에서 벗어났기 때문에
진나라 궁궐에 머리를 조아리게 되었도다.
비록 말년에 공자 비가 한나라를 바로잡으려 했지만
결국 성공하지 못하고 망했도다.

萬封韓原
賢裔惟厥
計全趙孤
陰功不泄
始偶六卿
終分三穴
從約不守
稽首秦闕
韓非雖使

無救亡滅

진나라 군사가 조나라 도읍 한단성을 완전히 포위하자 조나라 장수 안취는 모든 군사를 거느리고 방위하기에 급급했다.

조왕 천은 겁을 먹고 이웃 나라들에 사신을 보내어 구원을 청하기로 했다.

정승 곽개가 아뢴다.

"이웃 나라 어디로 구원을 청한단 말씀입니까? 한왕은 이미 진나라에 토지를 바치고 진나라 신하가 되었습니다. 지금 연나라와 위나라는 자기 나라를 지키기에도 정신을 못 차리는 판국인데 어느 여가에 우리를 구원하겠습니까? 신의 어리석은 소견으로는 저 많은 진나라 군사를 물리칠 수는 없을 성싶습니다. 그러니 성문을 열고 귀순歸順하는 도리밖에 없습니다. 그래야만 대왕께선 제후의 지위나마 얻을 수 있습니다."

조왕 천은 정승 곽개가 시키는 대로 하려고 했다.

"하는 수 없구려. 그럼 항복 문서를 써서 보내도록 하오."

이때 조도양왕趙悼襄王의 적자로 지난날 세자 자리에서 쫓겨났던 공자 가嘉가 꿇어 엎드려 통곡한다.

"선왕先王께서 종묘사직을 왕께 전하셨는데 어찌 이렇듯 버리려 하십니까? 신은 장수 안취와 함께 죽음을 각오하고 힘을 다하여 진나라 군사와 싸우겠습니다. 그러고도 이 한단성이 함락된다면 그때엔 대 땅으로 옮겨갈 수 있습니다. 지난날 이목이 지키던 대 땅은 주위가 수백 리에 불과하지만 오히려 그곳을 근거지로 삼아 일을 도모하면 다시 기회를 노릴 수 있습니다. 그런데 어쩌자고 왕께선 진나라 군사에게 결박당하고 붙들려가서 죄수 노릇을 하려고 하십니까?"

곽개가 황급히 나서서 묻는다.

"이 한단성이 함락되는 날엔 왕께선 포로가 되시는데 어떻게 대 땅까지 간단 말이오?"

공자 가가 오른손에 칼을 뽑아들고 왼손으로 곽개를 가리키며 호령한다.

"나라를 망치려는 간신아! 그래도 입을 놀리느냐? 내 즉시 너를 참하리라."

조왕 천은 두 사람을 말리고 각기 물러가라고 분부했다.

조왕 천은 아무리 궁리해도 별 뾰족한 수가 없어 골머리만 아팠다. 그는 매일 술만 마시고 놀기만 했다.

조나라 정승 곽개는 진나라 진영과 연락을 취하지 못해서 초조했다. 공자 가가 자기 종족과 빈객들을 거느리고 장수 안취를 도와 물샐틈없이 한단성을 지키고 있었던 것이다. 그래서 곽개는 꼼짝할 수가 없었다.

이미 말한 것처럼 조나라는 해마다 흉년이 들어 당시 한단성 밖엔 백성들이 살고 있지 않았다. 백성들은 먹고 살 길이 없어서 다른 곳으로 떠나버렸던 것이다. 진나라 군사들은 백성 집을 털려고 해도 털 곳이 없었다.

그런데 이와 반대로 한단성 안엔 곡식이 넉넉히 쌓여 있었다. 진나라 군사는 노략질을 못해 식량 사정이 어려워진 만큼 조급하게 한단성을 공격했다. 그러나 한단성은 좀처럼 함몰될 것 같지가 않았다.

이에 진나라 대장 왕전은 장수 양단화와 상의한 뒤 군사를 거느리고 50리 밖으로 후퇴했다. 그들은 하는 수 없이 후방의 군량을 운반해와야 할 처지였다.

조나라 군사들은 진나라 군사가 물러가자 비로소 휴식을 취할 수 있었다. 그들은 하루에 한 번씩 한단성 성문을 열고 일반 사람들이 성 바깥으로 출입하도록 허락했다. 조나라 정승 곽개는 이 기회를 이용해서 자기 심복 부하에게 서신 한 통을 주어 진나라 군영으로 보냈다.

그 서신에 하였으되,

내 그간 조나라를 항복시키려고 무던히 애썼으나 일이 수월치 않구려. 지금 조왕은 잔뜩 겁을 먹고 어찌할 바를 모르고 있소. 조나라의 항복을 받으려면 아무래도 진왕께서 이곳으로 친히 왕림하시는 것이 좋을 것 같소. 그러면 내가 조왕에게 권해서 어떻게든 항복하도록 하겠소.

진나라 대장 왕전은 즉시 사람을 시켜 그 서신을 함양으로 보냈다. 진왕 정은 서신을 받자마자 정병 3만 명을 거느리고 함양성을 떠났다. 대장 이신李信은 진왕 정의 어가를 호위하고 태원太原 쪽으로 나가서 조나라로 들어갔다.

진왕 정이 당도한 그날부터 진나라 군사는 다시 한단성을 포위하고 밤낮없이 맹공격을 가했다. 조나라 군사들이 성 위에서 바라보니 진나라 군사들 사이로 여기저기에 '진왕秦王'이라고 쓴 큰 기旗가 나부끼고 있었다.

조나라 아장牙將 한 사람이 말을 타고 즉시 궁으로 달려가서 아뢴다.

"성 밖 여러 곳에 진왕의 기가 나부끼고 있습니다!"

조왕 천이 떨리는 목소리로 묻는다.

"그럼 진왕이 이곳에 왔단 말이냐?"

정승 곽개가 앞으로 나아가서 아뢴다.

"진왕이 친히 군사를 거느리고 여기까지 왔으니 한단성이 함몰되기 전에는 돌아가지 않을 것입니다. 대왕께선 어쩌자고 공자 가와 안취의 말만 믿고 계십니까? 시각이 급합니다. 대왕께선 나중에 후회하지 마시고 지금 결단을 내리십시오."

조왕 천이 벌벌 떨면서 곽개에게 묻는다.

"항복하기는 어렵지 않으나 만일 진왕이 나를 죽이면 어찌할꼬?"

정승 곽개가 선뜻 대답한다.

"진왕은 한왕韓王도 죽이지 않았는데 어찌 대왕을 죽일 리 있습니까? 화씨和氏의 옥〔璧〕과 한단邯鄲 땅 지도를 내다바치면 진왕은 반드시 기뻐할 것입니다."

조왕 천이 한참 만에 분부한다.

"그러면 경이 항복 문서를 쓰고 진나라 군영에 가서 교섭하오."

정승 곽개는 즉시 항서를 써놓고 다시 아뢴다.

"비록 항복 문서는 썼습니다만, 공자 가가 알면 지금이라도 당장 달려와서 방해를 할 것입니다. 신이 듣건대 서문 밖 진나라 대영에 진왕이 와 있다고 합니다. 그러니 대왕께서는 성을 순시한다고 하시고 서문에 가서서 성문을 열게 하십시오. 그리고 바로 진나라 대영으로 가시면 진왕이 곧 대왕을 영접해드리리이다. 그런데 대왕께선 무엇을 근심하십니까?"

어리석고 못난 조왕 천은 이런 위급한 상황에 아무런 주견조차 세울 수 없는 위인이었다. 조왕 천은 정승 곽개의 말만 듣고 마침내 궁을 나갔다.

한편, 조나라 장수 안취는 북문에서 군사를 지휘하고 있었다. 한 아장이 나는 듯이 말을 타고 달려와서 장수 안취에게 고한다.

"대왕께서 서문을 나가 진나라 대영으로 가셨습니다!"

장수 안취에겐 너무나 뜻밖의 말이었다. 아니 청천벽력이었다. 이때 공자 가가 급히 달려와서 장수 안취에게 외친다.

"이거 야단났소! 저것 좀 보오!"

장수 안취가 바라보니 동문·남문·서문 위에 어느새 항기降旗가 올라가 있었다.

공자 가가 말한다.

"왕의 분부로 항기를 올렸다고 하오. 장차 성문이 열릴 것이며 진나라 군사가 들이닥칠 것이오!"

장수 안취가 청한다.

"나는 죽기를 각오하고 이 북문을 지키겠소. 공자는 속히 모든 공족公族과 빈객賓客들을 데리고 이리로 오십시오. 우리는 대 땅으로 가서 다음날을 도모해야 하오!"

이리하여 공자 가는 자기의 종족과 빈객 수백 명을 데리고 와서 마침내 장수 안취와 함께 북문을 열고 나가 대 땅을 향해 달아났다. 수일 후 그들 일행은 대 땅에 당도했다.

장수 안취는 누차 간청해서 마침내 공자 가를 대 땅 왕으로 모셨다. 그가 바로 대왕代王 가嘉다.

대왕 가는 지난날 대 땅 태수太守이자 조나라 명장이며 충신이었던 이목李牧을 회상하시 않을 수 없었다. 대왕 가는 억울하게 죽은 이목의 공로를 표창하기 위해서 생전의 벼슬을 봉해주고 그 영혼에게 친히 제사를 지냈다. 이렇게 함으로써 대왕 가는 대 땅

백성들의 마음을 수습했다.

그런 후에 대왕 가는 연나라로 사신을 보내어 친선을 맺은 다음, 상곡 땅 일대에 두 나라 군사를 주둔시키고 함께 진나라에 대한 방어진을 구축했다. 비록 조왕 천이 항복하여 조나라 도읍은 진나라 군사가 차지했으나, 그래도 불과 수백 리 남짓한 대 땅에서 왕이 된 대왕 가는 나라를 되찾겠다는 큰 뜻을 품고 있었다.

한편, 진왕 정은 조왕 천의 항복을 받고 이튿날 한단성으로 들어가서 조나라 왕궁의 왕좌王座에 앉았다. 조왕 천은 진왕 정 앞에 나아가 신하의 예로써 국궁재배鞠躬再拜했다. 진왕 정은 그냥 앉아서 조왕 천의 절을 받았다. 조나라 신하들 중엔 이 기막힌 광경을 보고 흐느껴 우는 자가 많았다.

이튿날 조나라 왕궁에서 하룻밤을 쉰 진왕 정이 화씨의 옥을 쓰다듬고 웃으면서 말한다.

"옛날에 우리 선왕께서 성 열다섯 곳과 바꾸려다가 결국 얻지 못한 것이 바로 이것인데 이제야 내 손에 들어왔구나!"

진왕 정은 곧 웃음을 거두고 추상같이 분부한다.

"조나라 국토를 거록군鉅鹿郡으로 명명하고, 조왕을 방릉房陵(오늘날 운진부鄖陳府 방현房縣이니 원래 초나라 땅이었으나 그 당시는 진나라 땅이었다) 땅으로 안치시켜라. 그리고 곽개에게는 상경 벼슬을 주어라!"

이 말을 듣고서야 조왕 천은 곽개가 매국노임을 알았다. 조왕 천이 탄식한다.

"오늘날 이목이 살아 있었던들 진나라 사람이 어찌 우리 한단성의 곡식을 먹을 수 있으리오."

조왕 천은 마침내 진나라 군사에게 끌려 지난날 초나라 땅이었던 머나먼 방릉 땅으로 압송되어갔다. 방릉 땅에 당도한 조왕 천이 거처할 곳을 들어가본즉 사면이 돌로 된 조그만 석실石室이었다.

그날부터 조왕 천은 석실에서 거처했다. 차라리 감금당했다고 하는 것이 적절할 것이다. 그런데 늘 어디선지 물소리가 들려왔다.

조왕 천이 좌우 사람에게 묻는다.

"이 물소리는 어디서 나는 것이냐?"

좌우 사람이 대답한다.

"원래 초나라엔 강수江水 · 한수漢水 · 저수沮水 · 장수漳水 등 네 개의 큰 하수河水가 있습니다. 지금 들리는 소리는 바로 저수의 물소리입니다. 저 저수는 방산房山에서 시작하여 머나먼 한수와 강수로 들어간다 하옵니다."

조왕 천이 처량히 탄식한다.

"물은 원래 무심한 것이건만 한수와 강수로 가는구나! 과인은 이곳에 감금되어 보이지도 않는 천리 고향을 생각하고 있다. 내 어찌 고국 산천에 돌아갈 수 있으리오!"

이에 조왕 천은 한탄하며「산수지구山水之謳」란 노래를 지어서 불렀다.

아, 이곳 방산이 나의 궁실宮室이 될 줄이야 뉘 알았으리오
아, 저 저수가 나의 식수가 될 줄이야 뉘 알았으리오.
거문고 소리와 비파 소리는 들리지 않는데
다만 들리느니 흐르는 강물 소리뿐이로다.
물이란 원래 무정한 것인데
오히려 한수와 강수로 흘러가는구나.
슬프다! 나는 원래 일국의 왕이었건만

이젠 머나먼 고향으로 꿈길만 오락가락하는도다.

누가 나를 이 지경이 되게 했나?

내가 옛 정鄭나라 때 공장孔張과 같은 간신의 말을 들었기 때
문이로다.

아, 충신이 다 죽고 없음이여

마침내 나라가 망했도다.

내 어리석고 미련함이여

굳이 진왕을 원망한들 무엇하리!

房山爲宮兮

沮水爲漿

不聞調琴奏瑟兮

惟聞流水湯湯

水之無情兮

猶能自致於漢江

嗟余萬乘之主兮

徒夢懷乎故鄕

夫誰使余及此兮

迺讒言之孔張

良臣淹沒兮

社稷淪亡

余聽不聰兮

敢怨秦王

하루 종일 무료하게 보내던 조왕 천은 심심하면 이 노래를 불러
좌우 사람의 마음을 애달프게 했다.

그후 조왕 천은 방릉 땅 석실에서 병이 나서 앓다가 마침내 한 많은 일생을 마쳤다.

한편, 대왕 가는 방릉 땅에서 서庶동생인 조왕 천이 죽었다는 부고를 받았다. 이에 대왕 가는 조왕 천에게 조유류왕趙幽謬王이란 시호諡號(죽은 후에 주는 이름)를 내렸다.

옛사람이 시로써 이 일을 탄식한 것이 있다.

옛날에 오왕吳王 부차夫差는 망령된 백비伯嚭 때문에 나라를 잃었고
조나라 조왕 천은 욕심 많은 곽개 때문에 죽었도다.
만일 망령된 신하와 욕심 많은 신하를 멀리했던들
자고로 망한 나라가 없었으리라.
吳王喪邦由佞嚭
趙王遷死爲貪開
若敎貪佞能疎遠
萬歲金湯永不頹

그후 매국노 곽개는 어찌 되었는가?

진왕은 조나라를 떠나 진나라 함양으로 돌아가서 모든 군사를 쉬게 하고 많은 선비를 양성하기에 힘썼다.

곽개가 진왕 정을 따라 진나라로 가던 때의 일이었다. 곽개는 그간 모아둔 황금이 워낙 많아서 다 가지고 갈 수 없었다. 그래서 하는 수 없이 한단성 안 사기 집 땅속에 황금을 묻어두고 진나라로 갔다. 그후 곽개는 한단성에 묻어두고 온 황금을 잠시도 잊을 수가 없었다.

어느 날 곽개가 진왕 정에게 청한다.

"신에게 잠시 말미를 주십시오. 한단성에 돌아가서 집안 살림을 전부 옮겨와야겠습니다."

진왕 정이 웃으며 허락한다.

"그럼 갔다 오오."

곽개는 진나라를 떠나 한단성으로 돌아갔다. 그는 자기 집 땅속에 묻어두었던 황금을 파내어 여러 채의 수레에 가득 싣고서 즉시 진나라로 향했다. 그런데 진나라로 가던 도중에 산속에서 난데없는 도적들이 일제히 내달아와서 단번에 칼로 곽개를 쳐죽였다. 그리고 도적들은 황금 실은 수레들을 빼앗아 어딘가로 사라져버렸다. 세상 사람들이 말하기를, 그것은 도적이 아니라 지난날 장군 이목 문하의 빈객들이 한 짓이라고도 했다.

오호라! 황금을 받고 나라를 판 자가 마침내 그 황금 때문에 목숨을 잃었다. 어찌 어리석은 일이라고 하지 않을 수 있으리오.

한편, 진나라에서 구사일생으로 도망쳐 연燕나라로 돌아간 세자 단丹은 진왕 정을 생각할 때마다 이를 갈았다.

'내 어떻게든 진나라에 보복하고야 말리라!'

세자 단은 우선 자기 재산을 몽땅 털어 빈객들을 모았다. 마침내 세자 단은 용사 하부夏扶와 송의宋意를 얻어 그들을 극진히 대우했다.

이때 진무양秦舞陽이란 사람이 있었는데 그때 나이 열세 살이었다. 진무양은 백주에 대로에서 원수를 만나자 단숨에 칼을 뽑아 상대를 찔러죽였다. 이에 포리捕吏(죄인을 잡던 관리)들이 진무양을 잡아 관청으로 갔다. 세자 단은 이 소문을 듣고 즉시 진무양을 데려와 자기 문하에 두었다.

그럼 지난날에 여불위의 자식인 진왕 정을 고발하고 장안군長 安君 성교成嶠를 받들어 진나라 왕통을 바로잡으려다가 둔류성에 서 패전하고 달아났던 번오기樊於期는 어찌 되었는가?

그후 번오기는 연나라로 도망가서 깊은 산속에 숨어 있었다. 번 오기는 세자 단이 뜻 있는 선비를 좋아한다는 소문을 듣고 산에서 나와 세자 단을 찾아가서 자기 경력과 뜻한 바를 말했다. 이에 세 자 단은 역수易水 동쪽에 새로이 성 하나를 쌓아 번오기를 거처하 게 하고 상빈上賓에 대한 예로 대접했다. 세자 단은 그 성을 번관 樊館이라고 명명했다.

태부太傅 국무鞠武가 세자 단에게 간한다.

"진나라는 범과 이리 같은 나라입니다. 진왕 정은 무엇이든 트 집을 잡기만 하면 어느 나라고 간에 즉시 쳐들어가서 하나씩 하나 씩 집어삼키려고 두리번거리는 중입니다. 더구나 진왕은 오래 전 부터 막대한 상금을 걸고 번오기를 찾고 있습니다. 세자께서 그런 번오기를 보호하다가는 반드시 진나라의 노여움을 사서 낭패를 당할 것입니다. 그러니 세자께선 번오기를 오랑캐 흉노匈奴 땅으 로 추방하고 진나라의 구실 거리가 되지 마십시오. 그리고 서쪽으 론 삼진(이땐 조나라와 한나라가 아직 망하기 전이었다)과 우호를 맺 고, 남쪽으론 오랑캐 흉노와 친선한 후에 천천히 진나라 일을 도 모하는 것이 좋을 줄로 압니다."

세자 단이 청한다.

"태부의 계책대로 하면 너무나 장구한 세월이 걸립니다. 지금 이 단은 가슴이 타오를 듯 초조한데 어찌 편안히 때를 기다릴 수 있겠습니까! 더구나 번오기 장군으로 말할 것 같으면 갈 곳이 없어서 나를 찾아온 분입니다. 나는 번오기 장군을 동정한 나머지 친교를 맺었습니다. 그런데 저 황막한 북쪽 오랑캐 흉노 땅으로 보내라 하니 나로서는 죽으면 죽었지 그렇게는 못하겠습니다. 바라건대 태부는 나를 위해 다른 계책을 생각해주십시오!"

태부 국무가 대답한다.

"대저 약한 우리 연나라가 강한 진나라를 친다는 것은 마치 털을 뽑아 화로에 던지는 것과 같고, 계란으로 바위를 치는 것과 같습니다. 신은 지혜가 얕고 아는 것이 부족해서 세자를 위해 계책을 세울 수 없습니다. 그러나 신이 전광田光이란 분을 잘 알고 있습니다. 전광 선생은 측량할 수 없는 지혜를 갖추고 있고 용기가 절등하며 아는 것이 많은 이인異人입니다. 세자께서 정 이 일을 도모하시려거든 꼭 전광 선생을 만나보십시오."

세자 단이 청한다.

"나는 아직 전광 선생을 모릅니다. 바라건대 태부가 나를 위해 전광 선생을 모셔오오."

태부 국무가 대답한다.

"세자의 분부신데 어찌 거행하지 않으리이까."

이에 태부 국무는 수레를 달려 전광의 처소로 갔다.

태부 국무가 전광에게 청한다.

"지금 세자 단께선 선생을 사모하고 계십니다. 바라건대 선생은 나와 함께 가서 세자의 소원을 풀어주오."

전광이 대답한다.

"세자 같은 귀인이 나 같은 사람을 왜 부르는지 모르겠으나 내 마땅히 가서 뵙겠소."

"선생이 거절하지 않고 함께 가서 세자와 천하의 일을 상의해

주겠다 하시니 다행이오."

이에 전광은 태부 국무와 함께 수레를 타고 세자 단의 궁으로 갔다. 세자 단은 궁문 밖까지 나와 친히 수레에서 전광을 모셔 내리고 궁중 상좌上座로 안내했다. 너무나 늙어서 곱추처럼 허리가 휜 전광은 비틀거리면서 올라가 상좌에 앉았다. 이 광경을 보고 궁중 사람들은 몰래 비웃었다. 그러나 세자 단은 좌우 사람들을 모두 밖으로 내보내고 전광 앞에 나아가서 무릎을 꿇었다.

세자 단이 전광에게 공손히 청한다.

"오늘날의 형세로 보면 우리 연나라는 진나라와 서로 공존할 수 없는 처지에 놓여 있습니다. 선생은 지혜와 용기를 구비하셨으니 기발한 계책을 세우사 장차 망해가는 우리 연나라를 구제해주십시오."

전광이 대답한다.

"신이 듣건대, 준마駿馬도 한창때는 하루에 1,000리를 달리지만 일단 쇠약하고 늙으면 당나귀보다도 걸음이 늦다고 하더이다. 태부 국무는 아마 한창때였던 신만 알고 이 모양으로 늙어버린 줄은 모르고서 세자께 천거했나 봅니다."

세자 단이 다시 묻는다.

"그간 사귄 분들 중에 선생의 젊었을 때와 비교해서 손색이 없다고 생각되는 분은 없습니까? 선생을 대신해서 이 몸을 도와줄 그런 분은 없으신지요?"

전광이 머리를 흔들며 대답한다.

"쉬운 일이 아닙니다. 세자께 안심하고 천거할 만한 인물이 없습니다. 그러나 세자께서 문하에 많은 인재를 두고 계신다니 그들 중에 혹 뛰어난 인물이 있을지도 모릅니다. 특히 세자께서 총애하는 인물이 있거든 보여주십시오. 신이 그들을 한번 보겠습니다."

이에 세자 단은 하부夏扶와 송의宋意와 진무양秦舞陽을 불러들여 전광에게 보였다.

전광은 세 사람에게 각기 이름을 묻고 자세히 본 후에 그들을 내보냈다.

전광이 세자 단에게 말한다.

"신이 본즉 그 세 사람은 다 쓸모가 없습니다. 하부란 사람은 혈기만 용맹해 분노하면 얼굴이 붉어지고, 송의란 사람은 맥기脈氣만 용맹해 분노하면 얼굴이 퍼레지고, 진무양은 골기骨氣만 용맹해 분노하면 얼굴이 희어질 것입니다. 얼굴에 자기 감정을 드러내는 사람은 큰일을 못합니다. 신이 아는 분으로 형가荊軻*란 사람이 있습니다. 그는 신용神勇할 뿐만 아니라 얼굴에 희로애락喜怒哀樂을 나타내지 않는 깊이가 있습니다. 아까 본 사람들보다는 형가가 월등 나을 것입니다."

세자 단이 묻는다.

"그 형가란 분은 어디 사람이오니까?"

전광이 대답한다.

"형가는 본관本貫이 경씨慶氏로 바로 옛 제나라 대부 경봉慶封의 후손입니다. 지난날 경봉이 오나라 주방朱方 땅에 도망가서 살다가 결국 죽음을 당하자 그 일족들은 위衛나라로 달아나서 위나라 사람이 되었습니다. 그들 중에는 검술劍術 잘하는 사람이 있어 한때 위원군衛元君에게 출사出仕(벼슬하여 관아에 나감)하려다가 그나마 뜻을 이루지 못한 일도 있었습니다. 그 자손이 형가인데, 그는 위나라에서 살다가 진나라가 위나라 동쪽 복양濮陽 땅을 쳐서 무찌르고 그곳을 동군東郡으로 삼자 우리 연나라로 왔습니다.

그후로 그는 자기 본성本姓인 경씨慶氏를 형씨荊氏로 고쳤습니다. 그래서 사람들은 그를 형경荊卿이라고도 합니다. 형가는 술을 대단히 좋아하며, 그의 친구인 우리 연나라 사람 고점리高漸離는 축筑(거문고 비슷한 현악기)을 잘 탑니다. 그래서 그들은 날마다 시정에서 함께 술을 마시는데, 일단 취하면 형가는 노래를 부르고 고점리는 거기에 맞추어 축을 연주합니다. 그러나 형가는 노래를 마치고 나면 울기가 일쑤이며, 천하에 자기를 알아주는 사람이 없음을 탄식합니다. 형가는 침착하고 지략이 대단한 사람입니다."

세자 단이 청한다.

"나는 아직 형가와 교분이 없으니 선생이 그분을 불러주십시오."

전광이 대답한다.

"형가는 매우 가난하기 때문에 신이 늘 그에게 술값을 대주고 있습니다. 신이 권하면 아마 거절하진 않을 것입니다."

세자 단은 궁문 밖까지 전광을 따라나갔다.

세자 단이 수하 사람에게 분부한다.

"나의 수레로 선생을 모시고 내시에게 수레를 몰도록 하여라."

전광이 수레를 타고 막 떠나려던 참이었다. 세자 단이 전광에게 부탁한다.

"오늘 선생에게 말씀드린 일은 바로 국가의 대사大事입니다. 원컨대 선생은 다른 사람에겐 절대 이 일을 누설하지 마소서."

전광이 웃으며 대답한다.

"이 늙은 신하가 어찌 그걸 모르겠습니까."

전광은 동궁을 떠나 수레를 시정市井으로 몰게 했다.

이때 형가와 고점리는 여느 때와 마찬가지로 시정 주점酒店에서 얼근히 취해 있었다. 때마침 고점리는 점잖은 장단으로 축을

240

타고 있었다. 시정을 지나가던 전광은 축 소리를 듣고 수레에서 내렸다.

전광이 그 주점으로 들어서면서 말한다.

"형가는 계시오? 내 긴한 일이 있어 왔소."

이 말을 듣자 고점리는 축을 타다 말고 자리를 피했다. 형가는 나가서 전광을 영접했다. 전광은 주점으로 들어가지 않고 형가를 데리고 자기 집으로 갔다.

서로 좌정한 후에 전광이 형가에게 묻는다.

"그대는 항상 천하에 자기를 알아주는 사람이 없음을 탄식했소. 나 역시 그 뜻을 잘 알 것 같소. 그런데 나는 이제 쇠약하고 늙어서 비록 나를 알아주는 사람이 있다 해도 일을 할 수가 없구려. 하지만 그대는 한창 나이라. 기회가 있다면 평생의 뜻을 펴볼 생각은 없소?"

형가가 대답한다.

"어찌 그런 생각이 없겠습니까? 단지 마땅한 사람을 만나지 못한 것뿐입니다."

그제야 전광이 말한다.

"지금 세자 단은 재산을 아끼지 않고 빈객을 대우하고 있소. 이 사실은 연나라 사람이면 누구나 다 알 것이오. 이번에 세자는 내가 늙어서 쓸모가 없다는 걸 모르고 나를 불러 연나라와 진나라에 관한 일을 상의하셨소. 그래서 나는 세자에게 나 대신 그대를 천거했소. 뜻이 있거든 곧 동궁으로 가주기 바라오."

형가가 대답한다.

"선생이 말씀하시는데 이 몸이 어찌 따르지 않으리이까."

전광이 형가를 격려하기 위해 칼을 뽑아 들고 탄식한다.

"내 듣건대 큰일을 하는 사람은 남에게 의심을 사지 말아야 한다고 합디다. 오늘 세자가 나를 불러 국사를 의논하시고, 내가 나올 때 따라나와 부탁하시기를 다른 사람에게 이 일을 누설하지 말라고 하셨소. 곧 세자는 이 전광을 의심하신 것이오. 이제 내가 그대에게 큰일을 시키려고 하는 이 자리에서 어찌 남의 의심을 살 수 있으리오. 나는 이제 죽음으로써 내 자신을 밝히겠소. 그대는 속히 가서 세자에게 나의 죽음을 전하오."

말을 마치자마자 전광은 번개같이 칼로 자기 목을 찌르고 그 자리에서 엎어져 죽었다. 전광의 시체 앞에서 형가는 슬피 눈물을 흘렸다.

그때 동궁에서 온 사람이 전광의 집을 찾아왔다.

"세자께서 형가 선생이 아직 오시지 않았는지 알아보고 오라 해서 왔습니다."

형가는 세자가 성심껏 자기를 기다리고 있다는 걸 알았다. 이에 형가는 세자의 수레를 타고 동궁으로 갔다. 세자 단은 전광을 대하던 때와 추호도 다름없이 형가를 영접했다.

세자 단이 형가에게 묻는다.

"어째서 전광 선생은 오시지 않았습니까?"

형가가 대답한다.

"전광 선생은 세자께 비밀히 부탁을 받았다면서 죽음으로써 그 약속을 지키겠다시며 친히 칼로 목을 찔러 자결하셨습니다."

이 말을 듣고 세자 단이 가슴을 치며 통곡한다.

"그럼 전광 선생은 이 몸 때문에 자결하셨구려! 어찌 원통하지 않으리오!"

이에 세자 단은 눈물을 씻고 형가를 윗자리에 앉힌 뒤에 무릎을 꿇으며 머리를 조아렸다. 형가는 황망히 자리에서 내려와 세자 단에게 답례했다.

세자 단이 청한다.

"전광 선생은 이 몸을 버리지 않고 이렇게 그대와 만날 수 있는 인연을 맺어주셨소. 이 또한 하늘이 도우신 바니 그대는 나를 버리지 마오."

형가가 세자 단에게 묻는다.

"세자께선 어째서 진나라 때문에 근심하십니까?"

세자 단이 대답한다.

"진나라는 마치 범과 같아서 천하를 다 먹어버리려는 배짱입니다. 지금 한왕韓王은 이미 칭신稱臣했고 한나라 국토는 진나라의 군郡이 되고 말았소. 이번에 진나라 대장 왕전은 또다시 대군을 거느리고 조나라를 무찔러 조왕까지 잡아갔다 하오. 결국 조나라도 망하고 말았소. 진나라가 다음 차례로 노리는 것은 바로 우리 연나라요. 우리 연나라는 장차 존망存亡의 갈림길에 서 있소. 그래서 나는 밤마다 잠을 이루지 못하고 음식을 먹어도 맛을 모를 지경이오."

형가가 또 묻는다.

"세자께선 장차 진나라와 싸워서 이길 자신이 있습니까? 아니면 싸우지 않고도 진나라를 누를 수 있는 별다른 계책이라도 있습니까?"

세자 단이 한숨을 몰아쉰다.

"우리 연나라는 원래 진나라보다 약하오. 우리는 늘 진나라에 속아왔고 그들의 군사에게 누차 시달려왔소. 이번에 조나라가 망하자 조나라 공자 가嘉가 조그만 대代 땅에서 대왕代王 노릇을 하며 우리 나라로 사람을 보내어 서로 연합군을 조직하고 함께 진나라를 막자고 교섭해왔습니다. 나는 우리 나라 모든 군사가 진나라 장수 하나도 대적할 수 없다는 것을 잘 알기 때문에 하는 수 없이 대왕과 손을 잡긴 했습니다만, 멸망해가는 대 땅 군사를 어찌 믿겠소! 위나라와 제나라는 원래부터 진나라 편이고, 초나라는 거리가 너무 멀어서 우리와 별로 친하지 못하고, 그 나머지 나라들은 진나라라면 무서워서 어쩔 줄을 몰라 하는 판국이니 누가 우리를 도와 함께 손을 잡으려 하겠소? 그러나 내게 한 가지 계책이 있소. 곧 천하의 용사를 얻은 뒤에 큰 이익으로써 진왕과 거래를 트자는 것이오. 욕심 많은 진왕은 큰 이익만 있다면 반드시 우리 나라와 교섭하려 들 것이오. 그때 우리는 진나라로 천하의 용사를 보내어 진왕을 협박해서 이미 망한 한·조 두 나라를 도로 내놓도록 하자는 것이오. 다시 말해 옛날에 조말曹沫이 맹회盟會에서 제환공齊桓公을 겁박했던 것처럼 해보자는 것입니다. 그래도 듣지 않을 경우엔 진왕을 찔러 죽이는 수밖에 없소. 진왕만 죽고 나면 그 많은 장군과 권신들이 서로 정권을 쟁탈하려고 일대 혼란이 일어날 것이오. 그때에 우리는 초나라와 위나라와 함께 연합군을 일으켜 한 나라와 조나라를 다시 독립시키고, 그들과도 손을 잡은 뒤에 일제히 진나라를 쳐부수자는 것입니다. 이러는 것만이 기울어지는 세상을 바로잡고 천하를 다시 회복하는 길이라고 생각하오! 그대의 생각에는 이 계책이 어떠하오?"

형가는 아무 대답도 하지 않았다.

무거운 침묵이 계속되었다.

한참 만에 형가가 천천히 대답한다.

"이는 국가의 대사입니다. 신은 어리석은 사람인지라 이런 큰

일엔 관여하지 못하겠습니다."

세자 단이 다시 무릎을 꿇고 머리를 조아린다.

"이 몸은 그대에게 간곡히 청하오. 의리 높은 그대는 나를 버리지 마오! 원컨대 사양하지 마오!"

형가는 거듭 거절했다. 이에 세자 단은 세 번씩이나 애걸하다시피 청했다.

세 번 만에야 형가는,

"그럼 세자를 모시고 일하겠소!"

하고 마침내 천금보다도 중한 허락을 했다. 이에 세자 단은 형가를 상경上卿으로 삼았다. 그리고 번오기가 거처하는 번관樊館 오른편에다 다시 성을 쌓아 형관荊館이라 명명한 뒤 형가를 그곳으로 모셨다.

세자 단은 날마다 형관에 가서 형가에게 문안을 드리고 왕이 먹는 음식으로 형가를 극진히 대우했다. 뿐만 아니라 때때로 비단 수레와 좋은 말과 아름다운 여자를 보내어 형가가 마음대로 즐길 수 있도록 했다. 그러면서도 세자 단은 형가에 대한 자기의 정성이 부족하지 않나 그것만을 염려했다.

어느 날 형가는 동궁에 가서 세자 단과 함께 연못을 거닐고 있었다. 그때 마침 연못 속에서 거북이 기어나왔다. 형가는 기왓장 조각을 주워 거북에게 던졌다.

세자 단은 즉시 시종에게 조그만 소리로 무언가를 분부했다. 시종이 곧 궁 안으로 뛰어들어가더니 황금으로 만든 탄환을 가지고 나와서 형가에게 바치며 아뢴다.

"기왓장 대신 이걸로 던지십시오."

물론 세자 단이 시킨 일이었다.

어느 날 형가는 세자 단과 함께 말을 달렸다. 그날 세자 단이 탄 말은 하루에 1,000리를 간다는 천리마千里馬였다.

말타기를 마치고 나서 형가가 말한다.

"말고기 중에서도 특히 말의 간肝이 맛있다고 합니다."

잠시 후였다.

포인庖人(요리하는 관리)이 말의 간을 은쟁반에 받쳐 들고 들어왔다. 세자가 사랑하는 천리마를 죽여 그 간을 바치게 한 것이었다.

어느 날 세자 단이 형가와 함께 이런저런 이야기를 나누던 끝에 말한다.

"진나라의 번오기 장군이 우리 연나라에서 망명 생활을 하고 있소. 번오기 장군은 진왕에게 철천지한을 품고 있지요."

형가가 청한다.

"번오기 장군과 한번 만나게 해주십시오."

이에 세자 단은 화양대華陽臺에다 주연을 차려놓고 형가와 번오기를 초청하여 두 사람을 인사시켰다.

그때 한 아름다운 여자가 나와서 술을 따르고 거문고를 탄주하며 좌석의 흥을 돋우었다. 형가가 보니 그 아름다운 여자의 손이 옥처럼 고왔다.

형가가 찬탄한다.

"참 아름다운 손이로다!"

잔치가 끝나고 사람들이 다 돌아간 뒤였다. 세자 단은 내시를 시켜 무엇인지 비단으로 덮은 은쟁반을 형가에게 보냈다. 형가가 세자 단이 보낸 물건을 받아 비단보를 벗겨보니, 나타난 것은 피가 뚝뚝 떨어지는 그 아름다운 여자의 손이었다. 형가는 그제야 세자 단이 자기에게 얼마나 지성인가를 알았다.

형가가 마침내 찬탄한다.

"세자가 이렇듯 나를 위하시니 내 마땅히 죽음으로써 보답하리라!"

형가는 장차 세자 단의 은공을 어떻게 갚을 것인가?

바람은 쓸쓸하고 역수易水는 차구나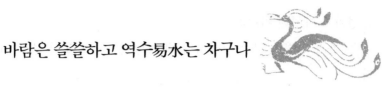

형가荊軻는 평소 검술을 논하되 남의 검술은 인정하지 않았다.
그는 다만,

"나와 절친한 친구로 개섭蓋聶이란 사람이 있소. 그는 유차楡次
땅 사람이지요. 나는 아직 개섭만큼 칼을 잘 쓰는 사람을 보지 못
했소."

하고 개섭의 검술만을 인정했다.

형가는 연나라 세자 단丹의 지극한 은혜를 받고 고민했다. 그는
장차 서쪽 진秦나라로 들어가서 진왕을 협박할 작정이었다. 그러
려면 필히 검객劍客 개섭과 함께 들어가야겠는데 그를 찾을 길이
없었다. 원래 개섭은 일정한 거처도 없고 그저 정처 없이 천하를
떠돌아다니는 사람이었다. 그래서 형가는 각방으로 사람을 보내
어 개섭의 행방을 찾는 중이었다. 세자 단도 형가가 당세의 호걸
임을 잘 알고 있던 터라 형가를 극진히 섬기기만 할 뿐, 장차 할
일에 대해서는 재촉하지 않았다.

그러던 차에 문득 변경에서 급한 보고가 들어왔다.

"진왕이 대장 왕전王翦을 보내어 북쪽을 노략질하더니 이젠 우리 연나라 남쪽 경계까지 쳐들어왔습니다. 사세가 위급하던 차에 대 땅 대왕 가嘉가 군사를 보내왔기로 우리 나라 군사는 그들과 함께 상곡上谷 땅을 지키며 진나라 군사와 대치하고 있습니다."

이 보고를 받고 세자 단이 형가에게 말한다.

"진나라 군사가 언제 역수易水를 건너올지 모르오. 그대에게 비록 좋은 계책이 있을지라도 혹 기회를 놓치지나 않을까 걱정되는구려!"

형가가 대답한다.

"신은 이미 모든 계책을 세웠습니다. 그러나 신이 미끼를 가져야만 진왕과 가까이할 수 있지 않겠습니까? 그간 진왕은 우리 나라에서 망명하고 있는 번오기 장군의 목에 황금 1,000근과 1만 호의 봉읍을 상으로 걸었습니다. 또 우리 연나라 독항督亢은 비옥한 땅으로 진나라가 전부터 매우 욕심을 내던 곳입니다. 그러니 신이 번오기 장군의 목과 독항 땅의 지도를 가지고 가서 바쳐야만 진왕은 반드시 기뻐하여 신을 만나줄 것입니다. 이것이 신이 세자에게 보답할 수 있는 유일한 길입니다."

세자 단이 말한다.

"번오기 장군은 갈 곳이 없어서 나에게 와 있소. 내 어찌 차마 그를 죽일 수 있으리오! 그러나 독항 땅 지도라면 조금도 아까울 것 없이 내놓겠소."

형가는 세자 단과 의논해보았자 소용없다는 걸 알았다. 이에 형가는 수레를 타고 번오기가 있는 번관樊館으로 갔다.

형가가 번오기와 인사를 나눈 후에 정중히 묻는다.

"지난날에 장군은 진나라의 왕통을 바로잡으려다가 화를 당했으니 그 원한이 매우 깊을 것이오. 더구나 장군이 두고 온 부모와 종족들까지 그후 진왕에게 몰살을 당했으니 오죽하시겠소. 뿐만 아니라 지금도 장군의 목엔 1,000근의 황금과 1만 호의 봉읍이라는 어마어마한 상이 걸려 있소. 장군은 장차 무엇으로써 이 철천지원수를 갚을 작정이시오?"

번오기가 하늘을 우러러 탄식하고 울면서 대답한다.

"나는 진나라 정政을 생각할 때마다 분하고 원통해서 가슴이 찢어질 것만 같소. 내 기어코 여불위呂不韋의 자식과 함께 죽어야 눈을 감겠는데 힘이 없으니 더욱 한이오!"

그제야 형가가 묻는다.

"이제 연나라를 위기에서 구하고 동시에 장군의 원수도 갚을 수 있는 계책이 있는데…… 장군은 내 말을 들어주시겠소?"

번오기가 급히 청한다.

"그 계책을 들려주오!"

"……"

그러나 형가는 주저할 뿐 차마 말을 꺼내지 못했다.

번오기가 다잡아 묻는다.

"그대는 어찌하여 말이 없소?"

"계책은 있으나 차마 말씀드리기가 힘들구려!"

"그게 무슨 말씀이오? 진나라에 대한 원수만 갚을 수 있다면 나는 뼈가 부서지고 몸이 가루가 된다 해도 아까울 것이 없소. 그런데 무엇을 말하기가 어렵단 말이오?"

형가가 그제야 말한다.

"나는 장차 진나라에 가서 칼로 진왕을 찔러 죽일 작정이오. 그러자면 우선 진왕 앞까지 가야겠는데 그것이 쉬운 일이 아니오. 그러나 내가 진나라에 장군의 목을 바칠 수만 있다면 진왕은 반드시 기뻐하고 나를 불러들여 접견할 것이오. 그때 나는 왼손으로 진왕의 소매를 잡자마자 오른손으로 번개같이 진왕의 가슴에 칼을 꽂겠소. 이러는 것만이 장군의 원수를 갚고 멸망 직전에서 허덕이는 이 연나라를 구제하는 길이오. 장군의 뜻은 어떠하오?"

이에 번오기가 저고리 한쪽을 벗고 팔을 휘두르며 힘차게 소리친다.

"나는 밤낮 이를 갈며 원통해했을 뿐 아무런 계책이 없어서 한이었소! 이제야 그대는 나에게 밝은 길을 가르쳐주셨소!"

번오기는 그 즉시 칼을 뽑아 자기 목을 쳤다. 그러나 번오기의 몸에서 목이 완전히 떨어지지 않았다. 순간 형가가 벌떡 일어서면서 한칼에 번오기의 목을 쳤다. 그제야 번오기의 목이 굴러떨어졌다. 이에 방 안은 온통 피투성이가 되었다.

옛사람이 시로써 이 일을 증명한 것이 있다.

형가의 기이한 계책을 듣고 기뻐서 날뛰던 번오기는
죽어서 그 영혼이 먼저 고국 진나라 도읍으로 들어갔도다.
형가가 만일 진나라 용*을 때려잡기만 한다면
번오기 장군의 죽음이 헛되지 않으리라!
聞說奇謀喜欲狂
幽魂先已赴咸陽
荊卿若遂屠龍計
不枉將軍劍下亡

* 진왕 정을 말함.

형가는 즉시 세자 단에게 사람을 보냈다.

"번오기 장군의 목을 얻었습니다."

이 보고를 받은 세자 단은 수레를 타고 번관으로 달려가 번오기의 시체를 부둥켜안고 통곡했다. 세자 단은 번오기를 후장厚葬(후하게 장례치름)하도록 명하고 목함木函에 그 목을 넣었다.

형가가 세자 단에게 묻는다.

"세자께선 좋은 비수匕首를 구해두셨나이까?"

세자 단이 대답한다.

"조나라 서부인徐夫人이 갖고 있던 비수가 한 자루 있는데 길이가 1척 8촌이며 심히 날카롭소. 내가 100금을 주고 그 비수를 구해서 공인工人을 시켜 청약靑藥(독약)까지 발라두었소. 그 비수로 짐승에게 한번 시험해봤는데 피만 약간 나도 독약이 번져서 즉시 죽습디다. 비수는 이미 오래 전에 준비해두었지만 그대는 언제쯤 떠나시겠소?"

"신은 칼 잘 쓰는 친구 개섭을 찾는 중입니다. 개섭이 나타나기만 하면 즉시 함께 떠날 작정입니다."

세자 단이 초조히 말한다.

"그대가 말하는 검객 개섭은 바다에 떠다니는 부평초 같은 분이 아니오? 언제까지 그런 분을 기다린단 말이오? 나의 문하에 용사가 여럿 있는데 그중에서도 진무양秦舞陽이 가장 용감하오. 그러니 진무양을 부사副使로 데리고 가는 것이 어떻겠소?"

형가가 조급히 서두르는 세자 단을 보고 탄식한다.

"비수를 품고 한번 떠나면 측량할 수 없이 강한 진나라로 들어가는 것입니다. 곧 한번 가기만 하면 다시 돌아올 수 없는 길입니다. 신이 지금까지 일을 늦춘 것은 나의 검객 개섭을 기다려 이 일에 만전지책萬全之策을 도모하고자 한 것뿐입니다. 그러나 세자께서 개섭이 올 때까지 기다리시지 못하겠다면 청컨대 즉시 떠나겠습니다."

이에 세자 단은 형가에게 진나라로 보내는 국서와 독항督亢 땅지도와 번오기의 목을 담은 목함을 내주었다. 그리고 형가에게 1,000금을 주고 노비로 쓰도록 했다. 형가는 마침내 정사正使가되고, 진무양은 부사副使가 되었다.

그들이 진나라로 떠나는 날이었다.

이날 세자 단은 빈객들과 이 일을 아는 몇몇 신하들과 함께 흰옷으로 갈아입고, 흰 갓〔冠〕을 쓰고 역수易水로 나갔다. 상복을입은 그들은 역수의 강가에서 주연을 베풀어 형가에게 술잔을 드렸다.

그날 고점리高漸離는 형가가 진나라로 떠난다는 소식을 수소문해서 듣고 특별히 돼지 다리와 술 한 말을 가지고 역수로 나갔다.

형가가 세자 단에게 청한다.

"저 고점리는 지난날 신의 술친구올시다. 이리로 들어오라 해서 참석하게 해주십시오."

이리하여 주연에 참석하게 된 고점리는 형가의 소개로 세자 단에게 인사를 드렸다. 전송하는 사람과 떠나는 사람들 사이에 술잔이 여러 순배 돌았다.

고점리는 축筑을 들어 천천히 장단을 맞추기 시작했다. 이에 형가가 고점리의 축 소리에 맞추어 노래를 부른다. 그 노랫소리는어느덧 치조徵調(오음五音의 하나로 청징한 음)로 변했다.

　바람이 쓸쓸하구나

역수의 강물은 차다!
장사가 한번 떠나감이여
다시는 돌아오지 못하리!
風蕭蕭兮
易水寒
壯士一去兮
不復還

　형가의 노랫소리는 애달프고도 참담했다. 그 노래를 듣고 보내
는 사람들은 모두 흐느껴 울었다. 참으로 그들은 사람이 죽어서
나가는 상사喪事에 모인 것 같았다.
　그때 형가가 머리를 번쩍 들어 하늘을 쳐다보고 외마디 소리를
지른다.
　보라, 그 소리가 하늘까지 사무쳤음인지! 중천에 때 아닌 흰 무
지개가 나타났다. 그 흰 무지개는 태양 한복판을 꿰뚫고 있었다.
이를 보고 사람들은 모두 놀라고 기이하게 여겼다.
　고점리가 타는 축 소리는 그치질 않는다. 형가가 다시 노래를
부른다. 그 비분강개한 목소리는 우조羽調(높고 씩씩하고 맑은 곡
조)로 퍼졌다.

　호랑이 굴은 어디인가!
　이무기의 궁으로 들어가는도다.
　하늘을 우러러 한번 외침이여!
　흰 무지개를 이루었도다.
探虎穴兮

入蛟宮
仰天噓氣兮
成白虹

* 진왕 정을 말함.

그 소리가 너무나 격렬하고 웅장해서 모든 사람들도 다 같이 눈을 부릅뜨고 격분했다. 그들은 마치 싸움터에서 적군을 맞이한 듯한 표정이었다.

세자 단은 다시 술을 가득 부어 형가에게 바쳤다. 형가는 그 술잔을 받아 단숨에 마셨다.

그런 후에 형가는 진무양의 팔을 붙들고 함께 나는 듯이 수레 위로 뛰어올라 즉시 채찍을 들어 말을 쳤다. 형가와 진무양을 태운 수레는 쏜살같이 달렸다. 그러나 형가는 끝내 뒤를 돌아보지 않았다.

세자 단은 높은 언덕 위에 올라가서 아득히 사라져가는 그들을 바라보았다. 수레가 보이지 않자 그제야 세자 단은 돌아섰다. 세자 단은 한꺼번에 모든 것을 잃은 듯 허전하기만 했다. 연방 소매로 눈물을 씻으며 동궁으로 돌아갔다.

진晉나라(춘추 시대의 진나라가 아니라 후세의 진나라) 처사處士 도정절陶靖節(시인詩人 도잠陶潛)이 시로써 이 일을 읊은 것이 있다.

연나라 세자 단은 선비들을 잘 양성했으니
그 뜻은 강한 진나라에 보복하기 위함이었도다.
무수한 인재를 불러 모았으나
늦게야 마침내 형가를 얻었도다.
군자는 자기를 알아주는 사람을 위해서 죽나니

마침내 칼을 차고 연나라 도읍을 나섰도다.

수레의 백마는 넓은 뚝길에서 우는데

선비들과 친구들이 떠나는 형가를 전송하는도다.

그의 모발은 무섭게 치솟아 금방 관이 벗겨질 것만 같고

그의 기상은 사납고 씩씩해서 곧 관 끈이 끊어질 것만 같았도다.

역수 강가에서 술로 전송하니

모두가 다 영특한 인재들이라.

왼편 좌석에서 축 소리는 슬피 울리는데

오른편 좌석에서 형가의 노랫소리 높도다.

쓸쓸하구나, 바람은 애달프고

무심하구나, 찬 물결이 이는도다.

슬픈 노랫소리에 모두가 울고

웅장한 노랫소리에 모두가 놀라는도다.

한번 가면 못 돌아올 길을 떠났으니

후세에 그 이름을 길이 전했도다.

燕丹善養士

志在報强嬴

招集百夫良

歲暮得荊卿

君子死知己

提劍出燕京

素驥鳴廣陌

慷慨送我行

雄髮指危冠

猛氣衝長纓

飮餞易水上
四座列群英
漸離擊悲筑
宋意唱高聲
蕭蕭哀風逝
淡淡寒波生
商音更流涕
羽奏壯士驚
心知去不歸
且有後世名

형가는 마침내 진나라 도읍 함양성에 당도했다. 형가는 중서자
中庶子 몽가蒙嘉(진나라 장수 몽오의 친척)가 진왕 정의 총애를 받
고 있다는 사실을 알고 있었다.

그는 먼저 몽가를 찾아가서 1,000금을 뇌물로 주고 진왕 정에게
교섭을 잘 해달라고 청했다.

몽가가 뇌물을 받고 함양궁에 들어가서 진왕 정에게 아뢴다.

"연나라 연왕은 대왕의 위엄에 눌려 감히 군사를 일으키지 못
하고, 모든 장수와 관리들의 반대를 무릅쓰면서까지 우리 진나라
의 내신內臣이 되어 옛 제후가 천자를 섬기듯 대왕을 섬기겠다고
통지해왔습니다. 곧 연나라가 진나라의 군郡이 되어도 좋으니 그
저 대왕께 해마다 공물을 바치면서 조상들의 종묘나 지키게 해달
라는 청입니다. 또 연왕은 우리 진나라를 두려워하기 때문에 몸소
와서 청하지 못하고 그 대신 번오기의 목과 독항 땅 지도를 보내
왔습니다. 지금 연나라 사신인 상경 형가가 그 물건들을 가지고

역관에서 대왕의 부르심만 기다리고 있는 중입니다. 대왕께선 즉시 그들을 부르사 위로의 말씀을 내리십시오."

진왕 정은 무엇보다도 번오기의 목을 가지고 왔다는 말에 귀가 번쩍 뜨였다. 진왕 정은 조복朝服을 입고 귀빈을 영접하는 예식을 갖춘 후에 형가를 데려오게 했다.

이에 형가는 가슴에 비수를 품은 채 번오기의 머리가 들어 있는 목함을 들고 함양궁 안으로 들어갔다. 진무양은 독항 땅 지도를 들고 바로 형가의 뒤를 따랐다.

형가를 뒤따라 계단을 밟고 올라가던 진무양은 갑자기 얼굴이 죽은 사람처럼 하얗게 변하며 다리가 후들후들 떨리기 시작했다.

좌우에 늘어선 진나라 시신侍臣들 중에서 한 사람이 썩 나서며 묻는다.

"부사副使의 얼굴빛이 갑자기 변하니 어쩐 일이오?"

형가가 진무양을 돌아보고 한번 씩 웃고 나서 진왕 정을 향해 무릎을 꿇고 머리를 조아리며 대신 사죄한다.

"부사 진무양은 한갓 보잘것없는 북방 오랑캐에 지나지 않습니다. 평생에 천자를 뵈옵지 못하다가 처음으로 이렇게 뵈오니 어찌 송구하고 황공하지 않겠습니까? 대왕께서는 가엾게 여기시고 가까이 부르사 그의 임무를 마치게 하십시오."

그러나 시신이 진왕 정의 분부를 전한다.

"정사正使 한 사람만 오르라고 하신다!"

좌우 무신들은 즉시 진무양을 꾸짖어 계단 아래로 내려보냈다. 그러나 형가는 조금도 안색이 변하지 않았다.

진왕 정이 시신에게 분부한다.

"목함을 받아 이리 가져오너라."

시신은 형가에게서 목함을 받아 진왕 정에게 바쳤다. 진왕 정이 그 함을 열어본즉 틀림없는 번오기의 목이었다. 그제야 진왕 정이 친히 형가에게 묻는다.

"연나라는 어째서 좀더 빨리 이 역신逆臣의 목을 잘라 바치지 않았소?"

형가가 아뢴다.

"번오기는 대왕께 큰 죄를 짓고 그간 북쪽 오랑캐 땅에 숨어 있었습니다. 그런 것을 우리 과군寡君(연나라 왕)께서 1,000금의 상을 걸고서야 겨우 잡았습니다. 실은 사로잡은 채로 끌고 오려 했으나 혹 도중에 도망칠 우려가 없지 않기로 부득이 그 머리만 끊어왔습니다. 대왕께선 과도히 꾸짖지 마소서."

형가의 음성은 조용하고 표정은 온화했다. 그리하여 진왕 정은 그 말을 의심하지 않았다.

이때 진무양은 계단 아래에서 무릎을 꿇고 머리를 숙인 채 독항 땅 지도가 들어 있는 목갑木匣을 높이 쳐들었다.

그제야 진왕 정이 형가에게 분부한다.

"저 부사가 바치는 지도를 이리로 가지고 와서 과인에게 설명을 하오."

형가는 진무양이 쳐들고 있는 목갑을 받아 진왕 정 앞에 가서 허리를 굽히고 지도를 폈다.

진왕 정은 지도를 들여다보려다 문득 형가의 가슴을 보았다. 형가가 허리를 굽히고 지도를 펴는 동안에 어느새 가슴에서 비수 자루가 비죽 비어져나와 있었다.

형가는 미처 비수를 감출 여가가 없었다. 참으로 전광석화電光石火와 같은 순간이었다. 형가는 왼손으로 진왕 정의 옷소매를 움

켜잡고 오른손으로 날쌔게 비수를 뽑아 진왕 정의 가슴을 냅다 찔렀다. 깜짝 놀란 진왕 정이 벌떡 일어나 뒤로 물러서면서 몸을 획 비켰다.

칼이 빗나가자 형가는 진왕 정을 앞으로 끌어당기려고 옷소매를 낚아챘다. 그런데 이게 웬일인가! 진왕 정은 형가 앞으로 끌려오지 않고 옷소매만 찢겨져나갔다. 이때는 5월 초순이라 한창 더운 때였다. 진왕 정은 얇은 비단 홑옷을 입었기 때문에 쉽사리 소매만 찢겨져나갔다.

그때 왕좌 뒤에는 길이가 8척쯤 되는 병풍이 세워져 있었다. 보통 사람보다 힘이 월등히 센 진왕 정은 소리를 버럭 지르면서 그 병풍을 뛰어넘었다. 동시에 병풍이 형가의 앞을 가로막고 쓰러졌다. 형가는 병풍을 밀어던지고 진왕 정을 뒤쫓아갔다. 다급해진 진왕 정은 기둥 사이로 몸을 이리저리 피하면서 달아났다.

원래 진나라 국법엔 1촌의 칼도 정전正殿 안으로 가지고 들어오지 못하게 되어 있었다. 그래서 이때도 칼과 창을 든 시랑侍郎과 숙위관宿衛官들은 모두 정전 뜰에 늘어서 있었다. 그들은 진왕 정의 분부가 없어서 감히 정전 안으로 들어가지 못했다. 순식간에 일어난 변이라 진왕 정도 그들을 불러들일 여가가 없었다.

이에 정전 안의 모든 시신들이 맨주먹으로 형가에게 달려들었다. 형가는 덤벼드는 진나라 시신들을 닥치는 대로 쳐서 거꾸러뜨렸다. 이때 시의侍醫 하무차夏無且가 약낭藥囊(약을 넣는 작은 주머니)으로 형가를 쳤다. 그러자 형가가 분연히 팔을 한번 휘둘러 약낭을 터뜨려버렸다. 비록 형가가 용맹스럽긴 하나 앞뒤에서 덤벼드는 많은 시신들을 상대하는 동안에 자연 진왕 정과의 거리가 생겼다.

겨우 형가에게 잡히지 않고 기둥을 안고서 이리저리 달아나던 진왕 정은 비로소 칼자루를 잡았다. 진왕 정은 언제나 허리에 녹로鹿盧라는 보검寶劍을 차고 있었다. 그 보검은 길이가 8척이었다. 진왕 정은 황급히 칼을 뽑으려 했으나 워낙 칼이 길어서 칼집에서 빠지질 않았다.

그때 소내시小內侍 조고趙高가 진왕 정을 향해 황급히 외친다.

"대왕께선 칼집을 등뒤로 돌리고 칼을 후려쳐 뽑으십시오!"

이 말에 진왕 정은 깨닫고 즉시 칼집을 등뒤로 돌려 칼자루만 잡고서 힘껏 앞으로 당겼다. 마침내 칼은 완전히 빠져나오고 칼집만 등뒤로 떨어졌다.

진왕 정의 힘은 형가보다 못하지 않았다. 더구나 이젠 칼까지 잡았다. 형가는 가까이 가야만 찌를 수 있는 1척 남짓한 비수를 가진 데 불과하지만 진왕 정은 멀리서도 칠 수 있는 8척 장검長劍을 쥐고 있는 것이다.

칼을 잡은 진왕 정은 한꺼번에 분노와 용기가 치솟았다. 진왕 정은 쏜살같이 달려가면서 칼을 번쩍 들어 형가를 쳤다.

순간! 형가는 몸을 비키다가 왼쪽 다리에 칼을 맞고 왼편 구리 기둥 옆으로 나동그라졌다. 다리 한쪽을 잃은 형가는 일어설 수가 없었다.

형가는 팔을 짚고 황급히 일어나 앉으면서 앞을 쳐다보았다. 진왕 정이 다시 칼을 바로잡고 달려오고 있지 않은가! 이젠 피할 도리가 없었다.

최후의 순간인 동시에 마지막 기회였다. 형가는 달려오는 진왕 정의 정면을 향해 번개같이 비수를 던졌다. 천하가 이리 뒤집히느냐 저리 뒤집히느냐 하는 마지막 찰나였다. 그러나 비수는 진왕 정의 귀를 스쳐 지나가 바로 그 뒤의 구리 기둥에 가서 꽂혔다. 순간 구리 기둥에서 불이 번쩍 일어났다.

일단 위기를 모면한 진왕 정은 다시 칼을 높이 들어 형가를 향해 힘껏 내리쳤다. 형가는 손을 번쩍 들어 떨어져오는 칼을 맨손으로 잡았다. 순간 형가의 손가락 마디마디가 토막이 나서 떨어졌다. 진왕 정은 소리를 버럭 지르고 다시 칼을 들어 형가를 마구 쳤다.

피투성이로 변한 형가가 구리 기둥에 몸을 기대고 주저앉아 크게 웃는다.

"으하하하하!"

한번 걸차게 웃고 나서 형가가 진왕 정을 노려보며 대들보가 쩌렁쩌렁 울리도록 꾸짖는다.

"너는 운수가 좋은 놈이다. 내 옛적에 조말曹沫이 제환공齊桓公을 협박하듯 너를 협박해서 다만 진나라가 차지한 남의 나라를 반환시키려고 했는데 일이 이렇게 될 줄은 몰랐다. 네가 다행히도 내 손에서 죽음을 면했으니 이 어찌 하늘의 운수가 아니리오! 그러나 자세히 들거라! 네가 힘만 믿고서 장차 모든 나라를 꺼꾸러뜨리고 진나라 천하를 만들지라도, 너는 덕이 없고 간악한 놈이니 어찌 오래가겠느냐! 너 또한 망할 날이 있을 것이다."

이에 진왕 정의 분부가 내리자, 그제야 무신武臣들이 일제히 들어와서 형가를 끌어내어 즉시 몽둥이로 쳐죽였다.

그럼 계단 아래에 있던 진무양은 어찌 되었는가? 진무양은 형가가 비수를 뽑았을 때 즉시 정전으로 뛰어올라가다가 낭중郎中들에게 붙들려 그 자리에서 맞아 죽었다. 그것이 진왕 정 20년 때 일이었다.

아아, 애석한 일이다! 형가는 연나라 세자 단에게 극진한 대우를 받았고, 마침내 진나라에 갔으나 성공하지 못하고 말았다. 아니 형가는 자기 자신만 죽은 것이 아니라 전광과 번오기와 진무양 세 사람까지 헛되이 죽게 한 셈이다.

지난날에 연나라 세자 단과 그 아버지 연왕 희흠이 미리 검술에 대해 세심한 계책을 세우지 않았던 것도 이번 일이 실패한 중대한 원인이었다.

염옹이 시로써 이 일을 읊은 것이 있다.

　　홀로 비수를 품고 진나라 도읍 함양으로 갔으나
　　어찌하리오, 형가의 신용은 대단했지만 검술이 서툴렀도다.
　　장사는 돌아오지 않고 큰일마저 망쳤으니
　　죽은 번오기가 자기 머리를 돌려달라고 하게 되었구나!
　　獨提匕首入秦都
　　神勇其如劍術疏
　　壯士不還謀不就
　　樊君應與覓頭顱

진왕 정은 가슴이 떨리고 정신이 몹시 어지러웠다. 반나절 만에야 그는 겨우 정신을 가다듬고 친히 형가의 시체를 보러 갔다. 죽은 형가는 두 눈을 딱 부릅뜨고 있었다. 그 고리같이 둥근 눈에 노기가 가득 차 있어 진왕 정은 어찌나 무섭던지 모골이 송연해졌다.

진왕 정의 분부를 받고 관리들은 형가와 진무양의 시체와 번오기의 목을 끌어내다가 함양성 시정에서 불살라버렸다. 또 관리들은 형가를 따라온 연나라 수행인들의 목을 일일이 잘라 국문國門 위에 일렬로 내걸었다.

그런 후에야 진왕 정은 어가를 타고 내궁으로 돌아갔다.

이 소문을 듣고 내궁에 있는 후비后妃들이 모두 진왕 정에게 가서 문안을 드렸다. 그녀들은 술을 바쳐 진왕 정의 놀란 가슴을 진정시키고 하늘의 도우심을 축하했다.

이때 호희胡姬라는 여자가 있었다. 그녀는 지난날 조나라 왕궁에 있었던 여자로 진왕 정이 조나라를 격파하고 돌아올 때 데리고 온 사람이었다. 그녀는 거문고 타는 솜씨가 대단하여 진왕 정의 총애를 받아 비妃 자리에 있었다.

진왕 정이 호희에게 분부한다.

"그대는 거문고를 탄주하여 나의 근심을 풀어주도록 하라."

호희가 무릎 위에 거문고를 올려놓고 탄주하며 노래한다.

비단 홑옷이여
가히 찢기어 떨어져 나갔도다.
8척 병풍이여
가히 뛰어넘었도다.
녹로의 보배로운 칼이여
가히 등뒤로 돌려 뽑았도다.
저 음흉하고 교활한 연나라 놈을 비웃나니
놈은 몸을 망치고 나라도 망쳤도다.
羅縠單衣兮
可裂而絶
八尺屏風兮
可超而越
鹿盧之劍兮

可負而拔
嗟彼凶狡兮
身亡國滅

진왕 정은 호희의 민첩한 즉흥시를 듣고 비단 한 상자를 상으로 주었다. 그날 밤에 진왕 정은 호희를 끼고 밤새도록 즐기었다.

그날 호희는 아이를 포태하여 이윽고 10개월 만에 아들을 낳았다. 그 아이가 바로 다음날에 진나라 황제皇帝 2세가 되는 호해胡亥다. 그러나 이건 다 다음날의 이야기다.

이튿날 조회 때 진왕 정은 논공행상論功行賞을 했다.

첫째로 하무차夏無且에게 황금 200일을 하사했다.

"하무차는 나를 사랑한 충신이다. 그는 맨 처음 나서서 형가를 약낭으로 쳤다."

그 다음에 소내시小內侍 조고趙高에게 황금 100일을 하사했다.

"나는 너의 가르침을 듣고 비로소 8척 장검을 뽑을 수 있었다."

그 다음은 형가에게 덤벼들었던 모든 시신들의 상처를 낱낱이 조사하여 그 경중輕重에 따라서 상을 주었다. 또 계하에서 진무양을 쳐죽인 낭중郞中들에게도 상을 주었다.

그리고 애초에 형가를 접견하도록 아뢴 몽가蒙嘉를 잡아들여 능지처참했을 뿐만 아니라 몽씨蒙氏 일족을 모조리 죽였다.

이때 진나라 장수 몽오는 병들어 죽은 지 오래였다. 몽오의 아들 몽무蒙武만은 변방에 장수로 가 있었기 때문에 이 일을 전혀 몰랐다. 그래서 몽씨 일족 중에서 살아남은 자는 몽무 한 사람뿐이었다.

진왕 정의 분노는 그래도 사그라들지 않았다. 진왕 정은 왕분을 장수로 삼고 그 아버지인 대장 왕전을 도와 연나라를 치게 했다. 이에 진나라 군사는 물밀듯 연나라로 쳐들어갔다.

한편, 연나라 세자 단은 형가가 큰일에 실패하고 죽었다는 소식을 듣고 분해서 땅을 치며 어쩔 줄을 몰라 했다. 마침내 세자 단은 연나라 군사를 모조리 거느리고 역수 서쪽으로 나가서 쳐들어오는 진나라 군사를 맞이해 크게 싸웠다.

그러나 미약한 연나라 군사가 강한 진나라 군사를 어찌 대적할 수 있겠는가. 마침내 연나라 군사는 참패했다. 연나라 용사인 하부夏扶와 송의宋意도 전사했다. 세자 단은 하는 수 없이 계성薊城으로 달아났다. 태부 국무鞠武는 달아나다가 진나라 군사에게 붙들려 죽음을 당했다.

진나라 대장 왕전은 즉시 군사를 합쳐 계성을 포위하고 맹공격을 가했다. 그해 10월에 마침내 연나라 계성은 진나라 군사에게 함몰당했다.

연왕 희喜가 아들 세자 단을 원망한다.

"오늘날 나라와 집안이 망하게 된 것은 다 너 때문이다!"

세자 단이 연왕 희에게 대답한다.

"그럼 한나라와 조나라가 망한 것도 저 때문입니까? 아직도 성 안엔 정병 2만 명이 남아 있습니다. 저 요동遼東으로 가기만 하면 강물을 앞에 두고 높은 산을 등지고 다시 나라를 세울 수 있습니다. 부왕께서는 주저하지 마시고 속히 떠나실 준비나 하십시오."

연왕 희는 부득이 병거에 올라타고 동문을 빠져나가 달아났다. 세자 단은 군사들을 거느리고 뒤쫓아오는 진나라 군사를 친히 물리치며, 연왕 희를 호위하고 동쪽으로 동쪽으로 달렸다. 마침내 그들은 압록강鴨綠江을 건너 평양平壤에 가서 도읍을 정했다.

한편, 진나라 대장 왕전은 계성을 함락한 즉시 함양으로 사람을 보내어 승리를 아뢨다. 그런데 왕전은 그간 여러 해 동안을 싸우느라 너무나 과로해서 병이 났다. 그는 진왕 정에게 자기는 늙어서 물러나야겠다는 표장表章을 보냈다.

진왕 정이 분부한다.

"나는 연나라 세자 단에게 원수를 갚아야겠다. 그러나 대장 왕전은 너무 늙었으니, 장수 이신李信을 대장으로 삼고 즉시 연나라로 보내어 달아난 연왕 부자를 뒤쫓게 하여라. 그리고 왕전을 소환하여라."

이에 왕전은 새로 부임해온 이신에게 대장의 인印을 넘겨주고 진나라로 돌아갔다. 진왕 정은 돌아온 노장 왕전에게 많은 상을 주고 영양穎陽 땅에 가서 휴양하도록 했다. 이에 왕전은 모든 벼슬을 내놓고 영양 땅에 가서 한가로운 세월을 보냈다.

한편, 연왕 희는 진나라 대장 이신이 군사를 거느리고 요동으로 온다는 보고를 받자 즉시 대代 땅 대왕 가嘉에게 사신을 보내어 구원을 청했다. 그러나 대왕 가가 연왕 희에게 보낸 편지 내용은 너무나 의외였다.

진나라 군사가 대왕을 치러 가는 것은 세자 단에게 원수를 갚기 위해서입니다. 대왕은 세자 단을 죽이고 진나라에 사과하십시오. 그래야만 진나라는 노여움을 풀 것이며, 동시에 대왕도 조상의 종묘를 유지할 수 있을 것입니다.

이것은 거절의 편지치고는 지독한 사연이었다. 연왕 희는 고민

고민했다. 세자 단은 이 낌새를 눈치채고 죽음을 당할까 봐 겁이 나서 도화도桃花島로 달아나 숨어버렸다.

드디어 진나라 대장 이신은 수산首山 땅까지 와서 군사를 둔치고 서신을 보내어 세자 단의 죄목을 들어 꾸짖었다. 이에 연왕 희는 겁을 먹고 도화도로 사람을 보내어, 진나라 군사와 사생결단을 내겠다고 속임수를 써서 세자 단을 소환했다. 세자 단은 그런 줄로만 믿고서 사자를 따라 부왕에게 돌아갔다.

그날 밤이었다.

연왕 희는 돌아와줘서 반갑다며 세자 단에게 술을 담뿍 먹였다. 이윽고 세자 단은 몹시 취해 자리에 쓰러졌다. 이에 연왕 희는 가죽으로 자기 아들 세자 단의 목을 졸라 죽였다.

이튿날 연왕 희는 세자 단의 머리를 끊어 진나라 군사에게 보내고 나서야 자기 가슴을 치며 소리 높여 통곡했다.

이때가 여름 5월이었다.

문득 하늘이 어두워지면서 큰눈이 펄펄 휘날리기 시작했다. 눈은 끊임없이 내려 땅 위에 3척이나 쌓였다. 어찌나 춥던지 삼동三冬과 다름이 없었다.

사람들이 말한다.

"죽은 세자의 원한이 하늘에 사무쳐서 이런 걸세!"

한편, 진나라 대장 이신은 연왕 희의 사죄의 글과 세자 단의 머리를 받아 즉시 수하 장수를 시켜 함양으로 보냈다. 그 장수는 함양에 돌아가서 진왕 정에게 연나라 세자 단의 머리를 바치고 다음과 같은 대장 이신의 말을 전했다.

"지금은 5월인데 이곳엔 큰눈이 내렸습니다. 군사들은 추워서 고생이 막심합니다. 게다가 갑자기 일기가 변해서 날마다 병자가 늘어나는 형편입니다. 그러니 우리 군사들을 소환해주시기 바랍니다."

진왕 정은 위요尉繚와 함께 이 일을 상의했다.

위요가 아뢴다.

"이제 연나라는 머나먼 요동 땅에 가서 살고, 조나라는 조그만 대代 땅에서 왕 노릇을 하고 있으니 이미 그들은 혼이 빠진 거나 다름없습니다. 대왕께선 이제 위나라를 쳐서 무찌르십시오. 그런 후에 남쪽 초나라를 무찌르고 나면 연나라쯤이야 힘들이지 않고도 없애버릴 수 있습니다."

진왕 정이 흔연히 머리를 끄덕이고 분부를 내린다.

"대장 이신에겐 사자를 보내어 회군하라 하고, 새로 왕분王賁을 대장으로 봉하노니 즉시 10만 대군을 거느리고 가서 위나라를 치오!"

새로 부임한 대장 왕분은 드디어 10만 대군을 거느리고 함곡관을 나가 일제히 위나라로 쳐들어갔다.

이때, 위나라는 이미 위경민왕魏景湣王이 죽고 세자 가假가 왕위에 오른 지 3년째였다. 지난날에 진나라 군사가 연나라를 쳤을 때 위왕魏王 가假는 대량성大梁城을 증축하고, 성 안팎에 구렁과 호濠를 깊이 파서 미리 만반의 방비를 해두었다. 그리고 위왕 가는 제나라 제왕齊王 건建에게 사신을 보냈다.

제나라에 당도한 위나라 사신이 제왕 건에게 이해로써 타이르고 우호를 청한다.

"위나라와 제나라는 입술과 이처럼 밀접한 사이입니다. 위나라가 망하면 불행은 곧 제나라까지 미칩니다. 만일 다른 나라 군사가 쳐들어오거든 우리 위나라와 제나라는 한마음 한뜻으로 힘을 모아 서로 돕기로 합시다."

이때 제나라는 후승后勝(왕후의 동생. 그래서 후라고 한다)이 정승으로 있으면서 모든 권력을 휘어잡고 있었다. 제나라 정승 후승은 오래 전부터 비밀히 진나라에 황금을 받고 매수되어 있었다.

후승이 제왕 건에게 극력 반대한다.

"진나라는 결코 우리 제나라를 저버리지 않을 것입니다. 위나라와 동맹을 맺으면 진왕은 반드시 노할 것입니다. 그러니 대왕께선 위나라의 청을 거절하십시오."

제왕 건은 정승 후승의 말만 곧이듣고 위나라 사신에게,

"우리는 위나라와 동맹할 필요가 없소."

하고 거절했다.

이에 위나라 사신은 목적을 이루지 못하고 돌아갔다.

이때 마침 진나라 대장 왕분이 위나라를 쳤다. 진나라 군사는 싸울 때마다 위나라 군사를 크게 무찌르고 나아가 마침내 위나라 도읍 대량성을 포위했다.

그때는 바야흐로 장마철에 접어들어 연일 큰비가 내렸다. 진나라 대장 왕분은 기름을 먹인 포장布帳 병거를 타고 빗속에 나가서 물줄기를 조사했다. 그 결과 황하黃河는 대량성 서북쪽에 있고, 형양滎陽 땅에 근원을 두고 내려오는 변하卞河도 대량성 서쪽을 끼고 흐른다는 사실을 알았다.

이에 진나라 대장 왕분은 대량성 서북쪽에 저수지를 팠다. 그리고 황하와 변하 두 물줄기를 끌어들여 높이 둑을 쌓고 그 하류를 막게 했다. 매일 비를 맞으면서 일하는 이 공사는 매우 힘들고 어려웠다. 그러나 진나라 군사들은 비를 흠뻑 맞으면서 공사에 열중했다.

대장 왕분은 친히 나가서 공사를 감독했다. 장마는 10여 일이 지나도 그치지 않았다. 이에 황하와 변하의 물줄기는 불어나 저수지가 넘칠 정도로 물이 가득 찼다.

진나라 대장 왕분이 영을 내린다.

"둑을 무너뜨려버리고 물을 내려보내라!"

이윽고 둑이 터지자 태산 같은 물이 한꺼번에 아래로 쏟아져 내려갔다. 이리하여 순식간에 대량성 안팎 호濠에 물이 가득 넘쳤다. 사흘 동안 안팎에서 넘치는 물로 대량성 성벽이 침식당하자 마침내 성벽 여기저기가 무너져 내렸다. 진나라 군사들은 기회를 놓치지 않고 그 무너진 성벽을 타고 대량성 안으로 쳐들어갔다.

이때 위왕 가假는 대세가 기운 것을 알고 모든 신하와 함께 항서 쓸 일을 상의하던 참이었다. 진나라 군사들은 회의 중인 위왕 가를 그 자리에서 사로잡아 끌어냈다.

진나라 대장 왕분은 위왕 가를 수거囚車에 태우고 관속官屬들로 하여금 진나라 함양으로 압송해가게 했다. 수거에 실려가는 위왕 가는 너무나 기가 막혔다.

위나라를 떠나 진나라로 향한 지 닷새 만에 위왕 가는 도중에서 울화병으로 죽었다. 드디어 진나라는 위나라 땅을 몰수하여 삼천군三川郡으로 삼고, 위나라 왕족을 모조리 서인庶人으로 몰아냈다.

돌이켜보건대 위나라 조상 필고畢高는 원래가 주周 왕실과 동성同姓인 희씨姬氏로서 필畢 땅을 봉읍으로 받았기 때문에 성을 필씨畢氏로 고쳤고, 그 후손인 필만畢萬이 진晉나라에서 벼슬을 살며 위魏 땅을 봉읍으로 받았기 때문에 다시 성을 위씨魏氏로 고쳤다. 필만의 3대손三代孫이 바로 위주魏犨니 그는 진문공晉文公이 천하 패권을 잡는 데 크게 이바지한 무서운 장수였다. 위주의

6대손이 위환자魏桓子니 그는 진晉나라 권신인 범씨范氏 · 중행씨中行氏 · 지씨智氏를 쳐없애고 그 아들인 위문후魏文侯에 이르러 한 · 초 두 나라와 함께 진晉나라를 셋으로 나누어 각기 차지하고 위魏나라를 세웠던 것이다. 그후 위나라는 7대를 전해 내려오다가 마침내 위왕 가의 대에 이르러 망했으니 엄밀히 말하자면 200년을 지속한 셈이었다.

사신史臣이 시로써 위나라의 역사를 읊은 것이 있다.

위나라는 원래가 필공의 후손이니
봉읍의 지명을 따서 성을 삼았도다.
그 후손들은 다 번창해서
대대로 모두가 충신과 군자들이었도다.
위문후 때에 이르러 처음으로 제후로 행세했고
그 아들 위무후 때에 이르러 강한 나라가 되었도다.
그 아들 위혜왕魏惠王°은 워낙 싸움을 좋아해서
아무도 위나라 도읍 대량 땅을 침범하지 못했도다.
그후 신릉군이 나서 많은 선비를 양성해
위나라 위풍을 중외中外에 떨쳤도다
그러나 위경민왕 대에 이르러 점점 쇠퇴하기 시작하더니
마침내 그 다음 대에 이르러 망했도다.
畢公之苗
因國爲姓
嗣裔繁昌
世戴忠正
文始建侯

武益强盛

惠王好戰

大梁不競

信陵養士

神氣稍振

景湣式微

再傳而隕

* 『맹자孟子』에 나오는 양혜왕梁惠王.

이때가 진왕 정 22년이었다.

그러니까 위나라가 망한 그해였다. 진왕 정은 다시 위요尉繚의 계책에 따라 초나라를 치기로 결심했다.

진왕 정이 대장 이신李信에게 묻는다.

"장군이 초나라를 치려면 군사가 얼마나 필요하겠소?"

대장 이신이 대답한다.

"20만 명만 있으면 초나라를 무찌를 수 있습니다."

진왕 정은 영양潁陽 땅에서 휴양하고 있는 노장 왕전王翦을 불러올렸다.

"장군이 초나라를 치려면 대개 어느 정도의 군사가 필요하겠소?"

왕전이 대답한다.

"이신이 군사 20만 명을 거느리고 초나라를 친다면 반드시 패합니다. 신의 어리석은 소견으론 적어도 군사 60만 명은 있어야 초나라를 무찌를 수 있습니다."

진왕 정이 속으로 생각한다.

'왕전은 늙어서 겁이 많구나! 그렇다면 차라리 젊고 씩씩한 이 신에게 이 일을 맡겨야겠다.'

마침내 이신은 대장이 되고, 몽무蒙武는 부장이 되어 군사 20만 명을 거느리고 초나라를 쳤다. 진나라 군사는 이대二隊로 나뉘어 대장 이신은 평여平興 땅을 치고, 동시에 부장 몽무는 침구寢邱 땅을 쳤다.

참으로 이신은 젊고 씩씩한 대장이었다. 한 번의 북을 울려 평여성平興城을 함몰시키고, 군사를 서쪽으로 돌려 풍우처럼 신성申城으로 쳐들어갔다. 그리고 부장 몽무에게 사람을 보내어 성부城父 땅에서 서로 군사를 합치자고 지시했다. 곧 군사를 합쳐서 함께 주성邾城 땅을 무찌를 작정이었다

그럼 이때 초나라의 형편은 어떠했던가?

이야기는 지난날로 돌아간다. 이원李園은 춘신군春申君 황헐黃歇을 죽이고 초유왕楚幽王을 왕위에 세웠다. 곧 초유왕은 바로 춘신군 황헐과 이원의 여동생 이언李嫣이 교정交情해서 낳은 아들이다. 초유왕은 왕위에 있은 지 10년 만에 세상을 떠났다. 그런데 그에게도 아들이 없었다. 이리하여 춘신군 황헐의 아들은 초나라 왕위에 올랐으나 한 대代 만에 끝나고 말았다.

이때는 이원도 이미 죽고 없었다. 그래서 모든 신하들은 종친宗親인 공자 유猶(진秦나라 왕가王家의 영씨嬴氏였다)를 초나라 왕위에 세웠다. 그가 바로 초애왕楚哀王이다.

초애왕이 왕위에 오른 지 겨우 두 달째 되었을 때였다. 이때 그의 서형庶兄인 부추負芻가 초애왕을 죽이고 초나라 왕위를 차지했다. 초왕 부추가 왕위에 오른 지 3년째 되던 그해에 진나라 군

사가 쳐들어왔던 것이다. 초왕 부추는 즉시 항연項燕을 대장으로 삼고 군사 20여만 명을 내주어 진나라 군사를 막게 했다.

이에 초나라 대장 항연은 대군을 거느리고 수륙水陸 양면으로 나아갔다. 그러던 중 진나라 대장 이신이 신성申城 땅까지 왔다는 보고를 받고 싸우기 위해 서릉西陵 땅으로 갔다. 초나라 대장 항연은 부장 굴정屈定을 시켜 노대산魯臺山 속 일곱 군데에 군사를 매복시켰다.

한편 진나라 대장 이신은 자기 용기만 믿고서 노대산 쪽으로 나아가다가 마침내 초나라 대장 항연의 군사와 만나 서로 일대 접전이 벌어졌다.

진·초 양군이 한참 싸우는데 노대산 일곱 군데에 매복하고 있던 초나라 군사들이 일제히 나와서 진나라 군사를 마구 쳤다. 이에 진나라 대장 이신은 초나라 군사를 당적하지 못하고 참패하여 달아나기 시작했다. 초나라 대장 항연은 사흘 낮 사흘 밤을 쉬지 않고 진나라 군사를 추격했다. 진나라 군사는 무수히 죽고 도위都尉 7명이 전사했다.

진나라 대장 이신은 패잔병을 거느리고 명액冥阨 땅으로 물러가서 명액성을 지켰다. 초나라 대장 항연은 계속 뒤쫓아가서 명액 땅을 맹공격했다. 진나라 대장 이신은 명액성마저 버리고 다시 달아났다. 초나라 대장 항연은 진나라 군사를 끝까지 뒤쫓아가서 마침내 평여 땅까지 되찾았다. 이리하여 진나라 군사는 완전히 초나라에서 쫓겨나고 말았다.

한편, 진나라 부장 몽무는 대장 이신의 군사와 합치려고 약속대로 성부 땅에 가서야 대장 이신이 대패하여 돌아갔다는 사실을 알았다. 이에 몽무도 군사를 거느리고 지난날의 조나라 경계까지 물러가서 이 사실을 진나라로 보고했다.

한편, 진왕 정은 군사들이 대패했다는 소식을 받고 노발대발했다. 그는 즉시 이신의 모든 벼슬과 계급과 봉읍을 삭탈했다. 그리고 어가를 타고 왕전이 은거하는 영양 땅으로 갔다.

진왕 정이 왕전에게 청한다.

"지난날 장군이 말하기를, 이신이 20만 명의 군사로 초나라를 치면 반드시 패하리라고 하더니 과연 우리 진나라 군사는 싸움에 패했소. 장군은 비록 늙었지만 과인을 위해서 초나라를 쳐주오!"

왕전이 재배하고 사양한다.

"노신老臣은 이제 심신이 다 쇠약해졌습니다. 대왕께선 다른 유능한 장수를 골라서 이 일을 맡기십시오."

진왕 정이 굳이 청한다.

"아니오, 이 일은 장군이 아니면 아무도 감당할 사람이 없소. 장군은 우리 진나라를 위해 싸워주시오."

그제야 왕전이 슬며시 조건을 내세운다.

"대왕께서 꼭 노신이 필요하시다면 적어도 군사 60만 명은 주셔야 초나라를 칠 수 있겠습니다."

한참 만에 진왕 정이 대답한다.

"과인이 듣건대 옛날엔 큰 나라라야 삼군三軍을 두었으며, 그보다 작은 나라는 이군二軍을 두었으며, 아주 조그만 나라는 일군一軍을 두었다고 하오. 그리고 전쟁이 일어나도 군사를 다 내보내지 않았기 때문에 언제나 군사가 남아돌았다고 합디다. 또 옛 오패五覇는 천하 패권을 잡는 데도 병거 1,000승만으로 충분했다고 하오. 병거 1승에 75명씩을 배치한다 해도 1,000승이라야 불과 10만 명도 못 되오. 그런데 이제 장군은 초나라를 치는 데 60만 명이 필요하다고 하니 이는 고금에 없던 일이오."

왕전이 설명한다.

"옛날과 오늘날은 싸우는 방법이 다릅니다. 옛날엔 반드시 싸울 날짜를 통지하고 나서 서로 진陣을 쳤고, 싸우되 반드시 진 앞에서만 싸웠으며, 달아나고 뒤쫓는 데도 규칙이 있었습니다. 무기로 적을 치되 되도록 중상을 입히지 않는 걸로 명예를 삼았으며, 그 죄를 꾸짖고 항복만 받으면 그만이지 오늘날처럼 땅을 뺏진 않았고, 비록 칼과 창으로 싸울지라도 어디까지나 예의로 대하며 비겁한 수단을 쓰지 않았습니다. 그러므로 옛 제왕帝王들은 싸우되 많은 군사를 쓰지 않았으며, 제환공이 천하 패권을 잡았을 때만 해도 군사 3만 명이면 충분했습니다. 그런데 오늘날은 어떠합니까! 오늘날은 모든 나라가 예의로 싸우지 않고 다만 힘으로 약한 자를 무찌르는 시대입니다. 곧 수효가 많은 군사로 수효가 적은 상대방 군사를 덮어 누르는 시대입니다. 만나면 반드시 서로 죽이고, 공격하면 반드시 그 땅을 빼앗는 시대입니다. 그렇기 때문에 오늘날에 가까워질수록 상대방 나라의 성을 포위하면 군사들은 농사를 지으면서 몇 해든지 간에 공격을 가하는 실정입니다. 자, 보십시오. 오늘날은 농사짓는 농부들까지 모두 무기를 잡으며, 어린 동자들도 모두 병적兵籍에 올라 있습니다. 이렇게 시대도 변했고 세상도 변했습니다. 그러므로 수효가 적은 군사로는 어찌해볼 도리가 없습니다. 더구나 초나라는 동남東南 일대를 다 차지하고 있는 큰 나라입니다. 한번 명령만 내리면 그들은 즉시 100만 명의 군사를 일으킬 수 있습니다. 신이 청하는 60만 명의 군사로도 오히려 상대하기 어려운 그런 정도의 대군입니다. 그러하거늘 60만 명도 못 되는 군사로 어찌 초나라를 칠 수 있겠습니까?"

진왕 정이 머리를 끄덕이면서 탄식한다.

"장군이 전장에서 늙지 않았다면 어찌 이렇듯 사세를 투철히 판단하리오. 과인은 장군의 청을 그대로 받아들이겠소."

진왕 정은 마침내 어가 뒷수레에 왕전을 태워 함양성으로 돌아 갔다. 그날로 왕전은 대장이 되어 60만 대군을 받고, 몽무를 부장 으로 삼았다. 진왕 정은 친히 교외까지 나가서 주연을 열고 떠나 는 60만 대군을 전송했다. 그 자리에서 대장 왕전이 술을 가득 부 어 진왕 정에게 잔을 바치고 말한다.

"대왕께선 이 잔을 받으십시오. 떠나는 이 자리에서 대왕께 청 이 있습니다."

진왕 정이 단숨에 술을 마신 후 묻는다.

"장군은 나에게 무슨 할말이 있소?"

대장 왕전은 소매 속에서 목록을 내놓았다. 그 목록엔 함양 땅 중에서도 가장 좋은 밭과 훌륭한 저택들만이 적혀 있었다.

"여기에 적혀 있는 밭과 저택을 신에게 모두 주시기 바랍니다."

진왕 정이 대답한다.

"장군이 초나라를 완전히 무찌르고 성공해서 돌아오면 과인은 장군과 함께 부귀를 누릴 작정이오. 장군은 장차 가난해질까 봐 걱정할 것 없소."

대장 왕전이 다시 청한다.

"신은 이제 늙었습니다. 비록 초나라를 치고 돌아와서 아무리 높은 벼슬을 받는다 할지라도 그 부귀영화를 오래도록 누리진 못 할 것입니다. 바람 속의 촛불이 빛난들 얼마나 빛나겠습니까? 늙 으면 죽게 마련입니다. 그러나 신이 죽을지라도 이 좋은 밭과 저 택들만은 자손에게 넘겨줄 수 있습니다. 대왕의 은혜를 신의 자손 대대까지도 베풀어주시라는 것입니다."

진왕 정이 한바탕 웃으며 대답한다.

"알겠소, 그럼 장군의 청대로 하겠소."

마침내 대장 왕전은 60만 대군을 거느리고 함양을 떠나 함곡관으로 나갔다.

대장 왕전은 함곡관을 지나면서 수하 아장을 불러,

"그대는 곧 함양으로 돌아가서 대왕께 나의 말을 전하여라. '약간의 좋은 밭과 좋은 저택은 받았습니다만, 기왕이면 좋은 동산〔園〕과 못〔池〕이 있는 훌륭한 저택을 좀더 많이 주셨으면 감사하겠습니다' 하고 나의 뜻을 아뢰어라."

하고 보냈다.

부장 몽무가 대장 왕전에게 말한다.

"노장군께서는 대왕께 너무나 많은 것을 청하십니다그려."

그제야 대장 왕전이 빙그레 웃으며 부장 몽무의 귀에 입을 대고 속삭인다.

"진왕은 성미가 사납고 의심이 많은 사람이오. 이번에 왕은 나에게 60만이라는 대군을 내주었소. 지금 국내에 남아 있는 군사라곤 단 한 명도 없소. 지금 진왕은 속으로 '만일 60만 대군을 거느린 왕전이 반역이라도 하는 날이면 어쩌나' 하고 우리를 매우 의심하고 있는 중이오. 그러므로 내가 나의 자손을 위해 많은 요청을 하는 것은 바로 진왕을 안심시키기 위해서요."

부장 몽무가 거듭 머리를 끄덕이면서 감탄한다.

"이제야 노장군의 높은 지견을 알겠습니다."

과연 노장 왕전은 초나라를 쳐서 성공할 수 있을 것인가.

천하를 하나로

　이신李信을 대신해 대장이 된 왕전王翦은 군사 60만 명을 거느
리고 도도히 초나라 경계 안으로 들어갔다.

　한편, 초나라 대장 항연項燕은 진秦나라 군사가 다시 쳐들어온
다는 보고를 받고 동강東岡 땅으로 가서 바라보았다. 초나라 대장
항연은 진나라 군사가 엄청나게 많은 것을 보고 즉시 초왕 부추負
芻에게 보발군을 보냈다.

　"진나라 군사 60만 명이 몰려오고 있습니다. 대왕께선 즉시 장
수와 군사를 더 보내주십시오."

　이에 초왕 부추는 장수 경기景騏에게 군사 20만 명을 주어 속히
가서 대장 항연을 돕게 했다.

　이때 진나라 대장 왕전은 천중산天中山에 군사를 둔치고 그 10
여 리 사이에 진영陣營을 벌여 세웠다. 진나라 군사들은 굳게 지
키기만 할 뿐 나오지 않았다.

　이에 초나라 대장 항연은 누차 군사를 보내어 싸움을 걸었다.

그래도 진나라 군사들은 나오지 않았다.

그제야 초나라 대장 항연이 말한다.

"왕전은 늙은 장수다. 그러니 겁이 나서 지키기만 하고 나오지를 못하는 것이다!"

한편 진나라 대장 왕전은 군사들을 날마다 목욕이나 하며 쉬게 하고 소를 잡아 배불리 먹였다. 그는 사졸들이 먹는 음식을 같이 먹었다. 모든 진나라 장수와 군리軍吏와 군사들은 자기들과 침식을 같이하는 대장 왕전의 태도에 감격한 나머지 누차 간청했다.

"나가서 초나라 군사와 싸우게 해주십시오."

그럴 때마다 진나라 대장 왕전은 그들에게 여전히 좋은 술이나 대접하면서 출전은 허락하지 않았다.

몇 달이 지났다.

진나라 군사들은 할 일이 없어 날마다 투석投石 놀이와 초거超距 놀이로 소일했다.

그럼 투석 놀이란 무엇인가? 범려范蠡가 지은 병법을 보면 투석 놀이에 관한 설명이 있다. 투석은 물론 돌을 던진다는 뜻이다. 그런데 그냥 던지는 것이 아니라 반드시 무게 12근짜리 돌덩어리를 사용해야 한다. 곧 나무로 만든 탄기彈機에 12근짜리 돌덩어리를 걸어서 쏘아 보내는 것이다. 그 돌덩이가 300보步 이상 나가면 이기고, 그 안에 떨어지면 지는 것이다. 힘이 워낙 센 사람은 손으로도 300보 이상을 던졌다. 그런 사람은 더 많은 점수를 땄다.

그럼 초거 놀이란 무엇인가? 그것은 7, 8척 가량의 높이에 막대를 걸어놓고 뛰어넘는 내기다. 물론 뛰어넘으면 이기고, 그렇지 못할 경우엔 지는 것이다.

대장 왕전은 모든 진영의 군리들에게 군사들의 승부를 일일이

기록해서 보고하게 했다. 이리하여 그는 강하고 약한 군사를 파악해두었다.

여전히 진나라 군사는 더욱 굳게 지키기만 했다. 심지어는 초나라 쪽으로 나무도 하러 가지 않고 도리어 이쪽으로 나무하러 온 초나라 사람을 잡아 술과 음식으로 잘 대접해서 돌려보냈다.

그러는 동안에 1년 남짓한 세월이 지났다. 그러니까 초나라 대장 항연은 1년이 넘도록 싸움 한 번 못했다. 진나라 대장 왕전은 공연히 초나라를 친답시고 소문만 내고서 실은 군영만 지키고 있는 것이다. 이에 초나라 군사는 점점 긴장이 풀려 방비마저 소홀히 했다.

어느 날 진나라 대장 왕전이 비로소 모든 장수와 군사에게 분부를 내린다.

"이제야 그대들이 초나라를 격파할 때가 왔다. 곧 씩씩한 군사 2만 명을 뽑아 일군一軍을 편성할 테니 선봉先鋒이 되어 앞길을 열도록 하여라!"

모든 진나라 장수와 군사들은 서로 팔을 휘두르며 주먹을 쥐고 좋아서 날뛰었다.

진나라 대장 왕전이 계속 명을 내린다.

"각기 여러 길로 나누어 일제히 나아갈 터이니 초나라 땅을 닥치는 대로 점령하여라!"

마침내 진나라 60만 대군은 일제히 진격했다.

초나라 대장 항연은 순식간에 진나라 군사가 들이닥치는 바람에 황망히 군사를 거느리고 나가서 싸웠다. 그러나 60만 대군 속에서 가리고 뽑은 진나라 선봉대 2만 명은 그간 힘도 많이 길렀거니와 워낙 씩씩한 장사들이라 그야말로 일당백一當百의 실력을 발휘했다.

선봉대의 뒤를 따라 무수한 진나라 군사가 쳐들어왔다. 그러니 초나라 군사가 어찌 대적할 수 있으랴. 순식간에 초나라 진영은 큰 파도에 휩쓸린 듯 짓밟히고 그 와중에 초나라 부장 굴정屈定이 전사했다. 이에 참패한 초나라 대장 항연과 장수 경기景騏는 패잔병을 거느리고 동쪽으로 달아났다.

진나라 대장 왕전은 여유를 주지 않고 달아나는 초나라 군사를 추격했다. 초나라 군사는 영안성永安城에 이르러 대세를 만회해 보려고 뒤쫓아오는 진나라 군사를 맞이해 다시 한 번 싸웠다. 그러나 초나라 군사는 또다시 대패하여 달아났다.

이에 진나라 군사가 서릉西陵 땅까지 쳐들어가자 형荊·양襄 땅 일대가 크게 소란했다. 진나라 대장 왕전은 부장 몽무에게 군사를 나눠 주고, 악저鄂渚 땅에 머물러 있으면서 호남湖南 일대의 모든 군군에 진왕의 위덕威德을 선포하도록 지시했다.

그리고 대장 왕전은 친히 대군을 거느리고 다시 진격해서 회남淮南 땅을 함몰시킨 뒤 마침내 초나라 도읍 수춘성壽春城에 이르러 총공격을 개시했다. 참으로 파죽지세였다. 동시에 대장 왕전은 사람을 함양으로 보내어 진왕 정政에게 승전을 알렸다.

이때 초나라 대장 항연은 회북淮北 땅으로 군사를 모집하러 가서 아직 돌아오기 전이었다. 그래서 진나라 대장 왕전은 초나라 대장 항연이 돌아오기 전에 초나라 도읍 수춘성을 함락시킬 작정으로 더욱 급히 공격했다.

보라! 마침내 초나라 도읍 수춘성이 무너지기 시작했다. 무수한 진나라 군사가 성 위로 기어오르자 초나라 장수 경기는 더 싸워봐야 소용없다는 걸 알고 드디어 성루에서 칼로 목을 치고 자결했다. 진나라 대군은 일제히 성안으로 들어가서 그날로 초왕 부추를 사로잡았다.

한편, 진왕 정은 대장 왕전이 보낸 사자로부터 승전 보고를 듣자, 즉시 어가를 타고 함양성을 떠나 친히 초나라로 향했다. 초나라에 당도한 진왕 정은 번구樊口 땅에 이르러 초왕 부추를 끌어오게 했다.

진왕 정이 땅바닥에 엎드린 초왕 부추를 굽어보고 꾸짖는다.

"너는 왕을 죽이고 스스로 왕이 된 놈이다. 능히 네 죄를 아느냐? 내 너를 죽여야 마땅할 것이로되 살려주노니 이제부터 백성이 되어 여생을 보내도록 하여라."

한편, 진나라 대장 왕전은 악저 땅에 있는 부장 몽무를 수춘성으로 불렀다. 그들이 대군을 합쳐 거느리고 형·양 땅까지 접수하자 초나라 호湖·상湘 일대의 모든 군군郡과 현縣이 저절로 항복해왔다.

한편 회북 땅으로 간 초나라 대장 항연은 군사 2만 5,000명 가량을 모아서 돌아오다가 서성徐城 땅에 당도했다. 이때 마침 초왕 부추의 동생 창평군昌平君이 수춘성에서 서성으로 도망쳐왔다.

대장 항연이 황망히 묻는다.

"대군大君이 어찌 이곳에 오셨소?"

창평군이 대답한다.

"수춘성은 이미 함락되었고, 초왕은 진나라 군사에게 붙들려갔소. 그후 죽었는지 살았는지 소식조차 모르겠소!"

대장 항연이 한참 만에 말한다.

"옛 오나라와 월나라 땅이 장강長江 저편에 있습니다. 그곳만 해도 사방 1,000리가 되니 나라를 세울 수 있습니다. 그리로 가십시다."

이에 그들은 군사와 그들을 따르는 백성들만 거느리고 강을 건너 난릉蘭陵 땅으로 갔다. 난릉 땅에 이른 대장 항연은 창평군을 받들어 초왕으로 삼아 군사를 거느리고 성을 지켰다.

한편, 진나라 대장 왕전은 초나라 회북과 회남 땅을 모두 평정한 후에야 악저 땅에 가서 진왕 정을 배알했다.

진왕 정이 대장 왕전의 공로를 위로하고 묻는다.

"초나라 대장 항연이 강남江南 땅에서 새로이 초왕을 세웠다고 하니 장차 어찌하면 좋겠소?"

대장 왕전이 대답한다.

"초나라의 형세形勢는 강江·회淮 땅 일대를 합쳐서 이루어진 것입니다. 지금 회 땅 일대가 다 우리 진나라 것이 되었는데, 지금 강남에서 지칠 대로 지쳐 있는 그들을 두려워할 것 있습니까? 우리 진나라 대군이 가기만 하면 그들을 일망타진할 수 있습니다."

진왕 정이 격려한다.

"장군은 비록 늙었으나 그 뜻이 참으로 씩씩하오!"

이튿날 진왕 정은 어가를 타고 진나라 함양으로 돌아갔다.

진나라 대장 왕전은 강남을 치기 위해 부장 몽무에게 배를 만들도록 분부했다. 진나라 부장 몽무는 앵무주鸚鵡洲에 가서 모든 군사와 함께 배를 만들기에 바빴다.

그 다음해에야 배는 예정했던 수효대로 전부 완성되었다. 진나라 군사들은 일제히 무수한 배에 나눠 타고 강물을 따라 내려갔다. 양쪽 언덕에서 강을 지키던 초나라 군사들은 그 많은 진나라 군사의 배를 막을 도리가 없었다.

진나라 군사는 마침내 상륙하여 우선 황산黃山에 군사 10만 명을 둔치고 장강長江 어귀를 막았다. 나머지 대군은 바로 주방朱方 땅을 경유하여 마침내 난릉성蘭陵城을 포위했다. 진나라 군사가 사면팔방에 진영을 벌이고 공격을 시작하자 그 소리가 천지를 진동했다. 부초산夫椒山 · 군산君山 · 형남산荊南山 등 모든 산 위에도 진나라 군사가 가득 퍼져 있었다.

한편 난릉성 안에 있던 초나라 대장 항연은 군사를 모조리 거느리고 성 밖으로 나가서 전력을 다해 진나라 군사와 싸웠다. 처음엔 진나라 군사가 물러서는 듯했다. 그러나 진나라 대장 왕전이 2만 명의 선봉대를 각기 1만 명씩 이대로 나누어 초나라 군사를 에워싸고 단병접전短兵接戰을 벌이자 전세는 다시 역전했다. 진나라 부장 몽무는 손수 초나라 비장裨將(부장군) 한 명을 참하고 다시 비장 한 명을 사로잡았다.

이에 진나라 군사가 용기 백배해서 쳐들어가자 초나라 대장 항연은 대패하여 도로 난릉성 안으로 도망쳐 들어갔다. 초나라 군사는 즉시 성문을 굳게 닫아걸고 꼼짝을 하지 못했다.

이에 진나라 군사들은 운제雲梯(높은 곳에 걸쳐 올라가는 공성용攻城用 사다리)를 타고 올라가서 성 위로 접근해 들어갔다. 초나라 군사들은 일제히 화전火箭을 쏘아 운제에 불을 질렀다. 불타는 운제에서 떨어지는 진나라 군사와 성 위에서 화살을 맞고 떨어지는 초나라 군사의 아우성이 문자 그대로 생지옥을 이루었다.

진나라 부장 몽무가 말한다.

"이제 초나라 대장 항연은 가마솥에 든 고기나 다름없다!"

이튿날부터 신나라 군사들은 난릉성 높이와 똑같은 높이로 성루를 쌓아올리기 시작했다. 그리고 마주보는 위치에서 맹렬한 공격을 가했다. 진나라 군사가 쏘는 화살이 빗발치듯 성안으로 날아들어간다.

이때 마침 난릉성을 순시하던 창평군이 갑자기,

"아악!"

하고 외마디 소리를 질렀다. 창평군은 가슴으로 날아드는 화살에 맞아 그 자리에서 꼬꾸라졌다. 초나라 군사들은 황급히 창평군을 부축하고 행궁行宮으로 돌아가서 응급 치료를 했다. 그러나 어이 하리오. 초나라의 유일한 왕손인 창평군은 그날 한밤중에 숨을 거두고 말았다.

초나라 대장 항연이 대성통곡하며 울부짖는다.

"내가 무엇 때문에 일찍 죽지 않고 구차스레 오늘날까지 살았는고! 다만 초나라 왕가의 일점 혈통을 지켜주기 위해서였다! 그러나 만사는 끝났다. 이제 초왕의 대가 끊어졌으니 다시 무엇을 바라리오!"

초나라 대장 항연은 하늘을 우러러 세 번 통곡하고는 마침내 칼을 뽑아 자기 목을 치고 쓰러져 죽었다. 대장 항연마저 죽자 난릉성 안은 일대 혼란이 일어났다. 동시에 왕과 대장을 잃은 초나라 군사들은 어쩔 줄을 몰라 했다.

진나라 군사들은 기회를 놓치지 않고 개미 떼처럼 성 위로 기어올라가서 마침내 난릉성 성문을 열어젖혔다. 진나라 대장 왕전은 즉시 군사를 거느리고 난릉성 안으로 들어가서 공포에 싸인 백성들을 위로하고 진정시켰다.

이튿날 왕전은 대군을 거느리고 난릉성을 떠나 다시 남쪽으로 내려가 석산錫山에 이르렀다. 진나라 군사들은 솥을 걸고 밥을 지으려고 땅을 팠다. 그때 군사 하나가 땅속에 묻혀 있는 석비石碑 하나를 발견했다.

그 비에는 열두 글자가 적혀 있었다.

주석[錫]이 나면 그것으로 무기를 만들어 천하는 서로 싸울 것이요, 주석이 나지 않으면 천하가 태평하고 평화로울 것이다.
有錫兵, 天下爭, 無錫寧, 天下淸.

대장 왕전은 그 지방 주민들에게 석산에 관해서 물었다.
주민 하나가 대답한다.
"이 석산은 바로 혜산慧山 동쪽 봉우리에 해당합니다. 옛날에 주평왕周平王이 동쪽 낙양으로 도읍을 옮긴 후로 이 산에서 주석이 나기 시작했습니다. 그래서 그때부터 이 산의 이름을 석산이라고 했답니다. 그후 늘 주석을 채광採鑛해왔는데 웬일인지 요즘은 전처럼 많이 나지 않습니다. 글쎄올시다. 이 석비를 누가 만들어 묻어둔 것인지는 모르겠습니다."
이 말을 듣고 대장 왕전이 머리를 끄덕이면서 찬탄한다.
"좌우간 이 비석이 나왔으니 이제부터 천하가 점차 안정되겠구나! 이 비석은 지감 있는 옛사람이 미리 천지의 운수를 짐작하고 후세 사람에게 보이기 위해서 묻어두었을 것이다! 이제부터 이 산을 석산이라고 하지 말고 무석無錫이라고 하여라!"
오늘날 무석현無錫縣이란 고을 이름은 실로 그때부터 시작된 것이다.
왕전은 다시 군사를 거느리고 고소姑蘇 땅에 이르렀다. 고소성을 지키던 태수는 곧 진나라 대장 왕전을 영접하고 항복했다. 대장 왕전은 마침내 절강浙江을 건너가 옛 월越나라 땅에 상륙했다.
이때는 아직도 옛 월나라 왕손들이 남아서 용강甬江, 천태天台

등지에서 바다를 의지하며 살고 있었다. 그들은 서로 군장君長이라 자칭하고 있었지만 전혀 단결이 되어 있지 않았다. 그러다가 진나라 대장 왕전이 가자 그들은 모두 머리를 조아리고 진나라 백성이 되겠다고 서약했다.

대장 왕전은 옛 월나라 땅의 지도와 호구戶口를 접수하고, 즉시 진나라 함양으로 사람을 보내어 진왕 정에게 남방이 평정되었음을 보고했다.

대장 왕전은 다시 예장豫章 땅을 접수하고 새로이 구강군九江郡과 회계군會稽郡을 설치했다. 이리하여 마침내 초나라 종묘와 사직은 망하고 말았다. 이것이 바로 진왕 정 24년 때 일이었다.

초나라 역사를 돌이켜보건대, 주환왕周桓王 16년에 초나라가 강대해지자 초무왕楚武王은 비로소 왕이라 자칭하면서 조그만 나라들을 손아귀에 넣기 시작했다. 그후 5대代를 지나 초장왕楚莊王은 천하 패권을 잡았고, 다시 5대를 지나 초소왕楚昭王은 하마터면 오나라에 멸망당할 뻔했고, 다시 6대를 지나 초위왕楚威王은 마침내 오·월 두 나라를 무찔러 천하의 반을 차지한 대국을 이루었다. 그후 초회왕楚懷王이 간신奸臣 근상靳尙을 믿었다가 진나라 속임수에 빠진 후부터 쇠약해지기 시작했고, 다시 5대를 지나 초왕 부추의 대에 이르러 초나라는 마침내 진나라 군사에게 멸망하고 말았다.

사신史臣이 시로써 초나라를 읊은 것이 있다.

초나라는 육웅의 자손으로
그의 증손인 웅역이 주周나라로부터 초 땅을 받았도다.
그후 초무왕은 왕이라 칭하고 초장왕은 천하 패권을 잡아 크게 남쪽 땅을 개척했도다.
자어는 적자의 자리를 빼앗았고
초목왕 상신은 그 아비를 죽였도다.
하늘이 불행을 내렸으나 그래도 초나라는 후회할 줄 모르고
간신을 등용하고 자신만만하게 굴었도다.
마침내 초소왕은 오자서伍子胥에게 쫓겨 달아났고
초회왕은 진나라에 수금되어 갖은 고생을 하다가 죽었도다.
초경양왕과 초고열왕 때엔 초나라도 쇠약할 대로 쇠약해져서
마침내 3대를 지나 초왕 부추는 진나라의 포로가 되었도다.

鬻熊之嗣

肇封於楚

通王旅霸

大開南土

子圍簒嫡

商臣弑父

天禍未悔

憑奸自怙

昭困奔亡

懷迫囚苦

襄烈遂衰

負芻爲虜

대장 왕전은 초나라 땅을 완전히 몰수하고 진나라 함양성으로 개선해서 돌아갔다. 진왕 정은 대장 왕전에게 황금 1,000일을 하사하고 그의 공로를 찬양했다. 노장 왕전은 이에 대장의 인印을

내놓고 다시 영양穎陽 땅으로 돌아가서 편안한 나날을 보냈다.

한편, 진왕 정은 왕전의 아들 왕분王賁을 대장으로 기용하여 요동에 가 있는 연왕 희희를 치기로 했다.

진왕 정이 대장 왕분에게 하령한다.

"장군이 만일 요동 땅을 평정하고 돌아오는 길에 지난날 조나라 땅이었던 대代 땅까지 평정해주면 다시 장군에게 수고를 끼치지 않아도 될 것 같소."

이에 대장 왕분은 군사를 거느리고 머나먼 동쪽으로 가서 드디어 압록강을 건넜다. 그는 마침내 평양성을 격파하고 연왕 희를 사로잡아 진나라 함양으로 압송해 보냈다. 진왕 정은 사로잡혀온 연왕 희를 백성의 신분으로 만들어 몰아냈다.

연나라 역사를 돌이켜보건대, 그 조상은 주 왕실의 천자天子와 동성同姓인 희씨姬氏로 소공召公 석奭이 북쪽 연 땅을 받음으로써 시작되었다. 그후 9대代를 지나 연혜공燕惠公 때 주여왕周厲王은 오랑캐 체彘 땅으로 달아났고, 다시 8대를 지나 연장공燕莊公 때에 제환공이 오랑캐 산융山戎 땅 500여 리를 쳐서 연나라에 내주었기 때문에 이때부터 연나라는 대국 행세를 했다. 그후 19대를 지나 연문공燕文公은 소진蘇秦의 계책에 따라 육국六國의 합종을 이루었고, 그 아들 대에 이르러 비로소 연역왕燕易王이란 왕호를 씀으로써 당당히 천하 7국 중 하나가 되었다. 그 아들 연왕燕王 쾌噲는 제나라 군사에게 죽음을 당했고, 그 아들 연소왕燕昭王은 다시 나라를 재흥再興했으나 어찌하리오, 그후 겨우 4대 만인 연왕 희 때에 이르러 망하고 말았다.

사신史臣이 시로써 연나라를 읊은 것이 있다.

그 시조 소공이 연 땅을 받아 잘 다스렸으므로
백성들은 감당이란 노래를 지어 소공의 어진 덕을 칭송했도다.
연역왕 때에 이르러 비로소 왕이라 자칭하고
천하 7국의 하나가 되었도다.
연왕 쾌는 워낙 보잘것없는 사람이어서 망했지만
그 아들 연소왕은 영특해서 연나라를 다시 일으켰도다.
그러나 그후 진왕을 거꾸러뜨리려다가 일이 실패하자
마침내 요동 땅까지 잃고 말았도다.
전傳은 43이요
연年은 89백伯이라.
희씨 성인 연나라가 비교적 늦게 망한 것은
그 시조 소공의 음덕陰德일진저.

召伯治陝

甘棠懷德

易王僭號

齒於七國

噲以懦亡

平以强獲

一謀不就

遼東幷失

傳四十三

年八九伯

姬姓後亡

召公之澤

진나라 대장 왕분은 연나라를 완전히 멸망시키고 돌아오는 길에 서쪽으로 군사를 옮겨 지난날 조나라 땅인 대 땅을 공격했다. 조나라 공자인 대왕 가嘉는 별반 싸우지도 못하고 대패하여 오랑캐 흉노匈奴 땅으로 달아났다.

그러나 진나라 대장 왕분은 묘아장猫兒莊이란 곳까지 급히 추격해서 마침내 대왕 가를 사로잡았다. 대장 왕분은 대왕 가를 진나라로 압송하려고 우선 군영 안에 가두어두었다. 그날 밤 대왕 가는 허리띠를 풀어 목을 조르고 자살했다. 이리하여 운중雲中과 안문雁門 일대의 땅도 모두 진나라 소유가 되었다.

이때가 바로 진왕 정 25년이었다.

조나라 역사를 돌이켜보건대, 그 조상 조보造父는 애초부터 주왕실을 섬겼고, 그후 대대로 주나라 대부 벼슬을 살았다. 그 후손 숙대叔帶는 주유왕周幽王이 너무 황음무도荒淫無道했기 때문에 진晉나라로 달아나 진문후晉文侯(진문공晉文公 중이重耳가 아니라 그 조상)를 섬겼고, 그후 5대代를 지나 조숙趙夙은 진헌공晉獻公을 섬겼다. 다시 2대를 지나 조쇠趙衰는 진문공晉文公이 천하 패업을 성취하는 데 크게 이바지하여 진晉나라 명신名臣이 되었고, 그 아들 조돈趙盾은 진양공晉襄公·진성공晉成公·진경공晉景公 3대를 섬겨 진나라 패업을 유지시켰다. 그 아들 조삭趙朔의 대에 이르러 멸문지화滅門之禍를 당했으나 조삭의 일점혈육인 조무趙武가 천행으로 살아남아 조씨의 집안을 계승했다. 그후 다시 2대를 지나 조간자趙簡子 앙鞅의 대에 이르렀고, 그 아들 조양자趙襄子 무휼無恤이 진나라를 셋으로 나누어 조나라를 세우고 한韓·위魏 두 나라와 함께 정립鼎立하여 삼진三晉이라 일컬었다. 그 조카 조환자趙桓子의 대에 이르러 제후諸侯로 행세했고, 다시 7대를 지나 조무령왕趙武靈王은 호복胡服을 입었고, 조왕趙王 천遷은 진나라의 포로가 되었다. 그후 공자 가嘉는 대 땅으로 도망가서 대왕 가로 행세하며 조나라 역대 조상을 제사지내다가 6년 만에 드디어 망했다.

이리하여 육국 중에서 다섯 나라가 망했다. 이제 남은 곳이라곤 제나라 하나뿐이었다.

사신史臣이 시로써 조나라를 읊은 것이 있다.

조나라와 진秦나라의 선조는 같은 비염蜚簾이니

비염의 큰아들이 진나라 조상이며, 둘째아들이 조나라 조상이었도다.

주목왕 때 서 땅을 평정했기 때문에

그 후손 조보는 조 땅을 받고 조씨가 되었도다.

그 후손 숙대는 달아나 진晉나라를 섬겼고

조숙의 대에 이르러 확고한 기반을 마련했도다.

그 자손들은 대대로 진晉나라에서 높은 벼슬을 살았고

마침내 조나라의 주인이 되었도다.

그후 조무령왕은 호복까지 입고 강한 나라를 만들었으나

국내엔 혼란이 잇달아 일어나고 외국의 침범이 끊이지 않았도다.

천하 명장 염파와 이목 등을 잘 대우해서 쓰지 않았기 때문에 드디어 조왕 천은 사로잡혀 감금당했도다.

대왕 가가 대 땅에서 왕 노릇을 한 그 6년 간이

망하는 조나라의 마지막 불길이었도다.

趙氏之世

與秦同祖
周穆平徐
乃封造父
帶始事晉
夙初有土
武世晉卿
籍爲趙主
胡服雖强
內亂外侮
頗牧不用
王遷囚虜
雲中六載
餘焰之吐

연나라를 완전히 멸망시키고 남은 조나라 대 땅까지 평정한 대장 왕분은 즉시 진나라 함양으로 첩서捷書(승리를 알리는 글)를 보냈다. 진왕 정은 그 첩서를 받고 아주 기뻐하고, 즉시 붓을 들어 대장 왕분에게 답장을 써서 보냈다.

그 글에 하였으되,

장군은 군사를 거느리고 한번 떠나 머나먼 2,000리 길을 달려 연나라와 대 땅까지 몰수했으니 장군의 공로는 아버지의 공로보다 못하지 않도다. 그러나 단 하나 남은 제나라는 바로 장군이 돌아오는 길에 약간 노순路順만 변경하면 즉시 칠 수 있는 곳이라. 장군은 돌아오는 길에 제나라를 평정하기 바라노라.

그러면 우리 진나라에서 장군 부자의 공로보다 더 큰 공로는 없으리로다.

대장 왕분은 진왕 정의 답장을 받고 마침내 도중에서 군사를 옮겨 연산燕山을 쳐서 점령하고, 강물을 바라보며 제나라를 향해 남쪽으로 내려갔다.

한편, 제나라 제왕 건建은 그간 정승 후승后勝의 말만 듣고 한나라와 위나라를 돕지 않았다가 이웃 나라가 하나하나 망하자 진나라로 사신을 보내어 진왕 정에게 축하까지 드렸다. 그럴 때마다 진나라는 제나라 사신에게 많은 황금을 주고 융숭히 대접해서 돌려보냈다. 그래서 사신은 제나라에 돌아오기만 하면 극진한 대접을 받고 왔다는 것만 보고했다. 이에 제왕 건은 '진나라가 우리 제나라를 끔찍이 사랑하는구나!' 하고 더욱 감격해했다.

그리하여 제나라는 국방에 힘쓰지 않았다. 그후 한 · 위 · 조 · 초 · 연 다섯 나라가 차례차례로 모두 망했다. 그제야 불안해지기 시작한 제왕 건은 정승 후승과 함께 상의하여 서쪽 경계에 군사를 배치시켰다. 그러나 제나라 군사에게 무슨 용맹이 있으리오.

이때 진나라 대장 왕분이 군사를 거느리고 제나라로 쳐들어갔던 것이다. 제나라 군사는 추풍낙엽처럼 쓰러지고 달아났다. 진나라 군사는 즉시 오교吳橋를 통과하고 제남濟南 땅으로 나아갔다.

이때 제왕 건은 왕위에 있은 지 44년이었다. 더구나 그는 44년 동안에 전쟁이란 걸 전혀 모르고 평화롭게만 살아온 사람이다. 따라서 제나라 군사들은 무예를 훈련한 일조차 없었다. 그러면서도 제나라는 강포하고 잔인한 진나라 군사에 관한 소문만은 익히 들어서 잘 알고 있었다.

진나라 대장 왕분이 수십만 명의 군사를 거느리고 태산처럼 밀어닥치자 제나라 사람들은 겁을 먹고 싸울 생각도 하지 못했다. 진나라 군사는 역歷 땅을 경유하여 치천淄川으로 내려가서 제나라 도읍 임치성臨淄城으로 육박해 들어갔다. 그때 제나라 군사는 다 달아나버리고 대항하는 자가 없었다. 진나라 대장 왕분은 군사를 거느리고 마치 무인지경을 가듯이 나아갔다.

한편 제나라 도읍 임치성 안에선 일대 혼란이 일어났다. 백성들조차 사방으로 흩어져 어지러이 달아나 아무도 지키는 자가 없었다. 성문은 열린 그대로였다. 상황이 이 지경이 되고 보니 제나라 정승 후승도 별도리가 없었다.

정승 후승이 제왕 건에게 권한다.

"이젠 어쩔 수 없습니다. 대왕께선 진나라 군사를 영접하고 순순히 항복하십시오."

제왕 건은 한숨을 몰아쉬고 겨우 머리만 끄덕였다.

이리하여 제나라는 제대로 싸워보지도 못하고 망했다. 곧 진나라 대장 왕분은 칼에 피 한 방울 묻히지 않고 제나라를 공격한 지 두 달 만에 산동山東 땅을 몰수했다. 대장 왕분은 즉시 진나라로 사람을 보내어 승전을 고했다. 이에 진왕 정은 사자를 임치성으로 보냈다.

임치성에 당도한 사자가 진왕 정의 분부를 전한다.

"제왕 건은 정승인 후승의 계책을 듣고 잠시나마 우리 진나라 군사에게 항거하려고 했다. 이제 그들은 우리 진나라 군사에게 항복했으니 마땅히 제나라의 종묘사직을 없애버려라. 내 제나라 임금과 그 신하를 다 죽일 것이로되 건建이 40여 년 동안 과인에게 순종한 뜻을 가상히 여겨 살려준다. 건은 처자를 데리고 공성共城

땅에 가서 여생을 마치도록 하여라. 그리고 후승은 용서할 수 없으니 참형에 처하여라."

대장 왕분은 진왕 정의 분부를 받들어 제나라 정승 후승을 죽이고 군리들을 시켜 제왕 건을 공성 땅으로 압송했다.

제왕 건이 공성 땅에 붙들려가서 보니 거처할 집이란 바로 태행산太行山 밑의 조그만 띳집[茅屋]이었다. 사방을 둘러봐야 소나무와 잣나무만 빽빽히 우거진 깊은 산속이었다.

산속에는 사람도 살고 있지 않았다. 궁중 권속眷屬들은 비록 흩어지지 않으면 이별했으나 그래도 따라온 식구가 수십 명이었다. 그런데 진나라 유사有司(집사)가 하루에 내주는 식량은 너무나 적었다. 뿐만 아니라 어떤 날은 그나마도 내주지 않았다.

이때 제왕 건에게 어린 아들이 하나 있었다. 밤이면 어린 아들은 배가 고파서 울어대는데 들리는 건 깊고 깊은 산속의 솔바람 소리뿐이었다.

제왕 건은 지난날을 생각했다. 임치성 왕궁의 왕좌에 앉아 있었던 것이 바로 엊그제 같았다. 그 당시의 부귀는 천하에 부러울 것이 없었다.

그런데 왜 이 지경이 되었는가! 간신 후승의 말을 믿었기 때문에 결국 나라까지 망쳤고 이제 깊은 산속에서 배고픈 신세가 된 것이다. 지금에 후회한들 무슨 소용이 있으리오.

제왕 건은 기가 막혀서 밤낮으로 눈물만 흘렸다. 그런 지 한 달 만에 제왕 건은 마침내 세상을 떠났다. 제왕 건을 따라와서 모시던 궁인들은 그후 다 달아나버리고, 제왕 건의 어린 아들도 행방불명이 되었다. 전하는 말에 의하면 제왕 건은 슬퍼서 죽은 것이 아니라 실은 배가 고파서 굶어 죽은 것이라고 한다.

제나라 사람들은 이 소식을 듣고 제왕 건의 죽음을 슬퍼했다. 누가 지었는지 제나라 백성들 사이에서 다음과 같은 노래가 생겨 났다.

소나무야! 잣나무야!
배가 고파도 먹을 수 없구나.
누가 우리 왕을 그 지경이 되게 했는가!
슬프다! 사람을 잘못 썼기 때문이로다.
松耶柏耶
飢不可爲餐
誰使建極耶
嗟任人匪端

이 노래는 「송백지가松柏之歌」라고 해서 후세까지 전해지고 있다. 곧 제나라 백성들이 정승 후승을 비난한 노래였다.

강태공의 자손이 세운 춘추 시대의 제나라는 이미 망한 지 오래이니 제외하고, 전씨田氏가 다스린 전국 시대의 제나라 역사만을 돌이켜볼진대 그 시조는 바로 진陳나라 사람이었다. 곧 진나라 진여공陳厲公의 아들 공자 완完이 주장왕周莊王 15년에 제나라(강태공의 자손이 다스리던 제나라)로 도망와서 마침내 제나라 신하가된 후부터 전씨田氏로 행세했다. 그 자손에 전환자田桓子 무우無宇란 사람이 있었고, 다시 2대代를 지나 전희자田僖子 걸乞이 널리 덕을 펴서 제나라 민심을 얻었기 때문에 이때부터 세력이 커지기 시작했다. 그후 전희자 걸의 아들 전항자田恒子가 제나라 임금을 죽였고, 다시 3대를 지나 전화田和가 마침내 제강공齊康公을 몰아내고 제나라 임금 자리를 빼앗아 전씨의 제나라를 만들었다.
다시 3대를 지나 제위왕齊威王 때에 이르러 왕이라 자칭했고, 다
시 4대를 지나 제왕 건의 대에 이르러 마침내 망했다.

  사신史臣이 시로써 전씨의 제나라를 읊은 것이 있다.

  진여공의 아들 공자 완이 진陳나라에서 난을 피해
  제나라 태강 땅으로 도망해왔도다.
  그러나 이치란 것은 두 곳에서 다 번창할 수 없나니
  진陳나라를 버리고 제나라에 와서 규씨嬀氏˙성을 전씨田氏로
고친 후부터 번창했도다.
  전화는 신하로서 강씨의 제나라 임금 자리를 뺏었고
  그 자손 제위왕은 왕이라 자칭했다.
  맹상군은 선비를 길러 천하에 명성을 떨쳤고
  전단은 위기에 빠진 제나라를 건졌도다.
  그후 나라 꼴이 안 되자니 사리사욕밖에 모르는 후승이 정승
이 되어
  도둑을 보고도 상서롭다고 하였음이라.
  애달프다! 제왕 건이여
  소나무와 잣나무만 울울창창하구나.
  陳完避難
  奔於太姜
  物莫兩盛
  嬀替田昌
  和始擅命
  威遂稱王

孟嘗延客

田單救亡

相勝利賄

認賊爲祥

哀哉王建

松柏蒼蒼

* 진陳나라 임금의 성씨.

이때가 바로 진왕 정 26년이었다.

이리하여 연 · 제 · 초 · 위 · 한 · 조 육국이 다 망하고 마침내 진
나라가 천하를 통일했다.

진왕 정은 망한 육국이 다 왕호王號를 썼다 해서 그 명칭이 마
음에 들지 않았다. 그래서 제왕帝王이란 칭호를 쓸까 하고도 생각
했다. 하지만 예전에 이미 진소양왕秦昭襄王이 제나라와 함께 제
호帝號를 쓰려다가 그만둔 일이 있었던 터라 진왕 정은 다시 제왕
만으로도 흡족하지가 않았다.

'그렇다. 나는 천하를 통일했고, 우리 진나라의 위엄은 사이팔
만四夷八蠻까지 미치고 있다. 내 어찌 제호만으로 만족할 수 있으
리오.'

마침내 진왕 정은 고대에 삼황三皇 오제五帝가 있었다는 걸 생
각해냈다.

'우리 진나라는 삼황의 덕을 겸비하고 있으며, 나의 공로는 오
제보다 월등하다. 그러니 삼황의 황皇자와 오제의 제帝자를 따서
황제皇帝라고 칭호하자.'

드디어 진왕 정은 유사 이래 처음으로 황제란 칭호를 썼다. 그는 죽은 자기 아버지 진장양왕을 태상황太上皇으로 추존追尊하고 다음과 같이 분부했다.

"옛날에 주공周公이 만든 시법諡法(죽은 사람에게 이름을 지어주는 것)이 옳지 못하다. 자식이 어찌 죽은 아버지를 논하고, 신하가 어찌 죽은 임금을 논할 수 있으리오. 이제부터는 시법을 폐지한다. 나로부터 황제란 칭호가 시작되니 나는 시황제始皇帝가 될 것이요, 나의 자손을 말할 때는 2세, 3세란 말로써 칭하여 백천만세百千萬世에 이르도록 이 진나라를 영원무궁히 전하여라. 그리고 과인이 천자로서 내 자신을 말할 때는 짐朕이라 할 것이며, 모든 신하는 짐을 말할 때에 폐하陛下라고 하여라."

진왕 정은 뛰어난 공인工人에게 명하여 화씨和氏의 옥으로 국새國璽(국가를 상징하는 천자의 도장)를 만들었다. 그 국새엔 다음 여덟 자가 새겨졌다.

하늘로부터 명을 받았으니
영원무궁하도록 번영하리라.
受命於天
旣壽永昌

이제부터 진왕 정을 진시황秦始皇*이라고 하자. 진시황은 연달아 새로운 법과 제도를 선포했다.

"주周나라는 화덕火德으로 일어났기 때문에 우리 진나라는 수덕水德으로써 능히 그 불을 껐다. 우리 진나라는 수덕을 상징하는 흑색黑色을 사용해야 한다. 그러므로 의복과 정기旌旗까지도 모두 검은빛을 쓰도록 하여라. 또 물은 6으로 상징되나니 모든 기물器物과 도량기度量器까지도 6을 표준 단위로 삼아라. 또 짐은 10월을 정월正月로 고치노니 이후에 해마다 그때에 하례賀禮를 드리도록 하여라. 또 정월이란 정正자와 짐의 이름인 정政자는 그 음이 같으니 이는 황제에 대한 예의가 아니다. 앞으론 정正자를 정征자로 고쳐서 부르도록 하여라."

신하들은 이러한 선포를 듣고 어리둥절했다. 특히 정征자는 정벌征伐한다는 뜻으로 불길한 글자였다. 그러나 모든 신하는 진시황의 뜻이 그러했기 때문에 아무도 감히 나서서 말을 못했다.

위요尉繚는 진시황이 기고만장해서 의기양양히 설치는 것을 보고 홀로 탄식한다.

"진나라는 비록 천하를 얻었으나 벌써부터 저렇듯 만족하고 교만스레 구는구나. 진나라도 장차 운수가 기울지라. 그 어찌 오래 가리오!"

어느 날 저녁이었다.

위요는 그의 제자 왕오王敖를 데리고 함양성을 떠나 어디론가 가버렸다. 그후로는 위요의 소식을 아는 사람이 없었다.

진시황이 위요가 없어졌다는 말을 듣고 모든 신하에게 묻는다.

"위요는 어째서 짐을 버리고 떠났을까?"

모든 신하가 이구동성으로 대답한다.

"위요는 폐하를 도와 천하를 정벌했기 때문에 그 공로가 가장 컸습니다. 옛날에 주나라가 강태공과 주공周公에게 국토를 떼어주고 봉했듯이 위요도 폐하로부터 큼직한 국토를 받으려니 하고 은근히 기대했을 것입니다. 그런데 이제 폐하의 존호尊號도 정해졌건만 아무런 논공행상도 없어 위요는 실망하고 떠났을 것입니다."

진시황이 한참 만에 묻는다.

"그럼 짐도 지난날의 주 왕실처럼 신하들에게 국토를 나눠 주고 제후를 두어야 할까?"

모든 신하가 이구동성으로 대답한다.

"지난날의 연나라와 제나라와 초나라와 조나라 땅은 너무나 크고 우리 함양성에서 너무 먼 거리에 있습니다. 그런 멀고도 큰 땅엔 왕을 두고 각 지방을 통치해야만 이 무한한 천하를 다스릴 수 있습니다."

이사李斯가 모든 신하의 뜻에 강력히 반대한다.

"옛날에 주나라는 신하들에게 수백 개의 나라를 봉해주었습니다. 그 당시에 나라를 받은 신하들이란 거개가 다 주 왕실과 동성同姓인 희씨姬氏들이었습니다. 그러나 그 결과가 어찌 되었습니까? 그들의 자손들은 서로 자기 나라 땅을 넓히기 위해 주 왕실은 돕지도 않고 서로 저희들끼리 다투고 싸우기에 여념이 없었습니다. 이제 폐하는 천하를 통일하셨습니다. 그런데 또 옛 주나라의 폐단을 이어받으시렵니까? 폐하께서는 천하를 군郡과 현縣으로 나누시고 강력한 중앙 집권으로써 세상을 다스려야 합니다. 곧 아무리 공로가 큰 신하에게도 녹봉祿俸을 많이 줄지언정 한 치의 땅도 줘선 안 되며, 그 누구에게도 특권을 줘서는 안 됩니다. 그래야만 모든 전쟁과 불행이 없어지며, 따라서 영원한 평화와 진나라의 번영을 기할 수 있습니다."

이 말을 듣고 진시황은 거듭 머리를 끄덕였다. 이리하여 마침내 진나라는 천하를 36군郡으로 나누었다.

그 36군을 소개하면 다음과 같다.

내사군內史郡, 한중군漢中郡, 북지군北地郡, 농서군隴西郡

상군上郡, 태원군太原郡, 하동군河東郡, 상당군上黨郡

운중군雲中郡, 안문군雁門郡, 대군代郡, 삼천군三川郡

한단군邯鄲郡, 남양군南陽郡, 영천군潁川郡, 제군齊郡

설군薛郡(사수군泗水郡), 동군東郡, 요서군遼西郡, 요동군遼東郡

상곡군上谷郡, 어양군漁陽郡, 거록군鉅鹿郡, 우북평군右北平郡

구강군九江郡, 회계군會稽郡, 장군鄣郡, 민중군閩中郡

남해군南海郡, 상군象郡, 계림군桂林郡, 파군巴郡

촉군蜀郡, 검중군黔中郡, 남군南郡, 장사군長沙郡

이때 오랑캐〔胡〕들이 자주 북쪽 변경을 침범해 북쪽 어양군漁陽郡과 상곡군上谷郡 등은 가장 지역을 작게 나누었다. 그 대신 군사를 보내어 국방에 치중했고, 남쪽 하수河水 지대는 늘 평화로워 구강군九江郡과 회계군會稽郡 등은 지역을 가장 넓게 나누었다.

이렇듯 구역을 크고 작게 나눈 것도 다 이사의 복안腹案에 의해서 이루어졌다. 그리고 군마다 수위守尉 한 사람과 감어사監御史 한 사람씩을 보내어 다스리게 했다.

또 천하의 모든 무기를 함양성으로 거둬들이고 그걸 녹여서 열두 사람의 철상鐵像을 만들어 궁전 뜰에 세웠다. 그 하나의 무게가 1,000근이었다. 이는 상서祥瑞와 길조吉兆에 응한다는 미명 아래 천하의 모든 무기를 없애버리기 위해서였다.

그리고 천하의 모든 호걸들을 함양성으로 이주시켰다. 그리하여 당시 함양성 안엔 20만 호의 집이 들어찼다.

또 함양성 북쪽 고갯마루에다 육국六國의 궁실을 모방해서 여섯 군데의 이궁離宮을 지었다. 나중엔 그것마저 부족해서 역사 이래 최고로 호화롭고 최대 규모라고 하는 아방궁阿房宮을 지었다.

　진시황은 이사를 승상으로 삼고 조고趙高를 낭중령郎中令으로 승급시켰다. 장군으로서 공로를 세운 왕분王賁과 몽무蒙武 등에 겐 각기 1만 호를 봉하고, 그만 못한 장수들에겐 공로에 따라서 수천 호씩을 봉했다. 그리고 각 지방마다 부과한 조세 수입으로 관리들의 봉급을 지불했다.

　마침내 진시황은 모든 서적을 불태워버리고, 왈가왈부하는 학 자들을 산 채로 구덩이 속에 끌어 묻기에 이르렀다.

　그는 지방을 순시하는 데도 전혀 법도法度가 없어서 마음 내키 는 대로 돌아다녔다. 이리하여 마침내 북쪽 오랑캐를 막기 위해서 저 거창한 만리장성萬里長城을 쌓기 시작했다. 백성들은 무자비 한 관리들에게 붙들려가서 강제 노동을 당했다. 참으로 만리장성 은 백성들의 피와 기름땀과 죽음으로 이루어진 것이었다.

　진시황의 횡포와 독재는 갈수록 심해졌다. 백성들은 견디낼 도 리가 없었다. 비록 말은 못했으나 원한이 하늘까지 사무쳤다.

　진시황은 마침내 등극한 지 37년 만에 죽고, 2세 황제 호해胡亥 가 등극했다. 학정虐政은 점점 더 심해졌다.

　천하를 통일한 후로 영원히 세상을 다스릴 줄 알았던 진나라는 불과 진시황의 손자 자영子嬰의 대에 이르러 망하고 만다.

　힘은 이긴다. 그러나 자고로 오래간 예가 없다.

　힘보다 강한 것은 덕德이다. 열국列國이 망한 것은 무엇인가? 덕을 잃었기 때문이었다.

　이리하여 열국의 시대는 끝났다.

　사신史臣이 시로써 열국을 읊은 것이 있다.

주평왕周平王이 도읍을 동쪽으로 옮긴 이후 가장 강한 나라는 제齊나라와 정鄭나라였으며

남쪽 초楚나라가 차츰 세력을 떨칠 때에 영특한 제환공齊桓公과 진문공晉文公이 나타났도다.

이때를 전후하여 초장왕楚莊王과 송양공宋襄公과 진목공秦穆公이 나왔으니 세상에선 이들 다섯 사람을 오패五覇라고 하지만

그들 다섯 사람은 각기 패업을 성취하려고 오로지 정벌만 일삼았도다.

진양공晉襄公과 진경공晉景公과 진도공晉悼公은 계속해서 겨우 패권을 유지했고

진평공晉平公과 진애공晉哀公과 제경공齊景公은 각기 나라를 다시 일으키려고 무던히 애썼도다.

마침내 진晉·초楚 두 나라가 쇠약해지자 이번엔 오吳나라와 월越나라가 두각을 나타냈으니

오나라 합려闔閭와 월나라 구천句踐은 거칠 것이 없이 세상을 종횡했도다.

춘추春秋 시대의 나라 수효는 이루 헤아릴 수 없을 정도로 많았으나

그들 중에서 중요한 몇 가지 파와 원류만은 오늘날도 고증할 수 있도다.

노魯·위衛·진晉·연燕·조曹·정鄭·채蔡·오吳 이상 여덟 나라는

다 주周 왕실과 동성동본인 희성姬姓이었도다.

제나라는 강태공姜太公의 후손이었고, 송宋나라는 옛 상商나라의 후손이었으며

옛 하夏나라 우왕禹王의 후손으로선 기杞나라와 월나라가 있었고, 고대古代 전욱제顓頊帝의 후손으로선 초나라가 있었도다.

진秦나라도 초나라와 같은 전욱제의 자손이었고, 진陳나라는 바로 순舜임금의 후손이었으며

허許나라의 조상은 태악太岳에서 시작되었으니 바로 백이伯夷의 후손이었도다.

춘추 시대가 끝나고 전국戰國 시대가 되면 칠웅七雄이 일어나 서로 싸우는데

한韓·조趙·위魏 세 나라는 진晉나라를 셋으로 나눠서 각기 차지한 것이었도다.

위魏·한韓 두 나라는 다 주 왕실과 같은 희씨姬氏였고

조趙나라 조상 조보造父는 진秦나라와 같은 조상이었도다.

강태공의 자손이 세운 제나라를 그후 전씨田氏가 차지했으니 전씨는 바로 진陳나라의 자손이었고

춘신군春申君 황헐黃歇의 자식이 초나라 왕이 되었으니 초나라 왕통王統은 남몰래 기울었도다.

송나라는 제나라에 망했고, 노나라는 초나라에 먹혔으며

오나라와 월나라는 서로 싸우다가 결국 초나라에 망했도다.

아아, 주나라 구정九鼎이 마침내 진秦나라에 옮겨지자 모든 나라 동맹도 허사로 끝났으니

그후 육국은 점차 진秦나라 것이 되고 말았도다.

東遷强國齊鄭最

荊楚漸橫開桓文

楚莊松襄和秦穆

選爲覇得專征

晉襄景悼稱世霸

平衰齊景思代興

晉楚兩衰吳越進

闔閭句踐何縱橫

春秋諸國難盡數

幾派源流略可尋

魯衛晉燕曹鄭蔡

與吳姬姓同宗盟

齊繇呂尙宋商裔

禹後杞越顓頊荊

秦亦顓裔陳祖舜

許始太岳各有生

及交戰國七雄起

韓趙魏氏晉三分

魏與韓皆周同姓

趙先造父同嬴秦

齊呂改田卽陳後

黃歇代楚熊暗傾

宋亡於齊魯入楚

吳越交勝總歸荊

周鼎旣遷合縱散

六國相隨漸屬秦

염선髯仙이 『열국지列國志』를 다 읽고 나서 그 소감을 시로 읊은 것이 있다.

주周나라 800년 일을 돌아보니

사람의 힘과 하늘의 힘이 반반씩이었도다.

근 1,000년을 꾸준히 지속한 것은 충후忠厚한 신하들에게 힘 입은 바 컸으나

모진 세상 물결에 휩쓸려 엎치락뒤치락 무상하도다.

마침내 육국도 다 진나라에 아첨하고 신하 노릇을 했으니

주 왕실이 망할 때 옛날에 도읍을 동쪽으로 옮겼던 일을 그 얼마나 원망했겠는가?

아아, 자고로 흥하고 망한 나라를 살펴보아라.

모든 원인은 당시에 어진 신하를 등용했느냐, 아니면 간신을 등용했느냐에 따라서 판가름이 났도다.

卜世雖然八百年

半由人事半由天

綿延過歷緣忠厚

陵替隨波爲倒顚

六國媚秦甘北面

西周失祀恨東遷

總觀千古興亡國

盡在朝中用佞賢

〔끝〕

전국戰國 칠웅七雄 계보도

* — 부자 관계. ㄴ 형제 관계.
* 네모 안 숫자(①, ②…)는 주나라 건국 이후와 각 제후국 분봉 이후의 왕위, 군위 대代 수.

제齊나라 계보 : 전씨田氏

…— ⑦ 양왕襄王 법장法章(B.C.283~265) —— ⑧ 왕건王建(B.C.264~221)

• 진秦이 B.C.221년에 전국 칠웅 중 마지막으로 제나라를 멸망시킴.

한韓나라 계보 : 한씨韓氏

…— ⑫ 환혜왕桓惠王(B.C.272~239) —— ⑬ 왕안王安(B.C.238~230)

• 진秦이 B.C.230년에 전국 칠웅 중 가장 먼저 한나라를 멸망시킴.

위魏나라 계보 : 위씨魏氏

…— ⑥ 소왕昭王(B.C.295~277) —┬— ⑦ 안리왕安釐王(B.C.276~243) —
                                    └— 공자 무기無忌(신릉군信陵君)

└— ⑧ 경민왕景湣王(B.C.242~228) —— ⑨ 왕가王假(B.C.227~225)

• 진秦이 B.C.225년에 전국 칠웅 중 세번째로 위나라를 멸망시킴.

---(조趙나라 계보 : 조씨趙氏)---

··· ── ⑩ 효성왕孝成王 단丹(B.C.265~245) ─┐

└── ⑪ 도양왕悼襄王 언偃(B.C.244~236) ──┬── ⑫ 왕천王遷(B.C.235~228)

└── ⑬ 대왕代王 가假(B.C.227~222)

• 진秦이 B.C.228년에 전국 칠웅 중 두번째로 조나라를 멸망시킴. 조왕 천의 아우인 공자 가假가 조나라 인근 대代 땅에서 조나라의 분국分國인 대나라를 세워 B.C.222년까지 가까스로 조나라 왕실의 명목을 유지하였으나, 보통 조나라는 B.C.228년에 멸망한 것으로 보는 견해가 일반적임.

---(초楚나라 계보 : 웅성熊姓)---

··· ── ㊱ 회왕懷王 괴槐(B.C.328~299) ──┬── ㊲ 경양왕頃襄王 횡橫(B.C.298~263) ─┐

└── ? ── 회왕懷王 심心(의제義帝)

└── ㊳ 고열왕考烈王 원元(B.C.262~238) ──┬── ㊴ 유왕幽王 한悍(B.C.237~228)

├── ㊶ 부추負芻(B.C.227~223)

└── ㊵ 애왕哀王 유猶(B.C.228)

• 진秦이 B.C.223년에 전국 칠웅 중 네번째로 초나라를 멸망시킴. 초의 멸망은 진나라 통일의 최대 고비이자 난제였고, 동시에 최대 성과이기도 했음. 초나라를 멸망시키기 위해 진나라는 무려 60만 대군을 동원했으며, 그로 인해 전국 칠웅 중 최대의 숙적인 초를 꺾음으로써 천하 통일을 기정 사실화하게 됨.

---(진秦나라 계보 : 영성嬴姓)---

··· ── ㉝ 소양왕昭襄王(B.C.306~251) ── ㉞ 효문왕孝文王(B.C.250) ─┐

└── ㉟ 장양왕莊襄王(이인異人, 자초子楚 : B.C.249~247) ─┐

└── ㊱ 시황제始皇帝 정政(B.C.246~210)

노魯나라 계보 : 희성姬姓

··· ── ③②평공平公 숙叔(B.C.314∼296) ── ③③문공文公 가賈(B.C.294∼273) ─┐

└─ ③④경공頃公 수讎(B.C.272∼249)

- 초나라가 B.C.256년에 노魯나라를 멸국시킨 후 경공頃公(B.C.271∼248 재위)을 거 땅으로 이주시킴. 이어 B.C.249년에는 경공을 서인庶人으로 강등시키고 노나라 공실의 제사마저 단절시킴.

위衛나라 계보 : 희성姬姓

··· ─┬ ③⑧사군嗣君¹(B.C.324∼283) ──── ③⑨회군懷君(B.C.282∼253)
　　└ ④⓪원군元君²(B.C.252∼230) ──── ④①군각君角(B.C.229∼209)

1　효양후孝襄侯라고도 함. 효양후 5년(B.C.320)에 위魏나라에 의해 '군君'으로 강등되고, 복양으로 강제 이주되었음.

2　원군 14년(B.C.239)에 진秦나라가 원군을 야왕野王 땅으로 옮겨가게 한 후, 곧이어 위의 중심지(당시는 복양) 를 동군東郡(진이 위魏나라를 정벌한 후 그 영토 일부에 설치한 직할군)의 일부로 삼음.

- ③①경공敬公(B.C.450∼432) 시기부터 한韓 · 위魏 · 조趙의 압박을 받아 사실상 주권을 상실한 것이나 다름없 는 상황이 됨.

기물器物

병부兵符　왕으로부터 군대를 동원할 수 있는 권한을 위임받은 사실을 입증해주는 부절符節. 호랑이의 형상을 하고 있어 호부虎符라고도 하는데, 좌우 한 쌍으로 제작되어 좌左의 것은 군주가, 우右의 것은 출정하는 장수가 지니게 되어 있었음. 위魏나라의 신릉군信陵君이 안리왕安釐王의 병부를 훔쳐내어 군대를 출동시킴으로써 조趙나라를 원군援軍하고 대승을 거둔 일화는 유명함. 섬서성陝西省 서안시西安市 출토.

여불위과呂不韋戈   진秦나라의 승상丞相 여불위呂不韋가 제작해 소지한 과戈(단
창)로 '八年相邦呂不韋造……'(진왕秦王 정政 8년＝B.C.239년에 상방相邦＝승상丞相
여불위가 제작하다) 등 열다섯 자가 새겨져 있음. 섬서성陝西省 계보시鷄寶市 박물
관 소장.

연왕희모燕王喜矛   연왕燕王 희喜(B.C.254～222 재위) 시기에 제작된 청동제 모矛.
하북성河北省 보정정집保定征集 출토. '燕王喜造口矛(연왕 희가 구모를 제작하다)'
의 여섯 글자가 새겨져 있음. 길이 17.6cm.

진왕秦王을 암살하려는 형가荊軻 자객 형가가 연燕나라 세자 단丹의 사주를 받아
진왕秦王 정政(훗날의 시황제始皇帝 : B.C.246~210 재위)을 암살하려다 실패한 장
면을 생동감 있게 묘사한 산동성山東省 가상현嘉祥縣 출토의 화상석畵像石(바위
에 그린 그림으로 오늘날 중요 역사 유물이 됨). 왼쪽이 형가이고 오른쪽의 도망
가는 사람이 진왕 정이다. 형가가 잘못 던진 칼이 기둥에 꽂혀 있고, 기둥 밑에는
진왕을 속이기 위한 미끼로 가져온 번오기樊於期의 목과 연나라의 요지인 독항督
亢 땅 지도가 떨어져 있다. 진왕의 주위에는 그를 도우려다 당황해서 넘어진 신하
들의 모습도 함께 그려져 있다.

『**한비자**韓非子』　전국 말의 대사상가이자 철학자인 한韓나라 공자 한비韓非가 자신의 법가法家 사상을 계통적으로 정리하여 저술한 책. 이 책을 통해 한비자는 전국 시대에 각 지역에서 독자적으로 발전한 법가 이론들을 집대성함으로써 법가 사상의 큰 체계를 수립했음.『한비자』에 나타나 있는 전국 말의 법가 사상은 법法 · 세勢 · 술術의 3대 요소로 구성되는데, 우선 신불해申不害(B.C.440~337)로부터 유래된 '술術'은 군주의 관료 통제술을 의미하는 것으로, 이는 공개적인 것이 아니라 군주가 자신의 흉중 속에 깊이 감추어둔 채 수시로 생사여탈권生死與奪權을 발휘하여 신하를 꼼짝 못하게 통제하는 기술이며, 이를 위해 군주는 매사에 희로애락을 감추고 냉철하게 청정무위淸淨無爲해야 한다고 주장했음. 곧 술術이란 군주의 관료통어술官僚統御術 겸 관료 제도의 운영 원리를 일반적으로 지칭하는 용어임. 다음으로 상앙商鞅(B.C.390~338)이 주창한 '법法'이란 민民을 통제하고 억압하는 수단이자 통치의 객관성을 보장하는 기본 장치인 성문법을 지시하는 것으로, 모든 성문법은 언제나 공개적으로 선포되고 엄격하게 준수되어야 한다고 했음. 당시 상당수의 법가들은 이처럼 무차별적인 성문법의 적용과 준수 및 극단적인 법치주의를 강조했음. 신도愼到(B.C.350~275)가 말한 '세勢'는 통치를 유지하는 또 다른 중요 수단인 군주의 위세의 중요성을 지시하는 용어로, 군주의 도덕성보다는 존엄한 위세가 권력 유지의 근본 비결이라는 주장을 담고 있음. 이상과 같은 법 · 세 · 술 이론을 종합하여 법가 사상을 집대성한 것이 바로 전국 말의 대법가인 한비자였으며, 그가 3대 요소를 총합한 결과로 수립한 '제왕帝王의 학學'을 차분하게 정리한 것이 바로 명저 중의 명저『한비자』였음. 한비자는 사상가일 뿐 아니라 워낙에 날카롭고 논리적인 명문장으로도 유명하여 진시황이『한비자』를 읽어보고 감동하여 흠모하게 되었다는 일화가 전해짐. 또한 『한비자』는 진제국秦帝國 시대뿐 아니라 후대에도 계속해서 법치주의의 고전이자 제왕학帝王學의 선구로 자리잡게 되었음.

번오기樊於期

진秦나라의 장군. B.C.239년에 진왕秦王 정政(진시황)이 동생인 장안군長安君 성 교成蟜(盛橋)를 파견해 조趙나라의 요충지인 상당上黨 땅을 공격하게 했을 때 그 휘하 장수로 출전했는데, 평소 여불위의 비행과 전횡을 미워해오던 차에 이를 절 호의 기회로 생각하고 유약한 장안군을 적극 설득하여 둔류屯留에서 진왕 정과 여불위에 대해 반란을 일으켰음. 사실상 번오기가 지휘한 것이나 다름없는 이 반 란군은 '여불위 소생인 진왕 정에게는 복종할 수 없으며 진정한 영씨嬴氏 군주를 세워 왕통王統을 바로잡아야 한다'는 명분을 내세웠으나, 대노한 진왕 정의 신속 한 대처로 곧 진압되어 장안군은 처형되고 번오기는 연나라로 도망쳤음. 연나라 에서 계속 세자 단丹의 보호를 받았으나 전국 시대 막바지인 B.C.227년에 세자 단이 진나라를 응징하고 조국을 지키기 위해 자객 형가荊軻를 보내 진왕 정을 암 살하려 했을 때 진왕 정의 의심을 사지 않으려는 목적에서 당시 엄청한 현상금이 걸려 있는 번오기의 목이 필요했음. 이를 알고 스스로 자기 목을 끊어 형가에게 바쳤으나 결국 형가가 암살에 실패함으로써 천추의 한을 남기게 되었음. 번오기 의 반란은 천하통일을 눈앞에 둔 진秦나라에서 발생한 최후의 내분이자 무시 못 할 정치적 위기였으나, 번오기와 형가의 죽음으로 일단락되면서 진은 통일에 더 욱 박차를 가하게 되었음.

신릉군信陵君

위나라의 공족公族이자 대부호로 안리왕安釐王(B.C.276~243 재위)의 동생이고 본명은 무기無忌. B.C.276년에 형인 안리왕에 의해 신릉군으로 봉해졌음. 제齊나 라의 맹상군孟嘗君, 조趙나라의 평원군平原君, 초楚나라의 춘신군春申君 등과 함 께 수많은 문객門客, 빈객賓客들을 정성껏 부양하고 우대함으로써, 보통 '전국戰 國 사군자四君子'로 널리 회자됨. 사군자들 중에서도 병법과 군사 전술에 가장 뛰

319

어나 위나라를 위해 많은 군공軍功을 수립했고, 맹상군·평원군 등과도 깊게 교류하면서 전국 말기의 위태롭고 어지러운 상황을 잘 헤쳐나갔음. 특히 B.C.257년에는 안리왕의 병부兵符를 훔쳐내는 비상 수단을 쓰면서까지 위나라 군사들을 동원해 조나라를 구원하고 진나라 군대에게 대승을 거둠으로써 천하의 칭송을 받게 되었음. 그러나 이후 그의 세력이 확대되는 것을 견제한 안리왕과 수많은 반대파들의 참소에 환멸을 느낀 나머지 현실 정치에 흥미를 잃고 주색에 빠져 무기력한 여생을 보냈음. 휘하 문객들과 함께 병법, 군사 전력, 천하 경영에 관한 내용을 담은 『위공자병법魏公子兵法』21편을 편찬했다고 하나 이 책은 현재 전해지지 않음.

여불위呂不韋

조趙나라 출신의 대상인. 세상의 흥망성쇠를 읽는 눈과 이해득실을 계산하는 판단력이 매우 비상했음. 일찍이 조나라에 볼모로 와 있던 진秦나라의 왕손 이인異人(일명 자초子楚)을 우연히 보고 나서 그가 기화奇貨(기묘한 보배)임을 첫눈에 간파하여 이후 물심양면으로 후원한 끝에, 마침내 그를 장양왕莊襄王(B.C.249~247 재위)으로 즉위하도록 만들었음. 장양왕이 즉위함과 동시에 승상丞相이 되고 문신후文信侯로 봉封해져 낙양洛陽 부근의 식읍食邑 10만 호를 받음으로써, 진秦나라는 물론 천하 제일의 부귀와 권세를 누리게 됨. 이후 자신의 권세를 믿고 한없이 방자해져 자신이 이전에 장양왕에게 헌납해 왕후로 삼게 했던 옛 애첩(진시황의 어머니. 진시황은 장양왕의 아들이 아니라 여불위의 아들이라는 설도 있음)과 불륜 행각을 벌이는 한편, 군사권과 인사권을 농단하여 한때 진나라를 영씨嬴氏가 아닌 여씨呂氏의 나라로 만든다는 비난까지 들었음. 진시황이 장성한 후에는 점차 실권을 잃어가다가 결정적으로 B.C.238년에 자신이 황태후의 또 다른 정부情夫로 천거한 노애嫪毐가 일으킨 변란에 연루되어 모든 봉호와 작록을 삭탈당하고 진시황에게 계속 겁박당하면서 쫓겨다닌 끝에 자결했음. 천하 제일의 부귀를 누릴 당시 전국 사군자의 사례를 흠모하여 자신도 휘하에 수천 명의 빈객을 모으고 그들로 하여금 천하고금의 치란治亂과 목민牧民의 문제를 심도 있게 토론하게 하여, 그 성과를 『여씨춘추呂氏春秋』라는 책으로 집대성하기도 했음.

왕전王翦

진秦나라의 백전노장百戰老將. 천하 통일의 최대 난적이자 남방의 강대국인 초楚나라를 정복하기 위해 진왕 정이 자문을 구했을 때 60만 대군이 아니면 곤란하다고 응답했음. 이 말을 들은 진왕 정은 노장군이라 겁이 많다고 생각하고 이신李信과 몽무蒙武에게 20만 대군을 주어 초나라를 공격하게 했으나, 도리어 항연項燕이 이끄는 초나라 대군에게 대패당했음. 이에 진왕 정은 왕전의 주장대로 60만 대군을 주어 초나라를 재차 공격하게 한 결과, 마침내 B.C.223년에 대승을 거두고 초나라를 멸하여 그 지역에 초군楚郡을 설치했음. 개선 후 왕전은 정치에 욕심을 내지 않고 진왕으로부터 많은 전답과 저택을 하사받아 명철보신明哲保身하면서 안락하고 평온한 여생을 보냈음.

이목李牧

조趙나라의 명장 중의 명장이자 말 그대로 동량지신棟樑之臣. B.C.243년에 연燕나라와의 전투에서 대승을 거둬 무수武遂, 방성方城 땅을 함락하고, B.C.233년에 진秦나라 군사들을 적여赤麗, 의안宜安에서 대파했으며, B.C.232년에도 역시 진의 대군을 업鄴과 번오番吾에서 대패시켰음. 또 B.C.229년에는 노장 왕전王翦이 이끄는 진의 대군이 한단邯鄲으로 총출동하는 초비상 사태하에서 진나라 군사를 대패시켜 멸망의 위기를 극복하는 등 열거하기 힘들 만큼 수많은 전공戰功을 세워 나라를 지켜냈음. 그러나 이목이 있는 한 조나라를 패배시키기 힘들 것이라고 판단한 진이 조나라의 간신 곽개郭開를 매수하여 그에 대한 이간계를 쓰자 이목은 할 수 없이 위나라로 도망쳤고 이후 고국에 돌아가지 못한 채 위나라에서 일생을 마쳤음. 소기의 목적을 달성한 진나라는 B.C.228년에 조나라를 대대적으로 침공하여 조왕趙王 천遷을 사로잡고 조趙나라를 사실상 멸국시켰음.

이사李斯

전국 시대 말기의 대표적인 법가 사상가이자 정치가. 한비자와 함께 유가儒家의 집대성자인 순자荀子에게서 사사했음. 진왕 정에게 능력을 인정받아 책사가 된 뒤 법치주의를 정착시키고 성문법 체계를 강화하고자 고군분투했음. 진의 통일

과 함께 제국帝國의 승상의 되어 군현제郡縣制 실시, 화폐 · 도로 · 도량형 통일과
분서갱유焚書坑儒 정책들을 입안하거나 권고했음. 정치적으로 많은 치적을 남긴
것이 사실이지만 권모술수에 능하고 시기심이 강하여 동문수학했던 한비자를 자
결시키기도 했음.

진시황秦始皇(B.C.246~210 재위)

진秦나라의 36대 군주로 장양왕의 아들이며 본명은 정政. B.C.247년에 부친 장양
왕이 서거한 후 열세 살의 어린 나이로 즉위하여 초기에는 승상丞相 여불위의 보
필을 받았으나 장성하면서부터 점차 강력한 통치력을 발휘했음. 중국 역사상 가
장 의욕적이고 명민하며 위대한 군주의 한 사람으로서 내로라 하는 문무 관료들
을 적재적소에 잘 활용하면서 전국 말의 혼란상을 종식시키고 6국을 각개격파하
여 마침내 B.C.221년에 중국 역대 황제들의 업적 중에서도 가장 뛰어나다고 할
만한 천하통일을 달성했음. 통일을 이룬 직후 스스로의 공업功業을 상고上古 황
금 시대의 신화적 성군聖君들인 삼황오제三皇五帝의 업적과 견줄 만하다고 자부
하면서 '황제皇帝'라는 새로운 칭호를 제정하고 '시황제始皇帝'라 자칭했음. 이
어 신흥 진제국秦帝國의 통치 체제를 공고히 하기 위해 전국을 36군郡과 1,400여
개의 현縣으로 편성하고 각지에 군태수郡太守와 현령縣令을 파견하여 일찍이 누
구도 시도한 적이 없었던 거대 규모의 중앙 집권을 강력히 추진하는 한편, 문자 ·
화폐 · 도로 · 도량형을 통일하고 국론 분열을 방지하기 위해 법가 일변도의 강력
한 사상 통제 정책을 실시했음(분서갱유). 또한 북방 이민족의 침입을 방어하기
위해 전국 시대의 조趙 · 연燕 · 중산中山 등이 부분적으로 건축했던 북방의 장성
長城들을 대대적으로 증축, 신축하여 유명한 만리장성萬里長城을 상당 부분 완성
했으며(오늘날의 만리장성은 명대明代에 최종 완성된 것임), 황제의 위엄과 권위를 만
방에 과시하기 위해 어마어마한 규모의 여산릉麗山陵과 아방궁阿房宮 등을 축조
하게 하여 민력을 고갈시키기도 했음. 자신이 이룩한 신흥 통일 제국이 만세萬世
까지 유지되기를 기원한 나머지 말년에는 신선술과 불로장생술에 심취하기도 했
으나 자연의 섭리만은 정복하지 못해 통일을 이룬 지 불과 11년 만인 B.C.210년
에 지방 순수巡狩 도중 서거했음. 고금에 보기 드문 강력한 카리스마와 통치력을

지녔던 진시황이 사망한 후 진제국은 그 업적을 계승할 만한 유능한 후계자를 찾지 못한 채 한순간에 와해되어 불과 5년 만인 B.C.206년에 멸망했음.

한비자韓非子

한韓나라의 공자公子. 전국 말의 대사상가이자 철학자로 대유大儒인 순자荀子 문하에서 수학했고 전국 시대에 각 지역에서 발전한 법가 이론들을 집대성하여 법가 사상의 큰 체계를 세웠음. 곧 신불해申不害(B.C.440~337)의 '술術'(군주의 관료 통제술)과 상앙商鞅(B.C.390~338)의 '법法'(무차별적인 성문법의 적용과 준수, 극단적인 법치주의), 신도愼到(B.C.350~275)의 '세勢'(군주의 도덕성보다는 존엄한 위세가 권력 유지의 비결이라는 주장) 등을 종합하여 법가적 통치 이론을 확립한 후, 그것을 저서인 『한비자』를 통해 계통적으로 피력했음. 워낙 날카롭고 논리적인 명문장으로 유명하여 진시황이 『한비자』를 읽어보고 감동하여 흠모하게 되었다고 함. 이 소문을 들은 한나라의 마지막 군주 안安(B.C.238~230 재위)은 한비자를 진나라에 사신으로 보내 진시황의 환심을 사서 한나라에 대한 공격을 늦추고 대신 조, 위나라부터 정벌하도록 설득하여 시간을 벌어보고자 했음. 그러나 한비자의 재능을 시기한 이사李斯가 진시황에게 한비자를 참소하여 투옥시킨 뒤 계속 겁박을 가해 자결하도록 함으로써, 한왕 안의 계획은 수포로 돌아가고 위대한 사상가인 한비자도 억울한 죽음을 당했음.

형가荊軻

연燕나라 출신의 자객刺客. 제齊나라 경봉慶封의 후예라고 전해지며 전국 말에 천하 각국을 두루 유람하다가 연나라에 정착하여 살던 중 전광田光에 의해 세자 단丹에게 천거되었음. 진왕 정을 죽여 연나라를 지키고자 염원했던 세자 단은 형가를 극진히 우대하여 자기 사람으로 만든 후 진왕 정의 암살을 청탁했음. 이에 형가는 진왕 정이 많은 현상금을 내걸고 찾고 있는 진나라의 반역 장군 번오기의 목과 연나라의 요지인 독항督亢 땅의 지도를 들고 진나라로 가서 진왕 정을 알현했음. 알현 도중에 기회를 보아 진왕을 시해하려 했으나 그만 실수하여 성공하지 못하고 그 자리에서 즉결 처형당했음. 대노한 진왕 정은 그 즉시 연나라를 공격해

멸국시켰고(B.C.222) 연왕燕王 희喜에게 사건의 주모자인 세자 단의 시체를 바치게 했음. 이 사건을 고비로 진나라의 천하통일은 사실상 시간 문제가 되었음.

연보

[기원전 257] 진소양왕이 승상 범저의 참소를 곧이듣고 **무안군武安君 백기에게 자결을 명함**. 계속되는 진의 한단 포위 공격으로 망국 일보 직전까지 간 조나라는 위나라와 초나라에 구원을 요청. 위나라의 신릉군은 자신의 자형姉兄이자 절친한 친우 사이였던 조의 평원군平原君을 위해 조나라를 돕고자 했으나 안리왕安釐王이 반대함. 이에 **신릉군은** 문객인 후생侯生의 계책에 따라 안리왕의 애첩 여희如姬의 도움을 받아 **병부兵符**(일국의 왕이 출정하는 장수에게 왕명을 받았음을 입증하는 신물信物로서 하사하는 부절符節, 왕과 장수가 똑같은 모양의 부절을 쌍으로 나눠 지녀 진위를 대조했다고 함)**를 훔쳐내어 위나라 군사를 동원**, 마침내 **조나라를 구함**. 이로 인해 신릉군의 위세와 명성이 천하에 진동함. 진의 정안평鄭安平은 패배 후 조나라의 회유를 받아 투항함. 진은 이어 하동河東에서도 대패를 당함. 한단邯鄲 포위 공격 당시 조나라에 볼모로 와 있던 진나라의 왕손 이인異人(일명 자초子楚)은 후원자인 여불위의 교묘한 책략 덕분에 무사히 진나라로 도망감. **조나라 양책陽翟의 대상인 여불위는** 이전부터 왕손 이인을 보고 '기화奇貨'(뛰어난 값어치가 있는 신기한 재물. 투자 가치가 매우 높은 진귀한 재화)임을 간파해 그를 적극 후원하면서 **이인을 진나라 왕으로 세우기 위한 주도면밀한 작전을 추진**. 곧 많은 뇌물과 황금을 써서 진나라 세자 안국군安國君(이인의 부친)과 그가 특히 총애하나 슬하에 소생이 없는 정실 화양부인華陽夫人의 환심을 사서 **이인을 화양부인의 적자로 삼게 함**. 또한 이인에게 자신의 애첩(훗날에 진시황을 낳음)을 선사하여 더욱 긴밀한 관계를 유지함.

[기원전 256] **초나라가 노魯나라를 멸국**시킨 후 노경공魯頃公(B.C.272~249 재위)을 거莒 땅으로 이주시킴. 진이 (동주 왕실이 분열되어 성립된 2개 소국 중)

서주西周를 멸하고 서주군西周君을 단호로 이주시킴. 서주군西周君에게 몸을 의탁하던 주 왕실의 마지막 천자 난왕赧王(B.C.314~256 재위)은 진에 투항하여 그 신하가 됨. 이로써 **천년 왕국 주周나라의 역사는 막을 내림.** 진은 또하나의 소국 동주의 군주도 동주군東周君으로 격하시킴. 이어 진은 한의 양성陽城과 부서負黍를 점령함.

[기원전 255] 진의 하동군河東郡 태수 왕계王稽가 조나라에 패배당한 죄로 처형당함. 범저가 추천한 왕계와 정안평이 각각 패전으로 인해 처형되고 적에 투항한 것으로 인해 범저의 입지가 매우 난처해짐. 이에 범저는 유세가遊說家 노중련魯仲連의 충고를 받아들여 승상의 인을 내놓고 은퇴하여 안온한 여생을 보냄. 그 뒤를 이어 채택蔡澤이 승상이 됨.

[기원전 254] 진이 하동河東에 대한 반격을 개시해 옛 오나라의 고지故地를 탈취함.

[기원전 253] 초나라가 진陳에서 거양鉅陽으로 임시 천도함.

[기원전 251] 연왕 희喜(B.C.254~222 재위)가 진나라에 대적하기 위해 조나라와 동맹을 맺고자 했으나 사신으로 간 정승 율복栗腹의 농간으로 조나라를 오해하게 됨. 이에 율복과 경진慶秦에게 60만 대군을 통솔시켜 조나라를 공격하게 했으나, 조의 두 명장 염파廉頗(신평군信平君), 악승樂乘에게 대패함. 조나라는 보복으로 연나라 수도를 포위해 향후 2년간 계속 공격함. 이로 인해 연과 조는 서로 깊이 증오하게 됨.

[기원전 250] 진소양왕 서거. 태자 안국군이 그 뒤를 이어 효문왕孝文王(B.C.250 재위)으로 즉위했다가 불과 몇 달도 못 되어 급사했음. 이를 두고 여불위가 독살한 것이라는 소문이 전국에 퍼짐. 여불위의 활약 덕분으로 안국군에게 적자로 인정받은 **이인異人(자초子楚)**이 화양부인華陽夫人의 후원 아래 **장양왕莊襄王(B.C.249~247 재위)으로 즉위.**

[기원전 249] **여불위는 승상丞相이 되어 정권을 농단**하게 되었을 뿐 아니라 주나라의 고도古都 낙양洛陽 지역의 10만 호 식읍食邑을 하사받고 문신후文信侯에 책봉되어 명실공히 진나라 최고의 권신權臣 겸 거부巨富가 됨. 이로써 이인이 기화奇貨인 점도 분명히 입증됨. 진나라가 (동주 왕실

이 분열되어 성립된 2개 소국 중) **동주마저 멸함**. 이어 **한을 정벌해 성고成**
皐, 형양榮陽 땅을 탈취한 후 삼천군三川郡을 설치.

[기원전 247] **진나라가 조의 유차楡次·신성新城·낭맹狼孟 등 37개 성읍을 점령**하고
태원군太原郡을 설치하는 혁혁한 전공을 거둠. 이어 **위나라의 고도高**
都와 파波 땅을 공격함. 사세가 다급해지자 위의 안리왕安釐王은 주위
의 이간하는 말 때문에 멀리 했던 동생 신릉군信陵君에게 다시 도움
을 요청. 신릉군은 처음에는 거절하다가 평소 두터운 친분을 유지하
면서 존경해왔던 설공薛公, 모공毛公 양 현인의 충언을 듣고 출정하
기로 결심. 이에 **신릉군은 한·위·조·연·초의 5개국 연합군을 이끌**
고 진을 공격하여 진나라 장수 몽오蒙驁와 왕흘王齕을 각각 **겹주와 화**
주華州에서 대파하고 **함곡관函谷關까지 진군**, 그러나 함곡관의 방비가
워낙 견고해서 그대로 회군하여 개선함. 안리왕은 신릉군을 높여 상
상上相(재상 중에서도 더 높은 재상이라는 의미)으로 삼고 한동안 극진히
공대했으나 신릉군의 활약으로 위나라가 안정되고 강성해질 것을 우
려한 **진나라가 다시 이간계를 쓰고** 세자 증增도 참소하는 내용의 글을
올리자 신릉군을 도로 의심하게 됨. 이때부터 **신릉군은 울분을 참지**
못해 정사를 돌보지 않고 주색에 빠짐. 진장양왕秦莊襄王 서거. **왕자 정**
政 즉위(훗날의 시황제, B.C.246~210 재위). 여불위를 높여서 상부尙父라고
부름. 이 무렵부터 여불위는 자신의 옛 애첩이었던 진왕 정政의 모후
와 비밀히 통정함. 본 소설에서는 『사기史記』「여불위열전呂不韋列
傳」 등에 근거해 진왕 정(시황제)을 틀림없는 여불위 소생으로 다
루고 있다. 고금 역사서의 사표師表라 할 만한 사마천司馬遷의 『사
기』에서조차 시황제를 여불위 핏줄로 기록한 것을 볼 때 아마도
시황제가 여씨呂氏라는 소문은 당대에 상당히 광범하게 유포된
듯한데, 현재로서는 그 진위를 판별할 방법이 없으며 실제 영씨嬴
氏인지 여씨呂氏인지 하는 문제는 오늘날의 역사 인식에 비추어볼
때 별반 중요하지도 않은 것이다.

[기원전 246] 위나라가 신릉군을 견제하여 다시 약화되자 진은 안심하고 한나라를

공격해 상당上黨 지역을 점령하고 군군郡을 설치. 또한 몽오蒙騖를 다시 파견해 진양晉陽(이전 진양조씨晉陽趙氏의 본거지이기도 했던 중요 성읍)을 평정하고 **태원군太原郡을 재건함.**

[기원전 245] 조나라가 신릉군이 무력해진 기회를 틈타 위나라를 공격해 번양繁陽을 점령. 진나라도 신릉군이 없는 틈을 타 위의 권卷 땅을 재공격해 점령함.

[기원전 244] 진이 몽오를 파견해 한나라의 13개 성읍을 점령함. 이어 위나라의 역과 유궤有詭 땅도 점령.

[기원전 243] 조나라가 이목李牧을 파견하여 **연의 무수武遂, 방성方城을 함락.** 위나라 신릉군 사망.

[기원전 242] 연나라가 극신劇辛을 파견해 조를 공격함으로써 B.C.251년의 패배를 설욕하고자 함. 이에 조는 방난龐煖을 장수로 삼아 반격을 가해 승리를 거두고 극신을 죽임. 연은 이 패배로 큰 타격을 받고 국력이 약화됨. 위안리왕 서거. 세자 증增이 경민왕景潛王(B.C.242~228 재위)으로 즉위.

[기원전 241] **초나라가** 계속되는 진의 위협을 피해 임시 수도 거양巨陽에서 **수춘壽春으로 천도. 진이 위의 조가朝歌**(이전 한단조씨邯鄲趙氏의 본거지이기도 했던 위나라의 중요 성읍)**를 함락.** 진이 위衛의 군주 각角을 야왕野王 땅으로 옮겨 부용附庸으로 삼음. 조나라가 연나라에 연속 승전을 거둔 기세를 살려 합종合縱을 시도. 이에 **초나라의 춘신군春申君을 맹주로 삼아 조·초·위·연·한의 5국 합종이 성립됨.** 그 직후 조의 장군 방난龐煖이 총사령관이 되어 5국 연합군을 이끌고 진을 총공격해 최 땅까지 진격함. 그러나 합종의 맹주인 초의 춘신군이 상황 판단을 잘못해 먼저 몰래 퇴각하는 바람에 5국 연합군의 공격은 유야무야가 되어 진은 큰 위기를 넘김.

[기원전 240] 진의 승상 여불위가 오국 연합군의 공격에 보복하기 위해 우선 조나라를 공격해 용龍·고孤·경도慶都 땅을 점령하고 위나라의 급汲 땅을 점령.

[기원전 239] 진나라가 진왕 정의 동생인 **장안군長安君 성교**를 파견해 조나라의 요
충지 상당上黨 땅을 공격하게 함. 평소 여불위를 미워하던 휘하 장수
번오기樊於期는 장안군을 설득해 **둔류屯留에서 진왕 정과 여불위에 대해
반란을 일으킴.** 반란군은 여불위 소생인 진왕 정에게는 복종할 수 없
으며 진정한 영씨嬴氏 군주를 세워 왕통王統을 바로잡아야 한다는 명
분을 내세웠으나 곧 진압되어 장안군은 처형되고 번오기는 연나라로
도망침.

[기원전 238] 진나라가 양단楊端을 파견해 위나라의 수원首垣 · 포蒲 · 연씨衍氏
등지를 점령. **진왕 정政의 모후가 가짜 환관 노애**(여불위가 장성한 진왕
정에게 태후와의 불륜을 들킬까 봐 몹시 두려워한 끝에 대신 정부情夫로 천거
한 남자. 환관인 것처럼 가장했으나 사실은 정력이 무척 왕성했다고 함)**와 계
속 정을 통해오면서 사생자를 둘씩이나 두고 모반을 계획한 사실이** 마
침내 **진왕에게 발각되어 노애의 3족族이 멸족滅族되고 태후도 역양궁에
유폐됨.** 태후를 유폐한 것은 불효라고 충간한 신료 27인도 차례로 처
형당함. **여불위도 노애를 천거한 사실이 밝혀져 승상 지위와 식읍食邑,
작록爵祿을 박탈당함.** 초고열왕 서거. 국상을 틈타 이릉李陵이 난을
일으켜 영윤 춘신군春申君을 살해하고 왕자 한悍을 초나라의 39대
군주 **유왕幽王**(B.C.237~228 재위)으로 옹립한 후 전권을 장악. 제나라
출신 모초茅焦가 진왕 정에게 군주가 천륜과 천도를 저버리고 불효
불충하면 천명天命과 민심民心을 얻지 못해 나라를 지키지 못한다는
논리를 피력함으로써 마침내 진왕을 감복시켜 모후와 화해하게 함.
이에 진왕 정은 모초를 승상으로 삼음.

[기원전 237] 여불위가 계속되는 진왕 정의 겁박을 두려워하여 자살함. 여불위가
생전에 양성한 3,000여 빈객들이 계속 여불위를 추모하자 진왕 정은
그들에게 추방령을 내림(**축객령逐客令**). 그러나 이사李斯의 충언(모두를
포용해야 천하를 가질 수 있다)을 수용하여 추방 명령을 해제.

[기원전 236] 진나라가 방난龐煖을 파견해 연의 리狸 · 양성陽城을 점령. 진이 왕전
王翦 · 환기桓齮 · 양단楊端을 파견해 조나라를 침공. 알여閼與 · 요양

329

橑陽 · 업鄴 · 안양安陽 등 9개 성읍을 함락.

[기원전 235] 진나라가 위와 함께 초나라를 공격.

[기원전 234] 진 장군 환기桓齮가 조의 평양平陽 · 무성武城을 점령하고 조나라 장군 호첩扈輒을 포로로 잡음.

[기원전 233] 진 장군 환기桓齮가 여세를 몰아 계속해서 조의 적여赤麗 · 의안宜安을 공격했으나 조나라 장군 이목李牧에게 대패함. 환기는 도망침. **한나라가 공자 한비韓非를 진나라의 사신으로 보내 한에 대한 공격을 늦추고 조, 위부터 정벌하도록 설득하고자 했음**. 그러나 한비자의 재능을 시기한 **이사가 한비자를 참소**하여 투옥시킨 뒤 계속 겁박을 가해 자결하도록 함.

[기원전 232] 진나라가 대대적으로 조를 공격하여 1군은 업鄴으로 진격하고 다른 1군은 태원太原에서 번오番吾로 진격하는 양면 작전을 구사. 그러나 조나라 장군 이목에게 대패함.

[기원전 231] 한나라 남양군南陽郡 태수 등騰이 진나라에 투항. 진은 그를 내사內史로 삼음.

[기원전 230] **진의 내사 등이** 10만 대군을 이끌고 한을 공격해 한왕 안安(B.C.238~230 재위)을 포로로 잡고 **한나라를 멸국시킨 뒤 영천군潁川郡을 설치**.

[기원전 229] 진나라가 노장 왕전王翦이 이끄는 상당군上黨郡 군사, 양단楊端이 이끄는 하간군河間郡 군사들을 이끌고 **조의 수도 한단邯鄲으로 총출동**. 그러나 **조의 이목李牧** · 조총趙葱 · 안취顏聚 등이 응전하여 **진나라 군사를 대패시킴**. 이에 진은 조의 간신 곽개郭開를 매수하여 명장 **이목李牧에 대한 이간계**를 써 이목이 위나라로 도망가게 만듦.

[기원전 228] 진나라가 명장 이목이 망명한 것을 기회로 삼아 조나라 군대를 대파하고 **조왕趙王 천遷을 사로잡음**. 조왕 천의 동생인 공자 가嘉는 조나라 인근의 대代 땅으로 도망가 대왕代王(B.C.227~222 재위)으로 자립함. 이로써 조趙나라는 사실상 멸국됨. 초의 공자 부추負芻가 애왕哀王을 시해하고 초왕으로 즉위(B.C.227~223 재위).

[기원전 227] 진의 대장군 왕전王翦과 신승辛勝이 역수易水(하북성河北省을 관류貫流

하는 강. 연燕나라 영역 내를 흐름) 유역에서 **연, 대代 연합군을 격파**함. 망
국이 눈앞에 닥친 연나라는 조나라에 원군을 요청했으나 거절당함.
사태가 더욱 급박해지자 **연의 세자 단丹은 진왕 정을 암살하기로 하는
극단적인 계획을 세우고 자객 형가**(제나라 경봉慶封의 후손이라 함)를 고
용해 거사를 청탁함. 형가는 연나라에 도망와 있는 진나라의 역장逆
將(반역을 일으킨 장수) 번오기樊於期의 목과 독항督亢(연나라에서 가장
비옥한 지역) 땅의 지도를 들고 **진왕 정을** 알현하는 자리에서 그를 **암
살하려 했으나 실패하여 처형됨**.

[기원전 226] 진왕 정이 전년의 암살 미수 사건에 대한 보복으로 **연의 수도 계를 공
격, 연왕 희喜**(B.C.254~222 재위)는 사건의 주모자인 **세자 단丹과 함께
요동遼東으로 도망**. 진의 장군 왕분王賁이 초나라를 공격해 10여 성읍
을 점령함. 한왕 안安 서거.

[기원전 225] **진 장군 왕분王賁이 위나라 수도 대량大梁을 포위 공격**, 때마침 닥친 장마
를 십분 활용해 대량성 주위에 저수지를 파 물을 대량 저장한 뒤 그
를 한꺼번에 터뜨리는 수공법水攻法을 써서 대량성大梁城을 침몰시
킴. 위왕 가假(B.C.227~225 재위)가 진에 항복함으로써 위魏나라도
멸국됨. 진 장군 이신李信과 몽무蒙武가 20만 대군을 이끌고 초나
라를 공격했으나 초나라 대장 항연項燕에게 대패함. 진은 점령지에
우북평군右北平郡 · 어양군漁陽郡 · 요서군遼西郡 등을 설치.

[기원전 224] **진의 노장 왕전과 몽무蒙武가** 60만 대군을 이끌고 **초나라를 침공**하여 1
년 이상이나 군영만을 지키며 공격하지 않는 지구전을 써서 초나라
군사를 안심시킨 후 기습 공격하여 **대승을 거둠**. 진은 **상곡군上谷郡, 광
양군廣陽郡을 설치**.

[기원전 223] **진이 초나라 수도 수춘壽春을 함락**한 후 초왕 부추負芻를 포로로 잡고
초楚나라를 멸망시킴. 초나라 장수 항연은 부추의 동생 창평군昌平君
을 수호하여 옛 오吳나라 땅이었던 난릉성蘭陵城으로 들어가 끝까지
진에 저항했으나 창평군이 사망하고 결국 성이 함락되자 자살. **진이
초군楚郡을 설치**.

[기원전 222] 진이 초나라의 남방 영토였던 강남江南 · 백월百越 지역들까지를 평정한 후 **회계군會稽郡을 설치. 진나라 장군 왕분王賁**(왕전王翦의 아들)**이 요동으로 진격하여 연왕 희喜를 사로잡고 연燕나라를 멸함.** 회군하는 도중 대代를 멸망시키고 대왕代王 가嘉도 사로잡음.

[기원전 221] **진 장군 왕분이** 여세를 몰아 제나라를 침공하여 임치성臨淄城에 무혈 입성한 뒤 제왕 건建을 포로로 잡고 **제齊나라를 멸함.** 이로써 마침내 **진나라가 6국을 모두 병탄併呑하고 천하를 통일하여 중국 최초의 통일 제국(B.C.221~206)을 수립.** 진왕 정은 천하를 통일한 자신의 공적을 영원히 기리기 위해 왕王, 제帝 등의 호칭을 거부하고 전설상의 성군聖君들인 삼황오제三皇五帝에서 한 글자씩을 따와 **황제皇帝라는 호칭을 창안함.** 이어 **시법諡法**(일국의 군주가 서거한 후 신료들이 생전의 업적을 평가하여 합당한 시호諡號를 붙여주는 전통적인 관례)을 불경하다고 **폐지**한 후 자신의 후계자들을 차례로 2세 · 3세 · 4세 황제라고 칭하게 해 진제국이 만세萬世로 이어지기를 간절히 염원함. 승상 이사李斯의 건의를 받아들여 **전국을 36군郡으로 편성해 중앙 집권적 전제 군주제를 확립함.** 그를 위해 **화폐 · 도량형 · 도로 등을 통일.** 10월을 세수歲首로 정하고 각국의 대부호 12만 호를 함양咸陽으로 강제 이주시켜 철저히 감시함. 천하의 모든 무기를 거둬들여 녹여서 12개의 거대한 철인 상鐵人像을 제조. 북방 이민족을 방어하기 위해 만리장성을 대대적으로 축조하는 한편 다수의 이궁離宮과 아방궁阿房宮을 건축.

동주 열국지 12

새장정판 1쇄 발행 2015년 7월 15일
새장정판 2쇄 발행 2023년 8월 28일

지은이 풍몽룡
옮긴이 김구용
펴낸이 임양묵
펴낸곳 솔출판사

주소 서울시 마포구 와우산로29가길 80(서교동)
전화 02-332-1526
팩스 02-332-1529
이메일 solbook@solbook.co.kr
블로그 blog.naver.com/sol_book
출판 등록 1990년 9월 15일 제10-420호

ISBN   979-11-86634-21-9   04820
ISBN   979-11-86634-09-7   (세트)